D1617407

Pulsión

Pulsión

Gail McHugh

Traducción de Scheherezade Surià

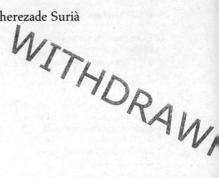

TERCIOPELO

Título original: *Collide*

© Gail McHugh, 2013

Todos los derechos reservados.
Publicada en acuerdo con el editor original, Atria Books,
un sello de Simon&Schuster, Inc.

Primera edición en este formato: enero de 2017

© de la traducción: Scheherezade Surià
© de esta edición: Roca Editorial de Libros, S. L.
Av. Marquès de l'Argentera 17, pral.
08003 Barcelona
actualidad@rocaeditorial.com
www.terciopelo.net

© del diseño de portada: Regina Wamba

Impreso por Liberdúplex, s.l.u.
Crta. BV-2249, km 7,4, Pol. Ind. Torrentfondo
Sant Llorenç d'Hortons (Barcelona)

ISBN: 978-84-944255-5-4
Depósito legal: B. 22.472-2016
Código IBIC: FRD

RT25554

1

Encuentros fortuitos

Calculó que el vuelo de Colorado a Nueva York duraría unas tres horas y cuarenta y cinco minutos, después de los cuales sabía que su vida cambiaría para siempre, mucho más de lo que ya había cambiado. Aferrándose a los reposabrazos del asiento, con las palmas sudorosas, Emily Cooper cerró los ojos mientras los motores se preparaban para el despegue. Volar nunca le había hecho mucha gracia; de hecho, la aterrorizaba. Sin embargo, recordaba tiempos en los que la tortura de estar a diez mil metros de altura valía la pena: la primera vez que salió de casa para ir a la universidad, la escapada a una isla tropical, o la visita para ver a su querida familia. Sin embargo, este viaje no era nada alegre, solo albergaba sentimientos de dolor y de pérdida.

Al lado, mirándola, tenía a uno de los motivos por los cuales seguía levantándose cada mañana: su novio, Dillon. Sabía que él le vería en el rostro que estaba completamente insegura sobre lo que el futuro le deparaba.

Con las manos entrelazadas, se inclinó y le apartó un mechón de pelo de la cara.

—Todo irá bien, Em —susurró—. Volveremos a pisar tierra firme en un abrir y cerrar de ojos.

Forzó una sonrisa y volvió la cabeza para observar las montañas nevadas que desaparecían bajo las nubes. Se le cayó el alma a los pies al despedirse mentalmente del único hogar que había conocido. Apoyó la cabeza en la ventana y pensó en los últimos meses.

Recibió la llamada a finales de octubre de su último año en la universidad. Hasta entonces, la vida le había sonreído. Dillon había entrado en su mundo el mes anterior, sus notas no estaban nada mal, y su compañera de piso, Olivia Martin, había resultado ser una de las amigas más íntimas que había tenido nunca. Al coger el teléfono aquel día, no sospechaba las noticias que iba a recibir:

«Ya tenemos el resultado de las pruebas, Emily —le dijo su hermana mayor, Lisa—. Mamá tiene cáncer de mama en fase cuatro».

Con esas ocho palabras, supo que su vida nunca volvería a ser la misma. Ni por asomo, vaya. A su pilar, la mujer a la que había adorado más en la vida y sin apoyo de una figura paterna, le quedaban menos de tres meses de vida. Prepararse para lo que pasó hubiera sido imposible. Los largos viajes en fin de semana desde la Universidad de Ohio a Colorado para ayudar a su madre en los últimos meses se convirtieron en la norma. Vio cómo su madre se marchitaba y dejaba de ser esa alma fuerte y vibrante que había sido, para terminar siendo una mujer débil e irreconocible poco antes de morir.

De repente, les sacudió una turbulencia y apretó la mano de Dillon. Lo miró y él esbozó una sonrisa y asintió, como diciéndole que no pasaba nada. Emily apoyó la cabeza en su cálido hombro y empezó a pensar en el papel que él había desempeñado en todo esto: incontables vuelos de Nueva York a Colorado para estar con ella, los preciosos regalos que le enviaba para que olvidara la locura que consumía su vida, las llamadas a horas intempestivas para hablar con ella y asegurarse de que estuviera bien. Estuvo a su lado para preparar el funeral, la aconsejó sobre cómo vender la casa familiar y, al final, la ayudó a mudarse a Nueva York. Por estas cosas, además de otras, lo adoraba.

El avión empezó las maniobras de aterrizaje en el aeropuerto de LaGuardia de Nueva York y Dillon la miró al tiempo que ella le apretaba la mano hasta dejarse los nudillos blancos. Soltó una leve carcajada y la besó.

—¿Ves? Tampoco ha ido tan mal —dijo acariciándole la mejilla—. Ya eres oficialmente neoyorquina, cariño.

Después de tardar una eternidad —o eso le pareció— en

salir del aeropuerto, Dillon paró un taxi y fueron al apartamento que Emily compartiría con Olivia, un tema que causaba cierta controversia entre ellos. Cuando hablaron de la mudanza, Dillon le dijo que quería que se fuera a vivir con él. Sin embargo, ella pensó que lo mejor por el momento sería alojarse con Olivia. Cruzar el país ya era un gran cambio de por sí y no quería añadir más presión a la situación. Aunque amaba a Dillon con locura, una vocecilla en su cabeza le decía que esperara. Ya tendrían tiempo para ir a vivir juntos. Al final él claudicó, no sin rechistar.

Cuando llegaron, Emily salió del taxi y de inmediato la abrumaron el bullicio y los ruidos de la ciudad: las alarmas de los coches que sonaban por doquier, los frenazos y las sirenas que zumbaban en el aire. Gente que hablaba y gritaba, pasos presurosos en aceras abarrotadas y el flujo del tráfico en un mar de taxis amarillos; era un caos que no había visto ni oído antes. El vapor subía por las alcantarillas en forma de fantasmas que flotaban sobre el asfalto caliente.

Los árboles frondosos y los lagos cristalinos de Colorado habían dado paso al acero y al hormigón, a los ruidos ensordecedores y a un tráfico infernal. Estaba claro que tendría que acostumbrarse. Inspiró hondo y siguió a Dillon hacia el edificio. El portero se quitó el sombrero y llamó a Olivia por el interfono para hacerle saber que habían llegado. Subieron hasta el decimoquinto piso; por suerte había ascensor.

Cuando entraron en el apartamento, Olivia dio un gritito. Se acercó a Emily corriendo y la abrazó.

—¡Qué contenta estoy de que estés aquí! —exclamó al tiempo que le acariciaba las mejillas con ambas manos—. ¿Cómo ha ido el vuelo?

—Pues bien, no me han hecho falta pastillas ni alcohol. —Sonrió—. Así que puedo decir que ha ido muy bien.

—Todo ha ido bien. —Dillon se acercó a Emily y la abrazó por la cintura—. No hubiera dejado que le pasara nada de todos modos.

Olivia puso los ojos en blanco y se cruzó de brazos.

—Sí, claro, como si pudieras haber evitado que se estrellara el avión, *Dillipollas*… digo, Dillon.

Dillon la fulminó con la mirada.

—Eso mismo, Oliver Twist, soy el puto superman, que no se te olvide.

Emily suspiró.

—Hace tanto que no estabais juntos que se me había olvidado lo bien que os lleváis.

Olivia hizo una mueca y le cogió la mano.

—Ven, que te enseñaré el piso. —Arrastró a Emily por el pasillo, no sin antes darse la vuelta para mirar a Dillon—: Haz algo útil, anda, y deshazle la maleta, *Donkey Dick Kong*.

Sin hacerle ni caso, Dillon se sentó en el sofá y encendió la tele.

—Por Dios, Olivia —dijo entre risas—. ¿De dónde sacas estos apodos?

—Bufff. —Olivia hizo un gesto con la mano para quitarle importancia—. Me lo pone a huevo.

—Bueno, ya veo que me vais a sacar de quicio. Lo noto.

—No te prometo nada, pero intentaré contenerme un poco.

Mientras Olivia le enseñaba el lugar, reparó en que había dos dormitorios y dos lavabos. Aunque era modesta en cuanto a tamaño, en la cocina había ebanistería antigua de color blanco, encimeras de granito y electrodomésticos de acero inoxidable. Había un gran ventanal en el salón que daba a Columbus Avenue, una zona muy bonita del Upper West Side. El apartamento era realmente cautivador y, sin Olivia, nunca se lo podría haber permitido, por lo menos no sin ayuda de Dillon. Aunque su amiga trabajaba y pagaba sus gastos, venía de una familia acomodada, así que el dinero no era problema. A pesar de nacer en la orilla norte de Long Island, Olivia y su hermano, Trevor, eran dos de las personas más centradas y con los pies en la tierra que conocía.

Después de ayudar a Emily a instalarse, Dillon se fue, no sin antes decirle que volvería aquella noche. Olivia se apresuró a coger una botella de vino tinto y dos copas, y la llevó al sofá.

Se echó la melena rubia a un lado y esbozó una media sonrisa.

—Sé que has pasado por mucho, pero me alegro de que estés aquí.

Emily también sonrió. Se sentía dividida entre la tristeza por las circunstancias que la habían traído a Nueva York y la felicidad por dar un paso tan grande en su relación con Dillon al mudarse aquí, aunque no viviera con él. Le dio un sorbo al vino y acomodó los pies en la otomana.

—Yo también me alegro.

Olivia tenía una expresión curiosa.

—¿El capullo este te ha dado más la brasa sobre lo de vivir juntas?

—No, no ha dicho nada más, pero quiere que me mude con él a finales de verano.

—Bueno, pues ya puedes irle diciendo que se prepare porque no voy a dejar de pelear. —Resopló. Emily sacudió la cabeza y se rio—. Lo digo en serio, Em. Con esta mudanza tiene que darte un respiro.

—No te preocupes. No me voy a marchar de aquí en una temporada. —Miró el apartamento. Su mirada se posó en los montones de cajas de mudanza que había en un rincón—. Aunque eso de ahí no me apetece nada. —Señaló las cajas con la cabeza.

—Mañana no trabajo —respondió Olivia mientras le llenaba de nuevo la copa—. Lo haremos entonces, pero de momento vamos a relajarnos un poquito.

Y durante las horas siguientes, eso fue exactamente lo que hicieron: relajarse. Nada de hablar del cáncer, de la muerte o de las expectativas sobre su vida. Solo eran dos amigas que compartían una botella de vino en su apartamento mientras una de ellas empezaba un capítulo nuevo de su vida.

Dos semanas después, Emily se encontraba delante de un restaurante italiano del centro de Manhattan. Abrió la puerta que la llevaba a lo que sería su nuevo trabajo para el verano. Examinó el interior en busca del hombre que la había contratado unos días antes: Antonio D'Minato, un neoyorquino de nacimiento de veintipocos años.

—¡Ah, ya estás aquí, Emily! —Antonio sonrió mientras se le acercaba—. ¿Estás lista para tu primer día?

Ella sonrió, fijándose en su pelo largo y oscuro.

—Desde luego.

—Puede resultar abrumador para una chica de Colorado, pero estoy seguro de que te amoldarás.

Lo siguió hasta la cocina, donde le presentó a los cocineros. Todos sonrieron con amabilidad, pero ya sabía —porque fue camarera durante la universidad— que esa simpatía terminaría pronto. Al final, acabarían gritándole para que fuera a recoger los platos y, sin duda, sus rostros serían algo menos cordiales. Se puso el delantal negro mientras Antonio se aproximaba a una camarera que debía de tener la edad de ella. Con una sonrisa, Emily reparó en el pelo de aquella chica. Era un arcoíris de todos los colores imaginables encima de una capa de rubio teñido.

—Hola, soy Emily —se presentó sonriendo mientras se acercaba a la chica—. Antonio me ha dicho que hoy seré tu sombra.

La chica le devolvió la sonrisa y le dio un bloc de notas y un bolígrafo.

—Ah, eres la nueva tía que ha llegado al barrio, ¿no? Soy Fallon. Me alegro de conocerte.

—Sí, soy la nueva tía. Encantada de conocerte.

—Bueno, no tienes de qué preocuparte. Me da la sensación de que llevo trabajando desde que nací. —Sus divertidos ojos grises estaban abiertos de par en par—. Te enseñaré los intríngulis del negocio y cuando quieras darte cuenta, te las arreglarás por aquí hasta con los ojos cerrados.

—Me parece perfecto. —Se echó a reír.

—He oído que eres de Colorado.

—Sí, de Fort Collins, para ser exactos.

—¿Quieres? —le preguntó, ofreciéndole un café.

—Claro, una de mis adicciones. —Cogió la taza—. Gracias. ¿Llevas toda la vida en Nueva York?

—Sí, nací aquí. —Fallon se sentó en la barra y le hizo un ademán para que la acompañara—. Aún es pronto. El trajín empezará dentro de una hora más o menos.

Emily se sentó a su lado y le dio un sorbito al café. Miró alrededor y observó a los demás camareros cómo preparaban las mesas. Antonio les hablaba en lo que supuso que sería español. El hombre alzaba la voz nervioso mientras señalaba las calles de Nueva York.

—¿Y qué te trae desde el otro lado del país hasta esta ciudad que nunca duerme? ¿Eres actriz o modelo?

—No, ninguna de las dos cosas —contestó ella, tratando de no pensar en el dolor que le hacía un nudo en el pecho. Parecía que a esa herida tan reciente que llevaba dentro le hubieran echado sal—. Mi... mi madre murió en enero. No había ningún motivo para quedarme allí después de eso.

A Fallon se le suavizó la expresión.

—Te acompaño en el sentimiento. La muerte es una puta mierda, te lo aseguro. Mi padre murió hace unos años de un ataque al corazón, así que sé cómo te sientes. —Suspiró y apartó la vista un momento—. Da igual la edad, la raza o la posición económica que tengas, la muerte nos toca a todos en algún momento.

Le pareció muy madura en ese momento, claro que era consciente de que la muerte traía consigo una manera de ver la vida completamente distinta cuando te arrebataba a alguien.

—Cierto. Lo siento por tu padre.

—Gracias. No hay día que pase sin que piense en él. —Hizo una pausa—. ¿Y tu padre? ¿Se ha mudado aquí contigo?

Otro tema espinoso; últimamente abundaban y eran inevitables.

—No. No tengo ningún contacto con él o con su familia desde los cinco años. En realidad ni lo recuerdo.

—Vaya, no acierto ni una contigo —bromeó ella—. Lo siento. Tal vez debería preguntarte sobre perritos o algo así.

Emily negó con la cabeza y sonrió.

—No te preocupes, no pasa nada. Además, no tengo perritos, así que eso también sería un callejón sin salida.

—Yo tampoco. Son monos, pero no llevaría muy bien eso de que se cagaran por todas partes. —Se echó a reír y se recogió el pelo en una coleta—. Entonces, ¿qué te ha hecho venir a Nueva York? ¿Tienes más familia aquí?

—Aquí no. Tengo una hermana mayor en California. —Le dio un sorbo al café—. Pero mi novio, Dillon, vive aquí. Empezamos a salir el último año de carrera.

Fallon sonrió.

—Un romance de universidad, ¿eh?

—No, ya vivía aquí cuando nos conocimos. El hermano de mi compañera de piso vino a visitarla un fin de semana y lo acompañaba Dillon.

—Es increíble cómo la vida une a las personas, ¿verdad? —La miró a los ojos—. Es decir, si Dillon no hubiera acompañado al hermano de tu amiga, no os hubierais conocido nunca. La vida puede ser muy rara.

A Emily le cayó bien de inmediato.

—Completamente de acuerdo. El destino y los caminos que se abren ante nosotros son como un enorme rompecabezas cuyas piezas solo encajan al final.

—Exactamente. —Fallon sonrió—. ¿Y qué carrera has estudiado?

—Magisterio. He empezado a dejar currículos con la esperanza de encontrar algo en otoño.

La chica frunció el ceño; el brillo del *piercing* del labio brillaba con la luz.

—¿Entonces nos dejarás cuando acabe el verano?

—No, seguramente trabajaré a media jornada.

—¡Qué guay! —Se incorporó—. Oye, ¿sales de clubes?

Emily arqueó las cejas.

—¿De clubes?

—Sí, que si sales de marcha —contestó Fallon moviendo las caderas de un lado a otro.

—Ah, te refieres a bailar. —Se echó a reír—. Sí, en Colorado salía, pero aún no lo he hecho aquí.

—Genial. Me encanta enseñar la vida nocturna a los novatos.

—Encantada de que me la enseñes. Ya me dirás cuándo.

—Bueno, salgo con un tío de cuarenta que me cuela en los mejores clubes de Nueva York por la cara.

Emily asintió y le dio un sorbo al café.

—El sexo es un buen extra —añadió.

Ella casi se atragantó.

—Ya me lo imagino, ya.

—Me lo suponía. —Sonrió—. Venga, novata, manos a la obra.

A lo largo del día, Emily siguió a Fallon, que le enseñó a usar el ordenador y la presentó a algunos de los clientes habituales del restaurante. Había de todo, desde empresarios trajeados a obreros de la construcción. Llegó la hora punta de los almuerzos a mediodía y una de las camareras llamó diciendo que estaba enferma, así que tuvo que ocuparse de algunas mesas. Aunque no estaba familiarizada con el menú y se sentía insegura al ordenador, salió adelante sin demasiados problemas. Al final del turno, Fallon le había puesto la cabeza como un bombo con tanta información, desde los comensales que daban más propina hasta los compañeros más insufribles. En general, y teniendo en cuenta que era su primer día, pensó que le había ido bastante bien.

Cuando estaba a punto de salir por la puerta, Antonio la detuvo con una caja de reparto.

—Emily, el repartidor acaba de despedirse —dijo con una mirada llena de preocupación—. ¿Pasas por delante del edificio Chrysler?

—Pues no, pero está a unas pocas manzanas, ¿verdad?

—Sí, está en Lexington con la Cuarenta y dos.

—¿Quieres que lleve la comida? —preguntó señalando la caja.

—Sí, por favor.

Ella se encogió de hombros.

—Ningún problema. Me acerco en un momento y ya cogeré un taxi a casa desde allí.

—Muchas gracias. —Le tendió la caja y suspiró aliviado—. Tendrás un extra en el sueldo de la semana que viene.

—No hace falta, Antonio. Me gusta hacer turismo.

—No, no, insisto. Mañana nos vemos, Country.

Emily se rio y sacudió la cabeza; le había hecho gracia el apodo. Se dio la vuelta sobre los tacones redondeados de sus zapatos de camarera y salió al exterior, cálido y húmedo. Junio en Nueva York era más caluroso que en Colorado. Recorrió la ciudad con los ojos muy abiertos, como si aún no creyera que estuviera viviendo allí.

Notaba el aire denso por la afluencia de tráfico y el olor de los carritos de los vendedores de comida ambulante. Se estaba amoldando a la ciudad mucho mejor de lo que creía. Desde el metro que vibraba bajo sus pies hasta la multitud de rostros variopintos, todo en la ciudad le despertaba los sentidos. Era una sobrecarga sensorial que le encantaba. Tres manzanas después, algo sudorosa por la caminata, llegó a su destino.

Aunque su padre le había contado historias sobre eso, hasta aquella tarde profética, Gavin Blake creía que el amor a primera vista no existía. La rubia de recepción lo miraba atentamente, pero él se fijó en Emily en cuanto entró. Observó la forma en que sonreía al guardia de seguridad. Se quedó impresionado por su belleza al instante. Más aún, se sintió atraído por ella como si le hubieran atado una cuerda a la cintura y la muchacha tirara de ella al otro lado. Pestañeó un par de veces y sacudió la cabeza por esa conexión tan magnética.

—Señorita, ¿en qué puedo ayudarla? —preguntó el guardia.

—Hola, vengo a hacer una entrega —respondió ella mirando el recibo—. Planta sesenta y dos.

Antes de que el hombre pudiera responder, Gavin dijo desde el otro lado del pasillo:

—Yo la acompaño, Larry.

La recepcionista, que había conseguido su atención antes de que entrara Emily, hizo un mohín al ver que se iba.

Emily levantó la vista hacia el origen de la voz. Se le cortó la respiración al ver a aquel hombre alto e increíblemente apuesto que se le acercaba. Se sintió algo mareada, como si hubiera perdido el equilibrio desde que entrara en aquel edificio. Reparó en su pelo negro, corto y algo despeinado. Tenía unas facciones cinceladas; parecía que un gran escultor hubiera tallado su boca a la perfección. Bajó ligeramente la vista hacia lo que parecía ser un cuerpo tonificado en ese traje gris de tres piezas. Tratando de mostrar naturalidad ante este hermoso ejemplar de hombre, se volvió para mirar al guardia corpulento.

—¿Está usted seguro, señor Blake? Puedo acompañarla.

—Sí, muy seguro, Larry. Ya subía de todos modos. —Gavin se volvió hacia ella—. Deja que te ayude con eso. —Señaló la caja.

Su voz era tan suave como el coñac y Emily notó el revoloteo del estómago. Trató de encontrar las palabras adecuadas.

—No pasa nada, en serio. Puedo llevarla yo.

—Insisto. —Gavin sonrió—. Además, esta amabilidad me viene de los *boy scouts*.

Ni sus penetrantes ojos azules ni el encanto que emanaba de todos sus poros; fue esa sonrisa con hoyuelos la que la convenció al instante de que incontables mujeres se habrían bajado las bragas con solo pedírselo. Y a diario.

Le dio la caja a regañadientes e intentó actuar con naturalidad.

—Bueno, si te pones así… Te has ganado la medalla por la buena acción del día.

—Vaya, muchas gracias. Hacía mucho tiempo que no me ganaba una. —Se echó a reír, se dio la vuelta y la acompañó por el pasillo que llevaba a los ascensores.

Emily lo siguió y de repente se vio reflejada en las puertas de acero inoxidable. Sabía que estaba sudorosa después de salir de trabajar y lo único que quería era echar a correr en cuanto se abrieran las puertas.

—Tú primero —dijo Gavin con una sonrisa.

Al entrar, él observó la sedosa melena caoba de la chica, que le llegaba por encima de la cintura. Nunca se había fijado en una mujer con coleta, y aún menos en una que pareciera recién salida de una pelea, pero en aquel momento era la criatura más hermosa que había visto nunca. Entre su cara con forma de corazón, su cuerpo menudo y con curvas, y su perfume que los envolvía a los dos, a Gavin le costaba respirar. Entró en el ascensor e intentó no hacer mucho caso a esta sensación, pero no lo consiguió.

—Parece que han cambiado a Armando —dijo mientras pulsaba el botón de la planta sesenta y dos.

Emily intentó que no se le notara el nerviosismo al mirarlo a los ojos. Al estar tan cerca de él se daba cuenta de lo apuesto que era. En aquel sitio tan pequeño y cerrado parecía imponente. Entreabrió los labios para poder respirar mejor.

—¿Armando?

—Sí, Armando —dijo él con una sonrisita mirando la caja de comida—. Bella Lucina. En la oficina os hacemos un pedido cada semana. Armando suele ser el repartidor.

—Ah, claro, pero no soy el nuevo repartidor. A ver, trabajo allí, como ya habrás intuido porque llevo el uniforme y, además, soy una chica, no un chico. —Emily hizo una mueca; se sintió muy tonta. Inspiró hondo y volvió a empezar—: Trabajo allí de camarera. Mi jefe me ha pedido que entregara la comida de camino a casa porque el repartidor ya se había ido. —Empezó a ruborizarse y le entraron ganas de caerse muerta allí mismo. Literalmente. Muerta del todo—. Sé construir frases completas, créeme.

—¿Una jornada larga? Cómo te entiendo. —Gavin soltó una risa al tiempo que observaba su rostro: tenía los ojos más verdes que había visto nunca y un lunar diminuto encima del labio.

Ella sonrió.

—Sí, ha sido un día muy largo.

Sonó un *ping* en la planta treinta y nueve. Se abrieron las puertas y entró una mujer con unos taconazos negros y tan alta como Gavin. Llevaba un traje de chaqueta y el cabello carmesí recogido en un moño.

—Vaya, hola, señor Blake —saludó con voz sensual mientras apretaba el botón de la planta cuarenta y dos. Esbozó una sonrisa encantadora mientras se le acercaba al oído—: Espero que podamos seguir por donde lo dejamos la última vez que te vi.

Gavin dio un paso atrás y su rostro se volvió una máscara de impasividad. Se limitó a asentir y la mujer sonrió y se volvió hacia las puertas del ascensor.

Este volvió a mirar a Emily, avergonzado porque ese rollo de una noche hubiera aparecido de repente.

—¿Y llevas mucho tiempo trabajando en Bella Lucina?

Emily se mordió el labio y esbozó una sonrisa.

—No, hoy ha sido mi primer día.

—Ah, trabajo nuevo. Puede ser estresante. —Le devolvió la sonrisa—. Espero que haya ido bien.

—Pues sí, gracias.

Cuando se abrieron las puertas del ascensor, la mujer salió y se dio la vuelta hacia Gavin.

—Llámame.

Él asintió levemente y ella se esfumó. Las puertas se cerraron y volvieron a quedarse solos.

—No es mi novia, por si te lo preguntabas.

Emily lo miró a los ojos, divertida por el comentario.

—¿Y quién te dice que lo hacía?

Ese carácter *sexy* y peleón le puso el vello de punta, pero se encogió de hombros con aire despreocupado para tantearla.

—¿Y quién me dice que no?

—No me conoces lo suficiente como para deducir lo que estoy pensando —repuso ella con cierta mofa. Se le escapó una sonrisa de los labios.

—En eso tienes razón. —Rio con suficiencia y se le acercó un poco más—. Aunque debo reconocer que me gustaría conocerte.

Fantástico. No solo estaba buenísimo con ese traje moderno y extremadamente caro, sino que también era un creído. Pestañeó para salir del ensimismamiento, tratando de no pensar en lo bien que olía tan de cerca.

—Pues no puedo. Lo siento. —Se escondió un mechón detrás de la oreja.

Antes de que él pudiera responder, se abrieron las puertas del ascensor de la planta sesenta y dos.

—Me bajo aquí. —Emily se dio la vuelta para cogerle la caja—. Te agradezco que la hayas aguantado.

—Ningún problema. Yo también me bajo aquí.

—¿Trabajas en esta planta? —preguntó ella visiblemente confundida.

Como no quería decirle que era el dueño de la empresa de esa planta, se decantó por una media verdad y esbozó una sonrisa.

—Sí. Soy yo quien ha hecho el pedido.

Emily lo miró a los labios, esos labios tan apetecibles.

—Entonces, en cuanto he entrado sabías que iba a subir, ¿verdad?

—Como tenía un rato libre, he bajado a recepción para esperarte. —Sonrió—. Bueno, en realidad esperaba a Armando, pero en su lugar me han recompensado con una bella mujer. He decidido portarme como un caballero y ayudarte con la caja. —Salió del ascensor con paso decidido—. ¿Te apuntas a comer? Hay de sobra.

—No… no puedo. Lo siento —contestó ella mientras pulsaba el botón de recepción.

—¡Espera! —Gavin apoyó la mano en el marco de la puerta para que no se cerrara. Había ido demasiado lejos y se sentía como un capullo, así que intentó salvar los muebles como pudo—. Ha sido una grosería por mi parte y lo siento. Mi madre no me educó así. —Nervioso, se pasó una mano por el pelo—. Me gustaría invitarte a cenar algún día. Sé que una oficina no es un lugar muy romántico que digamos, pero es que trabajo mucho. Pero como he dicho, me encantaría salir contigo alguna noche.

Antes de que pudiera responder, una mujer morena y esbelta le dijo desde su mesa:

—Señor Blake, tiene una llamada por la línea dos.

Con una sonrisa, se volvió hacia ella.

—Natalie, que dejen el mensaje, por favor.

Con dedos temblorosos, Emily pulsó rápidamente el botón para cerrar las puertas. El ascensor se cerró antes de que él pudiera darse la vuelta. Se apoyó en la barandilla de latón para recobrar la compostura. Negó con la cabeza, se arrepentía de haber accedido a entregar la comida. A pesar de todo, salió del edificio y se fue a casa.

—¿Tan guapo era? —preguntó Olivia, sentada a la mesa de la cocina.

Emily se puso un dedo en los labios.

—Joder, Olivia, que Dillon está en mi cuarto. No levantes

la voz. —Miró la puerta y luego a ella—. Sí, estaba buenísimo. Es de los que te entran ganas de despelotarte y dejar que te devore con la mirada. El tío es un bombón.

Olivia se echó a reír y se tapó la boca al momento.

—Suena a muy follable, sí —susurró. Emily asintió y soltó una risita—. Tienes que coger el puesto del repartidor.

—No sé, ha sido la reacción más extraña que he tenido con alguien. Y, además, me da muchísima vergüenza cómo he actuado. Una niña de preescolar lo hubiera hecho mucho mejor.

Sonriendo con aire de superioridad y los ojos brillantes, Olivia dio un traguito al vino.

—El polvo de esta noche con el capullo que tienes en casa puede ser genial si piensas en el buenorro alto, moreno y follable.

Ella le dio una palmada en el brazo.

—Para ya. Basta de pensar en buenorros altos, morenos y follables. —Se deshizo la coleta—. Además, quiero a Dillon. El buenorro alto, moreno y follable será una bendición para otra mujer, créeme.

—De acuerdo, está bien. —Olivia se reía bajito—. Pero al menos ahora ya sabes que tienes a uno de repuesto.

Antes de que Emily pudiera seguir hablando del bombonazo que acababa de descubrir, Dillon salió de la habituación con su mejor traje y corbata. Al verle el pelo rubio mojado y el hermoso rostro, se olvidó del extraño de aquella tarde. No necesitaba más bombones.

—¿No íbamos a quedarnos en casa hoy? —preguntó al tiempo que se le acercaba y lo abrazaba por la cintura—. He alquilado una película.

Él le puso los brazos sobre los hombros, algo fácil, ya que era mucho más alto que ella.

—Voy a cenar con un posible cliente. —Se fue a la nevera y sacó una botella de agua—. Ha sido un imprevisto. Ya la veremos otra noche.

Ella frunció el ceño al verlo tan indiferente.

—¿Y cuántas más cenas imprevistas tienes durante la semana?

Olivia suspiró, se levantó de la silla y salió de la cocina. Dillon también suspiró.

—Son gajes del oficio y lo sabes. Soy corredor de bolsa y de vez en cuando tengo que agasajar a los clientes para conseguir la cuenta.

—Eso lo entiendo, de verdad. —Lo abrazó—. Pero llevo menos de un mes aquí y no haces más que dejarme sola cuando tienes estas reuniones. —Le tiró de la corbata en plan juguetón—. Te veía más cuando vivía en Colorado que ahora.

Él se retiró y entrecerró los ojos.

—Pareces una universitaria quejica. —Giró el tapón de la botella y le dio un trago—. Tranquila, no volveré tarde.

Emily tenía el ceño fruncido.

—¿Una universitaria quejica? ¿Qué se supone que significa eso? ¿Y para qué has venido a ducharte, entonces?

—Porque me han llamado cuando ya estaba aquí.

—Pues lo mejor será que duermas en tu casa hoy —dijo mientras se quitaba el delantal y lo dejaba sobre la mesa—, ya que de todos modos sales a agasajar a tus clientes cinco días a la semana.

Él alzó la voz sin dejar de mirarla:

—¿Qué insinúas, Emily? ¿Crees que te miento?

—No tengo ni idea, pero pensaba que estarías conmigo más de lo que estás —repuso pasándose la mano por el pelo—. Creía que me ayudarías a integrarme.

Él bebió otro sorbo de agua y ladeó la cabeza.

—Te he pagado la mudanza. ¿Qué más quieres de mí?

—Eso ha sido un golpe bajo, Dillon —dijo con la voz entrecortada y los ojos verdes entrecerrados—. No te pedí que lo hicieras. Podría haberme quedado en Colorado y haber seguido la relación a distancia.

Él se le acercó y le acarició una mejilla.

—No, no podías quedarte. Me quieres y tenías que estar aquí después de todo lo que ha pasado. —Le acarició la barbilla—. Y te quiero y te necesito aquí también. Y ahora, dejémonos de tonterías. Me reúno con el cliente y luego vuelvo, ¿de acuerdo?

Emily evaluó la situación sobre la marcha, se puso de

puntillas y lo besó en los labios. Él aceptó el gesto y jadeó ligeramente. La asió por el pelo y la atrajo hacia sí, hacia su pecho.

Ella le dijo contra sus labios:

—Está bien, ve a hacer tus cosas y nos vemos luego.

—¿Entonces no me obligas a irme a casa? —Sonrió—. Si insistes, me voy a mi piso a dormir.

—Venga, ahora no te hagas el listillo. Esperaré a que vuelvas.

—Te prometo que entonces tendrás toda mi atención.

Con las manos entrelazadas, Emily siguió a Dillon hasta la puerta y después de darle un último beso, lo vio marchar.

Cuando cerró la puerta, Olivia salió de su habitación. Se sentó en el sillón y le dio unos golpecitos para que la acompañara.

—Va, desembucha. ¿Qué pasa, mujer?

—No sé, lo veo distante —contestó ella mientras se sentaba a su lado.

—Mira, ya sabes que no soporto a Dillon. —Se quedó callada un momento y se dio unos golpecitos en la barbilla—. Es más, lo odio. —Emily puso los ojos en blanco y ella se echó a reír—. Pero en su defensa debo decir, y solo porque mi hermano trabaja en el mismo despacho, que es verdad que deben cuidar a los clientes y sus cuentas potenciales.

—Ya, pero ¿Trevor también sale cinco días a la semana para atender a esa gente?

—No, pero supongo que Dilli Vanilli es un bolsista más exigente, más dinámico. Teniendo en cuenta que es un capullo, no me sorprendería nada.

—Bueno, basta ya de meterte con él —dijo meneando la cabeza. Su amiga se echó a reír y ella se quedó pensando en lo que acababa de decirle—. Quizá tengas razón, no sé. Tal vez entre asimilar la muerte de mi madre y la mudanza, tengo el cerebro frito.

Ella le puso una mano en el hombro y se le suavizó la mirada.

—Tener que asimilar todo eso a la vez es una putada. No me imagino pasando por lo mismo. —La atrajo hacia sí y le dio un buen abrazo—. Eres una mujer fuerte y lo superarás. Estoy convencida.

—Gracias, Olivia, de verdad. No sé qué habría hecho sin ti. Fue una suerte tenerte de compañera en la residencia y ahora, que vivo aquí contigo, estaré siempre en deuda contigo.

Se echó a reír.

—No te me pongas melodramática. —Se incorporó y cogió la película que Emily había alquilado. Después de colocarla en el DVD, volvió al sofá—. Venga, queda inaugurada la noche de chicas.

2

¿Con leche o con azúcar?

*E*mily se despertó a la mañana siguiente y contempló el cuerpo de Dillon, que aún dormía, con una mirada soñolienta. Apoyó la cabeza en su cálido pecho mientras analizaba mentalmente su relación. Como cualquier persona, él tenía sus rarezas. Sabía que se acostumbraría a ellas, pero de momento, ese estilo de vida tan acelerado le resultaba difícil. Al principio, sus peculiaridades no parecían ser tan importantes porque su relación se había desarrollado en su propio mundo, pero ahora que ella vivía en el suyo, tenía que aceptar muchas cosas.

Ser una novia trofeo no estaba entre sus metas. Sin embargo, desde que se había mudado a Nueva York, parecía que Dillon la había relegado a ese papel. Cuando salía con él, la exhibía a los pocos amigos suyos que había conocido. También se había percatado de un aspecto posesivo en su conducta. En ocasiones, esa posesividad era adorable, algo que suele hacer un novio y no pasa de ahí, pero la mayor parte del tiempo se le antojaba controlador y confuso. No obstante, en ese momento, mientras sus sentidos lo iban asimilando y pensaba en el bien que había hecho, aceptó la relación tal y como era. Se acurrucó aún más junto a él y le apartó un obstinado mechón de pelo de la frente.

Bostezando, él sonrió.

—Te has despertado pronto —dijo con la voz ronca de recién levantado—. Anoche no conseguí matarte a polvos.

Ella sonrió mientras le acariciaba el antebrazo con la nariz.

—Si me mataras a polvos, ya no podrías volver a hacerlo conmigo, señorito.

—¡Ah! Te equivocas, amor. Seguiría haciéndolo contigo... muerta o no.

—¡Estás enfermo! —Rio con nerviosismo mientras se incorporaba en la cama.

Un destello de depredador se asomó a sus ojos marrones.

—¿Lista para el segundo asalto?

—¿No ibas a llevarme a desayunar como me prometiste?

—Por supuesto que sí.

—Bueno, pues entro a trabajar a las diez, y necesito darme una ducha.

—Sabes que se me da bien echar polvetes rápidos si es necesario —dijo poniéndose en pie y levantándola.

Incapaz de negarse, le siguió sin rechistar mientras él los desnudaba a ambos antes de llegar al baño. Ella se apoyó en el lavabo y lo vio abrir el grifo. Sintió la energía provocadora que emanaba su cuerpo mientras se le acercaba, con aquella sonrisa infantil que tanto la excitaba. La atrajo hacia sí y la besó con tanta ternura que sintió que sus labios temblaban contra los de él. No habría podido liberarse del embrujo de su beso aunque quisiera. Con sus manos acariciándola por todas partes, sintió el cálido contacto de su piel y la pasión se avivó en su interior, lo que hizo que su cuerpo se tensara en busca de más. Él recorrió con la boca el valle de entre sus pechos y le pasó la lengua por el pezón, lo que la enloqueció.

La miró fijamente, succionó y trazó círculos alrededor de su dura cima.

—Te gusta, ¿verdad?

—Sí —susurró mientras lo agarraba del cabello con las manos.

Con un ritmo lento y exasperante, le introdujo los dedos en su húmedo sexo. La presión era terriblemente maravillosa y se unía a la sensación repentina de tirantez entre sus piernas. Él presionó con más fuerza contra su boca mientras ella le hincaba las uñas en la espalda. Dillon gimió cuando ella le recorrió el pecho con las manos, deslizándolas lentamente hacia abajo, hacia los músculos de su abdomen. Le rodeó la cintura con las piernas y él la llevó hasta la ducha. La puso de espaldas contra la pared y dejó escapar un grito ahogado de placer cuando él se fundió perfectamente en su interior. Cada una de sus terminaciones nerviosas se encendió cuando sus cuerpos se unieron en uno.

—Joder, qué bueno es esto, Em —siseó con la voz llena de deseo.

Emily se agarró a sus hombros mientras el agua caliente resbalaba por sus cuerpos. Las ansias de él aumentaban con cada latido y embestida. Con los labios sellados, ella apretó con más fuerza las piernas alrededor de su cintura y arqueó su cuerpo contra el suyo, acogiendo sus penetraciones. Los ojos de Dillon se dilataron cuando la sintió contraer los músculos del sexo con fuerza. Emily gimió de satisfacción cuando notó que Dillon se estremecía y temblaba contra ella. Hundió el rostro en su cuello y dejó escapar un gemido al llegar al clímax. Cuando retrocedió, sus miradas se encontraron y se observaron fijamente mientras empezaban a respirar con normalidad.

—Te quiero, Emily —dijo mientras la bajaba y la atraía hacia sí—. Me alegro de que estés aquí.

—Yo también te quiero. Siento mucho cómo me comporté anoche antes de que te fueras. —Le cubrió de besos el pecho y le rodeó la cara con las manos—. Intentaré ser más comprensiva con tus horarios alocados a partir de ahora.

Le dedicó una dulce sonrisa.

—Sé que lo harás.

Pasaron la siguiente media hora lavándose el uno al otro. Juguetearon, Dillon dejó caer el jabón por su cuerpo y Emily le devolvió el gesto cuando le frotó la espalda. Se dio cuenta de que lo que le había dicho la noche anterior era verdad. Tenía que estar en Nueva York con Dillon. Lo amaba. No había una sola fibra en su alma que pensara que podía vivir otra vez lejos de él.

Teniendo en cuenta que no tenían tiempo para salir a desayunar, Emily acabó cocinando para los dos. Después de limpiar, Dillon se fue a trabajar. Ella se preparó para su turno y llamó a su hermana, Lisa, que vivía en California. La echaba muchísimo de menos. Lisa era diez años mayor que ella y era como su segunda madre. Seis años antes se había casado con su amor del instituto, Michael. Debido a la ausencia de su padre, era a Michael a quien Emily recurría en busca de la ayuda que debería haberle dado su propio padre si hubiera estado allí. Lisa y Michael significaban muchísimo para ella. Verles antes de que su madre muriera había sido difícil, pero estar literalmente en extremos opuestos del continente significaba que sus visitas serían menos frecuentes. Sin embargo, habían acordado una fecha para encontrarse de nuevo dentro de unos meses.

Cuando terminó la llamada, Emily se subió a un taxi y se fue directa al trabajo. Mientras se acomodaba durante el trayecto, se vio a sí misma acordándose de lo mucho que su madre quería ir a Nueva York. Incluso llegó a reservar entradas para un espectáculo de Broadway, pero cayó enferma poco después. El rápido progreso de su enfermedad le impidió ir. Era un pensamiento agridulce. Allí estaba ella, en la ciudad a la que su madre ansiaba ir, pero no estaban juntas. Mientras entraba en el restaurante, Emily intentó apartar de su mente el dolor que invadía sus pensamientos.

—¡Hola! ¿No dices ni *ciao*? —preguntó Roberto, el cocinero italiano—. *Tu mi piaci*. Me gustas *molto*.

—Hola, Roberto. —Se rio—. Tú también me gustas.

Se ruborizó mientras Emily fichaba. Fallon le dijo que como el día anterior se había dejado la piel currando, habían decidido que era lo bastante capaz para tener su propia sección. Sus primeros clientes fueron unos agentes de policía de Nueva York. Antonio la observaba atentamente mientras se acercaba a ellos.

—Hola, me llamo Emily. Hoy les atiendo yo. —Sonriendo, sacó un bolígrafo y un bloc de notas del delantal—. Señores, ¿espero para tomarles nota o saben ya lo que van a pedir?

El agente mayor, un hombre con el pelo entrecano, le devolvió la sonrisa.

—No eres nuestra camarera de siempre.

—No, señor, no lo soy. Empecé a trabajar aquí ayer, así que, caballeros, pónganmelo fácil, ¿de acuerdo? —Emily señaló por encima del hombro a Antonio—. Mi jefe me está mirando.

Con gestos cariñosos, rieron entre dientes, divertidos sin duda por su comentario. El más joven se metió en la conversación:

—¿Quién? ¿Antonio? Qué va, es inofensivo.

El policía de mediana edad sonrió con suficiencia.

—No te preocupes. Intentaremos ser amables, pero a veces podemos ser un coñazo.

—Bueno, no sean muy duros conmigo. —Emily sonrió, alegre por ver que tenían sentido del humor—. ¿Qué les traigo de beber?

Emily apuntó el pedido y lo llevó a la cocina. Tenía que atender unas cuantas mesas antes de que empezara el ajetreo del almuerzo. El lugar pasó de estar bastante tranquilo a ser un auténtico manicomio con todo tipo de clientes imaginables.

Mientras Emily se alejaba con el pedido de una de las mesas, Antonio la llamó y la llevó a un reservado en la esquina.

—Oye, Country, acaba de llegar otra mesa. ¿Crees que podrás encargarte de esa también?

Se ajustó la bandeja en el hombro.

—Sí, seguro. Estoy bien. Ahora mismo voy.

Él asintió y se fue rápidamente a la puerta delantera para recibir a más clientes.

Cogió una bandeja del estante, colocó la comida y llevó los platos a la mesa de cinco.

—¿Necesitan algo más?

Una atractiva chica morena con un vestido de verano levantó un vaso de refresco vacío.

—¿Me lo puedes rellenar, por favor?

Emily le dedicó una sonrisa apresurada y cogió el vaso.

—Ahora se lo traigo.

Se dirigió al surtidor de refrescos y echó un vistazo a una mesa en la que había un hombre al que no había atendido todavía.

—Mierda —murmuró para sus adentros.

Volvió rápidamente a la mesa de cinco y le dio la bebida a la mujer.

—Lo siento. ¿Les traigo algo más? —preguntó, con la esperanza de que le dijeran que no. Todos negaron con la cabeza.

Suspiró, aliviada, y les dijo que volvería en breve para ver cómo iban. Se sacó el bloc de notas del delantal y rodeó la esquina. Se pasó la mano por la frente sudorosa, se acercó a la mesa y se le cayó el bolígrafo frente al reservado. Se arrodilló para cogerlo, pero antes de que pudiera hacerlo, lo recogió la mano de un extraño.

—Gracias —dijo Emily, todavía agachada—. Se lo agradezco. ¿Puedo...? —Se le apagó la voz cuando miró al cliente a los ojos.

Era él, el buenorro alto, moreno y follable del ascensor. Se le cortó la respiración al verlo allí sentado. Tuvo que apoyarse en la mesa para no caerse mientras se levantaba del suelo. Estaba más bueno de lo que recordaba. Se había olvidado de él en menos de veinticuatro horas, y allí estaba otra vez, tan masculino y tan cautivador. Volvió a desatarse aquel hormigueo tan familiar. Se había quitado la chaqueta del traje, que había colgado cuidadosamente en un perchero cerca del reservado. Llevaba una camisa blanca y entallada, y la ausencia austera de color enfatizaba aún más el color azul claro de sus ojos.

Gavin esbozó una sonrisa.

—Parece que no te alegras mucho de verme.

—Estoy un poco... Yo... —Intentaba encontrar las palabras.

Gavin no estaba dispuesto a admitir que la urgencia que sentía por verla era intensa, tantas ganas tenía que, de hecho, había cancelado una reunión con una gran cuenta con la esperanza de poder encontrarla en el trabajo. Ni tampoco le diría que cuando las puertas del ascensor se cerraron la noche anterior, se sintió extrañamente vacío.

—Te fuiste tan rápido la otra noche que no pude darte propina por el pedido.

—Ohhh. —Emily prolongó la palabra intentando pensar en algo amable, ya que él tenía el don de confundirla—.

Claro… Hablando de eso… Lo siento mucho. ¿Qué te traigo de beber? —Mordió el capuchón del bolígrafo.

Gavin miró sus hermosos labios y sonrió al reparar en su nerviosismo.

—Sí, un café, por favor.

—¿Lo quieres con leche o con azúcar?

Ladeó la cabeza.

—¿Y tú?

—¿Y yo qué?

—¿Cómo tomas el café, con leche o con azúcar?

Confundida por su pregunta, se movió, algo incómoda.

—¿Por qué quieres saberlo?

Gavin se quedó callado, pero sonrió.

—Bueno, quería conocerte más y he pensado que hablar de café sería fácil. Aunque puede que me equivoque.

Una leve risa escapó de los labios de Emily.

—Eso suena a acosador, ¿no?

—Mmm… a acosador. Eso es nuevo y un poco cruel. —Se rio, pero el humor le iluminó la mirada—. Yo lo llamaría curiosidad.

Ella sacudió la cabeza y sonrió.

—Está bien, pero no me has respondido. ¿Lo quieres con leche o con azúcar?

—Tú tampoco has respondido. —Arqueó una ceja perfecta—. ¿Tomas el café con leche o con azúcar?

Sabía que iba a perder esa batalla, así que se dio por vencida.

—Sí.

—Ah, los polos opuestos sí se atraen. Perfecto. —Se echó hacia atrás en el asiento y se cruzó de brazos—. Tomaré el mío solo.

Emily pestañeó, mirando su sensual rostro unos segundos más. Se alejó y regresó a la mesa de cinco. Les preguntó si necesitaban algo más y como dijeron que no, les dejó la cuenta. Llegó a la barra con la respiración agitada por aquel hombre. Fallon la asaltó mientras preparaba el café. Aquel día llevaba el pelo teñido de color negro azabache. Miró a Gavin disimuladamente y se quedó boquiabierta.

—Country, ¿conoces a ese tío?

Emily suspiró y miró a Gavin. Estaba leyendo un periódico que tenía en las manos.

—No… bueno… creo que sí. —Puso el café en la bandeja.

Fallon sacó de un tirón el bloc de notas de Emily, garabateó su nombre y su número y se lo devolvió.

—Por favor, dáselo. Mis ojos nunca se habían deleitado con un tío bueno como ese.

—Creo que eso sería quedarse corta. —Emily ya se iba, pero se dio la vuelta—. Espera, ¿qué pasa con el novio madurito que tenías?

La muchacha se puso las manos en las caderas y sonrió con suficiencia.

—Estoy abierta a cualquier edad, raza o sexo si se presenta la ocasión.

Emily sacudió la cabeza, se rio y regresó de nuevo a la mesa. Mientras trataba de controlar las palpitaciones de su corazón, intentó averiguar su edad. No aparentaba más de veinticinco. Con la mano temblorosa, le puso el café delante. Él le dedicó una sonrisa inocente y dejó el periódico a un lado.

—¿Has decidido qué quieres comer? —preguntó, bajando la vista a sus gemelos de ónice y al reloj, que parecía bastante caro.

—En realidad, no he mirado la carta todavía —respondió; cogió la carta y la examinó.

—De acuerdo. Pues vuelvo dentro de un rato.

—Espera —dijo con una sonrisa—. ¿Me recomiendas algo en especial?

—Lo único que he probado aquí es el *panini* de queso Asiago y champiñones.

—Buena sugerencia. Tomaré eso.

Se disponía a escribirlo, pero se detuvo.

—También lleva espinacas. ¿Te parece bien?

Se rozó lentamente el labio inferior con los dientes y sonrió.

—¿Lleva también tu nombre y tu número de teléfono?

«Maldito sea él y sus labios», pensó Emily.

Fingió no verse atraída por su pregunta y sacó el número de Fallon y se lo entregó.

—No, no es mío, pero quería que te lo diera. —Emily movió la cabeza en dirección a Fallon—. Espero que sea tu tipo.

Gavin no apartó la mirada de Emily ni un segundo.

—No me interesa ella —respondió con calma, apartando el trozo de papel hasta el borde de la mesa.

—¿Y cómo sabes que no lo estás? Ni la has mirado.

Apoyó el codo en la mesa y una sonrisa se asomó a su boca perfecta y pecaminosa.

—No me interesa ella porque tengo delante a la única mujer de Manhattan cuyo nombre y número quiero.

Emily cambió de postura y se le entrecortó la respiración.

—Pues, lo siento, pero tengo novio.

—Ya lo suponía —respondió, cruzándose de piernas como quien no quiere la cosa—. Era casi imposible que no lo tuvieras.

—Sabías que tenía novio, ¿y aun así quieres mi número?

Él sonrió y le miró la mano izquierda.

—Sí, pero no llevas anillo, y mientras no lleves anillo, puede que todavía haya esperanza.

—Así que, básicamente, ¿me estás diciendo que eres infiel? —preguntó, mirándolo a los ojos con incredulidad.

—No he dicho tal cosa. —Se rio.

Sonrió e inclinó la cabeza.

—Bueno, crees que voy a pegársela a mi novio para salir contigo, así que sí, debes de ser un tipo infiel.

—Lo que espero es que rompas con tu novio y salgas conmigo —repuso rápidamente con una sonrisa irónica—. Eso es ser sincero.

Apuntó lo que le había pedido.

—Sincero, no. Engreído, sí.

—Prefiero el término «optimista» —replicó, fijándose en cómo se mordía el labio con nerviosismo—. ¿Puedo saber al menos el nombre de la preciosa camarera que me está atendiendo?

Abrumada por sus palabras, pero sin querer revelar su verdadero nombre, Emily le respondió simplemente:

—Molly. Me llamo Molly.

Gavin se disponía a hablar cuando Antonio la llamó desde el otro lado del restaurante.

—Country, te llaman por teléfono.

A regañadientes, Emily apartó la vista de Gavin y se acercó a la zona de camareros para atender la llamada.

—Bueno, ¿qué te ha dicho? —preguntó Fallon.

Emily frunció el ceño.

—Que tiene novia.

—Vaya, y yo esperando. —Fallon cogió su bolso y se fue a la puerta—. Supongo que de momento tendré que conformarme con el viejo. Nos vemos mañana.

Mientras le decía adiós con la mano, llegó al teléfono: era Dillon, que llamaba para hacer planes para la noche. Después de colgar, se alegró de que la hubiera llamado y poder encauzar sus pensamientos. Inspiró hondo, se acercó al ordenador e introdujo el pedido de Gavin. Recibió a una familia de tres ya a punto de terminar el turno.

Al final, se arriesgó a echar un vistazo a Gavin cuando se sentó en la barra a esperar a que saliera su comida. Se sintió abrumada cuando sus ojos se encontraron y se miraron fijamente. Estaba confundida. No sabía por qué la estremecían sus ojos y odiaba que le gustara el modo en que la miraba. Despertó del ensimismamiento cuando oyó que uno de los cocineros la llamaba. Fue a la cocina, recogió el plato de Gavin y cogió la cafetera.

—Un *panini* de queso Asiago y champiñones con espinacas —anunció mientras le ponía el plato delante—. Y aquí tienes un poco más de café.

—Gracias. —Gavin le miró el cuello cuando ella se inclinó para servirle el café. El dulce aroma de su cuerpo lo cautivó. Imaginó que sus labios se deslizaban por su hermosa piel, luego volvió a concentrarse en su rostro y sonrió. Carraspeó en un intento de olvidarse de aquella fantasía.

A Emily le latía el corazón con fuerza y de modo irregular mientras él la miraba fijamente.

—¿Te traigo algo más?

—Pues, sí. Lo siento —dijo, tratando de despertar del extraño hechizo que ella parecía haberle echado—, pero acaban de llamar diciéndome que tengo que volver a la oficina. ¿Podrías preparármelo para llevar?

—Oh… Siento que haya tardado tanto —se disculpó y recogió el plato—. Te lo pondré en una caja.

—No te preocupes. Debería haberte avisado antes. —Se levantó y se puso la chaqueta del traje.

Emily se dio la vuelta y se fue a la cocina con cuatro zancadas.

Después de dejar un billete de veinte en la mesa, Gavin sacó una tarjeta de visita y dos billetes de cien dólares. Envolvió la tarjeta con ellos y lo tapó todo con un billete de cinco dólares.

Emily volvió con la caja y se la entregó.

—De verdad, siento mucho que haya tardado tanto. —Lo miró fijamente a los ojos y volvió a acalorarse automáticamente.

Gavin se inclinó, a solo unos milímetros de su rostro. Le cogió la mano y le colocó en la palma el paquetito que había hecho con la tarjeta y el dinero, mientras le susurraba dulcemente al oído:

—Te lo repito: no te preocupes por eso.

Emily se quedó paralizada mientras se le aceleraba la respiración tanto como su corazón. Notaba su cálido aliento tan cerca que se sentía a punto de estallar. Él emanaba una intensa energía sexual, no podía negarlo; ninguna mujer podría. Fue incapaz de hilar una frase coherente; no pudo ni contestarle mientras le sostenía la mirada. Él esbozó una sonrisa seductora.

—Llámame si cambias de idea, Molly. —Y dicho eso, se dio la vuelta y salió por la puerta. Todas las mujeres del restaurante lo siguieron con la mirada.

Emily soltó el aliento que no se había dado cuenta que llevaba rato conteniendo. Contó el dinero, abrumada no solo por la excesiva propina que le había dado, sino también por ver que le había dejado la tarjeta de visita… con el lado blanco hacia arriba. Luchó consigo misma para no darle la vuelta. Suspiró, furiosa, mientras intentaba dejar de pensar en él, que aún le rondaba por la cabeza. En vano. Ya lo tenía instalado en la mente.

No podía negar que lo encontraba muy atractivo; le dio apuro hasta mirarlo la primera vez que lo vio. Había algo misterioso en sus ojos, de un azul tan claro que casi te rogaban que te entregaras a él, que le obedecieras y que hicieras con él lo más obsceno que la mente pudiera imaginar. Puede que fuera la curva de sus pómulos, altos y definidos. Puede que fuera su tono de voz áspero pero suave a la vez, algo que la desarmó por completo la primera vez que habló.

«Está claro que tiene una voz seductora a juego con esa mirada folladora».

Era, sin lugar a dudas, un espécimen buenorro, follable, con un porte, unos ojos y una voz arrolladora. Follable o no, Emily sabía que tendría que resistirse mientras mantuviese la cordura por encima del subconsciente. Tuvo que sacar fuerzas de donde no había para llegar a la cocina sin mirar el nombre y el número de contacto. A pesar de que el demonio de su cabeza se lo pedía, tiró la tarjeta a la basura y notó de inmediato un hormigueo en los dedos por su ausencia.

3

Respiraciones profundas

Durante los siguientes días, y a regañadientes, Emily desempaquetó lo que aún tenía en las cajas. Un retraso en la empresa de transportes había hecho que le llegaran tarde. Por mucho que le costara, pensaba dejarlo todo ese mismo día. Olivia la ayudó a ordenar años de recuerdos; eran lo único que le quedaba ya y se aferraba a ellos como si fueran los últimos latidos de su corazón. El último objeto de la última caja le cortó la respiración; notó un nudo en el pecho y se le desbordaron las emociones. Con un suspiro, se echó en la cama y abrazó la foto enmarcada de su madre, quien sonreía orgullosa en la graduación del instituto. El muro que tanto le había costado construir los últimos meses se derrumbó y empezó a llorar. La realidad irrefutable de lo acontecido —que jamás volvería a ver a su madre— era un golpe muy duro.

La tristeza nublaba los ojos de Olivia mientras veía cómo su amiga se venía abajo.

—No sé qué decirte, Emily. Ojalá pudiera hacer desaparecer tu dolor.

Emily le cogió la mano, tremendamente agradecida por tenerla al lado. Las dos se quedaron un rato en silencio; sabían que no había más que decir. Emily se levantó, esbozó una sonrisa y se secó las lágrimas de las mejillas. Le dio un abrazo y entró en el cuarto de baño. Estaba agotada mental y físicamente. Los tres últimos días había doblado turno y eso le estaba haciendo mella. Solo quería pasar una noche tranquila en el sofá con Dillon. De camino a la ducha, borró de la mente todo lo que estuviera relacionado con su madre. Fue difícil, pero trató de sobreponerse y lo consiguió. Al salir de la ducha, se puso un pijama cómodo y se instaló en el sofá con una más que merecida copa de vino.

Un rato después, Olivia entró en el salón; llevaba un vestido veraniego rojo, el pelo recogido y un bolso de mano. Observó a Emily, esperanzada.

—Vente con Tina y conmigo esta noche. Te sentará bien.

Sonrió a Olivia y pensó en el nuevo amor de su amiga, Tina Reed, una chica de veinticuatro años, graduada en la Universidad de Columbia. Quemada por algunas relaciones, se había cansado ya de tantos hombres y había decidido pasarse al otro bando.

Emily suspiró y se pasó la mano por el pelo.

—Esta noche solo quiero relajarme. —Cogió la botella de vino tinto y sonrió—. Creo que me la voy a pulir.

Olivia le dio un beso en la cabeza.

—Está bien, pero si cambias de opinión, llámame.

Emily asintió y Olivia salió por la puerta.

Echó un vistazo al reloj y vio que eran las diez y cuarto. Dillon ya tendría que haber llegado. Se preguntó si estaba en alguna reunión de última hora. Seguía pensando en ello cuando sonó el teléfono a la media hora. Era Dillon que llamaba para decirle que estaba en un club del SoHo, celebrando una cuenta nueva y que quería que fuera. Intentó explicarle que estaba cansada y que ya se había cambiado, pero él no cedía. Por el tono de voz notó que no le hacía gracia. Con un suspiro, Emily sucumbió, entró en el dormitorio con desgana y se preparó para salir a pesar de su estado físico y emocional.

«No puede ser ella», pensó Gavin. Se frotó los ojos y la miró fijamente a través de la poca luz del club. Increíble pero cierto, era ella. Molly, la camarera que no lo había llamado. Molly, la camarera que despertaba sus sentidos, su instinto y hasta la última fibra de su ser. Molly, la camarera que estaba más atractiva de lo que podría imaginar. Vio cómo cruzaba el local abriéndose paso entre la multitud de personas que se rozaban las unas con las otras. Se deleitó con su pelo largo de color caoba, que le caía por los hombros, y el ajustado vestido negro, que terminaba justo por encima de las rodillas. La proporción perfecta de escote y cuello le embotó la mente y despertó aquel deseo primario e innegable de hacerla suya. Con la mirada le devoró las piernas, tan elegantes, largas y bien proporcionadas, que acababan en unos tacones negros. Se pasó las manos por el pelo; notaba cómo se le aceleraba el corazón mientras se acercaba. Se disponía a ir hasta allí, hablar con ella y respirar su aroma, cuando un carraspeo de Dillon le hizo apartar la vista.

—Sé lo que estás pensando, Blake, pero es mía —comentó Dillon con una sonrisa.

Gavin abrió la boca como si fuera a hablar, pero no salió nada. Dirigió sus ojos azules a la hermosa mujer que había puesto su mundo patas arriba unos días antes y luego miró a Dillon.

—Un momento… ¿Es Emily? —preguntó, con una expresión de asombro.

—Sí, tío. Ya te dije que estaba muy buena. —Le hizo señas a Emily para que se acercara. Ella se quedó de piedra a unos pocos metros de distancia y Gavin supo por qué.

Le echó un buen trago a la cerveza y se le hizo un nudo en la garganta mientras se apoyaba en la barra. Incapaz de apartar la mirada, mantuvo contacto visual con la mujer que su amigo acababa de proclamar como suya.

Emily se mordió el labio e intentó que no cundiera el pánico al ver al buenorro alto, moreno y follable, que estaba con Dillon. Parecía que el aire se hubiera vuelto más denso de repente. Perdía el equilibrio con cada paso.

«No es posible que se conozcan. Esto es Manhattan, por Dios», pensó Emily.

Su corazón latía cada vez con más fuerza a medida que se aproximaba. Una sonrisa curiosa y traviesa se asomó al rostro de Gavin y se le marcó un hoyuelo en la mejilla. Sus penetrantes ojos azules eran muy intensos y no pestañeaba. Le echó un rápido vistazo al pecho. Se le marcaban los pectorales a través de la camiseta. Estaba aún más bueno si cabía con aquel aire relajado, la camiseta negra de pico y unos vaqueros que se ajustaban a su cintura a la perfección. Era como si sus ojos la leyeran y se le cortó la respiración. Respiró hondo y se acercó a los dos hombres, tratando de centrarse solamente en Dillon.

Este la atrajo hacia sí por la cintura y le plantó un beso exagerado en los labios. Después de pedirle una bebida, la colocó delante de él y la estrechó de nuevo. Tenía a aquel hombre justo enfrente cuando Dillon dijo por fin:

—Gavin, mi chica, Emily Cooper. Emily, Gavin Blake.

Incapaz de apartar la vista de la suya, Gavin le tomó una mano con indecisión y le dio un beso. Mientras la besaba dulcemente absorbió el calor que irradiaba su piel. La soltó a regañadientes.

—Es todo un placer, Emily.

Pensando en la agradable sensación de su barba de dos días en los nudillos, Emily le contestó con una inclinación de cabeza y una sonrisa.

—Me alegro de conocerte por fin.

—¿A que es preciosa? —preguntó Dillon a Gavin.

Emily apartó la vista y se ruborizó por el comentario, pero sonrió mientras intentaba recobrar la compostura.

Gavin miró su boca, fascinado por aquellos labios de color rubí. Volvió a mirarla a los ojos, que eran de color verde con destellos dorados. «Preciosa», pensó. Se mordió el labio inferior y dijo:

—Eres un hombre con suerte, Dillon.

Este asintió con la cabeza mientras apuraba el último trago de su whisky.

—Vamos a bailar. —Agarró a Emily por las caderas y la arrastró a la pista de baile. Aunque sabía que no debía hacerlo, ella le echó un rápido vistazo a Gavin mientras se alejaban.

Gavin intentó mantener la calma cuando ella se volvió para mirarlo. Observó cómo la estrechaba Dillon y las irrefutables muestras de amor con las que le respondía ella. Cómo lo miraba ella, dedicándole toda su atención. Pidió otra cerveza y luchó contra la urgente necesidad que tenía de llegar a la pista de baile, pegar a su amigo y envolverla con sus brazos.

Como si no fuera incapaz de olvidarse del tema inconscientemente, Gavin despachó a todas las mujeres que se le acercaban. Sabía que estaba en un terreno desconocido y que sus pensamientos eran irracionales, teniendo en cuenta que Dillon era uno de sus mejores amigos, pero Emily lo atraía de una forma enfermiza. Estas emociones no se correspondían con su cuerpo ni con su mente. Y no le gustaba ni un pelo.

Al final, Dillon se acercó a Gavin cuando Emily se fue al baño. Se inclinó sobre la barra con una sonrisa irreverente.

—Te gustaría estar en mi pellejo, ¿verdad, colega?

Gavin no podía evitar sentir celos, pero no estaba dispuesto a confesarlo.

—Me preguntaba cómo conseguiste echarle el anzuelo.

No era una pregunta, sino una afirmación. Dillon solía salir con mujeres que eran más salvajes que Emily. Su amigo echó la cabeza hacia atrás y se rio mientras pedía otro chupito de tequila.

—Parece que te crees el único dios de la ciudad.

—No soy ningún dios, Dillon, y está claro que tú tampoco —apuntó él, apoyándose con el brazo en el borde de la barra—, pero sí sé que a una mujer como ella tienes que cuidarla.

Dillon empezó a menear las caderas hacia delante y hacia atrás.

—Oh, sí que la estoy cuidando. De eso no tiene ninguna queja.

—No me refería a eso —vociferó Gavin, intentando quitarse esa imagen de la cabeza. Suavizó la voz y dijo en un tono más tranquilo—: Pórtate bien con ella, en serio.

Dillon ladeó la cabeza y frunció el ceño.

—¿Desde cuándo te importa cómo trato a las mujeres, señor alérgico al compromiso? Te follas a todo lo que se te pone por delante y tienen suerte si les devuelves las llamadas.

—No estamos hablando de mí. Ya te lo he dicho, cuídala.

—Gavin Blake enseñándome cómo tratar a las mujeres. Eso sí es para partirse de risa. —Dillon le echó un buen trago a su bebida y dejó la copa dando un golpe—. Me casaré con ella. Ya lo verás. Y solo para torturarte, vendrás a la boda.

—Sacudió la cabeza y se rio, pero se recobró con rapidez a medida que su expresión se tornó más seria—. Como he dicho antes, es mía. Tú ya tienes bastantes mujeres dondequiera que vas.

Antes de que Gavin pudiera responderle, se acercó Emily. Dillon le dio una cerveza y ella le sonrió.

—Gracias. Y ¿de qué estáis hablando, chicos?

Aprovechando que Dillon se estaba burlando de él, Gavin pensó que podría jugar a un pequeño juego. Se concentró en la curva de la mandíbula de Emily antes de clavar la mirada en sus ojos.

—Me preguntaba cómo ha acabado mi amigo con una mujer tan hermosa. Está claro que estás fuera de su alcance.

Emily sintió cómo la observaba Gavin. Parecía que quisiera examinarla, como si quisiera dejar al descubierto todas sus emociones y secretos. «Qué talento más peligroso guardan sus ojos», pensó.

Empezó a hablar, pero la voz de Dillon se alzó por encima de la música ensordecedora.

—Que te den por culo a ti y a tu comentario. ¿Que está fuera de mi alcance?

Gavin se había sentado en un taburete de la barra.

—Sí, muy fuera de tu alcance.

Dillon sonrió.

—Di lo que quieras, tío, pero ella se viene conmigo. —Dillon leyó un mensaje que acababa de recibir y se giró hacia Emily, que estaba muerta de vergüenza por la conversación—. Trevor está de camino, cielo. Me voy al baño, pero no dejes que este payaso te engatuse mientras yo no esté. Es un manipulador. —Le dio un casto beso en la mejilla y se alejó.

Gavin observó a Emily con cuidado. El silencio los envolvía mientras ella bebía la cerveza a sorbos. Notó que lo observaba, que lo miraba con nerviosismo, lo que echaba al traste el poco instinto racional que le quedaba. Cada vez que sus ojos se encontraban, le entraban ganas de poseerla y vivir en su mirada para siempre. Se preguntó si ella también había sentido esa conexión cuando le besó la mano. Dio un trago largo a la cerveza para aliviar la sequedad de la boca.

—Bueno, Molly, ¿te gusta Nueva York?

Emily rio; sabía que diría eso.

—Sí, en realidad sí que me gusta, acosador. Gracias por preguntar.

—Si te soy sincero, no soy ni acosador ni manipulador —dijo, riéndose por el apodo.

—Tu lado acosador puede ser cuestionable, pero para ser sincera, sí que he escuchado que eres un donjuán. —Emily se mordió el labio; acababa de darse cuenta de lo tremendamente ofensivas que habían sonado sus últimas palabras, pero era la verdad. Olivia le había contado varias historias sobre Gavin, el amigo rico de Dillon: que era un mujeriego, básicamente. También le advirtió de que cuando lo conociera, tendría que esforzarse por no arrancarle la camisa y lanzar los botones por los aires, junto con su inhibición sexual. Todo en él era tan follable...

Gavin se movió en su asiento y sonrió.

—¿Y quién te ha dicho eso?

—Olivia Martin.

—Pues creo que no la conoces tan bien —replicó él, que se volvió hacia el camarero para que les pusiera otra ronda.

—Veamos. Fuimos compañeras de habitación en la universidad y ahora vivimos juntas. La considero una fuente fiable, pero bueno, como veas.

—Perdóname, a mí y a mi mala memoria. Es verdad. Es verdad. Eres Emily, no Molly. —Sonrió con suficiencia mientras se pasaba una mano por el pelo—. Claro que conoces a Olivia.

Ella sonrió.

—Sí, mi verdadero nombre es Emily. Ahora que ya hemos aclarado eso, tengo el presentimiento de que me lo vas a estar recordando, ¿verdad?

Una deliciosa sonrisa se asomó a su rostro.

—Ajá, puede que sí o puede que no. Solo lo sé yo, tú tendrás que averiguarlo. —Ambos se rieron, lo que los relajó un poco—. Bueno, ¿qué más te ha dicho Olivia de mí?

—Ajá, eso solo lo sé yo, tú tendrás que averiguarlo.

Divertido con su rápida respuesta, Gavin apoyó la cabeza

en la barra y se rio. Sus rasgos se suavizaron mientras la miraba a los ojos.

—En mi defensa, tengo que decir que lo de donjuán es un malentendido. Aún no he encontrado a la mujer adecuada.

—Pues parece que hay muchísimas mujeres que quieren llamar tu atención ahora mismo. —Emily le señaló a un grupo de mujeres al final de la barra que los estaba mirando—. Un grupito bastante decente, a mi parecer.

Aunque lo intentó, no pudo apartar los ojos de ella. La miró fijamente; quería hacerle saber, una vez más, que la única mujer que le interesaba ya estaba cogida.

—Por desgracia, a la mayoría solo les interesa una cosa.

La confusión apareció en su frente.

—¿Acaso no es eso lo que queréis los tíos?

—No precisamente, pero me gusta cómo piensas. —Se fijó en que estaba nerviosa y se colocaba un mechón detrás de la oreja. Le gustaba más de lo que debería—. No, en serio. No quiero parecer un capullo engreído, pero hay una delgada línea entre mi dinero y yo.

Esa observación le tocó la fibra. Sabía que tenía dinero, toda la ciudad lo sabía. Sin embargo, asumir que las mujeres le iban detrás solamente por su dinero era un claro indicativo de inseguridad.

—O sea que, según tu criterio, ¿todas las mujeres son unas cazafortunas? —recalcó ella, llevándose la botella a la boca mientras se inclinaba en su asiento.

Gavin se esforzó por centrar la atención en sus ojos y no en sus labios.

—No, por supuesto que no. No me he expresado bien. Mis disculpas. —Dejó el botellín vacío en la barra—. Digo que es difícil distinguir entre algo real y algo falso. Quiero a una mujer que me quiera, con o sin mi dinero. —Le lanzó una tímida sonrisa—. Y por alguna razón, siempre atraigo a chicas preciosas pero descerebradas.

—Vaya. —Emily sintió una punzada de vergüenza por aquella suposición. Intentó desviar la atención de su anterior comentario—. Pues parece que frecuentas los lugares equivocados, amigo.

El camarero les sirvió otra ronda. Gavin se echó a reír; estaba disfrutando muchísimo de su sinceridad.

—Por lo visto sí. —Una sonrisa contagiosa se asomó a su boca—. Además del Bella Lucina, ¿por qué otros sitios me dijiste que ibas?

—Por el apartamento de Dillon, pero buen intento —bromeó ella. Inclinó la cerveza, para poder beber y sostener su mirada un poco más—. ¿Por qué no buscas mujeres en la biblioteca? Eso solucionaría lo de atraer a mujeres descerebradas.

—Eres muy graciosa, Emily —le dijo moviéndose para colocarse justo frente a ella—. Ahora sí que empiezo a lamentar que Dillon te echara el guante primero.

A Emily le dio un vuelco el corazón ante tal declaración, pero antes de poder responderle, notó como una mano cálida se posaba sobre sus hombros y creyó que era Dillon. Se dio la vuelta y vio a Trevor, con una sonrisa triunfal y el pelo rubio y fino sobre la frente.

—Ya he llegado. ¡Que empiece la fiesta! —exclamó en tono burlón, dándole una palmada a Gavin en el hombro. Le dio a Emily un abrazo y se abrió paso poco a poco entre ellos para pedir una copa—. ¡Esta noche toca beber!

Emily sonrió, contenta de ver a Trevor. Se habían hecho buenos amigos en los últimos meses. Además de ser hermano de Olivia, era un chico muy atento. Incluso antes de mudarse a Nueva York, la había llamado para preguntarle si todo iba bien.

Trevor echó un vistazo alrededor a través de las gafas que llevaba.

—¿Dónde está Dillon? —preguntó al mismo tiempo que cogía la bebida que le entregaba el camarero.

—Me da que se lo ha tragado el retrete. —Gavin sonrió con suficiencia mientras señalaba los servicios.

—Típico de él, sobre todo si ya va borracho —bromeó Trevor—. ¿Cómo estás, tío? Hace muchísimo que no te veo.

—Bien. He estado de viaje, ya sabes cómo va esto. Pero creo que estaré en la ciudad gran parte del verano.

—Organizarás la fiesta del Cuatro de Julio en tu casa de los Hamptons como siempre, ¿verdad?

—Pues claro —contestó él—. De hecho, este fin de semana me voy allá para abrir la casa.

Trevor se volvió hacia Emily, que no estaba prestando atención a la conversación, y la miró con sus risueños ojos marrones.

—Oye, Emily, irás, ¿verdad?

Pero ella parecía desconcertada mientras miraba alrededor. Hacía rato que Dillon se había ido.

—¿Ir adónde? —Se le fue apagando la voz mientras volvía a apartar la vista.

—Gavin dará una fiesta para celebrar el Cuatro de Julio en los Hamptons. Dillon te lo había dicho, ¿no?

Se encogió de hombros y volvió a mirar a Trevor.

—No me lo había comentado, pero suena divertido. Seguro que vamos.

Oyeron la voz de Dillon por encima del barullo.

—¿Dónde iremos? —Se inclinó para besar a Emily en el cuello—. Espero que no se te estuvieran declarando mientras no estaba.

Ella sonrió al tiempo que se giraba para tenerlo delante.

—No te preocupes. Me estaban entreteniendo. Has tardado bastante. ¿Estás bien?

—He tenido que hacer una llamada rápida.

En los labios de Gavin apareció una pícara sonrisa.

—Ya creíamos que te habías colado por el retrete. De hecho, íbamos a enviar un equipo de búsqueda. Pero no te hagas muchas ilusiones, ¿eh? No íbamos a buscar mucho.

—Dios, sois muy crueles. —Emily soltó una risita.

Trevor echó un trago a la cerveza.

—Aún no has visto nada, Em. Solo estamos calentando.

Dillon sacudió la cabeza y miró a Gavin.

—Eres un listillo y siempre lo serás, Blake. No falla.

Gavin echó la cabeza hacia atrás y se rio. Le dio un trago a la cerveza y miró a Emily; luego, a regañadientes, miró a Dillon.

—Bueno, ¿entonces qué? ¿Vais a venir a la fiesta?

—Se me había ido de la cabeza completamente —contestó Dillon—, pero claro que iremos.

Trevor ladeó la cabeza.

—¿Cómo que se te ha ido de la cabeza? Has ido los dos últimos años.

Dillon atrajo a Emily hacia sí y le rodeó los hombros con los brazos.

—Me ha distraído esta señorita. Parece que no puedo pensar en otra cosa.

Ella sonrió y se dio cuenta de que se acercaba una rubia preciosa y muy arreglada, que enroscó el brazo alrededor de la cintura de Gavin y le plantó un besó en la comisura de los labios.

—Me parecía que eras tú, Gavin. —Pidió una copa y le dijo al camarero que la añadiera a su cuenta—. ¿Dónde has estado escondiéndote últimamente? —preguntó arrastrando las palabras, aferrándose a él con fuerza para mantener el equilibrio.

—Está claro que no lo bastante lejos —murmuró Trevor. La mujer no oyó lo que había dicho, pero no le hizo falta porque la expresión de su rostro lo dijo todo. Dillon entrecerró los ojos al mirar a la rubia.

Gavin sabía quién era e intentó mantener la calma. Le rodeó la cintura con el brazo y la sujetó con fuerza.

—He estado fuera por negocios. ¿Cómo te ha ido?

—Pues genial, gracias por preguntar —contestó, acercándose un poco más a él. Miró a Emily.

—¿A quién tenemos aquí? No creo que nos conozcamos. Eres muy mona. ¿No serás una amiguita nueva de Gavin?

Ella se quedó boquiabierta, pero no dijo nada. No quería insultarla. Pensó que el comentario era ridículo, dado que Dillon la rodeaba con los brazos. Gavin sonrió con suficiencia y miró a Emily.

—No, es la novia de Dillon. Yo, sin embargo, estoy intentando seducir a una camarera llamada Molly, pero, por desgracia, ya está pillada.

Emily se mordió el labio con nerviosismo y apartó la mirada.

La mujer adoptó un aire menos amable y le lanzó una intensa mirada a Dillon.

—¿Ah, sí? No sabía que salieras con alguien, Dillon.

Gavin se levantó y agarró a la rubia por el brazo.

—Vamos, guapa, tenemos que ponernos al día. Ven a dar un paseo conmigo. —La sacó del club y Emily se fijó en cómo miraba hacia atrás mientras intentaba zafarse de Gavin.

—¿Quién narices era esa? —preguntó Emily, volviéndose hacia Dillon.

—Nadie —respondió, sonriéndole. Le pasó una mano por el pelo—. Es una chica con la que fue a la universidad.

—¿Una de sus exnovias? —tanteó.

Trevor miró a Dillon, pero no dijo ni una palabra.

—Sí, una chica a la que a veces se tiraba —añadió después de pedir unos chupitos—. Venga, vamos a emborracharnos, cielo.

Gavin consiguió abrirse camino a través de la multitud de cuerpos sudorosos. Sacó a la mujer del local y la arrinconó contra una pared. La miró con la expresión contraída.

—¿Qué estás haciendo, Monica?

Levantó la barbilla, desafiante, y sus ojos color miel se volvieron vidriosos.

—¿A qué te refieres, Gavin? —Se pasó las manos por el pelo—. ¿Qué se ha creído Dillon? ¿Que puede follarme así como así, largarse y empezar a follarse a otra?

Suspiró y se le tensaron los músculos de la mandíbula.

—Tú y Dillon solo erais follamigos. Exactamente eso y nada más. A ver si te queda claro.

Ella entrecerró los ojos.

—No, Gavin. Si fuera eso lo que estaba buscando, entonces follaría contigo. —Le pasó un dedo por el pecho—. ¿Quieres llevarme a tu casa esta noche? Podría dejar otra muesca en los postes de tu cama.

—Ni de coña y lo sabes —dijo rápidamente, agarrándola por la muñeca—. Vosotros dos hace mucho que lo dejasteis. Ya va siendo hora de que acabes con esta gilipollez.

—¡Eso sí que tiene gracia! ¡Nunca lo hemos dejado! —espetó—. Precisamente antes estábamos follando arriba.

Agachó la cabeza y la obligó a mirarlo a los ojos.

—¿Habéis echado un polvo arriba?

—Sí, tal vez debería decírselo a esa mojigata con quien está saliendo —replicó, tratando de abrirse paso.

—Ni se te ocurra —gruñó—. Como me entere de que te acercas a menos de dos metros de ella, te juro que…

Abrió los ojos de par en par y alzó la voz al tiempo que esbozaba una sonrisa curiosa.

—¿Te gusta o qué? —Se quedó callada y luego siguió hablando al ver que no respondía—. Te gusta, ¿verdad? Menudo amigo estás hecho, Gavin Blake. —Se rio, pasándose otra vez las manos por el pelo—. ¡Todos los tíos, todos y cada uno de vuestro grupito de niños ricos, sois una panda de gilipollas asquerosos! ¡Lamento que nuestros padres sean amigos!

Gavin apretó los dientes y se quedó mirándola unos segundos. Le hizo una señal al portero.

—Toma cien pavos. Llama a un taxi y sácala de aquí. Ya.

—Eso está hecho, señor Blake —respondió mientras cogía el dinero y a Monica.

Ella forcejeó con el musculoso hombre, lo que originó un espectáculo aún mayor mientras insultaba a Gavin de todas las formas imaginables. Por fin, entró en el taxi y se marchó. Gavin soltó un largo suspiro y entró de nuevo en el club. Por la mañana tendría que comprobar los estragos de lo acontecido esa noche, ya que Monica Lemay era hija de uno de los mejores amigos de su padre. Se abrió paso hasta la barra a la vez que se preguntaba cuánta verdad habría en lo que le había contado. Viniendo de Dillon, no le extrañaría. Siempre había sido infiel, pero por otro lado, tampoco le extrañaría que Monica se lo hubiera inventado para volver con él. No sería la primera vez que hacía algo así de desesperado con la intención de que volvieran a estar juntos.

Dillon vio que Gavin se acercaba. Le dijo a Emily que volvería en un rato y salió al encuentro de su amigo, pasándole el brazo por el cuello.

—¿Te has encargado de eso?

Gavin retrocedió y se cruzó de brazos.

—Sí, se ha ido. ¿En qué narices estás pensando? ¿Todavía sigues liado con ella?

Dillon se encogió de hombros con aire despreocupado.

—Lo estaba, pero ya se ha acabado. No dejaba de llamarme y acosarme. Ya sabes cómo se pone.

Dillon tenía la intención de irse, pero lo agarró del brazo.

—Tío, en serio, estás con una chica preciosa. ¿Qué narices te pasa?

Él se zafó.

—Ya estás otra vez metiéndote en mis asuntos. Preocúpate por ti. Te digo que lo que había con esa zorra ha terminado. —Se bebió el chupito—. Venga, no quiero perder más la noche pensando en ella. —Empezó a alejarse, pero se dio la vuelta—. Ah, le he dicho a Emily que eras tú quien se la follaba.

Antes de que él pudiera abrir la boca, Dillon volvió con Emily, que sonreía mientras la besaba. Gavin observó cómo su amigo repetía el mismo juego del Dr. Jekyll y Mr. Hyde que había visto a lo largo de los años. Y no pudo evitar darse cuenta de cómo lo miraba Emily mientras se reclinaba en el asiento.

—Vaya, Gavin, sí que sabes elegirlas —se burló Emily, dándole un trago a la cerveza—. La biblioteca... acuérdate de la biblioteca.

Gavin se acabó la cerveza antes de fulminar a Dillon con la mirada. Después, volvió a mirar a Emily mientras reflexionaba sobre sus palabras.

—Sí, supongo que ya tengo el cupo de mujeres problemáticas. —Se volvió al camarero para pedir otra bebida—. Creo que seguiré tu consejo y buscaré en la biblioteca, Emily.

Durante las siguientes horas, Dillon terminó de ponerse como una cuba. Las cervezas y los chupitos de tequila que se había tomado acabaron pasándole factura. Al final de la noche, sus amigos tuvieron que ayudarlo a subir al todoterreno de Trevor. Gavin, que ya había perdido la paciencia, lo colocó en el asiento trasero y cerró la puerta. Trevor le estrechó la mano, se despidió de él y se subió al coche.

Emily se quedó de pie en el aparcamiento, avergonzada por el estado de embriaguez en el que se encontraba Dillon.

—Lo siento mucho. Se pasa bebiendo cuando celebra un nuevo cliente.

Gavin se apoyó en el vehículo, con los ojos fijos en sus labios.

—No tienes que disculparte por su comportamiento. —Sus ojos encontraron los de ella—. Lo conozco lo suficiente para saber cómo se pone.

Emily suspiró profundamente y le tendió la mano. Intentó parecer relajada, pero su voz sonó poco natural y algo vacilante.

—Bueno, me alegro de conocerte de forma oficial, Gavin. Supongo que nos volveremos a ver.

Le cogió la mano para reducir el espacio que los separaba. Por un momento se sintió paralizado mientras miraba fijamente sus ojos verdes. Se limitó a estrecharle la mano y sonreír.

—Yo también me alegro, Emily. Supongo que nos veremos en la fiesta del Cuatro de Julio.

Se sentó en el asiento del pasajero, asintió y sonrió mientras lo miraba.

—La fiesta del Cuatro de Julio.

Gavin observó cómo desaparecían entre el denso tráfico de Manhattan mientras se recuperaba de la conmoción que le había producido descubrir quién era Emily en realidad.

4

Detalles inesperados

—Señor Blake, la junta está muy satisfecha con las ganancias de este trimestre. Se prevé también un mayor crecimiento de Industrias Blake para el próximo, teniendo en cuenta la adquisición de la cuenta Armstrong.

Gavin repiqueteaba con los dedos la superficie brillante de color caoba de la mesa de conferencias.

—Magníficas noticias, Barry. ¿Sabemos algo de la cuenta Kinsman?

Diez pares de ojos se posaron sobre aquel hombre nervioso que repasaba algunos archivos. Otro ejecutivo se metió en la conversación con entusiasmo.

—Sí, señor Blake. Han aceptado nuestra oferta y todo debería estar en marcha a finales de julio, señor. Le entregué a su hermano todo el papeleo.

Gavin se levantó de la butaca, asintió con satisfacción y dio por concluida la reunión.

Mientras salía el último miembro de la junta, Gavin se paseó frente a los ventanales de su oficina. Miraba las calles de Manhattan cuando se fijó en el ritmo caótico de la vida que bullía allá abajo. Veintiocho años y ya era el dueño del mundo. Industrias Blake era una de las agencias publicitarias más importantes de Nueva York. Y, sin embargo, le faltaba una de las necesidades más vitales: el amor. Lo sabía. Lo sabía perfectamente porque se conocía muy bien. Aunque había salido con algunas mujeres al acabar su relación más larga, solamente unas cuantas candidatas —si podían llamarse así— habían despertado en él algún sentimiento. Encontrar a la persona que realmente lo quisiera por su forma de ser se había vuelto complicado desde la ruptura.

Mientras contemplaba las pequeñas figuras que circulaban por las aceras, volvió a pensar en Emily. Habían pasado menos de veinticuatro horas desde que descubriera quién era de verdad. Estaba furioso con Dillon por haberlo usado como peón con Monica. Pero, a pesar de que se sentía atraído por Emily, tenía que cubrir las espaldas a su amigo.

Aun así, sus emociones iban y venían, se debatían entre la mentira que se había visto obligado a confesar y el deseo que sentía por ella, que aumentaba en su interior y que le subía por todo el cuerpo. Por supuesto, parte de ese deseo se debía a la atracción sexual. Emily era preciosa y no podía negarlo. Sin embargo, no era lo único que prendía su deseo. No sabría decir con exactitud qué era, pero no se parecía a nada de lo que había sentido antes. Sentía una conexión especial con ella, un profundo impulso en sus entrañas que le decía que estaban destinados a estar juntos.

La química entre los dos era innegable, como si aquella atracción fuera una corriente explosiva. Y estaba seguro de que ella también la había sentido. La sintió la primera vez que la vio, aquella energía que irradiaban sus ojos cuando lo miraron fijamente. Allí de pie, frente al imperio que había construido, mientras la luz del sol bañaba los gigantes de acero alineados en las calles, luchaba contra la abrumadora urgencia que sentía de volver a hacerle una visita inesperada. Sacudió la cabeza por aquel pensamiento irracional y cruzó el despacho. Se sentó al escritorio, revisó algunos informes trimestrales e intentó quitarse de la cabeza a la mujer que nunca podría ser suya.

Fue en ese momento cuando su hermano mayor, Colton, entró en el despacho. Gavin, molesto, se cruzó de brazos y lo fulminó con la mirada.

—¿Dónde estabas? ¿No has recibido el mensaje sobre la reunión que le dije a Natalie que te pasara?

Colton esbozó una sonrisa irónica.

—Reconozco que se te da muy bien actuar, chaval. —Cruzó el despacho mientras esbozaba una ligera sonrisa.

—No vayas de listillo. ¿Qué narices te ha pasado?

—Joder, Gavin, me he entretenido en casa con Melanie y con los niños. Teresa y Timothy tenían una función en el colegio.

—¿Y por qué no me lo has dicho? —Frunció el ceño, recostándose aún más en la butaca de cuero negro. Sus sobrinos eran su talón de Aquiles—. Me hubiera gustado ir.

Colton le quitó importancia con un ademán y lo miró con sus ojos verdes muy brillantes.

—No te preocupes. Se las han apañado sin su tío Gavin. —Le dio una palmadita en el hombro—. Y estoy seguro de que tú también te las has apañado bien sin mí en la reunión.

Gavin resopló.

—Son unas hienas si los números no les cuadran.

—Así son los negocios. —Colton se encogió de hombros y se sentó en el sofá de cuero negro—. La gente invierte en nuestra compañía y, a cambio, tenemos que ofrecer los ingresos que buscan.

Gavin ignoró las palabras de su hermano, se puso de pie y se acercó de nuevo a la ventana.

—Bueno, ¿cuándo vas a salir con Alicia? —tanteó Colton.

Sin darse la vuelta, Gavin se cruzó de brazos y se rio entre dientes.

—Tengo que reconocer que admiro la capacidad que tienes para cambiar de tema, Colton.

—Sé que eso es un cumplido. Ahora en serio, tío. Melanie no ha dejado de darme la lata para que os lieis. Solo te pido que salgas una noche con nosotros y decidas si de verdad te interesa la chica.

—Veo que seguís con la misión de encontrarme pareja.

—¿Misión? No exactamente, pero creo que es hora de que superes lo que pasó.

Gavin volvió la cabeza hacia Colton bruscamente y lo miró con una expresión divertida.

—¿De verdad crees que no lo he superado? —Estuvo a punto de echarse a reír—. Ya han pasado dos años.

—Bueno, lo que está claro es que ha hecho que renuncies a las relaciones, a las estables, al menos. —Colton se levantó del sofá—. No todas las mujeres son iguales, chaval. Ella nunca fue la adecuada.

Gavin tensó la mandíbula sin darse cuenta.

—No me apetece seguir hablando de esto —dijo. En su voz se insinuaba una advertencia.

—Muy bien. ¿Irás a cenar hoy a casa de papá y mamá?

Se encogió de hombros y esbozó una sonrisa.

—Sí, allí estaré, a no ser que mi maravillosa cuñada y tú me tendáis una emboscada para emparejarme con alguien.

Colton sacó unas llaves del bolsillo, sonrió con picardía y salió del despacho.

Cuando Gavin se marchó, Manhattan estaba paralizada. Suspiró y se pasó la palma de la mano por la cara, al mismo tiempo que agarraba con fuerza el volante de su BMW negro. Mientras esperaba a que cruzaran unos peatones, se dio cuenta de que estaba en la esquina junto al restaurante en el que trabajaba Emily. Se puso pálido al ver que ella abría la puerta para irse. Se pellizcó el puente de la nariz y pensó en saludarla, pero en ese instante alguien tocó la bocina e interrumpió sus pensamientos. Le hizo la peineta a aquel conductor impaciente, puso primera y se adentró de nuevo en el tráfico. Miró por el espejo retrovisor para echarle un vistazo y fue entonces cuando recordó aquella disparatada historia que su padre le contó sobre el amor a primera vista:

«Ella está ahí fuera, hijo, y cuando la encuentres, lo sabrás nada más verla. Sentirás una atracción irrefrenable sin orden ni concierto. Aparecerá… sin más».

—Joder, tiene gracia. —Se rio, repiqueteando los dedos en el volante—. Debo de estar loco si sigo pensando en ella.

Con esos sentimientos encontrados, Gavin se pasó la hora siguiente analizando sus convicciones. Mientras el perfil de Manhattan desaparecía de su vista y empezaba a ver los árboles que crecían al norte del estado, juró que intentaría quitarse a Emily de la cabeza, aunque no estaba muy seguro de que fuera posible.

Emily estaba terminando de ponerse máscara de pestañas,

cuando apartó la vista del espejo. El portazo le indicaba que Olivia ya estaba en casa. A toda prisa, salió al salón.

—Llevo todo el día llamándote y dejándote mensajes —le dijo Emily sin aliento al mismo tiempo que se ponía unos zapatos de tacón rojos—. ¿Por qué no me has devuelto las llamadas?

Olivia lanzó el bolso al sofá.

—Me lo olvidé aquí. —Entró en la cocina y cogió el teléfono de la encimera. Miró a Emily y esbozó una sonrisa—. Te has puesto muy guapa. ¿A qué se debe?

—Hoy hace nueves meses que Dillon y yo estamos juntos. Está a punto de llegar —respondió rápidamente mientras se le acercaba—. Cuando llegué, estabas durmiendo. No creerás a quién conocí anoche.

—Sí, ya vi que no estabas en casa. —Olivia introdujo la contraseña del móvil—. A ver, deja que lo adivine. ¿A Brad Pitt?

—Lo digo en serio, Liv. No lo adivinarás, así que ni lo intentes.

—¡No! Deja que lo intente otra vez. —Hizo como que pensaba—. ¿Al presidente Obama?

—Esto no va a ninguna parte. —Emily se rio y se sentó en la butaca que había junto a la mesa—. Conocí al único e irrepetible… Redoble de tambores… Gavin Blake.

—Está buenísimo, ¿verdad? —preguntó Olivia, llevándose el teléfono al oído.

Emily sonrió.

—Sí, buenísimo.

—Tienes que reconocer que acerté cuando te lo describí como un dios. Recuerdo muy bien que, al decírtelo, respondiste que nadie podría ser tan atractivo. —Olivia se golpeó ligeramente el mentón con el dedo.

—Sí, diste en el clavo. —Se rio—. Pero estoy segura de que querrás saber cómo fue nuestro encuentro anterior.

Olivia cerró el teléfono.

—¿Anterior? —Cruzó la habitación en dos zancadas y se acomodó en el sofá—. Tienes toda mi atención. ¡Desembucha!

Emily apoyó los codos en la mesa y se acarició la barbilla.

—Veamos… Ah, sí… Él es el hombre que conocí en el edificio Chrysler cuando fui a entregar el pedido aquel día.

Olivia entrecerró los ojos marrones, pero seguía en silencio. Sabía que estaba sorprendida por la expresión de su rostro. Emily continuó con voz ronca:

—Sí, es aquel acosador que vino al restaurante y me dejó su nombre y su número... Ah, y bastante propina también.

—¡No me jodas! ¿Gavin es el buenorro alto, moreno y follable? —chilló Olivia. Emily asintió con la cabeza y se rio—. ¿Te estás quedando conmigo, Em? Porque es una locura.

Ella se recostó en la butaca, se cruzó de brazos y sonrió con suficiencia.

—Te lo juro.

—Deberías salir con él —dijo Olivia encogiéndose de hombros—. Está claro que te has fijado en él y que él también se ha fijado en ti.

Esas palabras la descolocaron.

—¿Qué quieres decir?

—Tienes cara así como de ensueño. Estás imaginando que te lo vas a tirar.

—¿Estás de coña, ¿verdad?

Olivia se puso de pie y se fue a su dormitorio.

—¿Me estás preguntando si estoy de coña sobre tu aspecto, sobre salir con él o sobre tirártelo?

—Olivia, ya sabes a qué me refiero.

—Parece que te sorprende que lo haya dicho.

Asombrada, Emily la siguió, se apoyó en el marco de la puerta de su habitación y puso los brazos en jarra.

—¿Iba en serio lo que acabas de decir?

Olivia se desnudó, fue al baño y entró en la ducha.

—Ya sabes lo que pienso de ese capullo.

—Ah, claro. Porque lo importante ahora es lo que opines tú de mi novio —dijo con sarcasmo mientras entraba también en el cuarto de baño.

—¿Por qué no le das una oportunidad a Gavin? —preguntó Olivia con toda naturalidad.

Ella le enumeró los motivos con los dedos.

—Uno, quiero a Dillon. Dos, quiero a Dillon. Y tres, ¿sabes qué? Quiero a Dillon.

Olivia imitó a Tina Turner y cantó con su tono de voz más *sexy* y delicado:

—*What's love got to do with it?* —Se echó a reír.

—Estás loca, Liv. Y, aunque no estuviera con Dillon, eres tú la que se encargó de hacerme cambiar de opinión sobre Gavin Blake.

Olivia sacó la cabeza entre la cortina de la ducha.

—¿Cuándo ha ocurrido eso?

—A ver… Pues fue cuando me dijiste que era un mujeriego, si no me falla la memoria. —Hizo una pausa y cogió aire—. Y también que pensabas que no podía estar con una mujer más de una semana seguida. ¿Sigo?

Olivia cerró el grifo y salió de la ducha; ella le dio una toalla.

—Bueno, empezó a actuar así cuando su prometida, Gina, rompió con él. Antes de eso, era un partidazo. —Se envolvió el cuerpo con la toalla.

—¿Estaba prometido?

—Sí —contestó Olivia antes de ponerse unos pantalones negros cortos y una camiseta blanca sin mangas—. Estuvieron juntos cinco años. Un día, él volvió a casa y ella no estaba. Había cogido sus cosas y se había largado mientras él estaba en el trabajo.

Emily arqueó las cejas, confundida.

—¿Por qué?

—Si te soy sincera, nunca le contó a mi hermano lo que pasó. Y las veces que le he preguntado, no quería hablar del tema, así que ni idea. —Sacó el neceser de maquillaje del cajón—. Pero ya lo has visto, sus benditos genes lo han convertido en un pecado andante. Vale millones y, créeme, es un buen tío.

—¿Y por qué no has salido nunca con él?

—Pues porque lo conozco desde hace demasiado tiempo. Aunque reconozco que ese culo tan follable que tiene se ha ganado todo mi respeto, siempre lo he considerado como un hermano mayor. Sería demasiado raro. —Arrugó la nariz con desagrado.

—¿Cuánto hace que Trevor y él son amigos?

—Para no estar interesada en el tema, haces muchas preguntas —bromeó.

Emily hizo un ademán como para quitarle hierro al asunto y se miró en el espejo.

—Me estoy poniendo al día. Dillon nunca me habla de sus amigos ni de sus compañeros de trabajo.

—Bueno, si lo que quieres preguntarme es si Dillon y Gavin se conocen desde hace tanto tiempo como Gavin y mi hermano, la respuesta es no.

—Vaya, pues por alguna extraña razón, pensaba que habían ido juntos al mismo instituto.

Olivia sacó el secador de debajo del lavabo, lo enchufó y lo encendió. Alzó la voz por encima del ruido mientras se secaba el pelo.

—No, Trevor y Gavin fueron juntos al instituto. Trevor trabaja para Dillon en la empresa. Eso ya lo sabes.

Emily asintió con la cabeza.

—Cuando mi hermano empezó en Morgan y Buckingham, Dillon ya trabajaba allí como corredor de bolsa. Así conoció mi hermano al capullo de tu novio. —Se rio y Emily puso los ojos en blanco—. Cuando Trevor estaba preparando el examen de corredor de bolsa, Dillon le preguntó si conocía a alguien que estuviera forrado. Para impresionar al jefe, mi hermano le presentó a Gavin y el resto ya es historia. Son amigos desde hace tres años.

—Qué bien. —«O no», pensó Emily.

—Y, por eso, Industrias Blake es una de las empresas más grandes que Dillon dirige.

Emily se encogió de hombros.

—¿Y? No es para tanto.

—Pues que deberías agradecer a Gavin el dinero que gana tu novio.

Emily pensó en las innumerables noches que Dillon había pasado en la oficina captando clientes para ganarse la vida. Incluso aunque Gavin hubiera contribuido a los ingresos de Dillon, su novio no solo trabajaba para Industrias Blake para ganar dinero.

—Bueno, pues gracias por ponerme al día de los antecedentes de estos tres hombres. Ha sido muy amable por tu parte.

Las dos se rieron.

Emily se fue del cuarto de baño, pero Olivia soltó:

—¿Quieres saber algo gracioso, tía? —Emily se detuvo en el umbral y esperó—. Se suponía que era Gavin, y no Dillon, quien tenía que venir de visita aquel fin de semana con mi hermano cuando estábamos en la universidad. Es una locura pensar que es probable que ahora estuvieras saliendo con él en lugar de con Dillon.

Emily esbozó una sonrisa mientras miraba a su amiga a los ojos. Pocos segundos después, sonó el teléfono. Fue a la cocina y lo cogió. Era Dillon, que ya la esperaba abajo.

Cogió el bolso y se dirigió a la puerta al tiempo que Olivia le lanzaba un beso a modo de despedida.

—Estás preciosa. —Dillon aspiró el aroma del pelo de Emily mientras entraban en un pequeño y pintoresco restaurante situado a orillas del parque Liberty State. Le puso una mano en la espalda, la atrajo hacia sí y le dio unos mordisquitos cariñosos en la oreja—. Y ya te avanzo que al final de la noche pienso quitarte ese vestido rojo.

Emily se rio con nerviosismo por aquel gesto y se puso de puntillas para besarlo.

—Pues yo no tengo ningún problema con que me lo quites.

Se tomó su tiempo para apreciar los rasgos de Dillon y suspiró al contemplar esas facciones tan hermosas. Llevaba el pelo algo alborotado, como si acabara de pasarse las manos, y sus brillantes ojos marrones le recordaban una combinación perfecta de caramelo y chocolate.

Había reservado mesa para esa noche y se había asegurado de que tuviera vistas al mar. El restaurante gozaba de una de las mejores vistas de la Estatua de la Libertad con diferencia. El camarero los acompañó a un patio espléndido bordeado de árboles y plantas. La vista del puerto bajo las estrellas dejó a Emily sin aliento. Aunque estaban a principios de julio, la brisa de la noche era especialmente fría.

Después de pedir y saborear dos copas de vino tinto, Emily miró a Dillon. Su mirada se posó en la suya mientras ella se colocaba un mechón de pelo detrás de la oreja. Sintió que se le sonrosaban las mejillas y sonrió.

—¿Qué? —preguntó.

Él deslizó el brazo por el mantel blanco, le cogió la mano y le acarició los nudillos con la yema del pulgar.

—No sabes lo hermosa que eres. —Se inclinó ligeramente sobre la mesa.

—Vaya, te estás esforzando mucho para sacar tema esta noche.

Él soltó una carcajada y le apretó la mano con más fuerza.

—Me has pillado. Pero, sí, ya sé que esta noche habrá tema.

Emily sacudió la cabeza y se le escapó una risilla nerviosa.

—Estás muy juguetón esta noche.

Se encogió de hombros y se echó hacia atrás.

—Sí. ¿Cómo no iba a estarlo? —Le señaló el escote con la cabeza—. Aunque preferiría que llevaras algo que te tapara un poco más.

Emily se ajustó los tirantes del vestido para subirse un poco el escote.

—¿Tan descocada voy?

—Bueno, prefiero guardar lo que es mío. —Carraspeó y bebió un poco de vino—. Está bien, hablemos de otra cosa antes de que lo hagamos aquí, encima de la mesa. ¿Cómo ha ido el día?

Sin mirarlo a los ojos, Emily acarició el borde de la copa con los dedos.

—Ha ido bien.

—¿Qué te pasa?

—Que me siento cohibida ahora mismo —repuso, echando un vistazo al jardín.

—Emily, no quería que te lo tomaras a mal. —Estiró el brazo y le levantó la barbilla con un dedo. La miró a los ojos—. Es que no me gusta que otros hombres te miren. Estás deslumbrante, pero como ya te he dicho, eres mía.

—Está bien, a partir de ahora prestaré más atención a lo

que me ponga. —Sonrió ligeramente—. Aunque si te soy sincera, a mí me gusta que te miren otras mujeres.

—¿Ah, sí?

—Sí. Sé que estás conmigo y es lo único que me importa.

—Bueno, pero tú eres mujer, ese es el motivo. Los hombres piensan en otras cosas cuando miran de esa forma.

El camarero que traía una botella de vino y dos platos de carne Wellington interrumpió la conversación. El resto de la charla se centró en los planes que tenía Dillon de enseñarle la ciudad. Quería explorar Nueva York, pero aún no había podido hacerlo. Al menos, no con él.

Cuando fue a retirar los platos vacíos, el camarero le tendió a Emily la carta de postres; notó que tenía acento francés.

—El chef recomienda el combinado de *crème brûlée*, que lleva chocolate, vainilla y plátano.

—Suena muy bien —respondió ella mientras le devolvía la carta.

El leve sonido de un llanto infantil llamó la atención de Dillon, que luego miró a Emily.

—Ese crío me está volviendo loco. ¿Es necesario que te tomes el postre?

Emily sonrió avergonzada y dirigió la mirada a la pareja que intentaba calmar al niño.

—No es más que un bebé, Dillon. Y no, no es necesario, pero quiero postre.

Dillon levantó la cabeza y miró al camarero.

—Está bien, tráigale el combinado. Pero ¿podría cambiar de mesa a la pareja con el niño que está gritando?

A Emily se le borró la sonrisa, sorprendida por su brusquedad.

—Lo siento, señor, pero me temo que no puedo hacerlo —respondió el camarero, visiblemente incómodo por aquella petición.

Dillon lo miró con dureza.

—¿Podría hablar con el encargado, entonces?

Emily, estupefacta, intervino de inmediato y miró al camarero.

—Por favor, no hace falta que lo haga. ¿Podría ponerme el postre para llevar? Gracias.

—En una caja se estropearía, señorita. Puedo recomendarle la tarta de queso, si no la va a tomar aquí.

—Está bien. Y gracias otra vez. —El camarero asintió y entró en la cocina. Emily cogió la servilleta de su regazo y la arrojó sobre la mesa.

—Dios, Dillon, ¿a qué ha venido ese comportamiento?

Se movió en el asiento, incómoda, intentando desviar su atención de la pareja y su bebé. Se masajeó la sien.

—Lo siento, he tenido un día muy largo en el despacho.

—Aun así, eso ha estado completamente fuera de lugar. —Resopló y se reclinó en el asiento.

—He dicho que lo siento, Em. Estoy cansado por trabajar hasta tarde.

De repente, ella se sintió culpable y se inclinó sobre la mesa para llegar hasta su mano.

—Sé que has estado trabajando hasta tarde, pero ¿qué vas a hacer cuando tengamos hijos?

El camarero regresó con el postre y la cuenta. Dillon sacó la tarjeta de crédito y se la entregó. Una pequeña sonrisa se asomó a su rostro.

—No me gustaría que se te estropeara la figura por tener hijos.

—Pues yo quiero tener hijos algún día, así que supongo que tendrás que soportar mi figura estropeada.

Se levantó del asiento, se abrochó la chaqueta del traje y tendió la mano a Emily, que también se puso de pie.

—Ya tendremos tiempo para los niños, cariño —le susurró cerca de la mejilla. Cuando regresó el camarero, firmó el comprobante—. Vamos, tengo algo especial para ti.

Emily lo siguió hasta los muelles que había junto al restaurante mientras devoraba los rascacielos con la mirada. Le fascinaban las luces que provenían de las ventanas; indicaban que todavía había gente allí en las alturas. Una fría brisa le acarició la piel mientras se quitaba los zapatos para evitar que los tacones se le quedaran clavados entre los tablones.

Caminaron de la mano, Dillon le llevaba los zapatos y la

guiaba al final de los muelles. Le rodeó la cintura con los brazos.

—Feliz aniversario. Te quiero muchísimo, Em. —Le entregó un estuche de terciopelo negro.

A Emily se le aceleró el corazón y se echó a temblar. Se humedeció los labios lentamente.

—Dillon... Yo... Nosotros... —tartamudeó, incapaz de terminar la frase.

Él ladeó la cabeza y sonrió.

—Estabas hablando de tener hijos conmigo, Em. —Le apartó con ternura el pelo de la cara—. Pero no es lo que piensas.

Emily suspiró y se lo quedó mirando. Sus ojos marrones le devolvían la mirada, intensos. Abrió el estuche y vio que dentro había un par de pendientes de diamantes de un quilate. Se quedó pasmada de lo bonitos que eran. Dillon los sacó de la cajita, le quitó los pendientes que llevaba y le puso los nuevos. Emily bajó la mirada y tocó uno con cuidado.

Dillon le acarició la mejilla con la palma de la mano.

—Te quedan preciosos. —Agachó la cabeza e hizo que lo mirara—. Aunque por un momento he pensado que ibas a desmayarte al ver el estuche.

Levantó la mano y le acarició la mandíbula.

—Son preciosos. Muchas gracias. Es que me he puesto un poco... nerviosa, ¿sabes? Creo que aún no estoy preparada para casarme.

Una lenta sonrisa se asomó a su rostro mientras le acariciaba la espalda y la atraía hacia sí.

—Pues tendrás que estar preparada, porque pienso casarme contigo algún día. —Le empezó a lamer la oreja hasta llegar al lóbulo, que succionó con delicadeza.

Se le erizó el vello de la nuca por la atención que le estaba dedicando al lóbulo hasta tal punto que creyó que se iba a derretir de placer. Presionó sus labios contra los de Dillon mientras lo agarraba del pelo. Él comenzó a besarla con lengua al tiempo que deslizaba las manos por la cintura y la atraía hacia sí. El deseo se apoderaba de ellos a medida que aumentaba la pasión del beso.

Cuando se percataron de la intensidad que estaban cobrando sus muestras de afecto en público, Emily se apartó y lo cogió de la mano.

—Vamos —dijo, intentando reprimir las ganas que la consumían—. Hablemos de otra cosa antes de que lo hagamos aquí mismo, en los muelles.

—Está bien, pero cuando lleguemos a mi casa, se acabó la charla. —Le lanzó una mirada seductora mientras le apretaba la mano con más fuerza—. Algo de lo que hablar… Algo de lo que hablar… Has pedido librar este miércoles, jueves y viernes, ¿verdad?

Emily se paró en seco y frunció el ceño, confundida.

—¿Para qué?

—La fiesta de Gavin del Cuatro de Julio. Te lo dijimos la otra noche.

—Sí, pero es solo el miércoles. ¿Por qué tendría que pedir tres días libres?

Dillon rodeó con el brazo su cintura y la llevó hasta el Mercedes.

—Porque Gavin no celebra lo que tú considerarías una fiesta normal para el Cuatro de Julio. —Le abrió la puerta del coche—. Estaremos de fiesta tres días. Dormiremos allí el miércoles y el jueves y volveremos el viernes por la mañana.

Emily se acomodó en el asiento y cerró la puerta. Una vez más, se le aceleró el pulso, pero por una razón distinta. Se notó un nudo en el estómago ante la idea de pasar dos noches en la casa de Gavin de los Hamptons. Se había preparado para verlo de nuevo; tenía que hacerlo ya que era amigo de Dillon y era inevitable que se volvieran a encontrar. Pero aquello… aquello era diferente.

Dillon se recostó en el asiento y arrancó el motor. Ella se mordió el labio y lo miró.

—Hoy es lunes por la noche. No puedo pedir tres días. Le comenté a Antonio lo del miércoles y me dijo que no pasaba nada, pero no creo que le parezca bien que falte tres días seguidos.

—Pues iré a hablar con él —repuso con tono de superioridad.

—Ni se te ocurra —replicó, irritada—. Hablaré con él cuando vaya mañana a trabajar. No te atrevas a presentarte y decirle algo.

—¡De acuerdo, está bien! —Se rio, levantando las manos un momento del volante y sosteniéndolas en el aire con gesto de rendición—. Joder, Emily, era una forma de hablar.

Puso los ojos en blanco y apoyó la cabeza contra la ventana. Se preguntó dos cosas: la primera, si podría pedir los tres días libres, algo que parecía bastante imposible. Y la segunda, si así fuera, cómo narices podría sobrevivir a dos días de convivencia, con sus respectivas noches, junto a Gavin; y todo esto sin volverse loca.

5

Muchas capas

—Joder, Emily, ¿pero cuántas cosas llevas? —preguntó Olivia mirando la maleta de su amiga mientras se colgaba una mochila al hombro—. Que solo son dos noches, mujer.

Emily levantó la cabeza mientras guardaba el maquillaje en un neceser.

—Tú no te quedas dos noches como yo. Y tampoco llevo tanto.

—Pero si es como si hubieras metido una pequeña ciudad dentro —bromeó ella. Se echó el pelo a un lado y arqueó las cejas—. Pero tienes razón, estarás con Gavin cuarenta y ocho horas, así que necesitarás suficiente ropa para cambiar de modelito. He oído que le gusta la lencería negra.

—Qué peliculera eres, Liv. Déjate de suposiciones, ¿de acuerdo? —Fue a la cocina con la maleta y Olivia la siguió para hacerle cosquillas en el costado. Ella se sobresaltó y se echó a reír mientras la empujaba—. Ah, por cierto, muchas gracias por recordarme que eran dos noches. He tenido suerte de que Fallon pueda hacer mis turnos.

Olivia levantó las manos y se encogió de hombros.

—Bueno, pensaba que lo sabías.

Oyeron que llamaban a la puerta y Dillon asomó la cabeza.

—¿Estáis decentes?

Emily hizo una señal a su amiga como si se rajara el cuello y en silencio articulaba el nombre de Gavin.

Olivia asintió y contestó:

—Pues en realidad no. Ya sabes que ahora me van las tías

y tengo a tu novia abierta de piernas en la mesa de la cocina.

Emily negó con la cabeza y se echó a reír.

—Cierto. Ya me había olvidado, Oliva... digo, Olivia —repuso él acercándose a Emily—. Todos los hombres te han repudiado.

—Vete a la mierda, Dillipollas... digo, Dillon. Es al revés: yo los he repudiado —espetó ella mientras cogía la mochila del suelo—. Y va a venir mi novia, así que mejor que no digas ni mu, capullo. —Este se rio y esbozó una sonrisa pícara tras lo cual besó a su novia en los labios. Olivia puso los ojos en blanco—. ¿Ya ha llegado la limusina?

Emily parecía confundida.

—¿La limusina?

—Cielo, como ya te expliqué, es una fiesta increíble de principio a fin. —Dillon cogió la maleta; lo mucho que pesaba se dejó notar en su bíceps—. Gavin nos envía una cada año. Y sí, ya está fuera esperándonos. Vamos, que son casi las tres y la hora punta es una mierda. —Dillon salió primero y se fue hasta el ascensor.

Emily cogió a Olivia por el codo y le susurró:

—¿Él está en la limusina?

Olivia negó enérgicamente con la cabeza y contestó:

—No, creo que habrá dormido allí hoy para tenerlo todo listo.

Nada más salir del edificio, Emily se fijó en la limusina Hummer negra y gris. Sonriente, el chófer les abrió la puerta. Cogió las maletas y las bolsas de todos y las colocó en el maletero. Emily entró después de Olivia y ambas se acomodaron en los asientos negros de piel. Dillon no perdió ni un segundo y se acercó a la barra iluminada para ponerse una copa.

—Siempre empinando el codo, ¿eh? —lo picó Olivia mientras se miraba en su espejito.

Él sonrió con frialdad.

—¿Ahora eres mi madre o qué te pasa?

Emily suspiró.

—¿Queréis dejarlo ya?

—Ha empezado ella.

Como si tuviera cinco años, Olivia arrugó la nariz y le sacó la lengua a Dillon.

Emily sacudió la cabeza y volvió a suspirar.

—Bueno, ¿la casa está muy lejos?

—Está en East Hampton, así que a unas tres horas dependiendo del tráfico que encontremos. —Olivia se puso cómoda y estiró las piernas sobre los asientos de piel—. Pero el viaje vale mucho la pena. Es un paraíso junto al mar.

—¿Tenemos que ir a por Trevor? —preguntó Emily.

Olivia negó con la cabeza.

—No, tiene que ayudar a mis padres con no sé qué de su casa. Viene esta noche.

—¿Cuánta gente habrá?

Dillon la sentó sobre su regazo y sonrió.

—Esta noche no mucha. Es una especie de encuentro previo con algunos amigos. —Le dio un sorbo a su whisky con hielo—. Pero mañana será otra historia. Habrá unos cien invitados, y todos están forrados de pasta.

Olivia lo miró y se echó a reír.

—Qué raro… Cada año intentas ganar cuentas gracias a las carteras de valores de esos ricachones. Tengo que reconocer que sacas mucho provecho a las fiestas.

A Dillon se le ensombreció el rostro, pero Emily se apresuró a taparle la boca.

—Vale ya. Calladitos lo que queda de viaje.

En el transcurso de las horas siguientes, y aunque estaba cada vez más nerviosa, Emily contempló cómo el campo iba reemplazando el acero y el hormigón de la ciudad. Los árboles, el césped y las casas unifamiliares, frente a las que pasaban volando, le recordaron a su pueblo natal. Lo echaba de menos desde que se mudó a la ciudad.

Al final, la paleta de colores de los barrios de la clase media se difuminó y empezaron las vistas de las mansiones que bordeaban la costa del Atlántico. El tipo de casas que solía ver en las revistas de interiorismo. Tenía los ojos como platos por la belleza espectacular de aquel lugar. Bajó la ventanilla e inspiró el aire salado del océano. El chófer se detuvo ante una verja tras la que aguardaba un camino serpenteante. Dijo algo por el interfono y se abrieron las puertas para dar acceso a la limusina. Tras la verja había un terreno exuberante con árboles frondosos que bordeaban el camino de adoquines. Un jardín decoraba la parte frontal de la casa con flores de todos los colores imaginables. A Emily le llamaron la atención las grandes columnas que había a cada lado de la impresionante puerta de caoba. En un lateral de la mansión vio pistas de tenis y canchas de baloncesto. A lo lejos, la luz titilante del sol que se reflejaba en el océano le infundió una paz increíble... aunque fuera solo un segundo.

Olivia tiró un cubito de hielo a Dillon a la cara para despertarlo de su siestecilla etílica. Emily y ella se rieron y vieron como abría los ojos. Fulminó a Olivia con la mirada, como diciéndole que se vengaría. El chófer abrió la puerta y los tres salieron al exterior soleado. Dillon bostezó y estiró el cuello de un lado a otro. Se metió una mano en el bolsillo y le dio al chófer unas palmadas en la espalda y una propina.

Emily se protegió la vista del sol al contemplar la enorme casa de piedra, impresionada por su tamaño. Aunque era increíble en todos los aspectos, se preguntó para qué querría alguien un sitio tan inmenso. Seguía dándole vueltas a eso, que le ponía algo nerviosa y le aceleraba la respiración, cuando Gavin salió a recibirlos. Sin camiseta.

A Emily le dio un vuelco el corazón y mientras él se acercaba al grupo, no pudo dejar de contemplarlo: llevaba puesta muy poca ropa. Enseguida, se fijó en sus abdominales definidos y los músculos que se le marcaban desde los hombros hasta las caderas. Esa uve pronunciada que desaparecía debajo del bañador blanco la devolvió a la vida.

No estaba excesivamente hinchado; tenía constitución de atleta, alto y esbelto, pero unos músculos que harían salivar a cualquier chica. Fue entonces cuando se dio cuenta de que era unos quince centímetros más alto que ella. Reparó en su piel morena e inconscientemente se mordió el labio hasta que casi se hizo sangre. Por si fuera poco, llevaba el tatuaje de un dragón negro que empezaba por debajo del bañador y le subía hasta el costado izquierdo.

Lo único que se le pasó por la cabeza en aquel instante fue «¿Dónde empieza ese tatuaje exactamente?».

Notó cómo se le encendían las mejillas y se sentía las piernas tensas como si una corriente de placer, que no debería sentir, le recorriera todo el cuerpo. Nerviosa, tragó saliva porque tenía la boca seca de repente, y se reprendió por semejante reacción. Ese hombre era sensual, peligroso, estaba prohibido y era muy follable... y ella lo sabía.

Una sonrisa contagiosa se asomó al rostro de Gavin al bajar del porche. Estrechó la mano de Dillon y con la cabeza señaló la limusina que ya salía de la propiedad.

—¿Cómo ha ido el viaje? Espero que mi conductor os haya tratado bien.

—Siempre nos trata bien. —Dillon cogió su maleta y la de Emily. El chófer las había dejado en el suelo antes de marcharse.

Olivia le rodeó el cuello con los brazos y le dio un apretón.

—¿Qué tal, guapetón? —Le susurró algo al oído y se echó a reír.

Emily imaginaba lo que acababa de decirle porque él la miró y sonrió con inocencia. Se acarició la barbilla y se echó a reír mientras agachaba la cabeza y la sacudía. Sus ojos azules se volvieron a posar en ella.

—Me alegro de que hayas podido venir. Me dijo Dillon que tal vez no podrías quedarte las dos noches.

—Tengo contactos. —Emily se rio, pero no por ese intento de chiste, sino por los nervios.

—Mmm, tener contactos va muy bien —convino él mirándola a los ojos un rato más. Entonces inspiró hondo y se pasó una mano por el pelo—. Bueno, pues que empiecen estos días de fiesta.

Detrás de los hombres, Emily miró a Olivia; sabía que le había dicho algo a Gavin sobre las veces que habían coincidido. Esta se echó a reír y pestañeó inocentemente cual belleza sureña mientras entraban en la casa.

Sorprendentemente, el recibidor de dos pisos con una escalera en cascada a cada lado era cálido y acogedor. Reparó en que, al fondo de un largo pasillo, las vistas al océano eran impresionantes. La luz del sol entraba por los enormes ventanales, que abarcaban del suelo hasta el techo y recorrían toda la parte trasera de la casa. Una doble chimenea de piedra presidía el gran salón. Los suelos de madera de cerezo oscura y pulida llevaban a una cocina comedor de diseño con encimeras de granito negro. En la biblioteca, la sala de billar y el comedor abundaban los tonos tierra. El asombro de Emily era tan evidente que Olivia, sonriendo, le dio un apretón en el brazo.

—Ya te había dicho que era espectacular. Y eso que no has visto la sala de cine, el segundo piso o el puto oasis que tiene en el jardín de atrás.

Casi sin aliento, asintió y siguió a Dillon hasta la habitación en la que dormirían. Olivia tenía razón: la segunda planta era igual de impresionante. Había el mismo tipo de muebles de colores y estilos similares por todo el piso. Al entrar en el baño de su suite, a Emily le pareció que estaba en un spa. Vio los muebles de estilo europeo y la ducha de mármol con una pantalla de cristal que iba del suelo al techo, y le entraron ganas de saltarse la piscina y darse un bañito de vapor.

Dillon se preparó una copa en el pequeño mueble bar de la habitación y le dijo que la esperaría en el jardín. Ella asintió mientras rebuscaba en la maleta. Después de echarse crema generosamente, se puso el biquini negro, se ató un pareo a la cintura y bajó al recibidor.

Gavin se detuvo al instante y cogió las gafas de sol que había en la isla de la cocina. Acababa de ver a Emily bajar y notó que algo se removía en su interior; algo que se retorcía y le quemaba el vientre hasta lo más profundo de su ser.

No podía quitársela de la cabeza. Era mirarla y le costaba hasta respirar. No podía concentrarse en nada en particular; la repasó lentamente con la mirada y se detuvo a contemplar su hermosa figura. Estaba convencido de que esa melena caoba que le caía por encima de la parte superior del biquini bastaba para alegrarle la vista a uno en su lecho de muerte. Cerró los ojos para tratar de pensar en otra cosa. Cuando los volvió a abrir, sus miradas se cruzaron. Sin embargo, en cuanto conectaron, ella apartó la vista. Decidido, sonrió y se acercó a los pies de la escalera.

Emily se detuvo en el segundo escalón y lo miró. Se la comía con los ojos, unos ojos vivos y cautivadores, enmarcados por unas pestañas pobladas y oscuras. Ella esbozó una tímida sonrisa.

—Hola. —Sonó algo más jadeante de lo que pretendía.

La energía entre ambos era palpable. Gavin la sentía y sabía que ella también. Se humedeció los labios y se la quedó mirando un rato.

—Hola.

La intensidad de su mirada la dejó sin habla, de modo que miró al océano que había al otro lado de los ventanales y esperó a que se apartara.

Gavin se dio cuenta de que la estaba poniendo nerviosa y no era esa la intención. Se mordió el labio inferior y con indecisión apoyó la mano en la barandilla.

—Sé que esto tiene algo de locura. —Se quedó callado un segundo y sonrió—. Bueno, más que algo, pero quiero que sepas que yo estoy igual que tú. —Adoptó un aire de preocupación y su mirada se volvió más intensa—. Pero lo más importante es que no te sientas incómoda mientras estés aquí. Quiero que estés bien.

Emily inspiró hondo sin dejar de mirarlo a los ojos, a sabiendas de que eso sería imposible. Necesitaba algo que la distrajera del azul centelleante de sus iris.

Bajó los últimos escalones intentando que tanto su voz como su cuerpo parecieran relajados.

—Agradezco que te preocupes, pero estoy bien, en serio.

Gavin se puso una mano en la nuca y sonrió.

—¿Estás segura?

—Al cien por cien —contestó buscando con la mirada una salida a la piscina.

—Ah, está por allí. —Gavin la señaló con la mano—. De hecho, te acompaño. Han venido unos amigos que quiero presentarte. —Se quitó las gafas de sol y salieron al jardín.

Inhalando todo el aire que le permitían los pulmones, Emily dejó que la brisa salada del mar le hiciera cosquillas en la nariz. Desde la piscina y el jacuzzi se podían contemplar las orillas del Atlántico. Las vistas eran espectaculares desde la colina donde estaba la casa. Una chimenea exterior, una cabaña con bar incorporado y una casa de invitados formaban parte de ese paraíso al aire libre. Emily siguió a Gavin hasta donde Olivia y Dillon hablaban con dos hombres.

En cuanto la vio, Dillon se excusó del grupo y sus ojos expresivos le dijeron que quería hablar con ella. Ladeó la cabeza, confundida, y abrió la boca para hablar, pero se contuvo al verle la expresión. Parecía enfadado.

Olivia puso los ojos en blanco y sacudió la cabeza; seguramente ese comportamiento le parecía irritante. Emily sonrió a los dos hombres, a los que aún no había saludado, y siguió a Dillon por el jardín.

—¿Me tomas el pelo, Em? —preguntó, mirándola de arriba abajo, cuando estuvieron a una distancia prudencial de los demás—. ¿Pero qué narices te has puesto?

Ella frunció el ceño mientras intentaba controlar la voz.

—¿Me tomas tú el pelo, Dillon?

—No, no estoy para bromas. Ya lo habíamos hablado. ¿No tienes bañador?

—No, no tengo bañador. Llevo un biquini tapado con un pareo.

Él resopló, exasperado, y se frotó la cara con ambas manos.

—Por lo menos sube y ponte unos pantalones cortos, joder.

—Y una mierda —espetó colocándose las manos en las caderas—. Estás haciendo una montaña de esto. Hace mucho calor y hay una piscina en la que me quiero meter y tomar el sol.

—Pues no estoy para coñas. Se va a liar como pille a esos tíos mirándote.

Ella inclinó la cabeza y se quedó pensando en su comportamiento. Su voz no dejaba margen para la réplica y lo último que quería era que se emborrachara y empezara una pelea. Se fue sin mirarlo y subió a cambiarse como le había pedido. Cabreada, decidió ponerse los pantaloncitos más cortos que tenía y se dejó la parte de arriba del biquini… sin cubrir.

Cuando salió, Olivia estaba sentada en una tumbona hablando por teléfono. Se acercó a los cuatro hombres, dedicó una sonrisa irónica a Dillon y le pidió educadamente que le preparara un ron con cola *light*. No parecía muy conforme con el nuevo conjunto, pero seguramente leyó en su mirada que esta vez tendría que aguantarse. Él obedeció y fue a prepararle la bebida.

Gavin lo fulminó con la mirada y luego se fijó en sus pantalones. Sabía que la había mandado a cambiarse. Apretó los dientes; no sabía por qué su amigo no estaba orgulloso de lo que tenía. Sin embargo, sonrió amablemente al mirarla a los ojos.

—Mira, te presento a mis amigos Chris y Joe. Chicos, Emily, la novia de Dillon.

Ella sonrió y les estrechó la mano. Al ver que podían pasar por hermanos, porque tenían los ojos, el pelo y unas facciones muy parecidas, les preguntó:

—¿Sois familia?

Chris respondió primero con sus grandes ojos de color avellana entornados:

—Muy observadora. Sí, somos primos. —Se pasó una mano por el pelo castaño claro.

Joe esbozó una sonrisa y dio unas palmaditas a Chris en la espalda.

—Sí, por desgracia nuestras madres son hermanas.

Emily se rio con ellos. Le contaron que habían ido al instituto con Gavin y Trevor, que se habían mudado a Florida y habían montado juntos una empresa de jardinería al terminar la universidad. Cuando Dillon le trajo la bebida, ella se excusó y se sentó en una de las tumbonas de la piscina junto a Olivia.

—Em, empieza a ser…

Ella le puso un dedo en los labios.

—Por favor, déjalo, Liv.

Olivia se apoyó con el codo y frunció el ceño.

—¿Que lo deje?

—Sí, por favor. No quiero hablar del tema, ¿de acuerdo?

—Lo dejaré, pero ya te digo ahora que ese tío es oficialmente un capullo integral —dijo de forma tajante mientras se recogía el pelo en un moño. Cogió la crema solar y se la echó en la piel blanquecina—. Y tarde o temprano tendrás que echarle un par de ovarios.

77

Haciendo caso omiso a lo que acababa de decir, Emily observó el vaivén de las olas en la distancia. Mientras tomaba el sol, se concentró en Bob Marley, que explicaba cantando cómo había disparado al *sheriff*.

Pasaron las horas y Gavin la miraba a ella y a Dillon como si librara una batalla consigo mismo. Se sentó a la mesa de modo que pudiera ver bien el rostro de Emily mientras trataba de mantener una conversación con sus amigos. No obstante, seguía pensando en lo suave que le había parecido su mano cuando la besó hacía unos días. Su mirada ardía de adoración cuando la veía reírse con Olivia. Su sonrisa era como una droga y su voz se le antojaba celestial. Aunque se estuvieron mirando furtivamente todo el día, él la admiraba de lejos porque no quería que la situación fuera aún más incómoda.

Al caer la noche, el pequeño grupo se sobresaltó por un estruendo que provenía de la parte delantera de la casa. Encender unos petardos antes de entrar era la forma que tenía Trevor de anunciar su llegada. Con una sonrisa, se acercó y gritó su frase estrella:

—Ya he llegado. ¡Que empiece la fiesta!

Tina, la novia de Olivia, llegó poco después y su amiga se levantó de un salto y entre grititos le dio un beso para que los hombres se enteraran de que era suya. Chris no le hizo ni caso y siguió mirando a la hermosa pelirroja. Olivia le dio una palmada en el brazo. Luego se acercó a Emily y anunció:

—Tina, mi mejor amiga, Emily.

—Hola. Me alegro de conocerte. —Tina sonrió—. Me han hablado mucho de ti. Por fin puedo ponerle cara al nombre.

Emily se levantó y le estrechó la mano que le tendía.

—Yo también me alegro. Y veo que has podido llegar sin perderte. Olivia tenía miedo de que no lograras encontrar la casa.

Tina le dio un beso en la mejilla a su novia.

—¿Estabas preocupada por mí, cielo?

Ella se ruborizó.

—Pues claro.

Dillon se acercó a Emily cuando las dos mujeres se alejaron. Suspiró y la atrajo hacia sí.

—Cariño, siento lo de antes. He sido un imbécil. ¿Me perdonas?

Ella escudriñó sus ojos en un intento de entender ese cambio tan repentino.

—Me confundes. Nunca habías actuado así cuando estaba en Colorado.

—Ya lo sé, Em —susurró al tiempo que le cogía una mano. Se la acercó a los labios—, pero es que te quiero tanto, joder… Tengo miedo de perderte.

—No me voy a ir a ningún lado. Te quiero más de lo que crees, Dillon. He confiado en ti lo suficiente para mudarme y estar contigo. Eso debería demostrártelo.

Él le puso una mano en la nuca y le aceró la cabeza.

—Tienes razón. —Fue a besarla y ella se dejó sin pensárselo dos veces, dedicándole un poco más de tiempo a la reconciliación. Dillon se separó lentamente y le acarició el pelo—. Me tranquilizaré, te lo prometo.

Emily sonrió levemente esperando que fuera verdad. Dillon le dio una cachetada juguetona en el trasero, la besó otra vez y le dijo que iba a jugar al billar con Chris y Joe. Lo vio desaparecer por el interior de la casa.

Emily iba a acercarse a Olivia y Tina, que retozaban en las tumbonas, contentísimas de estar juntas, cuando Gavin lanzó una baraja de cartas sobre la mesa que tenía delante y sonrió con picardía.

—Trevor me ha dicho que te gusta jugar al póquer.

Ella miró a Trevor, que ya se acercaba una silla, y volvió a fijarse en Gavin.

—Y reconozco que se me da bastante bien jugar a las cartas.

—Ya veo… ¿Cuál es tu juego estrella? —preguntó mientras colocaba en la mesa una caja de caoba con fichas de póquer.

—Diría que el Texas Hold'em.

—Mmm. Muy bien. También es mi favorito. —Se sentó frente a ella—. ¿Jugamos? —Abrió la baraja.

—Juguemos.

—Nosotras os miramos —apuntó Olivia, que la miró con una sonrisa traviesa, y Emily sacudió la cabeza.

—Seguro que pensáis que sois jugadores expertos, pero fijo que os desplumo —bromeó Trevor mirándolos por encima de las gafas. Puso un billete de cien dólares en la mesa—. Soy todo un profesional. Luego que no se diga que no os he avisado.

Gavin resopló.

—¿Jugamos con dinero de verdad? —preguntó Emily.

—Pues claro. —Gavin puso dos billetes de cien en la mesa—. Ya lo pongo yo por ti.

—No hace falta que lo hagas —repuso ella, levantándose—. Iré a pedirle dinero a Dillon.

—No te preocupes, ya se lo pediré cuando os saque toda la pasta a Trevor y a ti —dijo sonriéndole de tal manera que se le marcaron los hoyuelos. Trevor estaba ocupado barajando y no reparó en lo que acababa de decir, pero ella sí se dio cuenta de su arrebatadora sonrisa.

Volvió a sentarse, algo indecisa, y le sonrió también.

—¿Crees que me vas a desplumar?

Él esbozó una sonrisa burlona.

—Estoy convencido.

Ella se recostó en la silla.

—Eso ya lo veremos, señor Blake.

La forma de pronunciar su apellido hizo que Gavin tuviera que contener las emociones que amenazaban con delatarlo. Se relamió los labios mientras la miraba y luego repartió las cartas.

Con los naipes en la mano, las bebidas sobre la mesa y Olivia y Tina de espectadoras, empezó la partida. Durante la hora siguiente, Gavin y Emily fueron quitándole las fichas a Trevor hasta que no le quedó ni una. Estuvieron pinchándole todo el rato porque al principio les había dicho que los ganaría.

—De acuerdo, está bien. Pero para que quede constancia: ahora mismo voy bastante cocido, por eso no he jugado tan bien —se excusó Trevor; luego se estiró en una tumbona junto a Olivia y Tina. Olivia se rio y lo consoló tomándose un chupito de tequila con él.

—Vaya, la típica excusa de «Voy tan borracho que he jugado con el culo». Un clásico. —Gavin se echó a reír.

Trevor negó con la cabeza con expresión abatida.

—Me he pasado, ¿no?

Gavin apuró la cerveza antes de responder.

—Sí, pero yo también he jugado en ese estado otras noches —reconoció mientras repartía más cartas para Emily y para él mismo.

Al cabo de unos minutos de mirarse a la cara el uno al otro para ver quién tenía mejor mano, Emily carraspeó.

—Voy con todo. —Arrastró el montón de fichas al centro de la mesa mientras esbozaba una sonrisa desafiante.

Gavin la miró cuidadosamente mientras tamborileaba con los dedos sobre la botella de cerveza vacía. Tratando de apartar la vista de ella, Gavin miró sus cartas: tenía dos reyes y uno estaba ya sobre la mesa. Se inclinó hacia delante, ladeó la cabeza y sonrió.

—En su situación yo no lo haría, señorita Cooper.

Emily también se inclinó hacia delante imitando su bravuconería. Al mirarlo a los ojos azules sin pestañear, se dio cuenta de que era más difícil de lo que pensaba.

—¿Tienes miedo de subir la apuesta?

Olivia, Tina y Trevor los observaban con detenimiento y curiosidad. Gavin sonrió y empujó su montoncito de fichas hacia el suyo.

—Tengo miedo de muy pocas cosas en la vida y subir la apuesta no es una de ellas. —Se echó a reír y dio la vuelta a sus cartas—. Te presento a mis amigos los reyes de corazones, picas y tréboles.

Olivia dio un grito ahogado.

—Uf, te ha pillado.

Emily abrió mucho los ojos fingiendo estar aterrorizada.

—Puede ser. —Dio un golpecito al borde de sus naipes—. Pero teniendo en cuenta que tengo tres ases, creo que de momento voy bien. —Dispuso las cartas en abanico sobre la mesa con una gran sonrisa de satisfacción.

El grupito, Gavin incluido, estalló a reír a carcajada limpia. Con una sonrisa de oreja a oreja, Emily cogió los trescientos dólares de la mesa y se los guardó en los pantalones. En aquel momento, la tensión que sentían Emily y Gavin en los hom-

bros —por la forma en que habían impactado sus mundos—
se esfumó como un fantasma.

Al final, Chris, Joe y Dillon salieron con los demás. Gavin
contó a Dillon lo de su desoladora derrota y este último sonrió a Emily, orgulloso. El grupo ayudó a Gavin a recoger y decidieron ir a acostarse. Antes de que llegaran las hordas de invitados, los chicos solían salir a pescar muy temprano con el
barco de Gavin, así que necesitaban sus horas de sueño. Se
dieron las buenas noches y cada uno se fue a su cuarto.

El reloj marcaba más de la una de la madrugada cuando
Emily salió de la cama; los ronquidos de Dillon, por los cuba-
tas que llevaba encima, no la dejaban dormir. Había intentado
dormir dándole golpecitos con el codo, viendo la televisión un
rato y hasta colocándole una almohada en la cara para amor-
tiguar el ruido, pero nada funcionó. Como pensó que tal vez el
aire fresco la ayudaría a conciliar el sueño, abrió las puertas de
la cristalera que daban al balcón.

Sintió la llamada del océano de inmediato. Se acercó a la
baranda y se asomó para contemplar las olas que lamían las
dunas de arena. Empezaba a saborear los sonidos, olores y
vistas que la rodeaban cuando la sobresaltó el «hola» de
Gavin.

Se dio la vuelta rápidamente —se le quedó un mechón entre los labios— y se lo encontró sentado en una silla de jardín
tipo Adirondack.

—¡Jesús! —exclamó con la voz más alta de lo que pretendía.

—No, soy Gavin. Gavin Blake —dijo con cara de póquer
mientras cogía una birra del pack de seis que tenía al lado—,
aunque en situaciones más privadas e íntimas, sí me han llamado así. —Se rio.

Emily resopló de una forma muy poco refinada y se rio
con él.

—Eres de lo que no hay.

—¿Verdad?

—Sí, demasiado —contestó ella y se volvió hacia la

puerta—. No me he dado cuenta de que los balcones estaban conectados. Te dejaré para que disfruta de tu privacidad.

—No, por favor, quédate y tómate una cerveza conmigo.

Con cierta inquietud, se acercó hasta donde estaba. Él le abrió una cerveza.

—Gracias —respondió, aceptándola y sentándose en una silla a su lado.

—No hay de qué. Bueno, ¿y qué te trae al balcón a estas horas?

—¿No lo oyes?

Gavin frunció el ceño, confundido, mientras miraba alrededor.

—Esto… solo oigo las olas.

—Pues tienes suerte. —Suspiró—. Porque yo sigo oyendo a Dillon roncar.

—Ah, ya veo. —Se rio con disimulo y apoyó los pies en una pequeña otomana de exterior—. Los hombres lo damos todo en ese aspecto.

Emily negó con la cabeza y le dio un sorbo a la cerveza.

—Menos asfixiarlo, lo he intentado todo para que deje de roncar.

Él arqueó una ceja y sonrió.

—Mmm, pues no es mala idea. Entonces estarías disponible.

—Sé bueno, anda —le reprendió entre risas.

—Sí, señora —repuso él, y ella sacudió la cabeza.

Pasaron unos minutos en silencio escuchando las olas en la distancia. El cielo estaba despejado y tenían una vista magnífica de las estrellas mientras la fresca brisa de verano soplaba agradablemente.

—No te he visto bañarte hoy —comentó él mientras cogía otra cerveza. Arrancó la chapa y la lanzó a una maceta de barro que contenía un buen número de chapas de cerveza. ¿No te gusta la playa?

—En realidad, me encanta. —Inspiró hondo y dejó de mirarlo a él para fijarse en el agua—. Algunos de los mejores recuerdos de mi madre los relaciono con el sinfín de días que pasábamos juntas en la playa.

Gavin sintió una presión en el pecho. Sabía que su madre había fallecido. Cuando estaban en el club, quiso decirle algo, pero sentía que no era apropiado hacerlo a menos que ella lo mencionara. Siguió mirándola, trataba de encontrar las palabras correctas, y se volvió para tenerla de frente.

—Siento mucho lo que tuviste que pasar al perderla —dijo finalmente con suavidad.

Ella se acercó las rodillas a la barbilla y lo miró.

—Gracias.

—Si no te importa, me gustaría escuchar esos recuerdos que tienes de ella en la playa —añadió con voz suave y cautelosa sin dejar de mirarla.

Emily esbozó una leve sonrisa.

—¿En serio? —Asintió y le devolvió la sonrisa.

—Sería un honor.

Se quedó en silencio un momento para recomponer sus pensamientos.

—Bueno, cuando era pequeña, solía ahorrar todo el año para que pudiéramos ir a Santa Cruz. Alquilaba un pequeño apartamento en la playa, en la que, literalmente, pasábamos el día. Nos encantaba hacer volar cometas durante horas y horas y pasear en bicicleta por el paseo marítimo. —Hizo una pausa y sonrió—. Le gustaba hacer ángeles en la arena como los que se hacen en la nieve. —Dejó escapar una breve risa por el recuerdo y se secó una lágrima.

—Emily, yo… —susurró Gavin. Ella lo miró—. No quería hacerte sentir mal. Lo siento… mucho.

—Son lágrimas… buenas, Gavin. Hacía tiempo que no hablaba de ella. No me has hecho sentir mal.

Esas palabras lo asombraron. La miró a los ojos y detectó un aire de felicidad mezclado con una sensación de pérdida incalculable que le derritió el corazón. Tenía ganas de pasarle los dedos por el pelo y consolarla; quería tenerla en sus brazos y aliviar su dolor.

—Parecen recuerdos maravillosos —susurró él.

—Sí, lo son —respondió ella, mirando al frente—. Fue duro verla enferma tantos meses, pero si te digo la verdad, cuando murió me sentí aliviada. Por fin estaba en paz. —Se secó otra lágrima, lo miró y luego desvió la mirada al océano—. Hubo un tiempo en que esperaba despertarme y enterarme de que se había ido sin dolor. Todavía me siento culpable por haberme sentido así, pero no soportaba verla sufrir.

Con esto último, Gavin sintió algo que hacía tiempo que no se atrevía a sentir y volvió a quedarse sin palabras. Al final, añadió en un susurro:

—Sé que parece que vengamos de mundos completamente distintos, pero tenemos algo en común. —Vaciló, sin saber si debía sacar el tema. Emily lo miraba confundida—. En mi familia casi perdemos a mi madre por un cáncer de mama cuando yo tenía doce años.

Emily resopló; no sabía qué decir. Esa declaración la desvió de su propia compasión.

En aquel instante, Gavin hizo algo sin pensar. Sintió la necesidad de tocarla, así que se inclinó y le secó las lágrimas de las mejillas. Ella no se movió.

—Recuerdo lo que era verla enferma y dolorida. El miedo de no saber lo que sería la vida sin ella es algo que nunca olvidaré, pero sé que un día tendré que enfrentarme a eso. También recuerdo exactamente que me sentía como tú. Quería que terminara, que mejorara o falleciera de una vez por todas para que pudiera estar en paz. No podía verla así. Me torturaba por sentirme así. Solo sé que lo que sentiste, lo que sentimos, es una reacción humana muy real y muy normal.

Sollozó y alzó la vista hacia él, y reparó en la perfección sensual de su rostro, ahora afectado por el dolor. Tras esos ojos azules veía el alma de un hombre que había sentido mucho dolor, y no sabía qué era peor: perder a su madre por el cáncer o que él viviera con el temor a que este se reprodujera.

Con una mirada preocupada, Gavin se inclinó hacia delante y estudió su rostro. Esbozó una débil sonrisa y murmuró:

—Ahora que he conseguido fastidiar una buena noche haciéndote llorar, ¿por qué no jugamos a algo para aligerar el ambiente?

Emily dejó escapar una risa ronca que intentaba ocultar la amplia gama de emociones que sentía.

—No has fastidiado nada. —Entonces se puso de pie, se secó las últimas lágrimas y estiró los brazos por encima de la cabeza—. Lo necesitaba, créeme.

Él se levantó con ella y sonrió.

—De acuerdo. Entonces, ¿jugarás conmigo?

Ella sonrió y lo miró con recelo.

—¿A qué tipo de juego sugiere Gavin Blake que juguemos? Y déjate de bromas.

—Mmm, eso que me pides es difícil.

Esbozó una sonrisa traviesa y, sin mediar palabra, arrastró la gran maceta llena de chapas de botella hasta el centro de la terraza. Luego, alegremente le pidió que se sentara con las piernas cruzadas en el suelo, a tres metros de la maceta. Curiosa, obedeció. Él abrió las puertas de su dormitorio y desapareció un momento. Emily se quedó allí preguntándose qué estaría haciendo. Cuando salió, llevaba una sudadera en la mano y una bolsa de congelados con más chapas. Se le acercó, le tiró la sudadera a la cabeza y se echó a reír.

—Parece que tienes frío. Póntela. —Se sentó a su lado con las rodillas casi rozando las suyas.

Sonriendo, ella se quitó la sudadera de la cabeza y se la puso. Por un breve segundo, quiso grabarse su olor en la memoria; le recordaba el momento en que estaban en el ascensor. No sabría precisar a qué olía, pero le vino a la cabeza una mezcla de colonia, gel de ducha y *aftershave*.

—¿Y cómo se llama el juego al que vamos a jugar?

Gavin miró sus ojos verdes. A la luz de la luna, parecían angelicales.

—Es un poco difícil de pronunciar —repuso lentamente sin dejar de mirar sus labios mientras trataba de despejarse un poco y quitarse de encima la fascinación que sentía por ella.

—Ponme a prueba.

Bajó la voz hasta que no fue más que un susurro y se detuvo después de cada palabra a propósito.

—Se… llama… tira… la… chapa… en… el… macetero… que… está… justo… allí… —Señaló la maceta.

Emily trató de no pensar mucho en lo sensual que sonaba su voz al susurrar y lo empujó a modo juguetón.

—Vaya, menudo listillo estás hecho.

—Sí, ¡no lo sabes tú bien! —Se echó a reír y le dio un par de chapas—. Tú primera.

Emily, que apenas veía en la oscuridad, arrugó la nariz mientras intentaba concentrarse en la maceta. Tiró la primera y falló por un metro y medio, por lo menos. Los dos se rieron. Cuando le tocó a Gavin, este cerró los ojos y la lanzó justo al interior.

—A ver, tal vez me equivoque y en tal caso te pido perdón, pero me da que has jugado a esto más de una vez —comentó ella.

—¡Qué va! Solo he jugado un par de veces. —Se echó a reír. Emily lanzó otra y falló por unos treinta centímetros esta vez.

—¿Dos veces? ¡Anda ya! Ahí dentro tiene que haber unas quinientas chapas.

Gavin sonrío con aire irónico.

—Caliente, caliente. En realidad hay más de mil.

—¿Bebes mucho?

Él soltó una carcajada.

—Muchos veranos, más muchas fiestas y muchos amigos equivalen a una enorme colección de chapas, señorita.

Emily sacudió la cabeza y rio de nuevo.

—Hablando de colecciones, me he fijado en la cantidad de vehículos que hay aparcados en la entrada: una moto, un BMW, un Bentley y no sé el nombre del otro.

Él sonrió.

—Es un Nissan GT-R.

—Eso, un Nissan GT-R. —Se rio—. Los niños y sus juguetes.

Gavin se frotó la barbilla y se la quedó mirando a los ojos un momento.

—¿Al fin y al cabo no llenamos los vacíos de nuestras vidas con algo?

Como no esperaba algo así, Emily escudriñó su rostro; no sabía cómo contestar. Él esbozó una sonrisa y lanzó otra chapa en la maceta como quien no quiere la cosa. Ella sabía que detrás de aquella pregunta había algo más, más de lo que llegaría a entender. Lo primero que le vino a la cabeza fue una cebolla: Gavin Blake tenía muchas capas que había que desprender. Algunas se correspondían con su forma de ser, pero otras eran una especie de revestimiento de hormigón armado que usaba para protegerse. Después de varios tiros acertados y fallados, y de las risas que tanto necesitaba, Gavin miró el reloj y vio que pasaban de las tres de la mañana. Se levantó y tendió la mano a Emily, que la aceptó sin más.

Su voz interrumpió el silencio con suavidad.

—Aunque la noche ha empezado un poco... triste, me lo he pasado muy bien contigo, Emily —dijo con sutileza sin apartar sus intensos ojos de los suyos.

Ella sentía su ardiente mirada en ella; ese calor que notaba en su interior tanto como en su piel. Le retiró la mano poco a poco y se tocó la nuca mientras lo miraba fijamente.

—Yo también, Gavin.

Él sonrió y se fue hasta las puertas que llevaban a su dormitorio, pero no antes de volverse para mirarla por última vez.

Nerviosa, Emily se mordió el labio y, siguiendo su ejemplo, se fue a la habitación donde Dillon seguía durmiendo... y roncando.

Cerró las puertas al pasar y se apoyó en ellas, hecha un manojo de nervios y casi sin aliento, una vez más. Se acarició el cuello, trataba de racionalizar esa atracción visceral que sentía por Gavin, pero estaba demasiado cansada en ese momento para empezar a entenderla siquiera.

6

Fuegos artificiales

$\mathcal{A}$ pesar de estar dormida, Emily oyó un golpe en la puerta y el gemido de Dillon. Mientras se esforzaba por abrir un ojo, vislumbró a Trevor asomando la cabeza por la puerta.

—Joder —gritó Dillon bruscamente—. La hostia, ¿qué hora es?

—La de ir a pescar —respondió Trevor en un tono demasiado entusiasta.

Dillon se pasó la mano abierta por la cara, echó una mirada envenenada a Trevor y levantó la cabeza con cuidado para mirar a Emily.

—¿Te vas a levantar?

Emily miró el reloj con los ojos entornados y, al ver que solo eran las siete, se enroscó en el edredón.

—No, no me levanto —murmuró y se dio la vuelta—. Métete en la ducha y ahora me levanto.

Maldiciendo el madrugón, Dillon se escurrió de la cama y se dirigió a regañadientes al baño.

Emily oyó el chasquido de la puerta que se cerraba detrás de Trevor. Metió la nariz en la parte interior del codo. La luz del sol que se filtraba en la habitación amenazaba con despertarla del todo. Mientras trataba de volverse a dormir, inhaló profundamente y respiró el olor delicioso, embriagador y aturdidor de Gavin.

«¿Gavin? ¿Qué...?».

Al recordar que todavía llevaba puesta la sudadera de Gavin, se sentó de golpe en la cama. En un santiamén, se la quitó, saltó de la cama y la metió de cualquier manera en un cajón de la mesita de noche.

Se frotó los ojos con los dedos temblorosos e intentó no pensar en cómo habría reaccionado Dillon si la hubiera pillado con la sudadera de su amigo. Tras unos minutos, esa ansiedad repentina remitió. Se volvió a meter en la cama con un suspiro, pero no logró volver a conciliar el sueño.

Dillon salió del baño gimiendo, aún disgustado y molesto. Emily se percató de que parecía cansado, pálido y ojeroso. Después de intentar reconfortarlo con un masaje, le plantó un beso en la mejilla y se metió también en la ducha. Cuando volvió a aparecer, se lo encontró despatarrado en la cama con una camiseta y unas bermudas, y los ojos ocultos bajo el hueco del brazo.

—¿Qué planes tienes mientras yo esté pescando? —preguntó con voz tenue y confusa.

—Estaré por ahí con Liv y Tina hasta que se vayan —respondió ella, enchufando el secador—. Van a volver a la ciudad para pasar el día en casa de la familia de Tina.

Dillon se levantó refunfuñando y salió de la habitación con paso lento y vacilante. Para cuando Emily bajó, ya eran las ocho y cuarto. Dillon estaba sentado en la isleta de la cocina con la cabeza escondida entre los brazos cruzados y murmuraba para sí mismo.

Gavin sonrió a Emily por encima del periódico. Como siempre que ella entraba en algún sitio, el cuerpo de Gavin se puso en máxima alerta. Notó como la sangre le bombeaba con más fuerza mientras ella avanzaba hacia la isleta. El tejido blanco y sedoso del vestido veraniego, que se deslizaba sobre sus muslos en perfecto contraste con el tono moreno de la piel, dejó a Gavin casi sin aliento.

Se aclaró la garganta.

—Ahora mismo está rezando a los dioses del vino para que se le pase la resaca. —Se rio y tomó un sorbo de café—. Nunca se ha llevado demasiado bien con el alcohol.

Aunque amortiguadas por el efecto de los brazos, las palabras de Dillon sonaron alto y claro:

—Vete a la mierda, Gavin —siseó.

Gavin se rio entre dientes y miró a Emily.

—¿Quieres un poco de café?

—Sí, suena genial. Gracias —respondió, y se sentó al lado de Dillon.

—Faltaría más.

Gavin se levantó, sacó una taza del armario, le sirvió un poco de café y se dirigió a la nevera. Miró a Emily por encima del hombro y dibujó una leve sonrisa cargada de suficiencia.

—Es una suposición, claro, pero tienes pinta de ser de las que toman el café con leche y azúcar.

Emily abrió la boca y volvió a cerrarla de inmediato. Agitó la cabeza y le sonrió. Gavin se permitió la excentricidad de fruncir el ceño maliciosamente y volvió con su taza. Cuando ella fue a cogerla, él le deslizó algo en la mano. Echó un vistazo rápido al rincón donde su novio seguía ocultándose de la luz del día. Gavin le dejó el café delante y se sentó.

Ella abrió la mano y miró lo que estaba sosteniendo: un tapón de botella. Desvió la mirada hacia Gavin, quien, periódico en mano y con una leve sonrisa en los labios, se tomaba el café a sorbos con aire distraído. Emily sacudió la cabeza y le devolvió la sonrisa.

Dillon se enderezó, se volvió de golpe al oír el timbre y gruñó mientras Gavin iba a abrir. Emily vio cómo abría y saludaba a dos hombres que parecían parientes suyos. El más joven de los dos era guapo y tenía las mismas facciones bien esculpidas y el mismo color de pelo que Gavin, aunque era algo más corpulento que él. El mayor, sin embargo, parecía el hermano gemelo de Gavin, pero con veinte años más y algunas canas plateadas esparcidas por la cabeza. Su amplia sonrisa brilló con ensayada facilidad al entrar en la cocina.

Con las cejas arqueadas sobre sus ojos azules, el hombre mayor se rio entre dientes y le dio a Dillon unas palmaditas en la espalda.

—Pareces un poco perjudicado, hijo.

—Buenos días, señor Blake. —Dillon se levantó a darle la mano . Sí, bebí un poquito demasiado anoche.

—Bueno, pues prepárate para beber un poco más hoy, jovencito —bromeó, sosteniendo una botella de Grand Marnier y un par de cañas de pescar.

Dillon sacudió la cabeza con una sonrisa en la boca y miró a Gavin.

—Tu viejo me va a matar hoy con la bebida, ¿verdad?

—Casi seguro que no es esa su intención. —Gavin volvió a su asiento—. ¿Todo bien, papá?

—¡Por supuesto! —Dirigió la mirada a Emily con una sonrisa encantadora en los labios—. Vaya, ¿a quién tenemos aquí?

Dillon rodeó la cintura de Emily con los brazos.

—Es mi novia, Emily. Emily, estos son el hermano de Gavin, Colton, y su padre, Chad.

—Encantada de conocerlos. —Emily sonrió y se dieron la mano.

—Emily, ¿tienes alguna hermana para mi hermano? —Colton señaló con el pulgar a Gavin, que puso los ojos en blanco y apuró el resto del café—. Mi madre quiere que se case pronto.

—Desgraciadamente, la única que tengo está casada —respondió Emily, riendo.

Colton rodeó el cuello de Gavin con el brazo.

—Bueno, pequeño, seguiré buscando.

Gavin cruzó los brazos, suspiró y volvió a poner los ojos en blanco ante el despropósito de su hermano de buscarle una mujer.

Finalmente, Trevor, Joe y Chris bajaron para unirse al grupo.

—Pero ¿qué llevas puesto, tío? —preguntó Gavin al ver el atuendo de Trevor.

Engalanado con su mejor sombrero de pesca y su chaleco salpicado de anzuelos y gusanos de plástico, Trevor resopló con altanería.

—A tu rollo, tío. —Se sirvió un poco de café en un vaso de plástico y se volvió hacia Gavin—. Al menos yo me monto en la barca. —Todos los hombres, excepto Gavin, se echaron a reír a carcajadas. Este se limitó a sacudir la cabeza con una sonrisilla divertida y pasó por alto el medio insulto. Trevor le dio una palmada en la espalda—. ¿Gavin Blake se ha quedado sin palabras?

Gavin se levantó a servirse más café y sonrió.

—Venga, burlaos de mí, payasos, pero en mi defensa diré que me viene de parte de madre.

Emily levantó una ceja con perplejidad.

—¿No navegas?

La lenta sonrisa que esbozó Gavin hizo centellear sus ojos azules.

—En condiciones normales puedo, pero no cuando el agua está agitada como esta mañana. —Le dio un sorbo al café—. Me mareo un poco.

Dillon se levantó, se acercó a él y le dio una palmada en el hombro.

—¿Un poco? Acabas implorándole a Dios terminar el viaje sin echar la pota.

Gavin sacudió la cabeza y lanzó a su padre las llaves de la barca.

—Muy bien, ahora todos vosotros os vais a largar de mi casa. Y eso también te incluye a ti, papá —añadió rápidamente.

Chad le dio a su hijo unas palmaditas en la espalda, riéndose entre dientes. Los comentarios y las risas siguieron unos minutos más, mientras los hombres acababan de prepararse para pasar el día en el agua. Tras comprobar que llevaban bastante hielo, comida, alcohol y gusanos para aguantar hasta la tarde, se marcharon. Emily siguió a Dillon hasta la puerta para darle un beso de despedida y pedirle que se comportara con la bebida. Se quedó mirando mientras el grupo salía esa húmeda mañana para coger la barca.

Emily se giró tras cerrar la puerta y encontró a Gavin sentado en la isleta, con el café en una mano y los ojos clavados en el periódico. Pensó que era buena hora para despertar a Olivia y a Tina. Ya se disponía a ello, pero Gavin la llamó antes de que pudiera subir las escaleras y le pidió que se sentara con él.

Mientras se acercaba a él, tuvo una intensa charla mental. Había disfrutado más de lo normal del rato que había pasado con él la noche anterior y, por eso mismo, había desarrollado algo más que una simple atracción física. Una especie de cosquilleo que nunca había experimentado le recorría el cuerpo, y tenerlo cerca hacía que una extraña ansiedad le calara los huesos… aún más que antes.

Y eso… no era bueno. Al sentarse a su lado, Emily intentó ignorar el pelo alborotado en todas direcciones que le daba un aire como si acabara de follar y le hacía aún más… en fin… más atractivo.

Gavin se pasó la mano por el pelo, dejó el periódico y sonrió.

—Quería ser justo y avisarte de que en unas horas la casa será algo… caótica.

—Ah, ¿y eso? —preguntó ella, jugueteando con el dobladillo del vestido—. Creía que tus invitados no llegarían hasta pasadas las tres.

Los ojos de Gavin se centraron en los muslos de Emily antes de volver a mirarla a la cara. Tragó con dificultad.

—Bueno, los del *catering* y los que tienen que levantar las carpas llegarán pronto. Si quieres, podemos ir a la playa o bajar a la piscina juntos. —Emily se movió nerviosamente en el asiento, sin dejar de sostenerle la mirada—. Quiero decir que tú… puedes ir a la playa o la piscina —corrigió rápidamente.

Madre mía. Lentamente se rozó el labio inferior con los dientes.

Ella le miró los labios con excesiva atención y apartó el asiento de la barra para levantarse.

—Sí, ya veré. —Se alejó hacia las escaleras—. Ahora voy a… a despertar a Olivia y a Tina.

Él asintió y ella subió al trote los escalones.

Emily llamó con suavidad a la puerta y Olivia le gritó que entrara. Cuando lo hizo, las dos mujeres ya estaban a punto de marcharse.

—¿Por qué estáis recogiendo ya? —preguntó Emily—. Pensaba que no os ibais hasta pasadas las tres.

Olivia metió sus últimas cosas en la mochila.

—La madre de Tina está enferma y ha llamado para pedirnos si podíamos ir antes y ayudarla a preparar la comida. —Se desperezó—. Uf, tampoco es que me haga mucha ilusión el viaje de vuelta.

Emily apretó los labios hasta formar una perfecta línea recta y se dejó caer sobre la cama. Se recostó sobre la almohada con un suspiro, visiblemente contrariada.

Olivia la miró.

—¿Por qué te extrañas tanto de que nos vayamos? Ya sabías que no me iba a quedar todo el tiempo.

—Porque Gavin no se ha ido a pescar con todos los demás y me voy a quedar aquí atrapada… Sola con él.

—Claro… Todo eso de los mareos. Se me había olvidado. —Olivia esbozó una sonrisa—. ¿Por qué iba a ser un problema quedarte aquí sola con él? Yo diría que es la oportunidad perfecta para una pequeña cata de algo…. Mmm.

—¡Ya vale, Olivia! —espetó Emily—. ¡No estoy para bromas! ¡Déjate de tonterías!

Olivia se quedó patidifusa al verla levantarse e irse. Con aire ofendido, Emily recorrió el pasillo, entró en su habitación, tiró la maleta sobre la cama y empezó a llenarla. Olivia entró en la habitación tras ella, con cautela.

—A ver, ¿y ahora qué estás haciendo, Em?

—Me voy con vosotras —respondió secamente—. No voy a quedarme aquí sola con él.

Olivia se le acercó y la agarró por los hombros.

—Joder, tía, a ver si nos calmamos, ¿de acuerdo? —Emily se apartó y siguió con la maleta—. Em, su madre, su cuñada, su sobrina y su sobrino llegarán pronto. No vais a estar los dos solos.

Emily dejó la maleta de golpe. Se dejó caer sobre la cama y se llevó los dedos a las sienes para intentar calmar todos los pensamientos que la agobiaban.

Olivia se sentó junto a ella.

—¿Qué te preocupa?

Emily sacudió la cabeza y apenas emitió un susurro:

—Odio que en realidad me encante cómo me mira, Liv. Odio no poder evitar devolverle la mirada. Odio que sea amigo de Dillon y que estemos todos juntos. —Miró a Olivia a los ojos e hizo una pausa—. Y sobre todo odio tener estos pensamientos. Le debo mucho a Dillon. No tendría que estar pensando en su amigo.

Olivia le puso una mano en el hombro con el rostro enternecido.

—En primer lugar, tienes que dejar de pensar que se lo debes todo a ese capullo. Hizo lo que cualquier buen novio habría hecho. Nada especial. —Emily cerró los ojos y tragó con dificultad, convencida de que Dillon había superado sus expectativas. Pero no pensaba discutirlo con ella—. Pero, en serio, la familia de Gavin estará aquí enseguida. Además, ¿cómo vas a explicarle a Dillon por qué te has ido sin más?

Emily le dio vueltas a la pregunta. Tenía razón. Si usaba la carta de que se encontraba mal, este se perdería un gran día, porque cogería el coche y volvería a la ciudad para estar con ella. Emily asintió. Tomó una gran bocanada de aire, se puso en pie y sacó un libro de entre sus cosas.

—Está bien, me quedaré aquí leyendo hasta que los oiga llegar.

Olivia sonrió y se levantó.

—De acuerdo, pues haz lo que tengas que hacer. —Abrazó a Emily y se dirigió a la puerta—. Te quiero.

Emily se acurrucó en la cama, abrió el libro y trató de relajarse.

—Yo también te quiero, Liv.

Y eso es exactamente lo que Emily hizo: leer el libro. Vaya si leyó. Lo terminó y lo volvió a empezar, pero acabó durmiéndose en su segundo intento de mantener la mente alejada de la amenaza que se cernía tras la puerta. Poco después de mediodía, oyó puertas de coche que se cerraban. Por una ventana rinconera, miró hacia abajo y vio a dos mujeres que caminaban hacia la casa, seguidas de dos niños pequeños.

Ya recuperada del pánico inicial, Emily bajó. Gavin tenía razón. La casa bullía con camareros de blanco y negro que andaban preparando el bufé. Al no encontrarlo entre todo aquel frenesí, se apresuró a salir al patio trasero. Bajo una decena de carpas blancas enormes, los empleados vestían las mesas con manteles rojos, blancos y azules mientras voceaban peticiones al responsable de la música que se estaba instalando en un rincón. Enormes centros decorados con estrellas plateadas anclaban un surtido de globos en cada mesa.

Emily echó un vistazo entre la gente hasta que cruzó la mirada con la de Gavin, que estaba en la otra punta del jardín. Él le sonrió de inmediato y le hizo una señal para que se uniera a él. Al acercarse, la miró con preocupación y se inclinó para hablarle al oído.

—¿Estás bien? —susurró—. Olivia me ha dicho que no te encontrabas bien cuando se ha ido.

—Sí, estaba un poco indispuesta, pero ahora estoy mejor.

Gavin levantó una ceja con incredulidad.

—¿Seguro? —Ella asintió y esbozó una sonrisa por respuesta—. Bueno, si necesitas algo, dímelo, ¿de acuerdo?

—Lo haré, gracias.

—Sin problema. —Gavin sonrió y se giró hacia una de las mujeres que Emily había visto acercarse a la casa—. Mamá, me gustaría presentarte a la novia de Dillon, Emily. Emily, ella es mi madre, Lillian.

—Encantada de conocerla, señora Blake.

Emily le ofreció la mano, pero se llevó una agradable sorpresa al ver que la mujer se inclinaba para abrazarla.

—Llámame Lillian —exclamó, luciendo el brillo de sus grandes ojos verdes al soltar a Emily—. Lo de señora Blake me hace sentir vieja, y aún me queda mucho para eso.

Emily sintió la intensa cordialidad que desprendía su ademán.

—De acuerdo, encantada de conocerte, Lillian.

—Así me gusta.

Emily sonrió y observó sus sorprendentes facciones. Jamás habría dicho que Lillian pudiera tener dos hijos mayores o que hubiera estado enferma, y de cáncer, nada menos. Llevaba el pelo castaño recogido en un moño muy favorecedor que brillaba bajo el sol. Los grandes pómulos y la impecable piel dorada le conferían ese aire de eterna juventud.

—Mi cuñada, Melanie, tiene que estar por ahí —afirmó Gavin, paseando la mirada por el jardín. Antes de que pudiera preguntar a su madre dónde estaba, su sobrina y su sobrino le saltaron a la espalda de la nada. Mientras retozaba por el suelo con ellos, Gavin miró a Emily y se rio—. Bueno, aquí está su prole.

—¡Tío Gaffin! ¡Para de hacerme cosquillas! —chilló la niña, con los mechones rubios sobre la cara que movía de un lado a otro para defenderse del divertido ataque de su tío.

—¡Yo te ayudo, Teesa! —gritó el niño y, como un héroe que acude al rescate de una damisela en apuros, se lanzó a hacerle cosquillas a Gavin.

Emily y Lillian se reían mientras observaban cómo los tres retozaban por el suelo. Al final, los dos niños ganaron la batalla de las cosquillas aliándose contra su tío. Gavin se rindió ante la evidencia de verse superado en número y suplicó ayuda entre risas.

Cuando se levantó, se sacudió las minúsculas briznas de hierba del traje de baño y miró a Emily.

—Estos dos locuelos son mis sobrinos, Teresa y Timothy. —Hizo un rápido ademán como si fuera a retomar el juego de las cosquillas. Ambos retrocedieron de un salto, entre risitas nerviosas. Gavin se encorvó y les rodeó los hombros con un brazo—. Esta es Molly… Perdón, Emily. —Emily sacudió la cabeza y sintió que se le ruborizaban las mejillas—. Más os vale que os portéis bien con ella. No creo que hoy le apetezca que la ataquéis.

La niña miró a Emily y le tiró del vestido.

—Me gusta tu vestido, Mili.

Emily se agachó y sonrió a aquella pequeña belleza pecosa.

—Bueno, a mí también me gusta mucho tu vestido, Teresa.

—¿Tú tenías un vestido como este cuando tenías tres años? —Teresa le echó los bracitos alrededor del cuello y casi consiguió desequilibrarla. Emily se rio y la abrazó también.

Como un caballero en miniatura, Timothy le ofreció la mano.

—¿Eres la novia del tío Gaffin?

Emily sonrió a Gavin, después miró al niño y le estrechó la mano.

—No, pero soy la novia de su amigo.

—Somos gemelos —dijo Timothy, con una sonrisa de orgullo.

—Ya me lo parecía. —Emily sonrió—. ¿Sabéis? Sois los gemelos más encantadores que he conocido.

—¿Vienes a bañarte con nosotros, Mili? —preguntó Timothy con sus brillantes ojos color avellana, mientras se apartaba un sudoroso mechón de pelo rubio de la frente.

—Mmm. —El niño sonrió, esperaba ansioso su respuesta. Ella le dio un pellizquito cariñoso en la nariz—. Creo que sí. Deja que vaya adentro a ponerme el bañador y vuelvo enseguida.

Los dos pequeños se pusieron a saltar y a dar palmas de alegría.

Emily se abrió paso entre la multitud de trabajadores y subió a enfundarse el traje de baño. Para no disgustar a Dillon, tomó la precaución de ponerse una camiseta gris y escarlata de la Universidad de Ohio sobre el biquini. Después se quitó el maquillaje y salió como quien no quiere la cosa.

Los dos niños, que ya estaban en la piscina con Gavin, lo salpicaban alegremente mientras él imitaba muy bien a un tiburón. Se sumergía con las manos formando un triángulo sobre la cabeza y se abalanzaba contra ellos.

—¡Está aquí Mili! —gritó Teresa con alegría.

Gavin miró a Emily y se apartó el pelo mojado de la cara.

—¿Te ha gustado mi interpretación de *Tiburón*?

—No ha estado mal —respondió ella monótonamente mientras se metía en el agua—, pero estoy bastante segura de que puedo hacerlo mejor.

Él esbozó media sonrisa y frunció el ceño con incredulidad.

—Ah, ¿eso crees?

—No —dijo ella, sonriendo—. Era broma.

Gavin se rio y cogió una enorme pelota de playa multicolor.

—Bueno, ¿qué me decís de un partido amistoso de voleibol acuático? —Esbozó una sonrisa traviesa—. Chicas contra chicos, por supuesto.

Emily levantó la barbilla en un gesto de desafío juguetón.

—Vamos, Blake.

El juego empezó con ambos equipos a cada lado de la red.

Los niños se pusieron a chillar en un estallido de risas cuando Emily saltó, estrelló la pelota contra la cabeza de Gavin y le hizo saltar las gafas de sol de la cara. Cuando Gavin resurgió, tras recuperar las gafas hundidas, sus ojos enfilaron a Emily y sonrió: prometía venganza. Ella chocó los cinco con Teresa y devolvió a Gavin una sonrisa de suficiencia, orgullosa de sí misma y del punto conseguido para las chicas.

Gavin rodeó a Timothy con el brazo y le susurró algo. Dejó las gafas de sol en una hamaca y miró a Emily con una sonrisa taimada. Ella sabía que no tramaba nada bueno. Sacudió la cabeza y se rio pero, antes de que pudiera advertir a Teresa de las malas intenciones de su tío, una enorme ola rompió en su cara. Cortesía de Gavin.

Emily boqueó y escupió agua. Sonrió a Gavin con aire de superioridad y le salpicó también. Con todas sus fuerzas, Timothy lanzó la pelota de playa por encima de la red y anotó con picardía un tanto para los chicos. Sorprendida por el ataque repentino, Teresa se echó a llorar histérica. Sin vacilar, Gavin fue nadando hacia ella y la cogió en brazos. Se sentó en la escalera de la piscina y se puso a mecerla.

—Teresa, el tío Gavin lo siente, cariño. No quería asustarte.

—Tío Gaffin, le has hecho daño a Mili —resolló.

—No, Teresa, no me ha hecho daño. —Emily alargó los brazos y la instó a sentarse junto a ella. La niña se sentó en su regazo.

—Solo me ha salpicado, nada más.

Teresa volvió a resollar.

—El tío Gaffin es malo, deberías pegarle.

Gavin frunció el ceño en broma y abrió los ojos como platos.

—¿Crees que debería pegarme? —Teresa soltó una risita y asintió. Gavin miró a Emily, se encogió de hombros y se señaló el brazo—. Parece que Colton y Melanie están criando a un par de malotes. Dale fuerte, nena.

Con una sonrisa, Emily hizo ver que le pegaba y Gavin ululó con su mejor impostura de dolor. Teresa volvió a soltar una risilla, satisfecha con el golpe.

—¿Dice mamá que has hecho llorar a mi hija, Gavin?

Gavin se giró y sonrió.

—Eh, Mel. Sí, la he asustado un poco, pero ya está bien. ¿Verdad, enana? —Y le hizo cosquillas en la planta de los pies.

Teresa chilló y pataleó para apartarse de él.

—La novia del tío Gaffin le ha pegado por mí.

Melanie se acercó a Timothy extendiendo el brazo para sacarlo de la piscina. Se colocó la larga melena rubia sobre un hombro, frunció el ceño con curiosidad y sonrió en dirección a Gavin.

—No es mi novia —aclaró Gavin, al tiempo que se levantaba—. Es la novia de Dillon. Emily, esta es mi encantadora cuñada Melanie.

Con Teresa de la mano, Emily se levantó y le sonrió.

—Encantada de conocerte.

—El placer es mío —dijo Melanie, que volvió a sonreír.

—Tus hijos son adorables.

—Gracias, pero seguro que cambias de opinión cuando estén chillando y peleándose por una caja o cualquier otra tontería. —Emily se rio. Melanie se volvió hacia Gavin con una sonrisa pícara en los labios. La mirada amenazante de Gavin le advertía de que no siguiera por ahí, pero ella iba a seguir. Melanie se giró hacia Emily.

—Emily, ¿tienes alguna hermana o amiga interesada en una cita?

Emily miró a Gavin.

—¿Un tema recurrente en la familia?

Gavin cruzó los brazos y asintió.

—Bingo.

Emily miró a Melanie con una sonrisa.

—Tengo una hermana, pero ya está casada. Eso sí, puedo llamar a algunas amigas.

—Perfecto —respondió Melanie, reposando la mano en el brazo de Gavin. Teresa se agarró a la pierna de su madre y se frotó los ojos soñolientos. Melanie la cogió en brazos—. Emily, asegúrate de llamarlas pronto. Mi cuñado se está haciendo demasiado mayor para seguir soltero —dijo, y se alejó a buen paso hacia la puerta trasera.

Gavin suspiró, sonrió y le pasó una toalla a Emily.

—Mi cuñada es… difícil.

—Pues parece maja. —Emily aceptó la toalla intentando apartar la mirada del tatuaje mojado de Gavin, que brillaba bajo el sol. Resopló, tragó saliva y volvió a centrar la mirada en la cara de su interlocutor—. Tiene gracia que todo el mundo intente buscarte pareja.

—Ya, a mí me vas a contar… Tienen esa obsesión porque ahora mismo estoy soltero.

Justo cuando le iba a preguntar si quería que llamara a alguna amiga, Dillon le deslizó los brazos por detrás de la cintura y le besó el cuello. Sorprendida, dio un respingo y soltó un grito. Los demás pescadores salieron al jardín trasero aparentemente quemados por el sol, cansados y algo achispados. Tras una breve charla sobre la cantidad que había pescado cada uno y un poco de coña porque Gavin no hubiera podido acompañarlos, el grupo se dispersó para ducharse.

—Así que te has bañado, por lo que veo —comentó Dillon mientras entraba con ella a la habitación y se quitaba la camisa. Al cerrar la puerta, se deshizo del resto de la ropa y la amontonó en una pila.

—Muy observador —apuntó Emily, extenuada por el calor.

Dillon entró en el baño, abrió el grifo y se metió en la ducha.

—Mientras estabas con mi amigo, espero que llevaras tapado ese cuerpo que me pertenece.

Emily puso los ojos en blanco y se puso a buscar en su equipaje un vestido rojo de gasa sin mangas que había llevado expresamente. Se lo había comprado su madre en el último viaje que habían hecho a California para visitar a su hermana. Sonrió al encontrarlo y se lo puso delante para mirarse en el espejo.

—No me has contestado, Emily. ¿Ibas tapada?

Emily entró en el baño y exhaló un suspiro de frustración.

—Dillon, ¿qué ves ahora mismo? —preguntó, y se pasó la

mano por el cuerpo con un punto de irritación en la voz. Era obvio que no se le veía demasiada piel.

—¿Que qué veo ahora? El culo de mi atractiva novia asomando por debajo de su camiseta universitaria. ¿Por qué no te metes en la ducha y le das a tu hombre lo que necesita?

—¿Te crees que vamos a hacerlo ahora? —le preguntó con los ojos desorbitados—. Hay un huevo de gente abajo.

—Métete en la ducha, Emily —le ordenó él.

—A ver, Dillon, que te he dicho que no.

—Vamos, Em. Se me hace difícil verte así y no querer follarte —insistió él pausadamente, mientras salía de la ducha. Se acercó al tocador donde ella estaba inclinada—. No he podido dejar de pensar en ti todo el rato.

Le arrimó el cuerpo y se apresuró a meterle mano por dentro del biquini, asegurándose de que sus dedos se deslizaran bien dentro de ella. Un débil gemido escapó de la boca de Emily, que intentaba apartarlo.

—¿Ves como te gusta? —Los labios de ambos se rozaban y su voz sonaba ronca. Sus dedos resbalaban hacia dentro y hacia afuera y, con la otra mano, comenzó a bajarle la braguita del biquini por los muslos—. Este coñito es mío. De nadie más, Emily. Mío —gruñó contra su mejilla.

Justo cuando logró apartarlo, alguien llamó a la puerta de la habitación. Dillon lanzó una dura mirada a Emily, agarró una toalla del estante, se la enrolló a la cintura y se acercó sin prisas a abrir. Era Trevor, que lo avisaba de que abajo había un cliente potencial ansioso por hablar con él sobre un plan de negocio. Cinco minutos después, Dillon estaba vestido y salía por la puerta para hablar de trabajo. Emily se quedó sola, preguntándose en qué se estaba transformando el hombre al que tanto amaba.

Para cuando Emily estuvo lista, con los nervios calmados y duchada, ya eran las siete y cuarto, y la fiesta estaba en su punto álgido. Tal como había dicho Dillon, debía de haber al menos unas ciento cincuenta personas repartidas por la finca. Serpenteó entre una multitud de caras desconocidas para buscarlo. Como no pudo encontrarlo, se sentó ante una de las barras dispuestas en el patio.

Tras un chupito de tequila, sintió una punzada de culpa en la boca del estómago por no haber dado a Dillon lo poco que le pedía. Él le había dado apoyo emocional durante la época más difícil de su vida, alabándola a todas horas, tanto por sus atributos físicos como por sus logros académicos, y le había proporcionado seguridad económica. El sexo en casa de otro, por más atestada de gente que estuviera, no tendría que haber sido un problema para ella.

Antes de que las deficiencias de su relación hicieran mella en su corazón, Emily vislumbró a Gavin al otro lado de la piscina, que hablaba con un grupo de mujeres. Se fijó en que mientras conversaba con ellas, usaba las manos con toques afectuosos: una palmadita en la nuca para llamarles la atención, una caricia desenfadada en el brazo mientras charlaban o un toquecito en el costado al reír... Y las mujeres se derretían cada vez que él las tocaba. Emily tragó saliva al ver que él desviaba la mirada hacia ella y la pillaba, básicamente, in fraganti. Observó cómo se excusaba del ávido grupo de futuribles señoras de Gavin Blake para dirigirse hacia ella.

Se acercó con una sonrisa y se apoyó en la barra; lucía un atuendo informal de camisa blanca de lino y pantalón corto caqui.

—Me parece imposible que una mujer tan hermosa como tú esté sentada aquí sola.

Sin perder comba, Emily sacudió la cabeza.

—Eres un verdadero experto: haces y dices todo lo que hay que hacer y decir a una mujer.

Frunció el entrecejo con petulancia y sonrió.

—Yo no sé nada de eso. Sin embargo, soy experto en la preparación de los más deliciosos... sándwiches de jamón. —Se rio, y Emily también. Manteniéndole la mirada, Gavin dio un largo trago a su cerveza—. Pero, en serio, ¿dónde está el hombre que debería estar a tu lado ahora mismo?

Ella volvió a otear entre el gentío.

—Estará por ahí.

Mientras los ojos de Gavin se paseaban entre sus invitados en un intento de localizar a Dillon, vio a Monica Lemay, que se abría paso hacia el punto donde se encontraban él y Emily, con una maliciosa sonrisa en la cara. Gavin se apresuró a excusarse con Emily y le dijo que volvería enseguida.

Monica puso los ojos en blanco en cuanto Gavin se le acercó.

—¿También vienes a advertirme? —dijo ella, y se puso de puntillas para mordisquearle la oreja. Él retrocedió para apartarse de ella—. Porque no es necesario. Dillon ya me ha advertido claramente que actúe como si no le conociera y que me mantenga alejada también de la novieta que tiene justo ahí.

Gavin la fulminó con una dura mirada y la cabeza ladeada.

—¿Ah, sí? Entonces, ¿por qué me ha parecido que ibas directa a decirle algo?

—¿Una no puede pedir una bebida en la barra? —preguntó ella con una mueca envenenada.

—Ve a cualquier otra barra, Monica. —Se le acercó al oído y redujo la voz a un susurro gélido—. Eres una puta víbora, te tengo calada. —Retrocedió—. No te acerques a ella, ¿me oyes? —Monica se echó el pelo rubio hacia atrás, cruzó los brazos y apartó la mirada—. Monica, mírame a los ojos y dime si te parezco un hombre a quien puedas convencer fácilmente de que no haga trizas toda tu vida.

Monica arqueó una ceja y abrió sus ojos castaños como platos.

—¿Y qué se supone que significa eso, Gavin?

—Significa que Industrias Blake controla más del setenta y cinco por ciento de las acciones de la empresa de tu padre. Puedo deshacerme de ellas mañana mismo con tan solo una llamada. —Gavin se aproximó más, y ella dio un paso atrás—. Wall Street se pondrá las botas y, mañana por la noche, tú y tu familia estaréis buscando sobras en los callejones de Harlem.

Monica inspiró con ademán indignado.

—¡Tú no harías eso!

—Ponme a prueba si tienes cojones. —Se dio la vuelta y tropezó con Colton.

—Eh, muchacho, pareces enfadado.

Gavin echó un vistazo hacia la barra donde Emily seguía sentada.

—Estoy bien. ¿Qué ocurre?

—Mamá te necesita en la cocina —respondió, pasándose la mano por el pelo—. No sé, por algo de alguien que no figura en la lista de invitados, pero está en la entrada y quiere pasar.

Al ver que Gavin la miraba desde el otro lado de la piscina, Emily asintió en su dirección y él le levantó un dedo como para hacerle saber que iba a volver enseguida. Lo vio desaparecer rápidamente entre la multitud, camino de la casa. A la mujer con la que había estado hablando la reconoció de haberla visto en el bar pocos días antes. Se preguntó por qué habría invitado a su ex a la fiesta y por qué esta había decidido venir. Era obvio que aún tenían asuntos pendientes.

Justo cuando Emily pedía otra bebida, se le acercó un tipo musculoso que apestaba a alcohol. El hombre se apartó un mechón castaño de la frente y le dedicó una sonrisa torcida.

—Qué fiesta tan buena, ¿verdad?

Emily le echó un vistazo mientras recibía la cerveza de manos del camarero.

—Sí, lo es.

—Y ¿has venido con alguien o he tenido la puta suerte de tropezar con una atractiva soltera?

«Estupenda forma de ligar, imbécil», pensó ella.

—Lo siento, he venido con alguien.

—¿Con quién? —preguntó, tras lanzar un grandísimo resoplido—. Conozco a todo el mundo. A ver si tendré que darle una paliza…

«Esto se pone cada vez mejor».

—Con Dillon Parker.

El tipo frunció el ceño.

—Qué vas a estar con Dillon Parker. Él sigue con Monica Lemay. —Tomó un largo trago de su copa—. O, al menos, eso creía yo.

«Ahora tienes toda mi atención, capullo».

—¿Quién es Monica Lemay?

—¿Conoces a Gavin? —Emily asintió rápidamente—. Pues es la tía buena que estaba hablando antes con él junto a la piscina.

«Comprobado: este idiota está borracho».

—No, tienes que estar confundido. La mujer con la que hablaba Gavin es su exnovia, no la de Dillon.

El tipo negó rotundamente con la cabeza.

—Gavin no ha salido nunca con Monica. Nos criamos juntos, y él no la soporta. —Dio otro trago antes de continuar—. He asistido a muchas fiestas del Cuatro de Julio en esta casa. —Movió el dedo para señalar el jardín—. Y he visto a Dillon y a Monica salir de esa casa de invitados muchas mañanas, a trompicones y casi desnudos. Follaban, seguro.

Emily se levantó, aturdida por las revelaciones del tipo, e intentó tragar saliva. Se sentía como si un montón de cuchillas afiladas le estuvieran afeitando el esófago.

—Eh, entonces, ¿me das tu número o qué?

Sin mirar atrás siquiera, Emily se abrió paso entre la gente. Las voces chillonas, las risas y las caras joviales se desdibujaban en la distancia. Le entró pánico y una fina capa de sudor comenzó a brillarle sobre la piel. Puso rumbo al atrayente resplandor de la casa. Atravesó la cocina y encontró a Gavin hablando con su madre. Entró como un torbellino en el salón y este la miró.

Cuando giró hacia el vestíbulo y vio a Dillon con Monica, se le cortó la respiración y se le cayó el alma a los pies. El corazón le dio otro vuelco al ver que Monica rodeaba el cuello de Dillon con los brazos, se abalanzaba sobre él y, a continuación, pasó: le dio un beso. A Emily se le llenaron los ojos de lágrimas y, sin acabar de comprender lo que estaba ocurriendo, se llevó las manos a la boca. Era incapaz de seguir presenciando aquello, con lo que se dio la vuelta y se estampó contra el pecho de Gavin. Él la agarró por los brazos, se fijó en su rostro, lanzó una mirada por encima de su hombro, vio a Dillon con Monica y entornó los ojos.

—Yo… Yo… Tengo que irme —tartamudeó, rota de dolor—. Por favor, pídeme un taxi. —Corrió hacia la puerta principal y salió.

Gavin echó mano al bolsillo en busca de sus llaves y la siguió. Cuando salió, la encontró agazapada con la cabeza escondida entre las piernas; intentaba recuperar el aliento. Se le acercó y se arrodilló junto a ella. Le puso la mano bajo la barbilla y le levantó la cara.

—Déjame llevarte —susurró.

Ella sacudió la cabeza con vehemencia.

—No, es tu... tu fiesta. —Se secó las lágrimas que le brotaban de los ojos—. No puedes irte así. Pídeme un taxi o que me lleve tu chófer.

Gavin la miró a los ojos sin dejar de sostenerle la barbilla.

—Mi chófer no está aquí ahora mismo y no pienso enviarte de vuelta a la ciudad en un taxi. La fiesta me da igual. Deja que te lleve.

Sin mediar palabra, Emily tragó saliva, se levantó y se dirigió al camino de entrada a la finca. Él la acompañó hasta su BMW y le abrió la puerta. Emily se acomodó en el asiento y, aún con los nervios de punta, observó cómo él rodeaba el coche.

El camino de dos horas y media de regreso a Manhattan transcurrió en absoluto silencio. Mientras el cielo se fundía en las tonalidades anaranjadas, moradas y rosadas del crepúsculo, Gavin se estrujaba el cerebro en busca de algo que decir, consciente de su participación en la farsa de hacerle creer que Monica era su novia. El dolor de Emily era tan tangible que a Gavin se le revolvía el estómago. La miró y comprendió que le debía una explicación. Cuando aparcó delante del edificio de Emily, cerró los ojos para coger fuerzas y respiró hondo.

—Siento haberte mentido —susurró.

Emily apartó lentamente la mirada de la ventanilla del acompañante.

—¿Crees que estoy enfadada contigo? —le preguntó en el mismo tono, aunque con la voz teñida por esa disculpa que no esperaba.

—¿Cómo no ibas a estarlo? Te mentí para encubrirlo. Aunque no sabía que aún estaba... —Inspiró profundamente y se detuvo. Emily ya sabía lo que él no quería decir—. Ya la conozco y por eso he querido echarla. No quería que... te hiciera daño, Emily. Lo siento mucho.

Emily miró directamente a los ojos azules de Gavin.

—No me conoces de nada Gavin. —Se secó las lágrimas de

las mejillas—. No erá responsabilidad tuya contarme la verdad; la responsabilidad era suya. Así que no te sientas obligado a pedirme disculpas.

Al bajar del coche, Emily se detuvo y levantó la mirada a los fuegos artificiales azules y rojos que estallaban en el cielo, cruzándolo como estrellas fugaces. En las aceras, los peatones miraban hacia arriba y aplaudían los fuegos que explotaban por toda la ciudad. Gavin apagó el motor, encendió las luces de emergencia y la siguió hasta la puerta del edificio.

Ella se detuvo de golpe, se pasó las manos por el pelo y se echó a llorar de nuevo.

—Ni siquiera llevo las llaves. Aún tengo la maleta y el bolso en tu casa.

El portero, que había percibido la angustia de Emily, se acercó a ella con interés. Gavin le expuso la situación. En cuestión de diez minutos y tras comprobar que realmente residía en el bloque, la dirección le proporcionó un nuevo juego de llaves.

Para asegurarse de que llegaba bien a casa, Gavin se esperó y la acompañó hasta su puerta. Vio que le temblaba el pulso al querer introducir la llave en la cerradura e intentó estabilizarle la mano poniéndole la suya encima. Le quitó la llave y abrió la puerta. Desde el umbral, observó cómo ella se paseaba nerviosamente de un lado a otro del apartamento. Cuando Emily se volvió hacia él, Gavin dio un paso adelante. La puerta emitió un sonoro chasquido que retumbó en todo el piso al cerrarse.

—Gracias por traerme a casa —dijo Emily con voz suave.

Gavin la miró y, en un tono preocupado, le preguntó:

—¿Seguro que estarás bien? —Emily desvió la mirada vidriosa al suelo. Gavin agachó la cabeza, obligándola a mirarlo. Los ojos azules de él se fijaron en los labios de ella, y ella entrevió lo que estaba pensando. Fue entonces cuando se dio cuenta. Él le acarició tiernamente la mejilla y a ella se le cortó la respiración con el corazón acelerado y a un ritmo desorbitado. Delicadamente, puso su mano sobre la de Gavin y se abandonó a ella, empapándose de su calidez.

—Emily —susurró él al tiempo que apoyaba su frente en

la de ella. Cerró los ojos. Al abrirlos, se encontró con su mirada. La respiración de ambos se mezcló rápida, intensa y acaloradamente... La energía que les envolvía era sofocante. Se acercó más a ella, le pasó el brazo por detrás de la nuca y la empujó contra el calor de su cuerpo. Se inclinó para besarla. El corazón se le salía del pecho, pero ni su cuerpo ni su mente iban a dejar pasar un minuto más antes de satisfacer su anhelo. Emily separó los labios para protestar, pero solo pudo gemir cuando Gavin le introdujo la lengua con dulzura. La boca de ella se movía bajo la suya, empapándose de su delicioso sabor. La embargaba el placer del beso a medida que el roce iba desgastando su autocontrol. A pesar de la confusión que sentía, su cuerpo tomaba la decisión por ella sin cuestionar nada.

Mientras la besaba, Gavin saboreó la dulzura de esos labios de cereza y bebió de ella como quien cata el tinto más exquisito. Ella subió las manos por sus brazos hasta la nuca, que hizo que la piel le ardiese de pasión. Los dedos de ella, enredados en su pelo, le hicieron correr por las venas un profundo escalofrío de placer que se dispersó por todo su cuerpo. Un gemido retumbó en su garganta al sentir los suaves pechos de Emily sobre el torso. El perfume de su piel y la sensación de aquellas curvas que encajaban a la perfección en sus brazos lo trasladaron a un lugar que ni siquiera había imaginado que existiera. Y mientras profundizaba en el beso, exploró con los dedos el pelo ondulado de Emily; era exactamente como lo había imaginado: pura seda. Emily se sujetó a su camisa cuando él la hizo retroceder contra la pared y le introdujo la lengua en la boca. La besaba como si lo hubiera hecho miles de veces antes, como si le perteneciera. La besaba como había imaginado desde el mismo momento en que la vio... Desde el momento en que supo que la necesitaba.

—Eres tan bonita —gimió. Le rozó la barbilla con los labios al tiempo que le bajaba suavemente las manos a la cintura—. Te deseo más que a nada en toda mi puta vida.

Emily casi se derritió con sus palabras. Su apretó contra Gavin, presionando para tenerlo más cerca; deseaba más. Él bajó los labios por su cuello y ella echó la cabeza atrás mientras él recorría la pendiente de la clavícula y besaba por toda la piel. Cuando Gavin le introdujo la mano bajo el dobladillo del vestido y le acarició la cadera; a Emily casi se le paró el corazón. Enroscó la pierna a la cintura de Gavin con los brazos en piel de gallina. Él le acunaba la nuca con una mano y le sujetaba firmemente el muslo con la otra. Las oleadas de calor se sucedían en su cuerpo tembloroso. Cada caricia era un susurro demoledor para su piel. El lánguido barrido de la lengua de Gavin llegó hasta el fondo de su boca. Él la atrajo aún más y empezó a succionarle el labio inferior, sofocando todos sus gemidos de placer. Los sentidos de Emily quedaron totalmente envueltos por el olor, el tacto, el sabor y los gemidos de Gavin.

Gavin Blake… El amigo de Dillon, alguien a quien había conocido y con quien había intimado. Seguro que si Dillon lo descubría… A pesar de su propio desliz, Dillon perdería la cabeza. De repente, la embargó la inquietud y se sintió insegura de sus actos. Mentalmente vio imágenes de Dillon y de su vida con él. Eso estaba mal y lo sabía. Sabía que dos errores, dos deslices, no equivalían a un acierto. Jamás. Se sintió abrumada por la culpa y la rabia contra Dillon y contra sí misma. Por mucho que su cuerpo se resistiera —y se resistía con fuerza—, tenía que parar.

—No… podemos… Gavin —susurró al final, esforzándose por articular las palabras.

Él se apartó, con los ojos azules aún cegados y rebosantes de deseo, y la miró a la cara. Emily tenía los labios hinchados por el beso y la respiración tan entrecortada como la suya. Sus ojos estaban anegados de lágrimas, pero también había pasión. Se le rompió el corazón en mil pedazos al ver la expresión en el rostro de Emily. No quería hacerle daño. Asintió lentamente, retiró los dedos de sus mejillas ruborizadas y dejó caer las manos, que aún conservaban el calor de la piel de ella, a ambos lados.

—Lo siento —susurró ella, sin mirarlo a los ojos.

—No, Emily, yo…

—Por favor, Gavin, márchate. Necesito que te vayas —resopló, incapaz de mirarlo a la cara.

El ambiente permaneció enrarecido entre ellos durante un buen rato. Gavin intentaba con desesperación despegarse la lengua del paladar para decir algo, lo que fuera, para arreglar la situación, pero no podía. Las palabras... No se le ocurrían las palabras correctas. Y él lo sabía. Se pasó una mano con gesto nervioso por el pelo, se dio la vuelta, se dirigió a la puerta y salió a regañadientes.

Emily se encorvó temblorosa en un intento de recobrar el aliento. Cerró los ojos y trató desesperadamente de bloquear el sentimiento de culpa, alejarlo y eliminarlo de su interior. Se había quedado blanca como el papel. Tenía los ojos inyectados en sangre e hinchados de llorar. Se le había hecho un nudo de repulsión en el estómago, y ya no solo por lo que acababa de hacer, sino porque, en el fondo, sabía que le había gustado. Dios, le había gustado tanto besarlo, tocarlo y dejar que él la tocara... Escondió la cara entre las manos y lloró, mientras la culpa seguía invadiéndola.

Se hundió en el sofá con gran cansancio mental y se secó las lágrimas de la cara, intentando recuperar la compostura. Sentía como si una parte de sí misma muriera cada vez que las vívidas imágenes de Dillon le rondaban la cabeza. Fijó la vista en el techo y se preguntó si, de algún modo, se habría sugestionado para convencerse de que Dillon no la había engañado. Sus instintos la habían avisado desde hacía semanas, pero ella se había negado a escuchar las alarmas.

Un golpe seco en la puerta la sacó de la pesadilla de la que esperaba despertar. La puerta se abrió de golpe sin darle tiempo a responder. Dillon estaba de pie en el vestíbulo con las bolsas que ella se había dejado. Reprimiendo las ganas de vomitar, Emily se levantó de un salto y notó una punzada en el estómago. Dillon cerró la puerta tras él y, desde la otra punta de la sala, buscó los ojos de Emily y fijó en ella su mirada.

—¿Qué haces aquí? —preguntó ella, mirándolo—. Quiero que te vayas.

—Tienes que dejar que te lo explique.

—¿Dejar que me lo expliques? ¡La has besado! —se mofó ella.

—Me ha besado ella —la corrigió él.

—¡Y una mierda! ¡Quiero que te largues! —Emily señaló la puerta.

—Vas a dejar que te lo explique. —Echó a andar por la habitación para acortar la distancia entre ellos.

—La has besado —gritó ella, clavándole el dedo en el pecho—. ¡Lo he visto con mis propios ojos!

Él la agarró por la muñeca y se acercó más.

—Lo que tú has visto es que ella se inclinaba hacia mí para besarme. No has visto cómo la he apartado de un empujón, Emily. —La voz de Dillon era suave pero firme.

—¿Y se supone que tengo que creérmelo? —preguntó, casi gritando—. ¡Me mentiste y me dijiste que era la novia de Gavin!

Emily se fue derecha hacia la cocina, pero él la agarró por los hombros.

—No te hablé de ella esa noche porque no quería que te sintieras incómoda con su presencia. —Ella notó inmediatamente la sacudida que la echó hacia atrás y lo miró boquiabierta—. Va en serio, Emily. No quería que supieras que había salido con ella. Sabía que si te enterabas, querrías marcharte. No me pareció nada tan grave.

Ella retrocedió, casi tambaleándose.

—Nena, no te estoy mintiendo —prosiguió Dillon—. Está obsesionada de cojones conmigo. ¿Tú crees que haría algo así con ella allí, contigo delante? —Emily lo miraba fijamente y con la boca abierta. Él le peinó el pelo con las manos—. No quería que pasara. He salido del baño y me ha preguntado si podía hablar conmigo un momento. Le he dicho que sí y, antes de darme cuenta, me ha dado un tirón y me ha besado. Eso es lo que has visto, nena. Te juro por Dios que la he apartado. Seguro que te has girado antes de que lo hiciera.

Emily sacudió la cabeza y se llevó rápidamente la mano a la boca. Lloraba. El sufrimiento le desgarraba el corazón y el dolor le atravesaba todo el cuerpo. ¿Se habría precipitado a sacar conclusiones a partir de los pocos segundos de beso que presenció? Nunca se había sentido tan confusa.

—Cuando llegó a la fiesta, le advertí incluso de que no se acercara ni a mí ni a ti —susurró, mientras se le acercaba con cautela y levantaba la mano para acariciarle la mejilla. Sin dejar de llorar, Emily desvió la mirada al suelo. No sabía qué hacer ni qué decir—. Le acabo de echar una buena bronca a Gavin por traerte aquí sin mi permiso.

Emily levantó la cabeza de golpe.

—¿Lo... has visto?

—Sí, lo he visto salir —respondió él, hundiendo el rostro en el cuello de Emily—. No tenías que haberte ido con él.

Ella volvió a apartarse de él y lo miró con los ojos verdes abiertos como platos.

—¿No crees que tú también te habrías ido si hubieras visto lo mismo que yo?

—Pues no lo sé. —Hizo una pausa y se mordisqueó el labio inferior como si estuviera pensando la respuesta—. Lo único que sé es que no me gusta que te haya traído a casa sin decírmelo y que tú te hayas ido con él.

A Emily, le cambió la cara, escandalizada por sus palabras.

—¿Estás cabreado conmigo por haberme marchado, Dillon?

—¡Qué va, nena! No estoy cabreado contigo. —Dio un paso hacia ella y le acarició el cuello—. Solo quiero que me creas. Monica no significa nada para mí. —Se acercó más aún, le soltó el aliento sobre la mejilla y bajó las manos con suavidad hasta su cintura—. Me la he quitado de encima, Emily. Te lo juro. Solo que no lo has visto. —Le colocó dulcemente la boca sobre los labios y su voz sonó a súplica mientras la besaba—. Te quiero más que a nada en este mundo. Jamás te haría daño, nena. Por favor, tienes que creerme. Joder, te quiero. —Le inclinó la cabeza hacia atrás, la alineó contra su cuerpo y empezó a deslizarle la boca por el cuello.

—Dillon, por favor. —Emily gimió y se le agarró a la camisa—. Por Dios, Dillon, no me mientas, por favor —le rogó con las lágrimas resbalando por su rostro.

—Nena, no te miento. —Escurrió las manos por debajo del vestido de Emily y se lo quitó por la cabeza—. Joder, te quiero, Emily. Eres mi mundo. No puedo perderte —le susurró con respiración irregular en la boca—. Siento que hayas tenido que verlo.

Su propia indiscreción con Gavin la torturaba mientras

observaba los ojos marrones de Dillon. Era como si el oxígeno se evaporase de sus pulmones. La culpabilidad le atravesó el corazón como un arpón recubierto de hielo.

—Dime que me crees. —Respiraba con pesadumbre y se iba agachando lentamente a medida que su lengua trazaba hipnotizadores círculos sobre la barriga de ella. Empezó a bajarle las braguitas por los muslos—. Dime que me crees, cielo.

Se sentía dividida entre lo que quería creer y lo que acababa de hacer con Gavin.

—Sí, te creo —gritó—. Lo siento mucho, Dillon. Lo siento mucho.

En un santiamén, le había quitado las braguitas, la había cogido en volandas y la había llevado a la cama. Le abrió las piernas, la colocó en posición y empezó a frotarle la lengua sobre el punto del placer más intenso. El cuerpo de ella se retorcía bajo su boca mientras él le agarraba las caderas y chupaba, lamía y cataba su esencia. Los músculos de Emily se tensaban con espasmos de éxtasis y culpabilidad al ritmo de los dedos que él le introducía. Ávida por librarse de la vergüenza que sentía y deseosa de tenerlo dentro en aquel preciso instante, Emily tiró de él.

—Dillon, te deseo ya —gimió, moviéndose sobre las almohadas.

Él se deshizo del resto de la ropa, trepó a la cama y la penetró. Emily se agarró a sus bíceps desnudos y echó la cabeza atrás al sentir cómo entraba su miembro caliente. Cerró los ojos y Dillon le selló la boca con los labios, ahogando sus gemidos. Y entonces se sucedieron imágenes de Gavin besándola y de la sensación de su lengua aterciopelada y el tacto de sus dedos calientes por todo el cuerpo… Gavin ocupaba todos y cada uno de sus pensamientos. Tenía a Dillon encima, pero solo podía sentir, oler y saborear a Gavin.

Dejó de moverse, completamente petrificada.

—¿Qué ocurre? —le susurró al oído, sin dejar de moverse sobre ella.

—Creo que voy a vomitar. —Se escurrió por debajo de él y corrió al baño.

Él suspiró y se tumbó bocarriba.

—Pero ¿qué narices...?

Ella cerró la puerta y se arrodilló delante del váter. Las lágrimas calientes le encharcaban los ojos y las náuseas amenazaban con acabar en vómito. Apoyó el codo en la tapa, enterró las manos entre el pelo y trató de recuperar el aliento. Permaneció así unos segundos, unos minutos, tal vez unas horas. Cuando por fin se levantó, había perdido la noción del tiempo por completo.

Se acercó al espejo y observó su reflejo. Después de echarse un poco de agua en la cara, se fue hacia la habitación, donde Dillon ya se había dormido. Se metió en la cama sin hacer ruido y se acurrucó entre las sábanas con la esperanza de hallar el sueño, rezando también para no estar embarcándose en algo que más tarde no pudiera controlar.

7

Intenciones amistosas

—Señorita, no nos ha traído el aperitivo.

Sin mediar palabra, Emily miró a la mujer con perplejidad. Estaba claro que no tenía la cabeza donde tenía que estar. La mujer la fulminó con la mirada.

—¿Me oye? Ya nos ha llegado la cena y no nos ha traído el aperitivo.

—Lo… lo siento —tartamudeó—. Ahora mismo se lo traigo.

Corrió a la cocina y explicó a los cocineros que necesitaba una de palitos de *mozzarella* al vuelo. Volvió a la mesa, se disculpó de nuevo y les dijo que tardarían un rato. En un intento de recuperar la mínima posibilidad de recibir propina, les ofreció los postres gratis. La mujer sonrió y aceptó la oferta, con eso, el aperitivo olvidado pasó a la historia.

Emily se sentó a la barra con un suspiro de alivio, agradecida de que no se hubieran quejado… O eso creía ella.

—Caramba —exclamó Antonio—, ¿qué ha pasado? Me ha dicho la mesa dieciséis que has olvidado su aperitivo.

—Sí, lo siento. Roberto está en ello ahora mismo.

—¿Les has ofrecido el postre?

—Sí.

—¿Estás bien? —preguntó mientras le apoyaba una mano en el hombro con gesto amable—. Pareces distraída.

—Tengo muchas cosas en la cabeza ahora mismo, Antonio. Lo siento. No volverá a ocurrir.

—Si no te encuentras bien, te puedo dejar salir un rato

antes —le propuso él con una cara de preocupación evidente.

—Gracias, pero estoy bien.

El hombre asintió y fue a meterse en su despacho.

Durante las siguientes horas de trabajo, Emily se movió aletargada. La noche transcurrió como en una neblina mientras intentaba digerir todo lo que había pasado. Al acabar el turno, se sentía mental y físicamente agotada.

Echó un vistazo al bolso en busca del monedero, abrió la puerta para salir y se dio de bruces contra lo que le pareció un muro de ladrillo. Se le escapó un sonoro «¡Ay!». Levantó la cabeza para disculparse y sus ojos esmeralda tropezaron con unos preciosos ojos azul claro.

—Vaya, ¿estás bien? —preguntó Gavin, que la sujetó para que no cayera.

Emily se esforzó para no jadear ante el sutil contacto de aquellos dedos fuertes y calientes alrededor de los brazos. El olor de la colonia de Gavin en el aire fue un placer momentáneo para sus sentidos. El rubor, fruto del aumento de temperatura, trepó por sus mejillas e hizo que se sintiera a punto de arder. Gavin bajó la mirada y la miró fijamente; una práctica peligrosa, porque una chica podía perderse fácilmente en esos ojos, sobre todo después de lo que había pasado entre ellos. Aquel beso había sido arrollador, doloroso, eufórico y cualquier otra cosa imaginable, todo en uno.

«Joder con el beso».

Emily se preguntó si sería capaz de volver a emerger y respirar de nuevo. El corazón le palpitaba con frenesí, como una mariposa que lucha por escapar. Al tenerlo delante, todas esas cosas en las que no quería pensar quedaron al descubierto.

—Sí, estoy bien —respondió entrecortadamente, conmovida aún por la sorpresa. Los dos parecían estar en trance y no apartaban la mirada el uno del otro.

Gavin le soltó los brazos, carraspeó y retrocedió sobre la acera. El corazón le había dado un vuelco al verla. Mientras la miraba a los ojos, no podía creer que tan solo hubiera pasado una semana desde la última vez que había visto su precioso rostro, besado sus suaves labios y tocado su cálida piel. Le había parecido una eternidad. Era consciente de lo vulnerable

que se encontraba Emily y no soportaba la idea de que su subconsciente hubiera escogido precisamente aquella noche; sabía que debía disculparse.

—He pasado… —Se detuvo e intentó poner en orden sus
pensamientos—. He pasado con la esperanza de encontrarte.
Quería saber si podía hablar contigo.

—¿De qué quieres hablar? —preguntó ella, intentando
ocultar los nervios que se arremolinaban en su interior mientras salía del restaurante. Apartó la mirada en un intento de no
seguir pensando en lo atractivo que estaba con traje y corbata.

Él se humedeció los labios y la miró fijamente un instante.

—Creo que es obvio, ¿no te parece?

Ella lo miró, indecisa, y murmuró:

—Sí. ¿Qué tenías en mente?

Gavin tomó aire y se pasó la mano por la nuca.

—Pensaba en ir a tomar algo. Hay una cafetería justo a la
vuelta de la esquina.

Un punto de vacilación tituló en el rostro de Emily.

—No sé. No estoy segura de que sea una buena idea.

—Solo necesito cinco minutos de tu tiempo, Molly… Perdona, Emily —añadió, y le dedicó una sonrisa arrebatadora.

—Ajá —dijo ella con indiferencia.

Gavin sonrió y levantó las manos en señal de jocosa rendición.

—¿Ni cinco minutos?

Ella tragó con dificultad porque quería negarse, pero sus
esfuerzos fueron en vano.

—De acuerdo, pero ni uno más.

—Te doy mi palabra. Es por aquí —dijo, llevándola a la esquina con la Cuarenta y cuatro.

Tras recorrer poco menos de media manzana, entraron en
una cafetería pintoresca. El aroma a pastas recién horneadas
impregnaba el aire. Había unos cuantos clientes sentados en
un cómodo sofá rojo y otros que navegaban por Internet en
mesas de color castaño. Les tomó nota en la barra un camarero
de aspecto indiferente y se retiraron a una mesa minúscula
del fondo. Con una sonrisa, Gavin levantó la muñeca y pro-
gramó su reloj.

—De acuerdo, el tiempo empieza... ya.

Avergonzada, Emily agachó la mirada a sus manos, que se retorcían sobre su falda.

Él se reclinó en el respaldo, cruzó los brazos y perdió la sonrisa.

—Emily, siento lo que hice —susurró mientras la miraba con aire serio—. Empeoré una situación ya de por sí incómoda y me siento fatal por ello.

Ella clavó la mirada en la suya, sin dar crédito a lo que acababa de decir.

—No tienes por qué disculparte. Fui yo quien lo hizo mal, no tú.

—No, Emily, fue culpa mía —insistió él, recalcando todas las palabras—. Hice mal aprovechándome de ti. Fui a besarte.

—Bueno, dos no se pelean si uno no quiere.

—De acuerdo, pero...

—Yo te correspondí.

Los labios de Gavin esbozaron una tímida sonrisa y le brillaron los ojos.

—Entonces, ¿querías besarme?

—¿Lo preguntas en serio?

—Muy en serio.

—Gavin.

—Emily.

Ella suspiró.

—Bueno, ¿qué quieres que te diga?

—Quiero que me lo digas.

—¿El qué?

—Que querías besarme.

—Estás loco —se burló ella—. ¿Y para qué necesitas oírmelo decir?

Gavin se rascó la barbilla, analizó su rostro y, de repente, se puso serio.

—Porque necesito saber que no te forcé a hacer nada que no quisieras.

—No me forzaste.

—Entonces, dilo, Emily.

El rubor le trepó por el cuello hasta teñirle las mejillas.

—Eres increíble.

—Dilo —insistió, arrastrando las sílabas.

—Está bien. —Miró a su alrededor nerviosamente. Después, volvió a mirarlo a los ojos y se cruzó de brazos—. Quería que me besaras, Gavin. ¿Ya estás contento?

—No. Me siento como un imbécil por ponerte en esa situación.

—Supongo que, entonces, estamos empatados, porque yo sigo sintiéndome como una mierda por lo que hice. —Se levantó para irse—. ¿Y para qué se supone que era esta conversación?

—Quiero que seamos amigos. —Gavin se puso en pie con la esperanza de evitar que se fuera.

—¿Y cómo lo hacemos, Gavin?

—Has reconocido que querías besarme y estaba más que claro que yo quería besarte a ti. Ahora ya podemos dejar eso atrás y ser amigos.

—Así de fácil, ¿verdad?

—Así de fácil, sí —respondió él con una sonrisa, aunque era consciente de lo poco decidido que sonaba—. Ahora siéntate y acábate el café con tu amigo.

—Eres un amigo exigente, por lo que veo —bromeó ella, mientras recogía su bolso—. Pero, en serio, tendría que irme ya. Dillon me está esperando en casa.

Gavin echó un vistazo al reloj.

—Me has concedido cinco minutos. Todavía me quedan dos.

—¿Me tomas el pelo? —rio ella.

Él volvió a sentarse, tomó un sorbo de café y sonrió.

—¿A qué vienen esa clase de preguntas, amiga?

—Te lo repetiré tal como lo dije en tu casa —respondió ella, acomodándose de nuevo en la silla—. Eres un listillo.

—Sin duda. Y bien, ¿cómo te va?

—He estado mejor, y también peor.

—De acuerdo, eso no tiene por qué ser malo.

—En eso tienes razón.

—Muy bien. —Sonrió él—. Cuéntame algo de ti.

—¿Qué quieres saber?

«Cualquier cosa. Todo. ¿Por qué has vuelto con él?». Gavin se acarició el pelo y se encogió de hombros.

—¿Cuál es tu sabor preferido de helado?

—La vainilla. ¿Y el tuyo?

—También me gusta la vainilla, pero soy más de chocolate —repuso él, que observaba cómo ella se movía nerviosamente en la silla.

Entonces se hizo un largo silencio durante el cual Gavin le dedicó otra de esas intensas miradas inquisidoras. Emily vio que estaba apretando los labios, como para evitar preguntarle lo que en realidad quería saber.

—Y, ¿cuál es tu color preferido? —acabó preguntando.

—Gavin, ¿puedo preguntarte algo?

—Lo que quieras.

—¿Qué estamos haciendo?

—Jugando a las veinte preguntas —rio él.

—No, para nada. ¿Qué quieres preguntarme realmente?

Gavin levantó una ceja, se echó hacia atrás y se llevó las manos detrás de la nuca.

—Vaya, eres buena interpretándome. —Siguió mirándola unos segundos más; estudiaba cada bella curva de su rostro—. La gente que me conoce desde mucho antes que tú suele decirme que soy difícil de descifrar.

—Pues a mí me pareces bastante fácil de interpretar. —Y, sin duda, lo interpretaba. Aunque Gavin mantenía ciertos aspectos de su vida ocultos, a ojos de Emily, era un libro abierto. Tomó un sorbo de café—. Venga, di, ¿qué quieres saber?

Él la contempló un instante.

—¿Eres feliz con Dillon, Emily?

Ella se mordió el labio con inquietud.

—¿Por qué quieres saber eso?

—Somos amigos, y los amigos se hacen preguntas. Y, además, has sido tú la que ha insistido, no lo olvides.

—Está bien, sí. —Bajó la mirada a sus manos y después volvió a posarla en Gavin—. Sí, soy feliz con él.

Él apoyó el codo en la mesa y dejó caer la barbilla sobre la palma de su mano.

—¿Por qué?

Ella frunció el ceño.

—¿Cómo que por qué?

—Dame detalles. —Se encogió de hombros—. ¿Por qué te hace feliz?

Ella lo miró fijamente con aire serio, pero el tono del teléfono interrumpió su concentración.

Emily contestó y Gavin volvió a echarse hacia atrás, sin dejar de observarla. Sabía que tal vez había cruzado la línea haciéndole una pregunta tan personal, pero no podía reprimir sus instintos. Había hablado con Dillon la noche que la había dejado en su apartamento. Había fingido que se había creído su historia, pero qué va… ni por asomo. Conocía a su amigo demasiado bien. Lo único que le rondaba por la cabeza era por qué se la había tragado Emily.

Emily se levantó y volvió a meter el teléfono en el bolso.

—Era Dillon. En serio, tengo que irme ya.

Gavin se levantó y pasó la mano por el brazo de Emily.

—Espero que no te haya molestado mi pregunta. A veces, la curiosidad me puede.

Ella tragó con dificultad y sacudió la cabeza.

—No estoy molesta contigo, Gavin. Para responder a lo único que importa: sí, Dillon me hace feliz por muchas razones concretas. Solo que tendremos que dejar la lista para otra ocasión, ¿de acuerdo?

Gavin asintió como si hubiera quedado satisfecho con la respuesta, aunque no lo estaba. Pero no iba a insistir más en el tema. Se metió la mano en el bolsillo del pantalón.

—Ah, se me olvidaba. Tengo una cosa para ti. —Le cogió la mano y la sostuvo un rato más de lo que debía, pero tenía la piel tan suave que le resultaba difícil soltarla. Al final, consciente de que había llegado al límite de lo que se consideraba caballeroso, le dejó caer una chapa en la palma de la mano.

Ella bajó la mirada y sonrió.

—Así que esto va a ser un guiño recurrente entre los dos… ¿Me darás una chapa cada vez que me veas?

—Fue una de las mejores partidas de *Encesta la chapa en la maceta* que he jugado —admitió él en tono suave—. Así que, sí, será nuestro guiño, junto con lo de llamarte Molly de vez en cuando.

Emily le sonrió.

—Gracias.

Salieron a la calle y Gavin le paró un taxi. Una vez dentro, le cerró la puerta y metió la cabeza por la ventanilla.

—Va a Columbus con la Setenta y cuatro oeste. —Entregó al taxista el dinero de la carrera—. Esto tendría que bastar para cubrir la tarifa y la propina. —Con un golpe en el techo, avisó al taxista de que ya podía salir.

Nada más arrancar, Emily pidió al taxista que parara. Saltó del taxi cuando Gavin ya se estaba alejando.

—¡Gavin, espera! —gritó, sin dejar de preguntarse qué narices estaba haciendo exactamente.

Él se giró con las manos en los bolsillos y la miró a unos pasos de distancia.

—Solo quería darte las gracias —dijo ella, intentando mantener una respiración regular—. Y no solo por pagar el taxi, que ha sido muy amable de tu parte, sino por... por hablar conmigo de mi madre y por pasarte esta noche. Sé que las dos cosas han sido duras para ti. También para mí, pero... —Agachó la mirada al suelo y la levantó de nuevo hacia él con la intención de no naufragar en sus ojos—. No lo sé. Me estoy yendo por las ramas. Suelo hacerlo. Solo quería darte las gracias... Gracias, Gavin.

A pesar de las ganas de ir hacia ella, que eran muchas, Gavin se esforzó por no moverse del sitio.

—De nada. —La miró fijamente unos largos segundos—. Nos vemos, ¿de acuerdo, amiga?

Emily asintió.

—Sí, nos vemos, amigo.

Gavin vio cómo volvía a meterse en el taxi y se quedó mirando sin pestañear hasta que le dolieron los ojos. El vehículo se escabulló entre el frenesí del tráfico hasta convertirse en una minúscula mota de color. De algún modo, sus emociones no concordaban con el cuerpo fuerte y alto que las contenía. Deseaba a Emily. La anhelaba. Y no era solo pasión, porque lo único que quería era besarla y volver a sentir el tacto de su cuerpo. Todo en él ansiaba poder abrazarla y cuidar de ella. Emily le había despertado cosas que habían vuelto a renacer en él, cosas que llevaba apartando de su vida mucho tiempo más del que creía. No terminaba de entender cómo Emily conseguía que se sintiera como se sentía al tenerla cerca, pero sabía que toda aquella situación podía llegar a consumirlo, hacerlo arder para luego esparcir sus cenizas a lo largo y ancho de la ciudad.

Así que amigos… Tendría que aceptar que eran eso: amigos.

—Hola, bonita —dijo Dillon, cuando Emily abrió la puerta del apartamento. Se levantó del sofá, se le acercó y la atrajo a sus brazos—. Te he echado de menos. ¿Por qué has tardado tanto?

—Hemos tenido lío a última hora —respondió, intentando sacar adelante la mentira a costa de una úlcera en el estómago—. ¿Has cogido una película?

—Sí. Date una ducha y yo me encargo de todo. —Se rascó el pecho y se fue tranquilamente a la cocina—. Ah, tienes una sorpresa en el dormitorio.

Ella sonrió y ladeó la cabeza.

—¿Qué has hecho?

—Nada importante. —Metió una bolsa de palomitas en el microondas—. Es solo que hoy estaba pensando en ti.

Tras dejar el bolso en la mesa, Emily cruzó el salón y, ya en el dormitorio, contempló la imagen de seis docenas de rosas rojas repartidas por la habitación. Cada docena lucía en un precioso jarrón de cristal. Dillon había esparcido incluso algunos pétalos sobre el edredón blanco de su gran cama de matrimonio. Aunque el gesto la conmovió, solo esbozó una débil sonrisa. El aroma le inundaba gratamente la nariz, pero intentaba evitar que la reconcomiera el sentimiento de culpa por la «cita del café» que acababa de tener con Gavin. Tras la ducha, volvió al salón y se echó en el sofá con Dillon, cuyo cuerpo se acurrucó para envolverla con gesto posesivo, mientras ella, entretenida, le acariciaba el torso desnudo.

Lo miró a los ojos.

—Gracias por las flores. Son preciosas.

—Bueno, me alegro de que te gusten. —Le besó la coronilla mojada—. Ya te he dicho que he estado pensando en ti todo el día.

—Qué dulce eres… —dijo, y le acarició el cuello con la nariz—. Ah, se me olvidaba. Me han llamado de una de las escuelas a las que envié el currículum.

—¿Ah, sí? Eso es genial, cariño. ¿Dónde está?

—En Brooklyn. —Rumió un segundo—. Bush algo. Tengo que mirar lo que he escrito. La entrevista es el lunes.

—¿Bushwick?

—Sí, eso es. —Emily sonrió y fue a coger las palomitas de la punta de la mesa.

—Em, no puedes aceptar un trabajo allí. No es seguro.

—Dillon, no me pasará nada.

—No, Emily, te lo estoy diciendo: no vas a aceptar ese trabajo. Manda más currículums y espera a otra cosa —replicó él con rotundidad.

—¿Lo dices en serio?

—Nena, solo miro por ti. No es un buen barrio —respondió, presionándole la frente con los labios—. Esperarás hasta que salga otra cosa. Además, esto ya lo hemos hablado… Si necesitas dinero, yo te lo daré.

—No es eso, Dillon. Ya he esperado bastante y quiero tener algo programado para el próximo año escolar.

Antes de que él pudiera replicar, se abrió la puerta. Olivia entró con el bolso colgando alegremente del brazo. Puso los ojos en blanco al ver a Dillon y le dedicó un sonido burlesco.

—Ollie, dile a mi novia lo malo que es Bushwick.

Emily esperó una respuesta de Olivia que nunca llegó. Su amiga ignoró a Dillon, se quitó los zapatos y se sentó en uno de los sillones reclinables afelpados.

—Eh, amiga —dijo Olivia a Emily, con una enorme sonrisa en los labios—. ¿Cómo te ha ido el día?

—Bueno, me ha ido bien —respondió Emily, incapaz de reprimir una risilla—. Pero ¿puedes responder a la pregunta de Dillon? Me interesa que me cuentes las maravillas del barrio. —Aún sin responder, Olivia apartó la mirada para examinarse el esmalte rosa desconchado de sus uñas—. Liv, ¿puedes responder a su pregunta?

Olivia entornó sus ojos marrones y fulminó a Dillon como una serpiente.

—Lo siento, Em, no hablo con gilipollas que van por ahí derramando su esperma y corriéndose juergas salvajes con cualquier furcia que les haga una mamada a espaldas de mi amiga —siseó prácticamente escupiendo las palabras.

Emily casi se atragantó con una palomita. Antes de que Dillon se levantara del sofá, notó cómo se le tensaba el cuerpo a su lado.

Dillon le lanzó una mirada envenenada a Olivia, pero mantuvo una calma siniestra en la voz.

—Que te follen, bollera de mierda.

Olivia esbozó una sonrisa sin dejar de apretar los dientes.

—Oh, ¡qué original! —dijo, impávida ante el insulto, mientras le aplaudía lentamente.

—Madre mía, Dillon, ¿cómo se te ocurre decirle algo así? —Emily lo miraba anonadada.

—Que le den por culo. —Se fue a la cocina como quien no quiere la cosa y abrió la nevera.

—No, ¡que te den por culo a ti, cabrón! —espetó Olivia.

—Joder, ¿podéis parar los dos?

—¡Pararé cuando veas lo falso que es contigo, Emily! Va follando por ahí a tus espaldas, ¡y tú ni te enteras! —Olivia se levantó y lo apuntó con el dedo—. Pero resulta que ahora está en mi casa, así que o se aguanta, ¡o se va a la puta calle!

Dillon cogió la camiseta que había dejado en el sofá, se la puso por la cabeza y se echó las llaves al bolsillo.

—¡Espera, Dillon! —Emily cruzó el salón para ir tras él.

—¡A la mierda con la zorra asquerosa esta! ¡Luego te llamo! —Abrió la puerta de un tirón y la cerró de un portazo tremendo.

Emily se quedó clavada en el lugar donde él la había dejado. Se sentía aturdida y trataba de procesar todo lo que había ocurrido. Se dio la vuelta de golpe y miró a Olivia.

—¡Me prometiste que no dirías nada! —Y mientras cruzaba la sala, las lágrimas empezaron a brotar de sus ojos.

—Pues, ¿sabes qué, Em? No me he podido aguantar cuando te he visto acurrucadita con él como si no hubiera pasado nada. —Emily abrió la boca para hablar, pero ella la cortó—. Y no es por nada, amiga, pero en el fondo tú también sabes que es cierto, si no, no habrías besado a Gavin —gruñó, disparando esas palabras directamente a su corazón.

Emily cogió aire para reprimir las ganas de pegarle un puñetazo en toda la cara.

—Se te ha ido la olla de verdad —dijo en un tono tan tranquilo que hasta pilló a Olivia por sorpresa—. ¿Cómo puedes decirme eso, sabiendo lo que he pasado esta semana?

—No quería decir eso —respondió ella mientras se le acercaba con cautela—. Solo creo que te niegas a aceptarlo, Em. Creo que te niegas a ver cómo te trata Dillon y niegas con todas tus fuerzas que sientes algo por Gavin, por mínimo que sea.

Un grito herido escapó de la garganta de Emily.

—No lo estoy negando, Olivia. Quiero a Dillon y le creo. ¿Por qué te resulta tan difícil de entender? —Se fue hacia su dormitorio, pero se detuvo en la puerta—. No vi cómo fue todo el beso. Vi exactamente lo que Dillon me dijo que había visto: esa guarra se le acercó y me giré antes de que él se echara atrás. La única razón por la que besé a Gavin fue que no lo había visto todo. Estaba histérica. Cuando llegamos aquí, me pudieron las emociones. Eso es todo… Nada más.

El apartamento se sumió en un incómodo silencio, tras el que Emily se retiró a su cuarto y se dejó caer sobre la cama. Jamás se había sentido mentalmente tan herida por las punzantes palabras de Olivia. Se pellizcó el puente de la nariz para aliviar el repentino dolor de cabeza que le perforaba el cráneo e intentó poner en orden sus sentimientos. No podía perder a su mejor amiga y no quería perder también a Dillon. Odiaba la frase «Estar entre la espada y la pared», pero así era exactamente como se sentía. Dos de las personas que más quería se detestaban el uno al otro. La cabeza no dejaba de darle vueltas, destrozada por el dolor de la situación.

Veinte minutos después, Olivia llamó con timidez y asomó la nariz por la puerta.

—¿Puedo pasar? —Emily asintió y ella se sentó en la cama—. Lo siento, Emily. No debí decirte todo eso. —Se apartó el pelo rubio detrás de la oreja, con los ojos vidriosos—. Has sufrido mucho. Yo solo quiero verte feliz.

—Soy feliz, Liv. Por favor, créeme, de verdad. No puedo soportar que te comportes así con él —dijo mientras se sentaba—. Entre los dos me vais a provocar un ataque de ansiedad.

Tras un largo minuto de silencio claramente deliberado, Olivia suspiró.

—De acuerdo… Solo por ti, porque te quiero con locura, no volveré a decirle nada. Eres consciente de lo difícil que me va a resultar, ¿verdad?

—Sí. Y por eso te quiero con locura. —Ambas se acercaron y se fundieron en un fuerte abrazo—. Me aseguraré de que se disculpe contigo por lo que te ha dicho.

Olivia soltó una risa ahogada.

—No necesito sus disculpas, Em. Además, se equivoca. No soy bollera. Soy una amante universal certificada. Me gustan los hombres y las mujeres, cariño. —Emily sacudió la cabeza y se rio. Olivia se levantó y se dirigió a la puerta—. Me repatea decirte esto y mucho… —Suspiró y puso los ojos en blanco—. Pero el capullo, a quien por cierto no voy a dejar de ponerle motes, tiene razón. Bushwick no es un buen barrio. Ya saldrá otra cosa. Tú espera y verás.

Emily esbozó una débil sonrisa.

—Gracias. Seguiré el consejo de ambos y esperaré.

Olivia le lanzó un beso y salió de la habitación.

Después de llamar a Dillon e insistirle con vehemencia para que se disculpara con Olivia, intentó dormirse. No paraba de dar vueltas en la cama y volvió a pensar en Gavin. Intentó combatir las emociones, se recordó que amaba a Dillon, pero Gavin seguía incrustado en sus pensamientos como un parásito. Cuando lo tenía cerca, su presencia magnética espesaba el aire que respiraba. Cuanto más lo pensaba, más imposible le parecía la idea de entablar una amistad con él. Había demasiadas variables peligrosas en el ambiente. Notó que la confusión la embotaba y, mientras empezaba a entrarle sueño, su mente trataba de ganar una batalla sangrienta contra lo que su cuerpo ya sabía: lo deseaba con todas sus fuerzas. «Manda la culpabilidad al cuerno», le gritaba el cuerpo. Al menos por el momento, su mente ganó la contienda a los embates de su cuerpo y decidió no arriesgarse a lo que seguramente implicaría la destrucción total de su vida.

«Pero joder con él y joder con el beso».

8

Que le den al autocontrol

*D*urante las semanas siguientes, Emily se sumergió con facilidad en la rutina del restaurante, contenta de que Dillon tuviera unos horarios más normales. Ya no llegaba tan tarde por la noche. Para Emily, todo empezaba a calmarse. Dillon había movido algunos hilos con uno de sus clientes, que tenía un puesto importante en el departamento de educación de la ciudad de Nueva York y le había conseguido una plaza a jornada completa en una escuela de Greenwich Village. Estaba emocionada porque, en menos de un mes, iniciaría por fin su carrera de maestra, pero estaba más contenta aún por estar rodeada de niños de primero. Quería dar clase en ese curso porque le parecía que el momento más importante en la educación de un niño era justo cuando empezaba.

—¿Cielo, ya estás arreglada? —gritó Dillon con impaciencia desde el sofá donde la esperaba.

—Dame solo dos minutos más. —Se recogió los últimos mechones de pelo.

Observó su reflejo y decidió que, aunque la maraña caoba no estuviera nada colaboradora ese día, tendría que pasar así. Se enfundó un vestido verde y marrón de aire bohemio y tirantes finos, agarró unos zapatos de tacón marrones y salió al salón.

—Estás guapísima —comentó Dillon con una sonrisa, mientras se acercaba a ella—. ¿Estás emocionada?

—Sí, pero no es necesario que hagas esto. —Emily le pasó los brazos por detrás de la nuca, con los zapatos colgando de las puntas de los dedos—. Ya tengo bastante ropa.

—Sí, pero no de las boutiques de la Quinta Avenida. —La atrajo contra su cuerpo y le sopló la mejilla—. Y me encantaría comprarte algo de lencería más *sexy*.

—No me cabe duda —replicó ella, arqueando la ceja.

Dillon le echó la cabeza hacia atrás y le recorrió el cuello a besos.

—Ni te lo imaginas.

Olivia carraspeó con la intención de interrumpirlos.

—¿Adónde van hoy los tortolitos? —preguntó, poniendo los ojos en blanco.

Dillon se acercó a Olivia con una sonrisa arrogante y le apoyó el codo sobre el hombro.

—Vaya, si es mi persona menos favorita del mundo…

—No me toques, capullo —espetó Olivia al tiempo que se escurría para librarse de él.

—Dillon me lleva a comprar ropa —se apresuró a intervenir Emily. Cerró los brazos sobre la barriga de Dillon, tiró de él para apartarlo de su amiga y se calzó los tacones—. ¿Qué vas a hacer hoy?

—Voy a acabar mi cuadro y lo llevaré a la galería para la exposición. —Se sirvió un café—. Vas a venir de todos modos, ¿verdad?

—No me lo perdería por nada del mundo, nena.

—¿Quieres venir mañana conmigo a que nos hagan las uñas? —preguntó Olivia—. También necesito una pedicura.

Dillon rodeó la cintura de Emily con el brazo y la encaminó hacia la puerta.

—Odio interrumpir esta conversación de mujeres, pero tengo que llevar a mi novia a unos cuantos sitios, Ollie.

Emily movió la cabeza hacia atrás para mirar a Olivia.

—Sí, Liv, genial, una cita de manicura y pedicura. Te veo luego. —Olivia sacudió la cabeza y los vio salir del apartamento.

—¿Sabes? Tienes que dejar de ser tan estúpido con ella —dijo Emily, mientras se sentaba en el coche de Dillon—. Ella ha sido agradable contigo estas últimas semanas.

—Solo bromeo con ella, Em. —Cerró la puerta del coche. Emily observó cómo daba la vuelta al coche y se sentaba en su asiento—. Tiene que aprender a encajar una broma. —Arrancó el coche.

—Ya lo sé, pero, por favor, hazlo por mí y déjala en paz, ¿de acuerdo?

Él le cogió la mano y continuó conduciendo entre el tráfico.

—De acuerdo, está bien, la dejaré en paz.

—Gracias.

Dillon se llevó la mano de Emily a los labios y la besó.

—No hay problema, pero hazme un favor. Hay un expediente en el asiento de atrás. ¿Me lo puedes alcanzar?

Ella se desabrochó el cinturón y cogió el expediente. Tras abrochárselo de nuevo, echó un vistazo a la carpeta. El corazón le dio un vuelco al ver Industrias Blake en la esquina superior derecha. Aunque no le había resultado nada fácil, podía decirse que había conseguido arreglárselas para mantener a su «nuevo amigo» alejado del pensamiento todas aquellas semanas y, ahora, sin esperárselo, lo tenía literalmente entre las manos.

—Toma —dijo e intentó pasar el expediente a Dillon.

—Sujétamelo un momento. Vamos a pasar por su ático antes de ir de compras. Necesito que me firme unos documentos antes de que termine la semana. —Se pasó la mano por el pelo trigueño—. Tengo que reconocer que es como un grano en el culo. El cabronazo no deja de ajustar las acciones.

—Ah… Bueno… Pues entonces esperaré en el coche mientras subes. —Miró por la ventanilla, haciéndose la distraída.

—No vas a esperar en el coche. Primero, porque voy a tardar un rato. Tengo que tratar unos cuantos asuntos con él. Y segundo, porque quiero que veas el lugar donde acabaremos viviendo algún día. Su casa es la leche.

Emily suspiró. Aun así, un cuarto de hora más tarde, bajaba del coche ante el bloque que albergaba la peor de sus pesadillas y su sueño más húmedo.

Dillon lanzó las llaves al aparcacoches y señaló la cúspide del gigantesco edificio.

—¿Lo ves?

Ella echó la cabeza atrás y recorrió con los ojos la fina franja de cielo azul hasta lo más alto del edificio. Asintió.

—Ahí es donde vive, como un puto rey con vistas a todo esto. —Dillon abrió los brazos para señalar la zona de Lenox Hill en el Upper East Side—. Algún día viviremos como él —añadió con una sonrisa, poniéndole la mano a la altura de los riñones.

El portero les dio la bienvenida levantando el sombrero y saludó a Dillon por el apellido, como un viejo amigo. Al entrar en el vestíbulo de estilo renacentista italiano, Emily se fijó en unas cuantas personas que se paseaban por allí, con las prendas y joyas más caras que había tenido ante los ojos. Bajó la mirada a su vestido veraniego de Walmart y sus tacones de Payless; se sintió mucho más que alejada de su zona de confort.

El trayecto en ascensor hasta la planta setenta y cinco fue una tortura. Cuando oyó el alegre timbre previo a la apertura de puertas, deseó fundirse con las paredes y camuflarse en el grano de la madera. El largo paseo hasta el final del pasillo la hizo sentir como un pedazo de carne sangrienta recién echado a un mar de tiburones al acecho.

Un tiburón en concreto, en realidad.

Al acercarse a la puerta, Emily se secó con la mano la frente sudorosa. El corazón desbocado le palpitaba en el pecho. Dillon llamó con unos golpecitos rápidos y, después de lo que pareció una eternidad, la puerta se abrió. Tras ella, una explosiva pelirroja pechugona. Además de su sonrisa, no llevaba nada más que las braguitas de encaje de color rosa y un sujetador a juego, medio oculto bajo una de las camisas blancas de vestir de Gavin. Y desabrochada, nada menos.

—Vaya, estás fantástica. —Dillon le dedicó una amplia sonrisa que, tras una mirada de Emily, pronto decayó.

—Eh, Dillon —carraspeó la mujer, arrastrándolo a un abrazo—. Cuánto tiempo sin verte. ¿Dónde te has metido?

Emily cruzó los brazos, cambió el peso de pie y se plantó una sonrisa en la cara. Dillon la miró, se aclaró la garganta y volvió a centrarse en la otra mujer.

—Ha pasado mucho tiempo, Natasha. Supongo que el hombretón está en casa, ¿verdad? No le he llamado para avisarle de que vendría.

—Sí, está en la terraza con su portátil. Bueno, ya sabes cómo es: mucho trabajo y poco juego —dijo ella, riendo—. Yo justo salía del baño cuando has llamado.

Dillon asintió.

—Sí, ya sé cómo es con el trabajo.

—¿Quién es ella? —preguntó Natasha, que cerró la puerta tras ellos.

—La futura señora Parker. —Dillon sonrió y rodeó la cintura de Emily con el brazo—. Emily, esta es Natasha Bradford. La… ¿amiga de Gavin?

—Soy su plato estrella del mes —dijo con una risilla. Emily abrió la boca con cierto pasmo—. Pero, a mí, ya me está bien. Me caen cosas como esta —añadió con otra risilla, mientras se toqueteaba juguetonamente un collar de diamantes.

—Vaya, eres una chica con suerte —intervino Emily, intentando contenerse para no vomitar.

—Lo soy, lo soy —sonrió Natasha. Inclinó la cabeza—. Entonces, o sea, ¿en serio que estáis prometidos?

—Pues, o sea, en realidad, no —respondió Emily deprisa.

—Ah, un momento… Pensaba que… —Miró a Dillon, confusa, y le dio una palmada en el brazo—. ¡Serás tonto! Me has hecho creer, o sea, que estabais prometidos al decir que era la futura señora Parker.

—Y acabará siéndolo. —Dillon sonrió y miró a Emily. Ella le devolvió la sonrisa, rezando para no tener que volver a oír un *o sea* más.

—Bueno, o sea, pasad. Le diré que estáis aquí. —Natasha se rio. Emily suspiró. Natasha se fue a buscar a Gavin.

—Nena, tengo que ir al baño —anunció Dillon, andando ya por el pasillo—. Vuelvo enseguida.

Emily asintió. A simple vista, percibió el contraste de la rigurosa decoración con la calidez de la casa de los Hamptons. Aunque extraordinaria en su estilo, parecía fría e impersonal. Suelos de mármol, sofás de piel negra, esculturas abstractas de piedra y fotografías colosales en blanco y negro de diferentes ciudades devoraban el enorme espacio del ático sin una pizca de color por ninguna parte. El lugar rebosaba supremacía económica por los cuatro costados y era exactamente como ella imaginó que sería nada más conocerlo. No era un hogar; era lo que la ciudad esperaba. Otra de las muchas capas de Gavin Blake, pensó.

Justo cuando Emily se reprendía por analizar el entorno de Gavin, apareció él vestido con los pantalones de un pijama de algodón azul, y sin camisa. Él, y el dragón tatuado enroscado en su torso, caldearon el espacio casi de inmediato. Sin aliento, Emily se fijó en que susurraba algo al oído de Natasha. La chica respondió con una risilla a lo que fuera que le hubiera dicho, le besó la mejilla, recorrió deprisa el pasillo para meterse en una habitación y cerró la puerta.

Gavin avanzó lentamente hacia Emily, como si tratara de enmascarar la emoción que emanaba al verla. Le pareció que había pasado una eternidad desde que la había visto por última vez y había interpretado ese largo tiempo como si ella le hubiera firmado el certificado de defunción. Su mera presencia le hacía sentirse relajado, y se le acercó con una sonrisa.

—Perdona por eso. —Se pasó la mano por el pelo—. Tiene mal gusto para vestirse y esas cosas.

—Pero le encanta el *o sea*, así que todo cuenta, supongo.

—Anda, pues no me había fijado en eso —replicó él, rascándose la barriga.

—Me estás vacilando, ¿no? —preguntó Emily, que intentaba centrarse en el rostro de Gavin para no entretenerse en el lugar donde nacía el tatuaje.

Gavin se le acercó más y le susurró al oído:

—Pues claro que te vacilaba. Es irritante, pero no le digas que te lo he dicho.

Entre la proximidad y el aliento cálido de Gavin sobre su piel, Emily pensó que iba a desmayarse sin remedio.

—Mis labios están sellados.

En un rápido movimiento, la mirada de Gavin bajó a sus labios y volvió a fijarse en sus ojos.

—Hazme un favor y trata de no sacar a colación esos preciosos labios —susurró, mirándola con sus intensos ojos azules.

Emily abrió la boca, pasmada, y volvió a cerrarla de golpe.

—¿Quieres tomar algo? —preguntó él desenfadadamente, agachando la cabeza para ocultar una sonrisa.

—¿Piensas observarme mientras me bebo lo que me des? Porque, igual estoy equivocada, pero me parece que tendré que usar los labios.

Gavin levantó una ceja y sonrió con picardía.

—Sería un placer absoluto.

—¿Qué sería un placer absoluto? —preguntó Dillon, que volvía del baño.

Emily retrocedió para separarse de Gavin, a punto de tambalearse.

—Le decía a Emily que sería un placer absoluto mostrarle mi apartamento —respondió Gavin con toda la calma, toda la serenidad y todo el aplomo de que disponía.

—Bueno, antes de empezar la ruta, cerremos este asunto. —Dillon le tendió la pila de documentos—. Necesito tu mejor firma en todos y cada uno de estos documentos. También quiero hablar contigo de algunos riesgos que creo que corres al dejar CMEX. —Dillon se dirigió a la cocina en busca de algo para beber.

Gavin miró a Emily a los ojos.

—Me van los riesgos. Creo que hacen la vida un poco más… emocionante. ¿No estás de acuerdo?

Emily sabía perfectamente a qué se refería y su corazón dio un triple salto mortal mientras le aguantaba la mirada.

—No me parece buena idea dejarlos —insistió Dillon, mientras levantaba la chapa de una botella de cerveza. Volvió hacia ellos—. CMEX es tu valor seguro. Ahora mismo, tienes tanto invertido en fondos de cobertura que tal vez no sea un buen movimiento.

—Tú eres el profesional —dijo Gavin con una sonrisa—. Vamos a hablar de esto en mi despacho. —Se volvió hacia Emily—. A todos los efectos, estás en tu casa. Natasha saldrá enseguida. Estoy seguro de que te mantendrá… o sea, entretenida. —Le guiñó un ojo y desapareció por el pasillo con Dillon.

Emily permaneció un instante como una estatua en el salón, muda; trataba de recuperar el aliento. Se lamió los labios lentamente mientras las cosquillas que Gavin había despertado en su interior le recorrían el cuerpo de arriba abajo.

«Este tío es un… puto… peligro».

Suspiró y salió a la terraza, con la esperanza de que el aire fresco mitigara el caos que estaba haciendo estragos en su mente. El ático hacía esquina y las impresionantes vistas panorámicas del Central Park y el East River la dejaron asombrada de inmediato. Solo la terraza ya era más grande que el salón y las dos habitaciones del piso que compartía con Olivia. Se asomó con cuidado por encima de la baranda para ver la ciudad a sus pies. Respiraba el aire cálido y húmedo de agosto, y el viento le alborotaba el pelo. A pesar de su miedo a las alturas, Emily se sentía tranquila por la quietud, la garantía de soledad por la ausencia de gente allí arriba. La serenidad llegó al fin de su corta existencia cuando Natasha atravesó las puertas correderas.

—Es, o sea, completamente asombroso, ¿verdad? —Le tendió un vaso de agua fría.

—Gracias —dijo Emily—. Desde aquí arriba hay unas vistas muy bonitas. —Observó el ceñido vestido de tubo negro y sin mangas de Natasha—. ¿De dónde eres?

—De California. —Rio nerviosamente.

—¿En serio? —la imitó, sorprendida—. Jamás lo habría dicho.

Natasha torció el cuello a un lado y su largo pelo carmesí ondeó al aire.

—O sea, lo sé, ¿vale? Todo el mundo me dice lo mismo.

—No me extraña.

Ambas mujeres se sentaron en un lujoso sofá de exterior. Natasha ocultó los pies bajo las piernas.

—Y entonces, o sea, ¿cuánto llevas saliendo con Dillon?

—Vamos a cumplir un año y un mes juntos.

—Adorable. —Natasha sonrió—. Y él también es tan mono…

—Gracias. Y, ¿cuánto lleváis tú y Gavin, esto…? —Sin saber cómo terminar la pregunta, se llevó el vaso de agua a los labios y tomó un trago.

—¿Follando? —A Emily, se le atragantó el agua—. Dios mío, ¿estás bien? —Natasha le puso la mano en la espalda.

—Sí, es… —Emily carraspeó varias veces—. Es que se ha ido por el otro agujero —aclaró, señalándose la garganta—. Ya estoy bien, gracias.

—Pues, o sea, estaba diciendo que, déjame pensar… —Natasha hizo una pausa y se dio unos golpecitos en la barbilla con el dedo—. Conocí a Gavin, o sea, hace dos años, cuando Industrias Blake llevaba una campaña publicitaria para una agencia de modelos para la que yo trabajaba. No tenemos una relación seria ni nada, pero follamos de vez en cuando desde entonces. O sea, cuando me llama, vengo corriendo. —Volvió a reír con nerviosismo—. Y lo digo literalmente. Dios, vaya si me corro. Este hombre sabe muy bien lo que hace en el catre. O sea, es el mejor amante que he tenido, y no es broma. Y esos labios y esa lengua… Que, o sea, no son solo buenos para besar. Quiero decir que baja y…

—Parece que aquí afuera hace más calor ahora, ¿verdad? —la interrumpió Emily, apresurándose a levantarse. Se abanicó la cara con la mano—. Sí, desde luego, aquí hace más calor.

Natasha frunció el ceño.

—Mmm, yo no lo noto.

—Yo sí. Voy a volver adentro con el aire acondicionado.

—Ah, vale, o sea, entro contigo —exclamó Natasha, que se levantó de un salto demasiado entusiasta.

«Por favor, no…».

Al entrar en el ático, Emily se encontró a Dillon sentado en el sofá.

—¿Estás bien, nena? Estás pálida.

—Sí, estoy bien. —Fue hacia él—. Necesito ir al baño antes de irnos.

Natasha hizo pucheros y se desplomó sobre una silla al lado de Dillon.

—Oh, no. Esperaba, o sea, que pudiéramos ir a comer juntos. Está, o sea, ese restaurantito griego pijo que acaba de abrir y tengo tantas ganas de probarlo…

—Suena bien. —Dillon se puso en pie y fue a la cocina a por otra cerveza—. De hecho, me muero de hambre.

—Dillon, se supone que íbamos a ir de compras, ¿recuerdas?

—Iremos luego. La Quinta Avenida no se va a mover —respondió él, apartando la funda del teléfono para hacer una llamada. Emily le clavó la mirada, echando humo, pero él ya estaba empezando una conversación con la persona al otro lado del hilo.

—¡Oh, qué bien! —Natasha aplaudió.

Gavin entró en el salón, paseando aún sus pantalones de pijama y se puso a masajear los hombros de Natasha.

—¿Por qué aplaudes?

—Está, *o sea*, muy emocionada porque todos, *o sea*, vamos a comer juntos. —Emily le dedicó una sonrisa envenenada y entornó los ojos—. Así que, *o sea*, necesito ir al lavabo antes de irnos. ¿Puedes, *o sea*, indicarme cuál de estos pasillos llevan al baño?

Natasha lucía una sonrisa de oreja a oreja. Gavin esbozó media sonrisa.

—Es, *o sea*, al final de ese pasillo. La última puerta a la derecha. —Señaló el pasillo mientras intentaba sofocar la risa.

Sin mirar atrás, Emily enfiló hacia donde él había indicado. Cerró la puerta del baño tras ella.

—Joder, esto es surrealista —murmuró mientras se miraba al espejo.

Se tomó un momento para hacerse a la idea de que iba a pasar la tarde en una situación muy incómoda y, al salir, se encontró con Gavin apoyado en la pared opuesta y con los brazos cruzados. Oyó a Dillon y a la californiana en la otra sala, aunque la conversación no se distinguía bien.

—Todo esto te parece divertido, ¿verdad?

Gavin sonrió y se acercó a ella.

—¿A ti no?

Emily dio un paso atrás.

—Me parece que no tanto como a ti.

Gavin volvió a avanzar con decisión.

—Somos colegas, ¿recuerdas?

Sin mediar palabra, volvió a retroceder pero, esta vez, se encontró contra la pared, con las manos sudorosas estampadas contra la superficie fría.

Él se apuntaló con las manos justo por encima de sus hombros y agachó la cabeza mientras se inclinaba para mirarla a los ojos.

—Solo es una comida —susurró con voz seductora—. Los amigos comen juntos de vez en cuando.

Emily cerró los ojos e intentó concentrarse en la voz de Dillon que llegaba de la otra habitación, pero tener el aliento dulce de Gavin tan cerca le dificultaba la tarea. Se le puso la piel de gallina.

—Vas cocido. —Le latía el corazón con tanta fuerza que habría jurado que él sería capaz de verlo rebotar en su pecho.

—¿Tú crees?

Emily tragó con dificultad, abrió los ojos y asintió.

Él le atrapó el labio inferior y tiró de él lentamente con los dientes.

—Entonces, ya que te parece que voy borracho, ¿puedo confesarte algo?

La voz ronca de Gavin le despertó en el estómago un nuevo aleteo de mariposas. Otro asentimiento silencioso.

Gavin le recorrió el brazo desnudo con las yemas de los dedos y le puso una chapa en la mano. Se inclinó a pocos centímetros de su oreja y, con una voz que no llegaba a un susurro, le dijo:

—Se me ha olvidado darte esto al entrar. —Se apartó, sonriendo, se metió en su dormitorio y cerró la puerta.

Emily soltó el aire que había estado conteniendo y trató de volver al ritmo normal: tenía el pulso desbocado. Se le hizo un nudo en la garganta. Después de meterse la puñetera chapa en el bolso, volvió al salón y se sentó junto a Dillon en el sofá. Durante los siguientes quince minutos, mientras esperaban a que Gavin estuviera listo, soportó la soporífera explicación, abundante en detalles, de Natasha sobre su última cirugía estética para levantarse el culo. La chica parecía agradable y algo dispersa pero, cuando Gavin volvió a entrar en el salón, Emily se alegró de poder largarse de allí.

Sí, era posible: el trayecto de bajada en el ascensor fue una tortura aún mayor que el de subida. La tensión sexual en aquel espacio tan pequeño era tan tangible que Emily hasta notaba su culebreo sobre la piel. Las dos parejas estaban frente a frente. Dillon y Natasha hablaban de unas acciones con opción de compra que él creía que ella debería comprar. Gavin estaba tranquilamente apoyado en la pared, con una sonrisa, el brazo alrededor de la cintura de Natasha y los ojos clavados en Emily. Ella lo miraba con la misma intensidad. Vestía una camisa negra entallada que se ceñía alrededor de sus musculosos antebrazos y unos pantalones negros que se abrazaban a su estrecha cintura. Cuando la alegre campanilla del ascensor sonó en la planta baja, Emily salió lo más rápido posible para resguardarse en el espacio abierto del vestíbulo, lejos de Gavin.

Las parejas decidieron que irían al restaurante en el coche de Dillon. Natasha y Gavin se sentaron en el asiento de atrás, y Emily perdió la cuenta de las veces que puso los ojos en blanco cada vez que Natasha soltaba una risilla nerviosa por algo que le acababa de susurrar Gavin. Algo sexual, claro.

Cuando llegaron, Dillon ayudó a Emily a bajar del coche, mientras Gavin hacía lo propio con Natasha. A pesar de que el sabroso aroma a comida griega que envolvía el ambiente clamaba a sus sentidos, cuando el jefe de sala los condujo a su mesa, Emily no tenía demasiado apetito.

—Pues, Emily, eres muy guapa —comentó Natasha desde el otro lado de la mesa—. ¿No te has planteado nunca, o sea, ser modelo? Eres mayor de dieciocho, ¿verdad?

—Mmm, sí, tengo veinticuatro, pero nunca me he planteado nada de eso. Además, me gusta demasiado la comida —bromeó, mientras le devolvía la carta al camarero.

Dillon cogió la mano de Emily y miró a Natasha.

—Yo tampoco querría que trabajara de modelo.

—¿Por qué? O sea, ganaría un montón de dinero, y le podría presentar al mejor agente de Nueva York sin problema.

—No le hace falta preocuparse por el dinero. —Dillon se echó hacia atrás—. Prefiero que no lo haga. Y ya está.

Natasha se encogió de hombros y se echó el pelo a un lado.

—Me ha dicho Dillon que vas a dar clases este año en la ciudad —dijo Gavin, mirando a Emily.

—Sí —repuso ella, mientras se colocaba la servilleta sobre la falda—. En Greenwich Village.

—Sí, estará con niños de primero, así que no tendré que preocuparme por si alguno de los alumnos se enamora de ella. —Dillon se rio y se inclinó para darle un beso en el cuello.

—Creo que en eso te equivocas, Dillon —intervino Gavin—. Yo, de niño, sentía un no sé qué por mi profesora de primero.

Dillon echó un trago a su whisky con hielo.

—¿Lo dices en serio?

—Sí. —Gavin se reclinó en el respaldo—. Si no recuerdo mal… —Se detuvo un segundo y sonrió—. Se llamaba señorita Molly. Y, tío, me llevaba de cabeza. Tenía algo que no acababa de entender y que me volvía loco.

Emily le dedicó una sonrisa irónica y puso los ojos en blanco.

Natasha se rio y, juguetona, le atizó en el brazo.

—O sea, que entonces ya perseguías a las mujeres, ¿eh?

—Por lo que parece, sí. —Emily formó un triángulo con las manos debajo de la barbilla y miró a Gavin desde el otro lado de la mesa. Este sonrió con malicia y arqueó una ceja, pero no dijo nada.

—¡Madre mía, si es Dillon Parker!

Emily se giró y vio a un tipo alto de la misma edad que ellos, con el pelo castaño engominado con un buen montón de gel y una gran sonrisa.

—¡Joder, no puede ser! —Dillon se levantó, rodeó la mesa y le dio la mano—. ¿Dónde narices has estado escondido?

El hombre sonrió.

—Pues, en Cancún, con unas señoritas de aúpa, pero ya estoy de vuelta, y mejor que nunca.

Dillon se volvió hacia Emily.

—Cariño, es un antiguo compañero de la universidad, Keith Jacobs. Keith, ella es mi novia, Emily.

Emily le dio la mano y Dillon lo presentó a Gavin y a Natasha. Charlaron un poco entre todos y Dillon se excusó para ir a hablar con Keith al bar un rato.

Suponiendo que ella también sería capaz de hacer bien —o incluso mejor— el papel, Emily sonrió y se volvió hacia Natasha.

—Y, Natasha, ¿has tenido oportunidad de visitar la biblioteca pública de la ciudad?

—Ah, pues todavía no, pero me gusta leer revistas. Seguro que tienen alguna, ¿no?

Gavin sonrió a Emily, encantado con su comentario pedante. Sabía exactamente a qué conversación estaba haciendo referencia ella al mencionar la biblioteca.

—Por supuesto. —Emily abrió los ojos verdes como platos—. Cientos de ellas, por no decir miles, al alcance de tu mano. —Dio un más que necesario trago a su Cosmopolitan y sonrió—. Y seguro que también tienen toneladas de revistas *Vogue*.

Natasha sonrió.

—Gracias por la sugerencia. O sea, desde luego, tengo que ir algún día. Pero, por ahora, tengo que ir a empolvarme la nariz. Vuelvo enseguida. —Se levantó, dejó caer un beso casto en la sien de Gavin y se apresuró a cruzar el restaurante meneando el culo prieto de un lado a otro para ajustarse el vestido de tubo.

—Muy gracioso —comentó Gavin, que se inclinó un poco sobre la mesa—. Te lo dije y te lo volveré a decir: eres una chica muy divertida.

—¿Sí? ¿Y un hombre de tu posición sale con una zángana como esa? Supongo que no bromeabas cuando decías que atraías a las guapas sin cerebro.

Gavin se encogió de hombros.

—Ya te dije que todos tenemos formas de llenar los vacíos de nuestra vida. Ella me da lo que necesito y yo le doy a ella lo que necesita. Me parece justo.

—Ah, claro, porque, sinceramente, ¿quién iba a negarse al pedrusco que le cuelga del cuello?

—Pareces… ¿molesta? —replicó él en tono monótono y con el rostro impasible.

Emily se encendió, pero mantuvo el tono en un susurro.

—¿Quieres saber lo que me molesta? —Él asintió, sin apartarle la mirada—. Me molesta que te dediques a hacerme sentir incómoda a propósito. ¿Qué ha pasado con eso de vamos a ser amigos?

—¿Tan mal te lo estoy haciendo pasar? —preguntó en tono burlón.

—Sí, Gavin —le soltó pausadamente, con los nudillos blancos de tanto apretar el vaso.

Con el deseo feroz, ardiente y sofocante a punto de explotar atrapado en su interior, se inclinó aún más hacia ella y bajó la voz:

—Bien, porque cuando te tengo cerca, pierdo hasta el poco autocontrol que me queda.

Las palabras inesperadas de Gavin le agarrotaron la garganta. Exhaló con pesadumbre y el sonido quedó suspendido en el aire mientras un hormigueo le recorría el cuerpo. Es más, cada segundo que la miraba de aquel modo la ponía más cachonda. El impacto le provocó una explosión entre las piernas que desencadenó en ella una reacción de rabia mezclada con un deseo por él mayor aún que antes. Mientras intentaba recuperar el aliento, Emily le devolvió la mirada ardiente y desafiante.

—¿Qué quieres de mí?

—Quiero que cedas a lo que veo detrás de tus ojos cada vez que me tienes cerca. —Se lamió los labios, despacio, muy despacio. Sus radiantes ojos azules se llenaron de una lujuria palpable—. Quiero que cedas a cómo temblabas en mis brazos cuando te tocaba, a cómo se te acelera la respiración cuando te miro.

Emily le clavaba la mirada, el corazón le rebotaba contra el pecho; era incapaz de emitir una frase.

—Me encantó la sensación de tus labios contra los míos y estoy bastante seguro de que a ti también. También me complace casi sentir lo mojada que estás por mí ahora mismo. —Y acercándose aún más, redujo la voz a un simple susurro—: ¿Vas a fingir que no sientes nada por mí, Emily?

Ni siquiera la estaba tocando, pero tenía razón: tenía las braguitas mojadas. Odiaba que tuviera razón; que percibiera en ella todas las reacciones físicas y emocionales ante él. Y odiaba desearlo tan desesperadamente que hasta notaba su sabor. «Maldito sea».

—No pienso contestar a eso.

—No te gusta contestar preguntas —sentenció él con los dientes apretados, intentando controlar el deseo de arrastrarla por encima de la mesa hasta sus brazos. Podía haber devorado hasta el último centímetro de su cuerpo allí mismo. Su sola presencia lo empujaba hacia ella como un tornado que arrasa cualquier cosa a su paso. «Maldita sea».

—No, Gavin, no me gusta responder a tus preguntas —susurró rápidamente—. Y parece que no tendré que hacerlo porque la que llena tus vacíos viene hacia aquí.

Las pupilas de Gavin abandonaron los ojos de Emily y se dilataron tomando conciencia de las palabras de ella. Mientras Natasha se acercaba, él se echó hacia atrás desenfadadamente e impostó una sonrisa. Antes de sentarse, la chica se inclinó para darle un beso. Emily cometió la estupidez de no apartar la mirada de aquel intercambio de bocas abiertas. Al ver la lengua caliente de Gavin paseándose por la boca de Natasha, sintió un aguijonazo profundo y nauseabundo en la boca del estómago. No sabía por qué experimentaba esas sensaciones y, aunque sabía que no tenía ningún derecho, le disgustó verlo. Cuando terminó la pantomima del beso, los ojos azules de Gavin volvieron a posarse en Emily. Era una mirada insegura y brillaba en ella un intenso deje a algo parecido a una disculpa.

Natasha esbozó una sonrisa satisfecha y se sentó junto a él.

—Disculpad que haya tardado tanto. O sea, he tenido que vaciar el bolso entero para buscar el pintalabios.

Emily respiró hondo y a punto estuvo de saltar al notar una mano grande que le apretaba el hombro. Se giró y se encontró con la mirada de Dillon. Intentó recuperarse de la sacudida frenética que se había llevado su corazón con la conversación que acababa de tener.

El camarero trajo por fin la comida. Las miradas encendidas entre ella y Gavin mantuvieron sus manos nerviosamente ocupadas con los cubiertos el resto de la comida.

Después de tener que soportar una hora de comedura de olla con la preocupación de Dillon por las decisiones de Gavin sobre su cartera de acciones, las dos parejas volvieron por fin al coche de Dillon, y Emily se alegró infinitamente de dar por finalizada una tarde que le había dejado un nudo en el estómago. Mientras cruzaban la ciudad para dejar a Gavin y Natasha, ella se mantuvo prácticamente en silencio. Si Dillon se percató de su cambio de comportamiento, no dijo nada al respecto. Cuando llegaron al rascacielos de Gavin, Emily alegó no sentirse bien como excusa para quedarse en el coche mientras Dillon les acompañaba a la entrada. Dillon besó educadamente a Natasha en la mejilla y se despidió de Gavin con un firme apretón de manos. Mientras Dillon volvía al coche, los ojos de Emily se clavaron magnéticamente en Gavin, que sujetaba la puerta a una Natasha que entraba tranquilamente en el vestíbulo con el pelo ondeando al viento. Antes de seguir a Natasha, Gavin se dio la vuelta, con las manos metidas en los bolsillos, y dedicó a Emily una última mirada, larga y penetrante, que quedaría grabada en su recuerdo el resto de la tarde.

Dillon se acomodó en su asiento y sonrió.

—¿Lista para las compras en la Quinta Avenida?

Aunque se sentía como si se acabara de escapar de un psiquiátrico, Emily forzó una sonrisa y asintió.

—Sí, vamos allá.

9

Home run

*E*l aire que a media mañana envolvía Central Park era templado, pero más frío de lo habitual para ser la segunda semana de agosto. Emily extendió una pequeña manta bajo uno de los arces que la protegían de la luz cegadora del sol. Colocó la mochila a un lado y sacó dos bocadillos, un par de botellas de agua y su novela favorita, *Cumbres borrascosas*. Solo le faltaba Dillon. Cuando miró el reloj, vio que ya llevaba veinte minutos de retraso. Decidió llamarlo para saber por qué tardaba tanto. Alrededor, la ciudad bullía con la actividad habitual, pero en el parque reinaba la paz.

Respondió al primer tono y le llegó su voz con una pizca de remordimiento.

—Por favor no te enfades conmigo. —Sorprendida por el saludo, no dijo nada—. Em, ¿estás ahí?

—Sí, estoy aquí, pero tú no. ¿Dónde estás?

—Estoy en Nueva Jersey, pero…

—¿Que estás en Nueva Jersey? —lo interrumpió—. Dillon, pero ¿qué narices…? Yo ya estoy en Central Park.

—¿Me dejarás que te lo explique?

—A ver, explícamelo.

—¿Recuerdas aquel magnate japonés que te conté que estaba interesado en invertir con Morgan y Buckingham? —Hizo una pausa, esperando una respuesta que no llegó—. ¿Takatsuki Yamamoto?

—Ve al grano.

—Joder, es lo que intento. —Emily suspiró y él continuó—.

Llegó anoche de Japón y solo estará aquí un par de días. Pidió reunirse conmigo. Esta mañana me ha llamado el jefe para decirme que viniera. —Respondió a algo que le preguntaba alguien al otro lado del teléfono mientras ella aguardaba pacientemente—. Cariño, me tengo que ir. Lo siento, pero esta cuenta es enorme.

Una vez más, Emily no dijo nada.

—Vamos —susurró—. Lo haremos otro día.

—Ya lo sé, pero es que he pedido el día libre en el trabajo y tenía muchísimas ganas de…

—Deja ya de hacerme sentir mal —espetó con un tono claramente molesto—. Esto es importante para mí. Estaré en tu casa a las seis. —Y dicho eso, la línea se cortó.

Tras la sorpresa de que le colgara de esa forma, Emily se puso de pie y de mala gana comenzó a recoger lo que se suponía debía ser su pequeña escapada romántica. Mientras metía la manta en la mochila, oyó que alguien la llamaba en la distancia y se enderezó. Antes de girarse para ver quién era, un hormigueo que ya había sentido antes le recorrió la espalda. Sabía quién era. Cuando por fin se dio la vuelta, vio que Gavin estaba corriendo por el parque, sonriente, con sus sobrinos al lado. Se le escurrió la mochila de la mano al reparar en su ropa informal, una camiseta blanca con cuello de pico, pantalones cortos color crema y una gorra azul de los Yankees de Nueva York. Trató de ordenar sus pensamientos mientras se le acercaba.

No solo era su presencia que vibraba en su interior. No era solo ese olor a hombre que persistía en sus sentidos, que ardía en su mente y la atormentaba en sueños. Ni siquiera era ese dichoso beso. Era su encanto inquebrantable, su audaz confianza, su atractivo sexual y la innegable dominación masculina que emanaba. Todas esas características, un cóctel letal, la aterraban y fascinaban al mismo tiempo. Era una paradoja retorcida cada vez que estaba cerca. Aunque en ese momento sintió la necesidad de huir de él, también notaba una atracción irremediable por él. De repente, fue consciente de lo cargado que estaba el aire. Se notaba una presión en los pulmones que la dejaba sin aliento. Por si fuera poco, al verlo recordó su último encuentro, hacía ya dos semanas.

«Respira, Emily...».

—¡Mili! —gritó Teresa, mientras corría hacia ella.

Emily se arrodilló para abrazarla y miró a Gavin.

—¿Qué hacéis aquí? —preguntó con tanta naturalidad como le fue posible, teniendo en cuenta las circunstancias.

Gavin se agachó y apoyó las manos en los muslos para recuperar el aliento. Luego se enderezó y sonrió.

—Estoy haciendo de niñero y he pensado en traerlos aquí para jugar al fútbol.

Timothy se abrazó a las piernas de Emily.

—Tío Gaffin nos ha llevado a dar de comer a los patitos.

Gavin alborotó el pelo del niño.

—Sí, nos lo hemos pasado fenomenal dando de comer a Donald y a Daisy.

—Qué bien —respondió Emily con una sonrisa—. Magnate de los negocios y niñera; dos en uno.

—Ponlo en mi currículum. —Se rio.

—Qué raro que me hayas visto —dijo Emily.

—Bueno, en realidad no te he visto yo, han sido estos dos.

—Tío Gaffin nos ha dicho que digamos que te hemos visto primero, Mili —confesó la niña enroscándole un dedo en el pelo—. Pero él te ha visto antes y nos ha dicho que lo acompañáramos a decirte hola.

Arqueando una ceja, Emily vio cómo Gavin se ruborizaba.

—Usas a los niños para mentir, ¿eh?

Este sacudió la cabeza y sonrió.

—Vaya, me has pillado. Pon eso en mi currículo también. —A Emily le hizo gracia la ocurrencia—. ¿Y qué haces aquí?

—Dillon tenía que venir, pero lo han llamado de Nueva Jersey. —Levantó la mochila del suelo—. Y de hecho estaba recogiendo las cosas para volver a casa.

Teresa hizo un mohín.

—¿Te vienes a jugar al fútbol con nosotros?

—Mmm —repuso ella, mirando rápidamente a Gavin—. Pues no sé. Mejor en otro momento, ¿de acuerdo?

La niña frunció el ceño.

—No tendrás que soportarme mucho rato. —Gavin esbozó una sonrisa de sabelotodo—. Colton y Melanie llegarán dentro de diez minutos para recogerlos.

Emily sonrió con timidez, casi como si le desafiara.

—Bueno, está bien. Creo que podré resistir quince minutos de tormento. —Dejó la mochila en el suelo—. ¿Tú los resistirás?

—Mmm, los resistiré y muy bien. —Sonrió—. ¿Sabes jugar al fútbol?

—Aprendo rápido.

—Y yo soy un gran profesor.

Gavin dejó caer el balón al suelo y rápidamente le dio una patada. Teresa y Timothy corrieron tras él.

—Y estar a tu lado no es ninguna tortura, Gavin —dijo mientras echaba a correr detrás de los niños.

Él la alcanzó.

—Ya, ya has dicho que no era más que un tormento. No te preocupes, me lo tomo como un cumplido.

Emily se limitó a sacudir la cabeza y reír.

Los quince minutos siguientes, y aunque estuvo jugando un poco, Gavin se quedó atrás y se entretuvo viendo cómo Emily jugaba con los niños. Se sentó en una mesa de *picnic*; tenía todos los sentidos puestos en ella. Contempló su cuerpo entero hasta llegar a su rostro, del que admiraba su sonrisa. La oía reír y se maravillaba al ver lo a gusto que estaban sus sobrinos con ella. Sabía que los niños tienen un sentido muy agudizado para ver el aura que rodea a las personas, por lo que su actitud hacia ella justificaba lo que su corazón ya sabía: su presencia era magnética. Atraía a los demás y los engullía por completo; nadie se arrepentía de pasar tiempo con ella.

Mientras corría con ellos, vio cómo le ondulaba la melena y cómo el sol de verano se reflejaba en sus mechones creando un halo de fuego castaño. El deseo lo calaba hasta la médula. Desde el momento en que la vio, ella le hacía notar algo extraño en el pecho cuando lo miraba. Sentía un nudo en el estómago; supo que caería en la tentación si ella seguía mirándolo así.

De algún modo despertó al examinar lo que sentía: sabía que no podía hacer nada más para satisfacer su deseo y sus ganas. Lo único que sabía con certeza era que sus emociones eran un caos nunca visto. Estar cerca de ella le producía un dolor intenso, aunque era algo que estaba dispuesto a soportar por una sola razón: para estar a su lado. Oyó a Colton gritar su nombre y salió de su ensimismamiento.

Después de que tanto él como Emily abrazaran a los niños y se despidieran de Colton y Melanie, Gavin se acercó para ayudarla a recoger.

—Señor Blake, siempre es un placer —dijo ella con una sonrisa, tendiéndole la mano.

Gavin no la cogió porque sabía que si la tocaba no sería capaz de resistir la tentación de besarla. Se pasó la mano por el pelo y retrocedió ligeramente. Emily sonrió con timidez y se colgó la mochila al hombro. Él encontró por fin las palabras que se le habían atascado.

—Espera, ¿ya está? ¿Me vas a dejar aquí solo?

—Eres mayorcito. Seguro que puedes encontrar algo que te llene la tarde.

Él se rio un momento y de repente se puso serio.

—He pensado que podría ser la oportunidad de redimirme.

—¿Redimirte? ¿Por qué?

—Por mi comportamiento la última vez que te vi. Lamento haberte hecho sentir incómoda, pero... —Bajó la voz y la miró fijamente a los ojos—. No lamento lo que siento por ti, Emily. Son mis sentimientos y no puedo negarlos, pero necesito ser tu amigo.

Ella tragó saliva, nerviosa, y dijo en una voz tan baja como la suya:

—Gavin, ya hemos hablado de esto antes y...

Él dio un paso más hacia ella para interrumpirla.

—Te lo prometo. Juro por Dios que no diré ni haré nada que te haga sentir incómoda. Quería sincerarme, decirte lo que sentía, pero ya está. —Cambió de postura y dio un paso atrás, sin apartar los ojos de su rostro—. Me tienes desconcertado por algún motivo que desconozco y dudo que llegue a descubrirlo. Me parece que eres la más... —Respiró profundamente—. No lo sé. Tienes algo que... te diferencia de cualquier otra mujer que conozca. Y, por todo eso, estoy dispuesto

a dejar mis sentimientos a un lado solo para ser tu amigo.
—«Solo para estar cerca de ti…».

Le dio un vuelco el corazón al oírlo y se le retorció el estómago de una manera curiosamente agradable mientras lo miraba a la cara. Las emociones se arremolinaban en sus ojos y algo en el fondo le decía que estaba siendo sincero.

—Está bien, volvamos a intentarlo. Entonces, ¿quieres que me quede contigo un rato?

Gavin inspiró hondo y se le deshizo el nudo que le oprimía el pecho al darse cuenta de que había estado conteniendo la respiración en espera de su respuesta.

—Te gusta el béisbol, ¿verdad?

—¿Cómo lo sabes?

—¿Recuerdas la noche en que me enteré de que eras Emily y no Molly? —Ella asintió con la cabeza y se rio. Él sonrió—. Antes de que entraras en el club, Dillon me contó que su novia era una gran forofa del béisbol.

—¿Quieres que juegue al béisbol contigo? —preguntó, frunciendo el ceño.

—Puedes disfrutar de todas las espectaculares vistas que ofrece Nueva York, pero no habrás exprimido la ciudad al máximo hasta que no hayas ido a un partido de los Yankees. —Sonrió—. Trevor tenía que venir hoy al partido de la una, pero lo ha cancelado en el último momento. —Se sacó las entradas del bolsillo trasero y las levantó—. Tengo abono de temporada, pero sería una pena desperdiciarlas.

Emily esbozó una sonrisa algo confundida mientras lo miraba.

—¿Quieres que te acompañe a un partido de los Yankees?

—Sí.

—No sé —respondió ella. Agachó la vista un momento y luego volvió a mirarlo—. Puede que sea demasiado.

Él sonrió lentamente; sus ojos azules brillaban con malicia.

—En un estadio, habrá cincuenta mil personas, debería ser capaz de contenerme para no lanzarme encima de ti.

Emily torció la boca.

—Es cierto, pero no soy seguidora de los Yankees. Apoyaré al equipo visitante. ¿Crees que podrás soportarlo?

Con los ojos muy abiertos, se colocó una mano sobre el pecho y fingió que le dolía el corazón.

—Mmm, sigue hablando así y al final conseguirás que no te admire tanto como lo hago. Soy seguidor acérrimo de los Yankees, señorita Cooper, pero, sí, estoy seguro de que podré estar junto a alguien que no sea admiradora de los Yankees.

Ella sacudió la cabeza y se echó a reír.

—Bueno, entonces aceptaré esta salida amistosa con una condición.

—Lo que sea. Vamos —dijo mientras le cogía la mochila.

—Espera, ni siquiera sabes lo que es.

Le puso una mano en la parte baja de la espalda y empezaron a salir del parque.

—Da igual. Sea lo que sea, podré soportarlo.

Ella se detuvo de repente y rio de nuevo.

—Escúchame o no iré a ninguna parte contigo, Gavin Blake. ¿Entendido?

Él esbozó una deliciosa sonrisa.

—Soy todo oídos.

—Como eso. —Señaló la mano que apoyaba en su espalda. Él sonrió y la retiró—. Nada de tocar, desnudarme con la mirada o hacer eso… eso de morderte los labios.

—¿Tanto te molesta que me muerda los labios?

«Es que eso me pone tan caliente…».

—Sí. Es muy molesto.

Gavin se mordió el labio inferior lentamente y acabó haciendo un ruidito sensual.

—Pues lo mismo digo.

Ella ladeó la cabeza y suspiró.

—Eres un listillo. Ya me has dicho que no llame la atención con los labios. —Se cubrió la boca con la mano y amortiguó las palabras—. ¿Mejor así? —Él asintió y se rio—. Pero al menos no te miro como si quisiera arrancarte la ropa y tampoco te toco.

Él se encogió de hombros.

—Pues, ya que nos estamos sincerando, no sabes lo mucho que me gustaría que me tocaras.

Emily apartó la mano y se quedó boquiabierta unos segundos.

—¿Ves? A esto me refiero exactamente. —Se dio la vuelta para marcharse.

Él soltó un par de carcajadas sonoras, corrió hacia ella y la tomó con suavidad por el codo. Emily le miró la mano y él se la soltó sonriendo.

—Estaba bromeando. Va, que solo era un pulla... Soy así.

Ella arqueó una ceja, incapaz de contener la sonrisa que ya se asomaba al rostro al tiempo que él la miraba con aire de niño inocente. Sabía que era todo lo contrario.

—Si quieres que vaya contigo, las manos quietecitas, Blake. ¿Entendido? Si no, te lo haré pagar.

—Qué pervertido suena eso. —Sonrió y ella suspiró—. Sin embargo, no soy más que un campesino y quieres que sea un caballero. —Le hizo una reverencia con sorna—. Y ahora, vámonos. Tenemos que coger el número cuatro.

—Espera, ¿vamos a coger el autobús?

—No, no —negó entre risas—. El número cuatro es el metro.

—Ah, pensaba que iríamos en coche.

—Para nada. —Le cogió la mochila y se la colgó al hombro—. Lo haremos a lo neoyorquino, preciosa.

A pesar de la sorpresa de pasar el día con él, Emily lo siguió. Pasadas un par de manzanas, entraron en el metro. Entre una pareja de adolescentes que se morreaba como si no hubiera un mañana, un hombre con vestido de flores que hablaba solo mientras comía comida china con las manos, y las hordas de aficionados de los Yankees que cantaban «Vamos, Yankees», a Emily le supo a gloria llegar por fin al estadio.

Una vez allí, compraron algo de comer. Emily pidió un perrito caliente y una botella de agua, Gavin optó por una bolsa de cacahuetes y una cerveza. La llevó hasta los asientos, que estaban justo detrás de la base del bateador. Gavin parecía un niño en una tienda de chuches, y a ella le encantó ver a un hombre de su posición tan emocionado por ir a un partido de béisbol.

156

Gavin se miró el reloj; el estadio empezaba a llenarse paulatinamente.

—Aún nos queda tiempo. El partido empieza dentro de treinta minutos.

Emily asintió con la cabeza y, al mirar el teléfono, vio que tenía una llamada perdida de Dillon. Se movió en su asiento, algo incómoda, y comenzó a darse cuenta de dónde se había metido. Estuvo pensando si decirle o no a Dillon dónde estaba, pero antes de darle más vueltas al dilema, Gavin habló.

—Juguemos a las veinte preguntas mientras esperamos. —Se metió un cacahuete en la boca—. Yo empiezo.

—Y una mierda, tú empezaste la última vez. Ahora me toca a mí.

Él se rio.

—No se te escapa ni una, ¿verdad?

—La verdad es que no.

—Está bien, me parece justo. Pregúntame algo.

Había algo que quería preguntarle, pero no estaba muy segura de si debería hacerlo. Sin embargo, ahora tenía la opción de saciar su curiosidad.

—Quiero saber por qué rompisteis tu exnovia y tú.

La expresión de Gavin se tornó cautelosa un instante mientras miraba las gradas. Ella se fijó en cómo cambiaba el brillante azul de sus ojos como si hubiera pasado una nube en el cielo y en ese momento le supo mal haber sacado el tema.

Él se inclinó hacia delante, dejó la lata de cerveza en el suelo, y la miró.

—Mmm, la primera pregunta que te hice la última vez que jugamos fue sobre tu sabor de helado favorito. Veo que vas directa al grano.

—Lo siento. No debería habértelo preguntado —susurró y agachó la cabeza.

—No, no pasa nada. Solo es que no me lo esperaba, pero me siento cómodo contigo.

Ella volvió a levantar la cabeza.

—¿En serio?

—Sí, no sé por qué, pero sí. —Inspiró hondo, se reclinó en el asiento y vaciló unos segundos—. Me dejó porque, en un momento dado, Industrias Blake se iba a pique. Mi padre nos ofreció a Colton y a mí los fondos para mantenerla a flote, pero los Blake solemos ser un poco tercos y nos negamos. Sabíamos que remontaríamos solos. —Se pasó una mano por el pelo—. Se lo expliqué todo y le comenté que debíamos reducir algunos gastos hasta que pudiera reflotar la empresa. Ella me dijo que aceptara el dinero de mi padre y me llamó loco por pensar que podríamos salir de esa sin su ayuda. Colton y yo nos mantuvimos firmes en la decisión de no aceptar el dinero. Ella vivía conmigo en mi ático desde que nos comprometimos. Un día llegué a casa después del trabajo y encontré una carta, con una caligrafía exquisita, todo sea dicho, en la que me decía que no podía correr el riesgo de no llevar el ritmo de vida que le había procurado hasta entonces. —Se agachó para coger la cerveza, le dio un sorbo y exhaló—. Cinco años juntos y se despidió… con una carta.

Emily buscó su mirada y vio el dolor que se asomaba a sus ojos.

—La amabas —susurró.

Él se encogió de hombros.

—Sí, me rompió el corazón. Pensaba que me quería por el hombre que era, no por esa ostentación y el dinero. Cuando nos conocimos, estaba en el último año de universidad, por lo que yo no tenía tanto éxito como he acabado teniendo. Cuando se fue, se llevó consigo la fe que yo tenía en el amor. —Apretó los labios con fuerza—. No me malinterpretes, con la perspectiva del tiempo sé que no estábamos hechos el uno para el otro. Primero porque a ella le preocupaba demasiado la forma de aparecer en público, fuera lo que fuera, incluso qué coche llevábamos a las fiestas a las que asistíamos. —Se frotó la barbilla con aire ausente y prosiguió–: No era así cuando nos conocimos, el cambio fue gradual. Pero la mayor diferencia se vio cuando dejó claro que no quería tener hijos. La quería tanto que hasta me planteé una vida sin niños, pero como ya he dicho, si lo pienso bien sé que no habría valido la pena renunciar a la oportunidad de tener una familia.

Emily esbozó una tímida sonrisa.

—¿Quieres tener hijos?

—Quiero muchos y bien sentaditos en una furgoneta —dijo entre risas.

—¿Gavin Blake en una furgoneta?

—Por supuesto —respondió al tiempo que cogía la cerveza—. Y de color verde bosque, además.

Por el rabillo del ojo, Emily vio cómo se colocaba la gorra; se sentía algo azorada por lo que acababa de contarle. Empezaba a entender esa necesidad de rellenar vacíos.

—¿No la has visto desde entonces?

—En realidad, sí. La vi hace poco.

—Y, ¿cómo fue? —preguntó aunque a regañadientes.

—Fue… interesante. Me topé con ella una noche que salí con un par de amigos. Empezó a decir chorradas, dijo que se alegraba de ver a la empresa tan bien. Reconoció que me echaba de menos y que todavía me quería, y confesó que dejarme fue el mayor error de su vida. —Se metió otro cacahuete en la boca y sonrió—. Ves dónde quiero ir a parar con esto, ¿verdad?

—Sí. Que ahora que vuelves a tener estabilidad económica, quiere volver contigo.

—Premio. Ya sabía que eras rápida. —Le dio un trago a la cerveza—. Además, se llama Gina, y mi nombre, como ya sabes, es Gavin: dos G. Creo que era un presagio de que lo nuestro no iba a funcionar.

Aunque él se echó a reír, Emily seguía viendo el dolor en sus ojos y en ese momento decidió cambiar de tema.

—Por cierto, recibí la invitación que nos enviaste a Dillon y a mí.

—Iba a preguntarte sobre eso —respondió, haciéndole señas a un vendedor de cervezas. Pidió otra y se volvió hacia Emily—. Pensé que te interesaría, teniendo en cuenta que… bueno, ya sabes.

—Sí, y gracias por la invitación, pero ¿qué hace tu madre exactamente?

—Desde que se sabe afortunada por haber sobrevivido, lleva una organización que recauda fondos para las enfermas de cáncer de mama de Nueva York, mujeres que luchan actualmente o cuya enfermedad está en remisión, y para las familias de mujeres que murieron de cáncer. Las donaciones que se recojan en la gala se distribuirán para ayudarlos a pagar el tratamiento en curso, las atenciones médicas de seguimiento o, Dios no lo quiera, los gastos del funeral.

Emily exhaló.

—Es increíble que haga algo así.

—Sí, este año es el décimo aniversario de su fundación. Organiza una gala cada octubre durante lo que llama el «Mes de concienciación del cáncer de mama». Y es espectacular: la gente se viste de gala, se bebe champán… Los ricachones de la ciudad se reúnen una noche para gastarse el dinero en algo que no sea un crucero por las islas Fiji o un coche nuevo.

Emily se echó a reír.

—Bueno, pues allí estaremos.

—Me alegro mucho.

El cielo estaba completamente despejado al empezar la ceremonia de apertura, poco después, el partido estaba ya en pleno apogeo. Con un golpe de bate que lanzó la pelota al jardín; así comenzaron los Yankees, con fuerza. A lo largo del partido, Gavin la puso en evidencia varias veces para que todos los aficionados de los Yankees supieran que iba con el equipo visitante, los Orioles de Baltimore. Los espectadores que tenían delante, al lado y detrás la abucheaban cada vez que los Orioles anotaban un tanto. Emily empujó a Gavin juguetonamente y prometió que se vengaría como fuera. Aún con hambre y algo más relajada con la situación en general, Emily pidió un *pretzel* y decidió tomarse una cerveza con Gavin. Al final de la séptima entrada, el partido estaba empatado a cuatro, las bases estaban llenas y los Yankees a punto de batear.

Gavin sonrió en dirección a Emily y se frotó las manos.

—Tus amiguitos están a punto de caer.

—Muy convencido te veo —dijo riendo sin dejar de mirarlo—, pero yo no estaría tan segura.

Gavin miró la comisura de sus labios, donde le había quedado un poquito de mostaza, como aguardando a que se lo limpiara. Sin pensárselo dos veces, se lo limpió con la yema del pulgar. Sorprendida por ese movimiento repentino, ella se apartó.

—Tenías... mostaza en el labio —respondió lentamente. Se contuvo para no lamerse el dedo y cogió una servilleta.

—Has roto la regla de no tocarme —murmuró, haciendo caso omiso a lo que su cuerpo se esforzaba tanto por negar. Por fugaz que fuera, su roce la hizo sentir muy bien, de una forma muy mala.

Él volvió a mirarle los labios y luego a los ojos.

—Podría haberla dejado allí.

—Y también podrías habérmelo dicho, listillo. —Él sonrió de una manera tan contagiosa que no pudo sino responderle con otra sonrisa—. Parece que no me dejas otra opción que seguir adelante con la promesa y hacértelas pagar por no jugar limpio.

Él arqueó una ceja, incrédulo.

—No estoy en contra de las muestras de afecto en público, y aún menos tratándose de ti, pero ¿cómo piensas hacerlo en un estadio lleno de gente?

Emily esbozó una sonrisa maliciosa, se inclinó hacia delante y le dio unos golpecitos al hombro a una mujer que estaba acomodada en la fila que tenían delante.

La mujer y la amiga que estaba sentada a su lado se dieron la vuelta.

—Siento mucho molestarte —dijo Emily a la rubia—. A mi amigo le gustaría darte su número. Te encuentra muy atractiva y no se atreve a decírtelo él mismo. ¿Tienes novio?

Gavin sonrió sacudiendo la cabeza y estuvo a punto de taparse la cara de la vergüenza.

La mujer y su amiga se echaron a reír.

—Pues sí, pero podría romper por él.

—Bueno, tampoco importa porque eso no lo disuade, aunque es mejor que no lo tengas, claro —respondió Emily despreocupadamente—. ¿Tienes papel y boli?

La mujer buscó en su bolso, sacó un bolígrafo y arrancó un trozo de papel de la chequera. Se lo dio a Emily, que a su vez, se lo entregó a Gavin.

—Aquí tienes, amigo. Apúntale el número a la hermosa dama. —Se rio y le dio un empujoncito con el codo—. Y no seas tan tímido a la hora de ligar, hombre.

Con esa sonrisa con la que se le marcaban los hoyuelos, Gavin escribió deprisa en el papel y se lo devolvió a la mujer.

Ella le echó un vistazo rápido y le sonrió también.

—Gavin, ¿eh? Un nombre muy bonito para una cara igual de bonita. Te aseguro que te daré un toque.

Él asintió y Emily se echó a reír.

—Qué cruel eres —susurró y le lanzó una cáscara de cacahuete a la cabeza.

Riendo, ella se la quitó de encima.

—Ya te lo había dicho.

Después de otras tantas cáscaras de cacahuete, el partido terminó y los Yankees ganaron por tres. Gavin se pasó todo el viaje de vuelta a Manhattan recordándole la puntuación. También le confesó que el número que le había dado a aquella mujer era falso. En su defensa dijo que ya no le gustaban las rubias. Sin parar de reír, Emily lo regañó por la mentirijilla. Él quiso asegurarse de que llegara bien a casa, de modo que cogieron un taxi para volver a su edificio. Después de pedir al conductor que detuviera el taxímetro, la acompañó hasta la entrada.

Emily volvió a ofrecerle la mano.

—Ha sido un placer pasar el día contigo, Gavin.

—¿Puedo estrecharte la mano? —Sonrió—. No quiero romper más reglas.

—Sí, claro.

Él accedió y le tomó la mano, con lo que experimentó la misma oleada de calor que sentía cada vez que tenía la oportunidad de tocarla. Se percató de la malicia de aquel deseo egoísta y anhelante que sentía, por lo que al final la soltó.

—El placer ha sido mío.

Emily inspiró hondo y vio cómo se subía al taxi y se marchaba. Mientras subía en ascensor, le dio vueltas a lo maravilloso que había sido el día. Intentó tranquilizarse un poco porque sabía que no debería haber salido con él. Comportarse había sido muy difícil; soltarse un poco había sido un alivio, aunque algo inquietante también. Había descubierto cosas sobre él que no habría creído posibles. Se notó algo en el pecho: el deseo por él y el dolor por lo que había vivido.

Con el fin de dejar de pensar en él, se concentró en que Dillon la estaría esperando. Para su alivio, se lo encontró cómodamente tumbado en el sofá al entrar. Durante la hora siguiente, le explicó con detalle cómo había sido capaz de lograr una de las cuentas más importantes para la empresa en los últimos diez años.

Se planteó contarle que había pasado el día con Gavin, pero al final optó por no decírselo. No quería empañar la felicidad de Dillon. Ahora lo único que tenía que hacer era convencerse de que la felicidad de su pareja era el motivo por el cual se lo ocultaba. Trató de grabarse ese argumento a fuego. Él no le preguntó cómo había pasado el día, así que no se lo contó.

10

Solo un poquito

—Joder, Em, ¿dejas ya de acaparar el espejo? —Olivia empujó suavemente a Emily con la cadera para mirarse—. Estás que te sales. Ahora deja que me vea.

Emily se pasó los dedos por el pelo para ahuecarlo un poco sin ponerse laca.

—Estás en mi cuarto de baño. Usa el tuyo.

Olivia suspiró y frunció el ceño.

—Pero me gusta más el tuyo. Venga, aparta —dijo empujándola con la cadera un poquito más fuerte—. Además, tu amiga te está esperando en el salón, así que no seas grosera. Termino en un segundo, ¡y luego vamos a quemar la noche!

Riendo, Emily se echó un último vistazo en el espejo y salió del cuarto de baño. Cogió el modelito que había dejado sobre la cama. Después de ponerse una falda corta negra y una blusa roja de manga corta con botones, se calzó unos zapatos negros de tacón y llamó a Olivia para que le diera el visto bueno. Dio una vuelta con gracia para enseñarle bien el atuendo.

—Pareces una gatita en celo —le dijo.

Emily sonrió y salió al salón. Fallon se levantó del sofá de un brinco y con los ojos grises bien abiertos.

—Joder, Emily, estás niquelada.

Poniendo los brazos en jarras, sonrió.

—Me lo tomaré como un cumplido.

—Pues claro que es un cumplido, Country. —Se apartó la melena de mechones rojos y blancos de los hombros—. Hasta ahora, solo te había visto con ese uniforme horrendo negro y blanco que nos hacen llevar.

—Bueno, pues gracias, Fallon. —Se echó a reír—. Para otra camarera de uniforme horrendo, tú tampoco estás nada mal. A mí no me quedan tan bien esas medias de rejilla como a ti.

Fallon esbozó una sonrisa traviesa al tiempo que apoyaba la pierna en la mesa de café.

—¿Esto tan viejo? Mira, si pudiera vivir con un *body* de rejilla, lo haría. Pero por mucho que me importe un pimiento lo que la gente piense, no creo que la sociedad lo considerara muy apropiado, ¿verdad?

Emily negó con la cabeza y se echó a reír.

—Me da que tienes razón.

Olivia salió de la habitación con un vestido rojo y zapatos de tacón a juego. Llevaba el pelo recogido y el vestido se le ceñía al cuerpo tipo reloj de arena como un guante. Después de dar una vuelta ante Emily y Fallon, se fue a la cocina, sacó tres vasitos de chupito del armario y los llenó hasta arriba de tequila.

—Venga, señoritas —gritó Olivia—. Vamos a tomarnos un par de chupitos antes de salir.

Las tres mujeres se bebieron su chupito, emocionadas por salir de marcha por la ciudad. Tras apurar el segundo, oyeron un golpe en la puerta y Dillon entró sin más.

—¿Para qué te molestas en llamar, idiota? —preguntó Olivia, poniendo los ojos en blanco. Emily le dio un codazo en el estómago—. Digo, Dillon, claro —dijo con la voz entrecortada por el golpe.

Dillon le dedicó una sonrisa falsa y luego se fijó en Fallon. Volvió a mirar a Emily con una expresión inquisitiva.

—Pero ¿qué vas a hacer? Pensaba que esta noche la pasábamos juntos.

Emily sonrió, cruzó el salón y se le abrazó al cuello.

—No, el otro día te dije que íbamos a tener una noche de chicas con Fallon y Olivia.

Dillon la cogió por las caderas con suavidad y le preguntó al oído:

—¿Podemos salir y hablar un momento?

Emily asintió, él le cogió la mano deprisa y se la llevó al dormitorio. Cerró la puerta y se cruzó de brazos.

—¿Esa de qué coño va? —susurró.

—¿A qué te refieres?

—Esa cadete espacial, esa gótica friqui con camisa y falda de cuero negro —respondió mientras se le acercaba—. Joder, si hasta lleva un collar de púas, Emily. Lleva *piercings* en el labio, la nariz, la ceja y quién sabe dónde más.

Ella soltó un gruñido y se dirigió hacia la puerta, pero él se le puso delante y la agarró del brazo. Ella levantó la vista.

—Pero ¿de qué vas? Es buena tía, Dillon. ¿A quién le importa el aspecto?

—Si mi novia va a salir con ella, a mí me importa. —Ladeó la cabeza con los ojos entrecerrados—. ¿Qué tipo de atención crees que atraerá con esas pintas?

Emily le apartó el brazo.

—Me importa una mierda el tipo de atención que atraiga —susurró, encendida.

Él se pasó una mano por el pelo.

—Bueno, ¿y qué tipo de atención crees que atraerás tú con lo que llevas puesto?

—Paso de estar así esta noche, Dillon. Te juro que paso —repuso en voz baja y tono hostil, intentando zafarse de él otra vez.

Él la agarró por la cintura.

—De acuerdo, está bien. Lo siento. Estás muy guapa. —Le acarició la mejilla con la nariz mientras levantaba los brazos y los colocaba sobre sus hombros—. ¿A qué club vais?

Emily suspiró.

—Al Cielo.

—¿En West con la Doce?

—Sí.

—De acuerdo, llamaré a algunos colegas de la oficina y haré algo con ellos esta noche. —La atrajo hacia sí y apretó los labios contra los suyos.

—Me debes una por esto.

—Ya te lo había dicho —replicó con sus labios pegados a los suyos.

Dejó escapar un gemido mientras le succionaba el labio inferior.

—Lo habré olvidado. He estado trabajando hasta tarde con esta nueva cuenta… ya lo sabes. —Le acarició la cintura—. ¿A qué hora vas a volver?

—Pues no lo sé —dijo ella, zafándose de su abrazo—, pero tengo que irme ya. Me están esperando.

Él la atrajo para otro beso y luego volvió a la cocina con ella, que le presentó rápidamente a Fallon. Con la mirada le advirtió que no dijera nada que los dejara en evidencia a los dos. Él se limitó a sonreír, pero sabía que seguía disgustado. Cuando las chicas terminaron de coger sus cosas para salir, Dillon las acompañó a la calle, les pidió un taxi y le pagó la carrera al taxista.

Metió la cabeza por la ventana trasera.

—No demasiado tarde, ¿de acuerdo? Mañana comemos con mis padres.

Emily asintió y se inclinó para darle un beso. Después, el taxista arrancó.

—Tu novio es… ¿majo? —dijo Fallon mientras sus dedos se movían ágilmente sobre el teclado de su móvil. Olivia se rio, pero trató de ocultarlo tapándose la boca.

—Gracias, Fallon —repuso Emily, que arrastraba las palabras mientras miraba a Olivia—. Puede ser un poco sobreprotector a veces, pero es un buen tipo.

Mientras Olivia se reía de nuevo, esta vez sin tratar de ocultarlo, Fallon se quedó sin aliento.

—¡Mierda! Un amigo organiza una fiesta en su casa de Staten Island esta noche. —Siguió escribiendo frenéticamente—. La casa es increíble y sus fiestas son para morirse. ¡Vayamos!

—Yo me apunto a lo que sea —respondió Olivia, rebuscando en su bolso. Miró en dirección a Emily—. ¿Y a ti qué te parece?

—¿No vamos demasiado arregladas para una fiesta en una casa?

Fallon sacó una petaca del bolso, la desenroscó y echó un trago. Negó con la cabeza.

—No, créeme, en esta fiesta vale todo. —Le pasó la petaca a Emily—. Toma, es mi especialidad.

Emily la cogió y olió su contenido.

—¿Qué es?

—Échale un trago y ya, Em —intervino Olivia—. Te preocupas demasiado por lo que bebes.

—Ya voy con el puntillo entre los chupitos de tequila y el vino que he bebido mientras me preparaba. —Ambas la fulminaron con la mirada, esperando que bebiera—. De acuerdo, está bien. —Olfateó el líquido una última vez y bebió un poco. Empezó a toser y trató de contener las lágrimas que le ardían en los ojos—. ¿Qué mierda es esta?

A Fallon le brillaron los ojos como si riera para sus adentros.

—Es aguardiente casero, nena.

—Genial. —Olivia chilló y cogió la petaca—. Lo probé una vez cuando iba al instituto. —Bebió un poco y arrugó el rostro al notar el sabor mientras sacudía la cabeza de un lado a otro.

—Entonces, ¿vamos a la fiesta de mi amigo? —Fallon rio.

Emily se encogió de hombros.

—Venga, vamos.

Indicaron al conductor su nuevo destino y a los treinta minutos se detuvieron ante una lujosa casa de tres pisos en la zona de Todt Hill de Staten Island. Olivia pagó al taxista la diferencia y las tres salieron del taxi algo tambaleantes por el aguardiente. Desde la calle se oía la música que retumbaba en el interior y que hacía vibrar el suelo que pisaban. A Emily le entró hipo y se rio mientras subían las escaleras y entraban en la casa.

Había torres de altavoces en todos los rincones de la planta baja, con lo que el ruido se amplificaba hasta el punto que Emily casi no podía escucharse pensar. Echó un vistazo alrededor y vio que Fallon no había mentido. En esa fiesta había de todo, desde personas con ropa informal, pasando por otras vestidas como si fueran al baile de graduación, hasta chicas casi desnudas; un conjunto la mar de variopinto.

Emily, Olivia y Fallon se cogieron de las manos y se abrieron paso entre la multitud —debía de haber unas cien personas— hasta que encontraron al propietario de la casa, el amigo de Fallon, Jacob. Después de abrazarlo, Fallon gritó por encima de la música:

—Jakey, te presento a Emily y Olivia.

Sin decir una palabra, sonrió ampliamente y las abrazó una tras otra levantándolas del suelo con tal efusividad como si las conociera de toda la vida. Emily y Olivia se morían de risa.

—Bienvenidas a *chez moi*, señoritas —dijo en voz alta sin perder la sonrisa—. El alcohol está en la cocina, los bailes privados gratis con los *strippers* más buenorros de Nueva York los encontrareis en la planta de abajo; la mesa de billar está en la parte trasera de la casa y los baños están ubicados estratégicamente en cada planta; y si os apetece desmelenaros con alguien, hay habitaciones con camas de matrimonio en la segunda y tercera planta. —Lo dijo todo en un solo golpe de voz.

—¡¡Qué pasada de sitio!! —Olivia sonrió—. ¿Aquí hay *strippers*?

Se pasó una mano por el pelo pelirrojo y sonrió con picardía.

—Siempre acuden en masa a mis fiestas.

Olivia cogió a Emily y a Fallon de las manos.

—Necesito otro lingotazo ahora mismo, chicas. —Se volvió hacia Jake y le guiñó un ojo—. Gracias, amigo.

Él asintió y desapareció entre la multitud. Las chicas tuvieron que esquivar a varias personas que bailaban, a un tipo que corría con un sujetador en la cabeza mientras lo perseguía una chica con los pechos al aire, y varias parejas que se besaban. Por fin llegaron a la cocina, donde los esperaba un bar muy bien surtido.

Después de beberse otros dos chupitos de tequila, salieron al patio trasero para jugar a voltear el vaso, que duró una hora. Emily se sirvió una copa de Captain Morgan y terminó con la cabeza algo embotada. Volvió al interior de la casa con Olivia y se apoyó en una pared.

—Olivia —dijo arrastrando las palabras—. Estoy muy…

—¿Buena? Ya lo sé, Em —masculló Olivia—. Pero deja de presumir.

Ella sacudió la cabeza lentamente y se echó a reír.

—No… no me has dejado terminar, perra. —Tenía la cabeza inclinada—. Iba a… —Le entró hipo—. Iba a decir que estoy bastante, ¡hip!, borracha.

—Y yo. —Se rio y resopló como un cerdo.

Emily sacudió la cabeza de nuevo.

—No, pero, ¡hip!, estoy bastante segura de que tengo visiones. —Señaló la puerta mientras entrecerraba los ojos y miraba en esa dirección—. Fíjate en esos dos tíos, ¡hip!, que acaban de entrar. Se parecen a Gavin y a Trevor.

Olivia soltó una carcajada.

—Qué pava eres, no son visiones: son Gavin y Trevor.

Emily estaba adorable con esa carita confundida mientras observaba las dos imágenes borrosas que se les acercaban.

—¿Te estás quedando, ¡hip!, conmigo verdad? ¿Cómo iban a saber, ¡hip!, que estábamos aquí?

Olivia se mordió el labio.

—Mira, como sé que te gusta Gavin, como amigo, por supuesto —añadió rápidamente, tambaleándose—, he decidido llamar a mi hermano porque sabía que había salido con Gavin. —Frunció el ceño con aire inocente—. Le he contado una mentirijilla a Trevor para que vinieran.

Quiso preguntarle qué mentira le había dicho, pero ya tenían a Gavin y Trevor delante con caras de preocupación.

Gavin le puso las manos sobre los hombros.

—¿Estás bien? —La examinó de inmediato como si buscara alguna herida. Ella se lo quedó mirando en silencio; no entendía nada.

—Bueno, ¿dónde está ese capullo? —preguntó Trevor a su hermana, apretando los puños.

—Tranquilo —contestó Olivia riendo—. Ya lo han echado.

Trevor miró a Emily, le levantó la barbilla y le movió la cabeza hacia atrás y hacia adelante.

—¿Te ha hecho mucho daño?

Aún tenía las manos de Gavin en los hombros y, ahora, también, los dedos de Trevor que le sujetaban la barbilla. No dijo nada, pero miró a Olivia como preguntándole «Qué coño les has dicho»… y volvió a darle el hipo.

Olivia apartó el brazo de Trevor.

—No le ha hecho daño. Estaba bailando con ese tío y este se quiso propasar, pero como acabo de decir, el de la casa ya lo ha echado.

Gavin dio un paso atrás y dejó caer las manos de los hombros de Emily.

—Liv, has dicho que le había pegado.

Olivia escondió la cara detrás de su copa.

—¿Eso he dicho? —Se rio.

—Sí, que le había dado tal bofetada que la había tirado al suelo —vociferó Trevor.

Fallon se les acercó a trompicones e interrumpió lo que estaba a punto de convertirse en una pelea entre hermanos en público. Miró a Gavin un segundo.

—Anda, eres el tío del restaurante. Le pedí a Emily que te diera mi número.

Él sonrió.

—Ese soy yo, supongo.

Fallon le devolvió la sonrisa y entonces se fijó en Trevor. Su sonrisa se agrandó aún más.

—¿Y quién eres tú?

—El hermano mayor de esta exagerada. —Señaló a Olivia y luego volvió a centrarse en Fallon—. ¿Y tú?

—Soy una chica que se pirra por los tíos guapos, rubios y con gafas.

—Qué bien… Encajo en esa descripción. —Sonrió—. Y soy un tío a quien le gustan las chicas guapas que dicen lo que piensan. ¿Bailamos?

Fallon le cogió la mano, la entrelazó con la suya y se lo llevó al salón. Trevor se volvió hacia Gavin y le hizo el gesto de la victoria.

Gavin rio.

—Bueno pueeeeees… —dijo Olivia arrastrando las palabras, sonriente—. Iré a que me hagan un bailecito. Luego nos vemos. —Y desapareció entre la multitud, con una risa que se oía por encima de la música.

Gavin sonrió a Emily y reparó en el brillo delator de sus ojos.

—Parece que ahora estás muy bien.

Ella se acercó y levantó la cabeza para mirarlo.

—¿Te han dicho alguna vez que eres muy *shexy*?

—¿*Shexy*? —Él se rio. Esperaba una respuesta y no una pregunta. Y desde luego, no esa pregunta—. ¿No querrás decir *sexy*?

—No, está *shexy* y luego está *sexy*. Y tú, amigo mío, eres *shexy*.

Él arqueó una ceja; esa voz ronca lo puso a cien casi al instante.

—Mmm, ¿y cuál es mejor?

—*Shexy*.

—Vaya, pues gracias. Tú también eres bastante *shexy*, a decir verdad.

Ella le agarró la mano y quiso llevarlo a la cocina.

—Vamos a tomarnos algo, Gavin.

—¿No has bebido lo suficiente ya?

Ella se detuvo bruscamente y Gavin chocó contra su espalda. Emily se dio la vuelta y tropezó con él, que ya la cogía por la cintura para que no perdiera el equilibrio.

—¿Y te han dicho que tienes los ojos azules más increíbles, magníficos y *shexy* del mundo?

—¿Qué pasa hoy con tantas preguntas? —preguntó, divertido.

—Somos amigos y los amigos hacen preguntas.

Con cuidado, él le apartó el pelo de los hombros y sonrió.

—Sí, me han dicho que tengo unos ojos bonitos.

—No, no son solo, ¡hip!, bonitos. Tienes… —Hizo una pausa y se humedeció los labios—. Tienes una mirada folladora.

—Así que soy *shexy* y tengo una mirada folladora, ¿eh?

Asintiendo, ella entrelazó la mano con la suya de nuevo y lo arrastró hasta la cocina. De pie frente a la espectacular selección de alcohol, cogió un vaso de plástico rojo del montón y se lo dio.

—¿Qué bebes, hombre *shexy* con mirada folladora?

Gavin se cruzó de brazos y se la quedó mirando un momento.

—Creo que no beberé por ahora.

Emily puso unos ojos como platos mientras se balanceaba hacia delante y hacia atrás.

—¿Qué? No, no, te tomarás un lingotazo conmigo. —Le acarició la mejilla—. Va, por favor.

Aparte de esa forma tan infantil y melosa de pedírselo, fueron sus suaves dedos que aún le rozaban los que le hicieron dudar de esa primera intención de no beber con ella, por lo ebria que estaba. Tragó saliva.

—Solo uno.

Ella sonrió de oreja a oreja.

—Está bien, pues repetimos: ¿Qué bebes?

—*Bourbon.* —Señaló la botella de George T. Stagg con la cabeza.

—¿Este? —preguntó al tiempo que la cogía.

Él asintió y le dio el vaso. Emily comenzó a llenarlo... sin parar.

—Oye, para, que me vas a matar. —Se rio y le cogió el vaso, del que tiró tres cuartas partes al fregadero—. Con esto basta por ahora.

Emily vocalizó la palabra «aburrido» sin hablar y volvió a cogerle la mano, tras lo cual tiró de él para llevarlo al salón.

—Baila conmigo —masculló mirándolo a los ojos con una seductora sonrisa.

—No, prefiero descansar por aquí. —Señaló un sofá en el que descansaban otras personas igual de borrachas que ella. Sonrió—. Ve tú a bailar. Yo me sentaré a mirarte con descaro.

Ella levantó la barbilla con gesto desafiante.

—Pfff, pues tú te lo pierdes.

Él se rio y la vio contonearse entre la multitud donde finalmente encontró a Trevor y a Fallon liándose. Gavin veía cómo lo miraba. Movía la melena caoba salvajemente mientras bailaba provocativa al compás de la música. Tuvo que hacer un esfuerzo tremendo para no levantarse del sofá y estrecharla entre sus brazos. Pero sabía que bailar con ella en el estado en el que se encontraba, y estando él así de excitado, sería peligroso. Sin embargo, estaba bailando para que la mirara. Se pegó a Fallon y le acarició la cintura. Trevor puso unos ojos como platos ante tal exhibición, pero a pesar de todo, se colocó detrás de Fallon y se restregó contra su trasero.

Emily miró a Gavin a los ojos y le hizo un gesto con los dedos para que se uniera a ella. Él entrecerró los ojos e inclinó la cabeza, fingiendo que estaba confundido mientras se señalaba a sí mismo. Sonriendo, ella asintió. Él dijo «no» y señaló a una chica desmayada a su lado. Aunque no podía oírla, Emily sonrió de oreja a oreja y siguió meneando el trasero con Fallon.

Gavin dejó de fijarse en Emily un segundo cuando la chica incoherente que había a su lado se incorporó de repente y decidió que la almohada sobre la que estaba recostada era el lugar idóneo para vomitar. Uno de sus amigos, que fue testigo de la desagradable escena, arrastró a la chica del sofá y la llevó al baño. Gavin se levantó y cruzó el salón esquivando a varias personas ebrias que se aferraban las unas a las otras para no caerse.

Se apoyó en la pared y repasó la multitud para encontrar a Emily. Cuando la vio, Trevor y Fallon ya no estaban con ella. En su lugar había un chico que la manoseaba por la cintura, la desnudaba con la mirada y le decía algo al oído... no, espera, ahora le rozaba el cuello con los labios. Gavin la observó; parecía contenta con lo que pasaba, pero él no. Le consumían los celos y en cuatro zancadas se plantó junto a Emily. Con la espalda recta, la mandíbula apretada y los ojos azules imbuidos de una calma mortal, Gavin fulminó al otro hombre con la mirada. No dijo ni mu, pero no le hizo falta porque el borracho lo entendió y se alejó lentamente.

—Has venido a bailar conmigo —susurró Emily, que tenía la piel brillante por el sudor. Sin previo aviso, le acarició el pecho musculoso y tenso, y le rodeó el cuello con los brazos. Le acercó la cabeza—. Me gusta bailar con chicos *shexys*.

A escasos centímetros de su rostro, Gavin notó la adrenalina que fluía por sus venas. Sentía un hormigueo de deseo en los labios al contemplar los carnosos de Emily, recordando cuando los tuvo pegados a los suyos. Intentó —Dios sabe que lo intentó— no tocarla, pero no pudo contenerse. De repente se vio acariciándole la cintura y deteniéndose un instante tras introducirle los pulgares en la cinturilla de la falda. La atrajo hacia sí, disfrutaba de la sensación de su sudor contra su piel.

Entonces fue Emily quien se mordió los labios mientras clavaba los ojos en los suyos con una lujuria pura. La música palpitante y la erección de Gavin contra su vientre la animaron aún más. No sabía si lo oyó o no, pero se le escapó un leve gemido. Se dio la vuelta, arqueó la espalda contra su pecho y estiró el cuello. La cabeza apenas le llegaba a su hombro. Poco a poco, paulatinamente, él hizo que le rodeara el cuello con los brazos. Mientras ella enredaba los dedos en su pelo, él le acariciaba la curva de los codos, le rozaba los costados de sus pechos y, al final, dejaba las manos en su cintura. Sus cuerpos se movían al compás de *Just A Lil Bit* de 50 Cent y Emily notó que el corazón le daba un brinco cuando él le rozó el lóbulo de la oreja con los labios.

Quería darse la vuelta y mirarlo a la cara para verle esos ojos tan bonitos y disfrutar de cada centímetro de su delicioso cuerpo, pero cuando lo intentó, él se lo impidió. Estaba jugando y lo sabía. Sus caricias dejaban un rastro de calor abrasador allá donde sus manos rozaban su piel sensible. La hacía querer… no, anhelar más. Su atención se estaba volviendo una adicción cada vez más fuerte; no se cansaría nunca de ella. Si no hubiera oído la llamada de la naturaleza, hubiera seguido así con él toda la noche.

Se dio la vuelta y lo miró a los ojos.

—Tengo que ir al baño. —Las palabras le salieron a borbotones, y casi sin aliento, como ya suponía.

—Te acompaño —respondió, secándose la fina capa de sudor de la frente.

—No hace falta.

Él le sonrió con un aire inquisitivo.

—No dejaré que deambules por este caos sola.

En broma, flexionó los bíceps.

—Soy una chica dura.

—Bueno, eres una chica dura y guapa, por lo que me sentiré mejor si me aseguro de que no te hacen daño en tu camino a evacuar parte de ese alcohol que has consumido.

Ella se encogió de hombros.

—Supongo que tienes razón.

Él la asió levemente del codo para acompañarla hasta uno de los baños ubicados en el primer piso. La cola llegaba hasta la cocina, así que decidieron probar con uno de los de la segunda planta. Emily vio la montaña de escalones e hizo una mueca de dolor. Gavin sonrió ante su reacción y la ayudó a subir. Para su consternación, la cola para ese baño era aún más larga. Gavin soltó una risa gutural al verle la cara. Ella negó con la cabeza y le explicó que había un tercer piso en el que supuestamente había más cuartos de baño. Él volvió a ayudarla a subir las escaleras. En esa planta no había nadie y no tuvo que hacer cola, así que terminó en un par de minutos. Cuando salió, se lo encontró apoyado contra la pared, la miraba fijamente mientras se acercaba a él. Imitando su postura, se puso a su lado; sus hombros casi se rozaban. Volvió el cuello para observarlo.

—Gracias por asegurarte de que no me atacaran.

Gavin se separó de la pared y se colocó delante; estaba tan cerca que sentía el calor que emanaba de su cuerpo.

—No hay de qué. ¿Lista para volver a bajar?

Tentando su propia destrucción, ella negó con la cabeza. El ruido de la fiesta en la planta inferior y de la música se desvaneció. Aparte de su respiración, Emily solo oía su voz, veía sus ojos y sentía su aliento caliente acariciándole las mejillas.

Gavin le leía las emociones en los ojos: lujuria, deseo, anhelo, necesidad. Todo lo que reflejaban los suyos. Se acercó más aún, sin dejar de mirarla.

—Dime qué quieres —susurró.

Sin mediar palabra y dejándose llevar por un impulso, ella se aferró a él y se fundió con su sólido cuerpo. Le rodeó el cuello con los brazos y se perdió en su mirada mientras aspiraba el suave aroma almizclado de su colonia. Lo miró con expresión lasciva; tenía sus labios a escasos milímetros y su dulce aliento a alcohol acariciándole el rostro.

—Dilo, Emily —exigió casi en un gruñido mientras la asía por las caderas—. Necesito oírtelo decir.

Incluso a pesar del estupor etílico, sabía a qué se refería. El pecho le subía y bajaba con dificultad y respiraba tan entrecortadamente que apenas logró hablar.

—Te… te deseo.

Con el peso de su cuerpo, la apretó contra la pared y le lamió un lóbulo.

—Dime cuánto me deseas —respiró.

Notaba un calor en el vientre que le hormigueaba por todo el cuerpo mientras Gavin trazaba con la lengua una línea húmeda y ardiente por el cuello.

—Madre mía —gimió; estaba temblando—. Estás en mis sueños, en mis pensamientos, en mi piel.

Antes de poder recuperar el aliento, él se apoderó de su boca. Sus labios la sorprendieron de tal forma que interrumpieron el ritmo y la certeza de su corazón. Sabía a menta, a un poco de alcohol y a algo inherentemente suyo. Un calor delicioso se propagó por cada músculo, fibra y célula de su cuerpo. Gavin apoyó una mano en la parte baja de su espalda y dejó que la otra se perdiera entre sus rizos enmarañados. Ella gimió con suavidad mientras notaba el calor de su boca en sus labios. Era tan abrumador que no lograba tener ningún pensamiento coherente. La primera vez que se besaron se le cortó la respiración; ahora mismo intentaba robarle el corazón.

Con el alcohol, la lujuria y el deseo desatados en su interior, Emily no fue muy consciente de que estaban entrando a trompicones en una habitación vacía. Gavin empujó la puerta con el talón para cerrarla; seguían abrazados como una boa alrededor de su presa. Él soltó un gemido cuando sus labios se alejaron un instante para que Emily pudiera quitarle la camisa por la cabeza; luego le desabrochó la blusa con torpeza y la arrojó al suelo. Ambos jadeaban y les costaba respirar. Emily iba con sujetador, falda y zapatos de tacón y Gavin solo llevaba puestos los pantalones; se encontraban frente a frente, mirándose el uno al otro.

La conexión que los unía era magnética. Sin dejar de mirarla, Gavin agachó la cabeza y volvió a besarla; sus labios sabían mejor de lo que recordaba. Sus manos la recorrían mientras estudiaba cada centímetro, leyendo su piel como si fuera una novela escrita en braille. Era pura delicia. La besaba como si en el poco tiempo que habían estado separados lo hubieran privado de las necesidades básicas. Emily gimió cuando le lamió la oreja, el cuello y llegó a la curva de su clavícula. Ese gemido, ese leve gimoteo, lo puso a cien. Cayeron sobre la cama.

A Emily se le pasó el rostro de Dillon vagamente por la cabeza, así como el sentimiento de culpa por lo que estaba a punto de hacer, pero esos pensamientos se esfumaron cuando Gavin le bajó el borde festoneado del sujetador de encaje blanco. Empujó la rodilla entre sus piernas para que las separara, se inclinó y lamió un pecho. Con la lengua trazó un círculo alrededor del pezón, que luego succionó con delicadeza. Emily notó que se ruborizaba y se acaloraba mientras le acercaba más el pecho a la boca; se retorcía de placer debajo de él. Su lengua desató el fuego en su interior; se derretía con cada lametón lento y glorioso.

Gavin le subió la falda por encima de la cintura y su beso se volvió desesperado al tiempo que con las manos empezaba a rozar la suave piel entre sus piernas. Emily gimió cuando le bajó las braguitas. Se quedó sin aliento otra vez mientras él observaba con sus ardientes ojos azules su reacción al deslizar dos dedos —y luego otro más— entre sus húmedos pliegues. Arqueó la espalda por la sensación y no apartó la vista de él ni cuando empezó a jadear. Levantó los brazos y hundiendo las manos en su pelo, se acercó a su boca. El beso era cada vez más profundo; Gavin gemía y eso solo hacía aumentar la pasión que ella sentía en su interior.

Notaba su boca cálida y hambrienta sobre la suya; su lengua se deslizaba saboreando su dulzura, pero deseando mucho más. Su cuerpo se estremecía de placer cuando ella le hincó las uñas en los hombros, lo arañó mientras levantaba las caderas. Él dejó de besarla, pero siguió introduciéndole los dedos. Ella respiraba cada vez más deprisa mientras se la comía con los ojos.

Perdiéndose en esos ojos verdes con motas doradas, Gavin se notó un nudo en el pecho que lo impedía respirar. Era el fruto prohibido y se moría de ganas de probarlo. Estaba dispuesto a hacer cualquier cosa para conseguirla. La deseaba, la necesitaba, pero sabía que por mucho que ansiara este momento, no podía hacerlo estando ebria ni allí, en la casa de un desconocido. Quería hacerlo cuando estuviera en pleno uso de sus facultades… y en su cama. Quería despertar con Emily al lado y no quería que el alcohol tomara esta decisión por ella. Extrajo los dedos de su interior en un intento de parar, pero en cuanto lo hizo, ella le cogió la muñeca y se llevó los dedos mojados a la boca para succionarlos uno a uno como una piruleta.

Ese gesto tan sencillo fue tan erótico que Gavin notó que la sangre le circulaba más rápido en las venas. Una vez más, le plantó un beso en la boca que sofocó sus gemidos mientras volvía a introducirle los dedos en el sexo. La besó más fuerte y gimió cuando le rodeó la cintura con las piernas. Emily le soltó el pelo y al acariciarle el vientre de camino a desabrocharle el pantalón, él supo que tenía que detenerse. Con una determinación tortuosa y dolorosa, Gavin se levantó de la cama; respiraba con dificultad. Dio un par de vueltas por la habitación, pasándose las manos por el pelo.

Aún tendida en la cama, estupefacta y tratando de recuperar el aliento, Emily lo miró con un deseo que le encendía las mejillas.

—¿Qué pasa? —preguntó con la respiración entrecortada y la voz tomada.

—No puedo hacerlo. —Recogió la camisa del suelo y se la puso por la cabeza. Cogió su blusa y la tiró sobre la cama, cerciorándose de no acercarse demasiado a ella. Si lo hacía, no habría vuelta atrás—. Levántate y vístete.

Ella se incorporó con una sensación de humillación desgarradora y se puso la blusa en silencio. Jadeaba y estaba tan confundida que apenas podía pensar.

—Pensaba que te apetecía.

Sin saber qué decir, Gavin miró su bello rostro; trataba de calmar las hormonas, tragó saliva y se limitó a negar con la cabeza.

—Ay, Dios, ya sabía que pasaría —susurró ella, tambaleándose por el alcohol que aún le embotaba la cabeza—. No me deseas. No lo has hecho nunca. Solo soy un entretenimiento… otro peón en ese ajedrez tuyo para jugar con las mujeres.

Gavin se le acercó en dos zancadas y le acarició el labio inferior.

—No, Emily, escúchame, ¿de acuerdo?

Ella le dio un manotazo mientras las lágrimas empezaban a brotar.

—No me lo puedo creer. Me siento gilipollas.

—Emily —susurró. Al verla tan borracha se sintió menos hombre del que creía ser—. Por favor, no pienses que no te deseo. Lo que acaba de pasar… lo que acaba de ocurrir… —dijo, señalando la cama—. Ese pedacito que acabas de darme hace que te desee mucho más; eres mucho mejor que ninguna otra mujer con la que he estado. Te deseo muchísimo, pero no puedo permitir que esto pase así.

Emily parecía inmutable por esa declaración a la vez que intentaba abotonarse la blusa.

—No me deseas. Tengo que irme. —Sollozaba y trataba de llegar hasta la puerta.

Gavin la cogió por el codo y le dio la vuelta al tiempo que la sujetaba por las caderas. Ella intentó apartarse, pero entre la fuerza que tenía él y la cantidad de alcohol que había ingerido, fue totalmente en vano. Él se inclinó y la miró a los ojos.

—¿Crees que me resulta fácil parar? No tienes ni idea de lo mucho que quiero hacerlo contigo… Tocarte otra vez —susurró, acariciándole la mejilla—. Probarte de nuevo. —Se relamió los dedos para saborear su flujo—. Y tenerte debajo de mí. —Enredó los dedos en su pelo—. Ya te lo he dicho… Te deseo más que a nada, pero no en esta casa y no mientras estés ebria.

Ella frunció el ceño mientras se secaba las lágrimas.

—Vaya, y esta revelación te acaba de venir ahora, ¿no? —Se zafó de él y echó a andar con torpeza hacia la puerta otra vez—. Vete a la mierda, Gavin.

Tratando de ayudarla, Gavin la levantó con un grácil movimiento cual novio que cruza el umbral con su esposa. Como no tuvo más remedio que aferrarse a su cuello para no caer, Emily resopló.

—Bájame.

—Si a duras penas puedes caminar.

—¡Que me bajes! Puedo caminar solita.

Él no le hizo caso y abrió la puerta. Al salir de la habitación, el pasillo que antes estaba vacío parecía ahora un burdel con parejas que se liaban por doquier. Pensar que había estado con Emily en aquel cuarto en una escena parecida le revolvió el estómago. Bajó las escaleras deprisa con ella en brazos, que intentaba zafarse de él aunque sus esfuerzos eran en vano. Con los ojos cerrados, la cabeza le iba de un lado a otro con cada escalón que bajaba. Ni la música ensordecedora la sacó del estupor.

Gavin examinó la masa enloquecida y ebria, y vio a Trevor sentado en una silla reclinable con Fallon acurrucada en el regazo. Este arrugó el ceño al verlo con Emily. Fallon, que parecía estar adormilada, se quedó en la silla cuando Trevor se puso de pie y se acercó a su amigo.

—¿Qué le pasa?

—No se encuentra bien —respondió Gavin—. Ve a buscar a tu hermana y nos vemos en el coche.

Emily levantó la cabeza del hombro de Gavin con cuidado y sonrió a Trevor.

—Estoy bien, Trevor —farfulló—. Pero Gavin es un capullo.

Y dicho eso, cerró los ojos, con la cabeza hacia atrás apoyada en el hombro de Gavin y los brazos colgando a un lado. Trevor arqueó una ceja.

—Mejor no preguntes —añadió este—. Haz lo que te he dicho.

—Bueno, creo que iré a casa de Fallon esta noche. —Trevor sonrió—. Mientras metes a Emily en el coche, voy a buscar a Liv y le digo que salga.

Gavin asintió y se abrió paso entre el gentío. Unos chicos silbaron y lo aplaudieron; gritaban cosas como «Menuda borracha buenorra te llevas». Tratando de controlarse para no dejarla en el suelo y liarse a golpes, siguió su camino serpenteando a través de la multitud de fiesteros y por fin pudo salir.

Emily abrió los ojos mientras Gavin intentaba que se tuviera en pie al tiempo que abría la puerta del lado del pasajero.

—No pienso sentarme delante contigo, Gavin —farfulló.

Dio un traspié, se agarró a la puerta y se tumbó en los asientos traseros. En un santiamén quedó fuera de combate.

Gavin sacudió la cabeza, rodeó el coche, entró, lo arrancó y se detuvo frente a la casa. Al rato y con la ayuda de su hermano, Olivia se sentó en el asiento delantero.

Trevor cerró la puerta y metió la cabeza por la ventana.

—Asegúrate de que mis chicas lleguen a casa sanas y salvas. Mañana te llamo.

Gavin asintió.

—Te quiero, hermano. —Olivia le lanzó un beso mientras se alejaban. Después de mirar a Emily, se quitó los tacones y apoyó los pies en el salpicadero—. Está inconsciente, ¿no?

Gavin no respondió; miraba directamente al frente. Olivia volvió a mirar a Emily y luego a él.

—Mierda. ¿Ha pasado algo entre vosotros?

Él negó con la cabeza apretando el volante con fuerza.

—Hazme un favor. Cuando se despierte por la mañana, dile que paré porque era lo correcto y nada más.

Como lo conocía bastante, Olivia no lo presionó más y permaneció en silencio el resto del viaje. La única vez que Emily se despertó fue cuando Gavin se detuvo para pagar el peaje del puente Verrazano–Narrows. Ella farfulló algo inaudible y volvió a dormirse de inmediato. Cuando llegaron a su edificio, Olivia también se había quedado dormida y Gavin tuvo que despertarla.

El sonido de las puertas del coche cerrándose despertó a Emily, que se enderezó y se tambaleó un poco. Con la vista borrosa, distinguió a Gavin en la calle hablando con Olivia. Se deslizó por el asiento trasero, abrió la puerta y estuvo a punto de caerse al suelo al salir. Gavin la cogió por el brazo antes de que cayera de rodillas en la acera.

Emily le lanzó una mirada gélida y le apartó el brazo.

—¡No me toques!

Gavin la agarró por la cintura, la atrajo hacia sí y la apoyó de espaldas en el coche con la expresión seria, respirando con dificultad. Olivia los miraba con los ojos como platos.

—Tú entra, Liv —le pidió sin girarse para mirarla; tenía la vista fija en Emily—. Ahora la subo.

—Gavin, lo siento. Todo esto ha sido culpa mía. Tendría que haber…

—No es tu culpa. Entra y ya —repuso con voz dura.

Olivia se tapó la boca y se alejó. Emily lo miró con una sonrisa irónica.

—Te encanta romper corazones, ¿eh?

Sin dejar de observarla con ojos fríos y calculadores, le puso la mano en la nuca y la atrajo hacia sus labios. Ella no se resistió. De hecho, le agarró del pelo y tiró de él con fuerza. Gimiendo, Gavin llevó la batuta en el beso. Le daba igual que pasara gente a su alrededor; no le importaba siquiera que Dillon los sorprendiera en ese momento. Lo único que le importaba era que Emily supiera lo mucho que la deseaba.

Y tan pronto como comenzó el beso, lo terminó. Volviendo a interpretar el papel de un novio que lleva en brazos a la novia, cogió a Emily y entró en el vestíbulo hasta el ascensor. Cuando la dejó de pie se miraron fijamente a los ojos. Fue cuestión de segundos antes de que se besaran de nuevo y con fuerza, con pasión. Y entonces estalló una lucha de poder: manos que se deslizaban arriba y abajo, él empujándola contra la pared, ella tirándole del pelo y rodeándole la cintura con las piernas, él gruñía, ella gemía. Gavin estaba desesperado por rasgarle la ropa y embestirla allí mismo, en el ascensor.

Cuando se abrieron las puertas, la refriega cesó. Gavin se pasó las manos por el pelo, lo que lo desordenó aún más, y Emily se colocó bien la falda. Al entrar en el apartamento, encontraron a Olivia dormida en el sofá. Él siguió a Emily a su habitación y aguardó hasta que se acostara. Sin mirarlo siquiera, ella se dio la vuelta, suspiró y se quedó frita.

Con los brazos cruzados, Gavin se apoyó en la puerta y contempló cómo le subía y bajaba el pecho mientras dormía. De no haber sido por el ruido que hizo la puerta de entrada al cerrarse, que desvió su atención, se hubiera pasado la noche entera observando cómo dormía.

Salió al pasillo y entró en la cocina, donde vio a Dillon dejar las llaves en la encimera. Este se lo quedó mirando con expresión recelosa.

—¿Qué coño haces aquí?

—Las chicas han ido a una fiesta en Staten Island y se ve que Emily ha tenido un problema con un gilipollas. Olivia ha llamado a Trevor y nos hemos acercado para asegurarnos de que estuvieran bien.

Dillon frunció el ceño.

—Espera, ¿que estaban en una fiesta? Me ha mentido en la puta cara. Se suponía que iban a Cielo.

Fue a responder, pero su amigo siguió hablando.

—¿Y por qué no me ha llamado nadie, joder?

A Gavin no le gustaba nada su tono. Ladeó la cabeza y entrecerró los ojos.

—Supongo que al final habrán decidido ir a esa fiesta. Que yo sepa, las mujeres tienen derecho a cambiar de opinión. —Gavin se le acercó más—. Si de vez en cuando hubieras mirado el teléfono mientras estabas fuera, habrías visto que Trevor sí te llamó. ¿Y por qué no vacías el puto contestador? Así te podrán dejar mensajes.

Dillon se cruzó de brazos y levantó la barbilla con una mirada glacial en los ojos. Gavin lo miró fijamente un momento, intentaba tranquilizarse un poco, y dijo con un tono extrañamente calmado.

—Como te acabo de decir, nos hemos plantado allí, nos hemos asegurado de que todas estuvieran bien y las he traído. —Se sacó las llaves del bolsillo sin apartar la vista de Dillon—. Sé un buen novio y tenle preparada una aspirina y un vaso de agua cuando se despierte por la mañana. Lo necesitará.

Y sin decir nada más, Gavin salió por la puerta.

11

Un mar de dudas

$\mathcal{A}$ la mañana siguiente Gavin se preparó una cafetera con la esperanza de que el subidón de la cafeína alejara sus pensamientos de Emily. Se asomó a la ventana del ático y descubrió un cielo asediado por unos amenazantes nubarrones grises que se cernían sobre la ciudad. Encajaba a la perfección con su estado de ánimo. Le preocupaba la falta de autocontrol que había demostrado la noche anterior mientras recordaba los dulces labios de Emily. Su perfume aún impregnaba su piel y el olor lo embriagaba cada vez más. Aunque su cuerpo todavía vibraba de placer tras el escarceo, tenía la mente atrapada en una maraña de emociones. Un golpe en la puerta interrumpió esos acontecimientos acalorados que le rondaban por la cabeza. Al abrir vio a Trevor con una sonrisa de oreja a oreja; estaba mucho más animado que él.

—Joder, tío, estás hecho una mierda —dijo Trevor, acomodándose en el sofá con las largas piernas extendidas hacia delante.

Gavin se sirvió un café y se sentó en un taburete de la cocina.

—No he pegado ojo.

—Vaya, lo siento, tío. Sin embargo, yo he dormido como un bebé en brazos de Fallon.

Gavin esbozó una débil sonrisa.

—Parece que fue bien, entonces.

—Mucho mejor —respondió con una expresión victoriosa—. Es más, me gusta. Tiene una personalidad muy abierta y fresca, y además es un poco rarita. Que le va la carne y el pescado, vaya.

Gavin arqueó una ceja y sonrió, burlón.

—Tu hermana también es omnívora.

Trevor hizo una mueca.

—¿De verdad tenías que chafarme el entusiasmo sacando eso a colación?

Gavin se encogió de hombros y su amigo lo observó fijamente unos segundos, como si leyera algo en sus ojos.

—Bueno, ¿me cuentas qué está pasando entre tú y Emily?

—No pasa nada entre Emily y yo —espetó con sequedad.

—Tío, nos conocemos desde hace catorce años. Tenía la sensación de que pasaba algo entre los dos y lo de anoche me lo confirmó.

Gavin se levantó y se acercó de nuevo a la ventana mientras pensaba qué decir. Respondió lentamente y con cierta inquietud:

—Me gusta mucho.

—Joder, no me digas que te la follaste.

Se dio la vuelta y lo fulminó con la mirada.

—No, no me la follé, Trevor.

—Entonces, ¿qué narices está pasando?

Gavin se mordía el labio mientras paseaba por la habitación como un animal enjaulado. No sabía cómo explicarle lo que sentía por Emily. No sabía qué pensaría de él después de confesarlo todo. Lo único que sabía era que no encontraba sentido a sus emociones, aunque en ese momento tampoco le importaba. Sentía lo que sentía. Y se acabó.

—Desembucha.

Gavin se pasó las manos por el pelo y lo miró desde el otro lado del salón.

—Creo que me estoy enamorando de ella.

Trevor se quedó boquiabierto y lo miró con desaprobación. Se puso de pie y se acercó a él.

—Te suena que tenemos un amigo llamado Dillon, ¿verdad?

Gavin arrugó la frente.

—¿Qué clase de pregunta es esa?

—Vamos, hombre. ¿Cómo te has enamorado de la chica de nuestro amigo?

—La conocí antes de que supiera que estaba con Dillon —respondió apretando los dientes. Volvió a la encimera y apuró el café que le quedaba.

—Espera, pensaba que la habías conocido aquella noche en el club.

Suspiró profundamente y se llevó las manos a la nuca.

—No, es complicado. Vino a la oficina a entregar comida. Traté de conseguir su número de teléfono... —Se quedó callado; se le hizo un nudo en el estómago al recordar la primera vez que vio a Emily. Incluso ahora, pensar en ella le cortaba la respiración—. O tal vez intenté darle mi número, ahora no me acuerdo, pero fue en junio. Fui a su trabajo al día siguiente para verla y a los pocos días nos presentaron.

Trevor volvió al sofá y se arrellanó.

—Mira, tío, te voy a ser muy sincero. —Gavin lo miró desde la otra punta—. Dillon está pensando en casarse con ella... pronto.

Una vez más, casi se le cortó la respiración. Tragó saliva y se apoyó en la encimera.

—¿Te lo ha dicho él?

—A ti también te lo habrá contado, ¿no?

—Sí, pero creía que no iba en serio. —Se notó una punzada desgarradora en el estómago mientras el pecho se le contraía por la idea—. Además, no la quiere. ¿De verdad te crees que ha dejado de follarse a Monica? Ya te digo que no, seguro.

—Conociéndolo, probablemente tengas razón. Pero, si te digo la verdad, tío, no pienso en eso. Lo que él haga es cosa suya. Si Emily está con él, sus motivos tendrá y, por lo que a mí respecta, ella ve lo que quiere ver. Es así de simple.

—Bueno, para mí no lo es —replicó subiendo el tono.

—Pues tendrá que serlo. Tienes que acabar con esto que hay entre vosotros dos, sea lo que sea.

—No creo que pueda. —Vacilando, inspiró hondo y bajó un poco la voz—. Tiene que estar conmigo.

—Mira, esto solo puede terminar en desastre. Gavin, en

serio, piensa bien en lo que estás haciendo. Solo piénsalo. Ella lo quiere.

—No lo quiere —replicó con sorna—. Está confundida o algo así. Puede que sea mi amigo, pero igual que los demás, juega con ella y la arrastra con su retorcido sentimiento de necesidad.

—No. Te engañas pensando que no lo quiere. Escucha lo que dices. En serio, fíjate en lo que estás diciendo. —Aunque no contestó, la mirada de Gavin se volvió dura y fría como el hielo—. Solo te estoy siendo sincero. Es una situación jodida, lo sabes tan bien como yo.

—¡No digo que no lo sea! —Levantó las manos y la voz, que empezaba a ser atronadora—. ¿Crees que soy tonto o qué? Un crápula es siempre un crápula. ¡No es bueno para ella!

Trevor suspiró y se fue hacia la puerta. Se dio la vuelta y miró a Gavin.

—Eres como un hermano para mí, pero creo que te inventas cosas de Dillon por interés personal. Y, a decir verdad, me estás poniendo en un compromiso. Esto te va a estallar en la cara y no quiero formar parte de ello.

Gavin no quería poner a su amigo en un compromiso por nada del mundo. Volvió a sentarse y lo miró; sus ojos reflejaban la derrota.

—¿Y qué narices se supone que debo hacer?

—Tienes que olvidarte de ella. Todo esto es un error. Y, más importante aún: recuerda que Dillon es tu amigo. —Exhaló profundamente y sacudió la cabeza antes de salir por la puerta—. Te llamo luego.

El consejo era muy fácil, que la olvidara, y esas palabras no podían ser más ciertas. Sí, tal vez pudiera ser un gran error, pero él, que estaba al otro lado, no alcanzaba a verlo. Se negaba en rotundo. Emily nunca sería un error por muchas personas que hiriera en el proceso, incluido él mismo. Para Gavin, lo que podrían llegar a ser Emily y él era real. Cuando le había dicho que sentía que ella tenía que estar con él, no era hablar por hablar, no era consecuencia de la discusión. Desde el momento en el que se vieron por primera vez, lo sintió en lo más profundo de su alma. Estaba hecha para él en todos los sentidos. Aunque estaba fuera de su alcance, su mente y su corazón gritaban que se lanzara a la piscina y arrasara con todo. Por tanto, se lanzaría de cabeza a ese mar de dudas para que fuera suya; no temía que nadie pudiera detenerlo. Solo deseaba que la mujer en la que no podía dejar de pensar sintiera lo mismo.

Al despertar, Emily se sentía como si se hubiera tragado un puñado de clavos. Le ardía la garganta al recordar las imágenes imprudentes de la noche anterior. Los pensamientos, que salían rodando en todas direcciones como si fueran canicas, empeoraban el dolor de cabeza. La culpa por lo que había hecho a Dillon y a su relación era casi tan dolorosa como la excitación insaciable que sentía por Gavin.

Con una respiración temblorosa, levantó la cabeza y miró a su alrededor. Dillon no estaba en la cama. Suspiró aliviada cuando se fijó en la mesa de noche. Junto con una nota en la que decía que volvería pronto, le había dejado dos aspirinas y un vaso de agua que se bebió en un santiamén. El líquido frío y las pastillas mágicas llegaron deprisa al estómago y por fin sintió un poco de alivio, aunque no tanto como necesitaba.

Gruñó y se quedó mirando con tristeza la luz gris que se filtraba entre las cortinas. Volvió a taparse hasta la cabeza con la manta. Quería que las imágenes de Gavin encima de ella, besándola, tocándola y lamiéndola, se borraran, derritieran y esfumaran, que quedaran desterradas a un lugar al que nunca más pudiera acceder.

Sin embargo, cuanto más rechazaba el placer innegable que le había producido su brevísimo encuentro, más lo deseaba. Su beso exigente pero delicado, sus caricias duras pero suaves, la forma en que sus dedos —madre mía, cómo había notado esos dedos dentro— habían despertado sus sentidos con la dulce promesa de lo que ese hombre era realmente capaz de hacer. Ni la peor de las resacas podía evitar que su cuerpo quisiera más. El olor de su colonia, que aún impregnaba su pelo, no ayudaba precisamente a disipar aquellos pensamientos que la hacían sentir mariposas en el estómago y la llevaban al borde del orgasmo allí mismo, sola en la cama.

A pesar de todo eso, en su cabeza se libraba una ardua batalla y la bombardeaba la voz de su madre: «Dillon es buen hombre, Emily. Aférrate a él y no lo sueltes».

Le vinieron a la mente todos los momentos en los que Dillon la había ayudado cuando su madre estaba enferma. Emily estuvo a punto de rendirse antes de que falleciera. Paralizada por el miedo e incapaz de ayudarla en sus últimos días, no fue ella quien cuidó de su madre —ni siquiera fue su hermana, Lisa, porque unos días antes había tenido un accidente que casi acabó con su vida—, fue Dillon. Asistió a su madre en incontables ocasiones e incluso le sujetaba el pelo cuando vomitaba en la cuña, mientras Emily, sedada, permanecía sentada en una butaca al otro extremo de la habitación, completamente azorada por lo que sucedía a su alrededor. Además de pagar las facturas del hospital y de ocuparse de los gastos funerarios, dejó que Emily y Lisa se quedaran lo poco que la póliza de seguro de vida les pagó.

«¿Y así es como se lo pagas?».

Los pensamientos hicieron brotar unas lágrimas cálidas de impotencia mientras se levantaba de la cama e iba al baño a regañadientes. El alcohol aún se le revolvía en el estómago vacío. Fue entonces cuando se dio cuenta de que seguía llevando la ropa de la noche anterior. Hizo una mueca de dolor al quitársela; tenía ganas de quemarla en una hoguera junto con el recuerdo de lo que había sucedido.

Para limpiarse la capa de maquillaje apelmazado y el olor de Gavin de los labios, se lavó la cara con agua caliente y jabón. Su estómago volvió a quejarse por el sentimiento de culpa. Se miró en el espejo con asco, rabia y odio, pero, en ese mismo instante, se decidió a no seguir analizándose por lo que había hecho. Estaba borracha, eso fue lo que le pasó y se aferraría a esa versión de los hechos. Sin duda, si hubiera estado sobria, nada de esto hubiera pasado. Tal vez su cuerpo deseara a Gavin, pero su mente no lo hacía de ninguna manera. En todo ese placer, él no era más que una serpiente que acompañaba al demonio sexual que se ocultaba bajo la superficie de su piel. Por lo menos de eso quería convencer a su cerebro esa mañana de domingo.

Estaba inmóvil en el lavabo, dejaba que el agua siguiera fluyendo en sus manos ahuecadas y casi dio un brinco cuando notó que le tocaban el hombro.

—Dillon, qué susto —dijo, con voz tímida, presa de un pánico que intentaba reprimir con todas sus fuerzas.

«¿Se dará cuenta? ¿Estoy distinta? Ay, Dios mío, ¿no oleré a él?».

Él sonrió y susurró en tono calmado:

—Estás temblando, nena. —Le apartó el cabello enmarañado de la cara—. Vamos a ducharnos, ¿te apetece?

Tragó saliva para deshacer ese nudo que se le estaba formando en la garganta y asintió mientras se bajaba las braguitas temblando. Después de quitárselas se desabrochó el sujetador, sin apartar la vista de sus ojos. Él le cogió la mano, la llevó hasta la ducha, abrió el grifo y le hizo un gesto para que entrara. Con la respiración temblorosa por los nervios, se quedó mirando cómo se desnudaba. Emily se apresuró a coger el jabón y empezó a frotarse deprisa por todo el cuerpo como si quisiera deshacerse de la saliva de Gavin que aún podría quedar en su piel. Dillon entró en la ducha y se arrimó a su espalda mientras le masajeaba los hombros. Ella inspiró hondo y echó la cabeza hacia atrás para dejarse llevar por el calor del agua.

—¿Olivia está despierta? —preguntó ella en un intento de entablar conversación.

—Creo que no. La puerta de su habitación todavía está cerrada. —Continuó masajeándole los hombros—. Se habrá levantado del sofá porque ahí es donde estaba tumbada, inconsciente, cuando llegué anoche.

—¿A qué hora hemos quedado con tus padres? —preguntó a regañadientes.

—Deberíamos ponernos en marcha en cuanto nos hayamos duchado.

Emily asintió.

—Pillaste una buena borrachera anoche, ¿no?

Ella se agachó para coger el champú y se mordió el labio.

—Ya ves.

—¿Qué hiciste ayer, Emily? —El tono era tan firme que notó un escalofrío por la espalda.

Ella se dio la vuelta e intentó recuperar el aliento.

—¿Qué...? ¿A qué te refieres?

Con la mirada fija en la suya, levantó una mano poco a poco y le rozó el mentón con el pulgar.

—Me mentiste —dijo al final con suavidad.

Con el corazón en un puño, Emily negó con la cabeza; se estaba esforzando por no llorar.

—No... no te mentí en nada.

Él cogió el champú, se puso un poco en las manos e hizo un poco de espuma. Sin dejar de mirarla, le recogió la melena y empezó a lavarle el pelo.

—Al entrar vi a Gavin.

Emily trató de esconder el pánico que seguramente le vería en la cara y quiso ahogarse, asfixiarse y hasta morir allí mismo, en la ducha. Lo miró, incapaz de formar una frase. Se le hizo un nudo en la garganta que amenazaba con cortarle la respiración.

—Me dijo que no habíais ido a Cielo.

Tragó saliva y el oxígeno volvió a los pulmones.

—Ah —dijo casi sin aliento—. Mmm, sí, al final decidimos ir a una fiesta a casa de alguien que Fallon conoce.

—Entonces me mentiste.

—No te mentí, Dillon —susurró, enjuagándose el champú del pelo, a sabiendas de que le ocultaba una mentira mayor—. Fue un cambio de última hora y ya está.

Él se acercó más y le rozó la mandíbula con la boca.

—Bueno, pero no me dijiste nada de ese cambio de planes. —Le rodeó la cintura con los brazos—. ¿Y si hubiera ido a Cielo? Habría pensado que te había pasado algo.

—Tienes razón —reconoció. Era lo menos que podía hacer, teniendo en cuenta... bueno, teniendo en cuenta lo que había pasado. En ese caso él podría llamar para ver cómo estaba, pero no quería tentar su suerte—. Tendría que haberte llamado. Ya llevaba varias copas encima y, sinceramente, no caí. Lo siento, la próxima vez te llamaré.

Visiblemente satisfecho con su respuesta, le dio el jabón, se dio la vuelta y apoyó las manos en los azulejos.

—¿Me enjabonas la espalda? —Ella hizo espuma y obedeció—. No creo que haya una próxima vez… que salgas con esa tía rara otra vez.

—Pero, Dillon, ella…

—Mira, no estoy de humor para discutir contigo. Nunca te he visto tan desfasada. He intentado despertarte, pero ni te movías. —Movió el cuello a un lado y a otro y relajó los hombros—. Ha habido un momento que creía que sufrías un coma etílico… hasta que por fin has murmurado algo. Esto me lleva a pensar que esa chica no es buena influencia para ti. Y punto. No vas a volver a salir con ella.

Emily se quedó inmóvil, no sabía qué decir. Él se dio la vuelta y le echó la cabeza hacia atrás con cuidado y le plantó un beso. Aunque él no pudiera verlas, las lágrimas empezaban a resbalarle por las mejillas entre el agua que le mojaba el rostro. En ese momento no pensaba protestar ante semejante ridiculez. No podía. No se sentía con ánimo. No le quedaban fuerzas, no después de la maniobra autodestructiva de hacía menos de doce horas con su amigo. Cuando Dillon empezó a hacerle el amor, no solo sus manos estaban allí presentes. La culpa también le acariciaba la piel y se propagaba en su interior como una enfermedad. Usaría las pocas fuerzas que le quedaban para evitar aquella sensación de vergüenza abrumadora que amenazaba con tragársela entera.

Sentada a la mesa de un restaurante italiano del Upper East Side, Emily cogió sus cubiertos y miró a Joan Parker, la madre de Dillon, desde el otro lado de la mesa.

—Sí, empiezo la semana que viene.

—Eso es fantástico —respondió Joan, entrelazando los dedos—. Me alegro de que mi Dillon te consiguiera el trabajo en Greenwich Village. Las escuelas de allí son maravillosas. —De repente Joan hizo una mueca de asco—. Ahora bien, tengo que decirte que me horroriza pensar que estuvieras planteándote aceptar un trabajo en Bushwick. Es un asco, un auténtico estercolero.

Aunque ese comentario no la escandalizó, sí se moría de vergüenza y tuvo que contenerse para no replicar. Sabía de sobra que Joan solo se rodeaba de personas que tuvieran coches carísimos. Con esa melena rubia teñida, las inyecciones mensuales de bótox y las uñas postizas que llevaba, Emily dudaba de que quedara alguna parte original en el cuerpo de esa mujer; hasta la autenticidad de sus pechos era cuestionable. Lo único real de ese maniquí era que se trataba de una esnob engreída y una cazafortunas.

—Joan, estoy seguro de que Emily no conocía la demografía de la ciudad cuando envió su currículo —respondió el padre de Dillon, Henry. Se pasó una mano por el pelo castaño, se reclinó en la silla y le dedicó una cálida sonrisa—. ¿Estoy en lo cierto o no?

Emily asintió.

—Tiene razón, señor Parker. Visité la página del Departamento de Educación del Estado de Nueva York y solicité todo lo que estaba disponible.

Dillon le cogió la mano y fulminó a su madre con la mirada.

—Asumo toda la responsabilidad por no advertirla sobre ciertas zonas. No tenía ni idea de dónde buscar.

Emily le sonrió y le apretó la mano un poco más fuerte.

—Dillon, cariño, es típico de ti defenderla por su obvia falta de investigación como Dios manda antes de mudarse a un nuevo estado. —Acarició con dulzura la espalda de su hijo mientras Emily perdía la sonrisa—. No hacía falta mucho más, solo investigar un poco para evitar…

Emily la interrumpió en un tono modulado con esmero para no responderle con impertinencia.

—Tal vez lo haya olvidado, pero me estaban pasando muchas cosas entonces. Se me iría de la cabeza cuando, no sé, quizá cuando se estaba muriendo mi madre. —Emily remató la réplica ladeando un poco la cabeza.

—Bueno, claro que no me olvido —repuso la mujer rápidamente, apartándose el pelo de los hombros—. Solo decía que…

—Madre —dijo Dillon con énfasis—. Déjalo. —Apoyó los cubiertos en el plato y apoyó los codos sobre la mesa mientras la miraba con firmeza como pidiéndole que cerrara la boca.

Joan suspiró y se movió, inquieta, mientras se arreglaba el cuello de su traje de Chanel, que supuso que valdría el equivalente a dos meses del alquiler del apartamento que ella y Olivia compartían.

Henry pasó un brazo alrededor de la silla de su esposa y la miró.

—Sí, dejémoslo por ahora, ¿de acuerdo?

Joan asintió y cogió su copa de vino tinto.

—Está bien.

Emily se pasó la media hora siguiente callada, intentaba trazar un plan para salir de allí. Se le pasó por la cabeza alegar una ceguera repentina, dificultad respiratoria aguda y hasta un paro cardíaco con tal de marcharse. La tensión se podía cortar con un cuchillo. La migraña por la resaca empezaba a taladrarle el cráneo y aún tuvo más ganas de huir. Se alegró cuando el padre de Dillon rompió el silencio con uno de sus infames chistes sobre una prostituta y una gallina.

Dillon la miró cuando el camarero les retiró los platos.

—Cariño, pedirás postre, ¿verdad?

Ella negó con la cabeza, aunque, pensándolo bien, si comía algo más, tal vez pudiera despertar de esta pesadilla vomitando en la mesa. La idea tenía su aquel.

—Venga, sí —respondió.

Mientras esperaba su tiramisú, vio que Dillon empezaba a sudar y se ponía blanco como el papel. A juzgar por su rostro, estaba mal como ella, lo que era mala señal. Le puso una mano en la mejilla y le preguntó:

—¿Estás bien?

Él asintió y, con una mano temblorosa, cogió una servilleta de la mesa y se secó el sudor de la frente. Ella le ofreció su vaso de agua, que bebió casi de un trago. Miró a sus padres para ver cómo reaccionaban ante ese comportamiento tan extravagante y vio que sonreían de oreja a oreja.

«Pero ¿qué…?»

Cuando volvió a mirar a Dillon, este se estaba levantando de la silla mientras, con cierta torpeza, se metía una mano en el bolsillo de los pantalones. Durante los segundos que siguieron, todo lo que vio y oyó se reprodujo a cámara lenta.

El corazón le brincaba como un ratoncito asustado que huye de su depredador.

Dillon apartó la silla de la mesa.

Pum…

Poco a poco, apoyó una rodilla en el suelo.

Pum… Pum…

Sacó un estuchito de terciopelo negro.

Pum…

Pum…

Piiiiiiiiii…

En ese momento de desconcierto y como si estuvieran lejos, oyó a los demás comensales reír y vitorear al ver lo que su novio estaba a punto de hacer. De repente se notó la boca sequísima, como si estuviera en medio del desierto. Con la visión algo borrosa, examinó la multitud: la mayoría de las personas sonreía, otras los señalaban y un hombre gritó «¡A por ello, amigo!», tras lo cual silbó con los dedos.

Lo observó arrodillado frente a ella y la ansiedad que le produjo la hizo tartamudear.

—Dillon… qué… ¿qué haces? —susurró.

Inspiró hondo, le cogió una mano y la besó. Con una voz temblorosa y baja, dijo:

—Te amo, Emily. —Abrió el estuche y apareció un anillo de compromiso con un diamante de corte princesa de más de tres quilates. Le brillaban los ojos por lo que parecían ser lágrimas—. Me completas en todos los sentidos imaginables. ¿Me harías el honor de ser mi esposa?

Emily, que todavía trataba de procesar la propuesta e intentaba recobrar el aliento, le acarició la mejilla y en una voz más baja que un susurro le dijo:

—Dillon, ¿podemos hablar en privado?

Casi de inmediato se le esfumó la sonrisa, pero antes de que pudiera responder, lo hizo su madre, que arrugaba la cara como si estuviera ofendida.

—Pero le dirás que sí a mi hijo, ¿no? —preguntó, impaciente.

Henry mandó callar a su mujer con una mirada letal. Emily no dijo nada; se mordió el labio y se miró las manos, que retorcía en el regazo.

Dillon se puso de pie y escudriñó a su madre. Se agachó y cogió con suavidad la mano de Emily.

—Mmm… Claro que sí, cariño —repuso en voz baja y algo rota—. Por aquí hay una sala para banquetes.

Emily soltó el aire cuyos pulmones habían retenido hasta entonces. Aceptó la mano que le tendía y con la cabeza agachada por la vergüenza, lo siguió hasta la parte posterior del restaurante. Por el rabillo del ojo, vio cómo los comensales se enderezaban y seguían comiendo de forma reposada. Sus susurros le resonaban en los oídos como una banda de música.

Dillon cerró la puerta de la sala vacía sin decir nada, aunque su pregunta seguía en el aire. Su mirada abatida lo decía todo al tiempo que se cruzaba de brazos y se acercaba lentamente a una ventana.

La voz de Emily era apenas un susurro, pero aun así la oyó desde donde estaba, al otro extremo, inmóvil.

—Solo necesito un poco de tiempo, nada más.

Sin volverse, él suspiró con fuerza y contestó con una voz igual de baja:

—No lo entiendo, Emily. Hemos hablado de esto unas cuantas veces. Pensaba que me querías.

Emily sollozó, a pesar de que se había propuesto no perder la compostura.

—Pues claro que te quiero. Te quiero más de lo que imaginas. —Las palabras le dejaron un mal sabor de boca al pensar en lo que había pasado la noche anterior. Lo último que necesitaba ahora era pensar en Gavin, pero no podía evitarlo. Lo tenía en la cabeza: su sonrisa, sus ojos, su risa… Estaba confundida. Esa teoría de que su mente no lo deseaba voló por los aires. Y en ese instante se le cayó el alma a los pies—. Si ni siquiera vivimos juntos. Pensaba que sería el primer paso antes de casarnos.

Dillon se dio la vuelta.

—Quería que vivieras conmigo al llegar a Nueva York, Emily. Fuiste tú la que no quiso comprometerse a eso. —Mientras Emily trataba de recomponerse, él acortó la distancia que los separaba y, con una mano temblorosa, le acarició la mejilla—. Te quiero. Este es nuestro siguiente paso, cariño. No me digas que esto tiene que ver con lo que tu padre hizo a tu familia, porque yo nunca lo haría. Te juro por Dios que no lo haría.

Emily volvió a recordar algo de hacía casi veinte años. Por mucho que dijera que no recordaba a ese hombre… no era cierto. Tenía un recuerdo en particular: la mañana que se fue de casa y de su vida para siempre. Se vio a sí misma a los cinco años, con el rostro confundido, levantando la vista hacia ese hombre tan alto, a quien, incluso a esa temprana edad, sabía que amaba muchísimo. Con los bracitos se aferraba a su pierna para que se quedara… Ese recuerdo irrumpió en sus pensamientos sin avisar, como un intruso. Y aunque lo intentó, con todas sus fuerzas, no pudo impedirlo. Su padre era demasiado fuerte para ese cuerpo tan diminuto. Todavía podía oír el llanto tortuoso de su madre y hermana mientras él, borracho como una cuba, las insultaba a todas con unas palabras que sus frágiles oídos no deberían haber escuchado.

Emily fue tras él abrazada a un oso de peluche, lo llamaba, se tambaleaba hacia la puerta principal. También recordaba que era un día soleado. La luz del sol perfilaba su silueta como el ángel por el que lo tenía, mientras este se alejaba y se subía al coche. Recordaba que entonces pensó que volvería. No volvió. Se sentaba a tomar el té con sus muñecas infinidad de veces esperando su regreso, pero nunca apareció. No hacía otra cosa; solo esperaba a alguien que nunca volvió. Se esfumó. Ese recuerdo amargo la hizo llorar de nuevo, aunque tenía los ojos ya empapados.

Sin embargo, esos recuerdos perturbadores no tenían nada que ver con lo de no querer darse prisa para casarse. Estaba asustada; aterrorizada, mejor dicho. Primero tenía que vivir con Dillon para tomar esa decisión, por lo menos eso sentía en ese momento.

Mirándolo con la perspectiva del tiempo, tal vez tendría que haberse ido a vivir con él desde un principio, pero ya no podía cambiar el pasado. Lo malo era que este pasado había vuelto ahora para tocarle las narices. Aunque no quería que el sentimiento de culpa por lo que había hecho la noche anterior la nublara y la hiciera aceptar la proposición de Dillon, sí ponía en tela de juicio su moralidad, estuviera borracha o no.

—No tiene nada que ver con mi padre —susurró ella, mirándolo fijamente a los ojos marrones—. Solo necesito unos días para pensármelo.

Dillon apretó los labios y asintió con determinación.

—Muy bien, te doy el tiempo que haga falta.

—¿Te has enfadado conmigo? —preguntó, más lágrimas se derramaban por sus mejillas.

Él negó con la cabeza y le secó las lágrimas con dulzura.

—No me he enfadado, Emily. Estoy sorprendido y confundido, sí, pero no enfadado.

La abrazó y la besó en la cabeza; su cuerpo temblaba contra él mientras sollozaba. Emily no quería tener que ver a sus padres, sobre todo a su madre, ni cruzar el restaurante. La vergüenza la superaba. Como debió de notar su nerviosismo, Dillon le dio el tique para el aparcacoches y la acompañó hasta una salida por detrás del edificio.

Llegaron a un pequeño callejón y, a regañadientes, ella se volvió para mirarlo. Dillon la miró a los ojos y vaciló un momento antes de volver a entrar para traerle el bolso. Tenía los hombros caídos y la expresión triste; Emily sabía que la culpable era ella. El hombre, que siempre estaba tan seguro de sí mismo, acababa de perder algo esta tarde de domingo de finales de agosto. Se le partió el alma de una forma inimaginable. Esa mirada de dolor se le quedaría grabada en la memoria para siempre. Él cerró la puerta al entrar en el restaurante y ella se notó las palmas sudadas, los ojos enrojecidos por el llanto y el cuerpo dolorido por la profunda tristeza que la invadía.

«Unos días… Solo necesito un par de días y luego se lo diré».

12

Borrón y cuenta nueva

*L*as palabras eran simples, el diseño, elegantemente sencillo. El despacho de Gavin estaba en completo silencio, excepto por el repiqueteo monótono y rítmico que él provocaba al golpear con la tarjeta impresa sobre el escritorio, una y otra vez. Había perdido la cuenta de las veces que la había mirado a lo largo del día.

Ante nosotros se presenta un camino abierto...
un futuro lleno de amor eterno...
Por favor, únete a nosotros porque
EMILY M. COOPER Y DILLON R. PARKER
celebramos nuestro enlace.
Sábado, 23 de septiembre de 2012,
a las seis de la tarde
The Diamond Room
Calle Cincuenta y cinco Oeste, n.º 30
Organizado por Joan y Henry Parker
S. R. C. 212-981-1275 antes del 15 de septiembre.

El ruido de la invitación que percutía sin cesar sobre el escritorio de Gavin no era el único sonido de la sala. Sin embargo, había que acercarse mucho a él para poder distinguir alguno. Eran los sonidos de la destrucción de su corazón y su respiración superficial. No estaba sorprendido, pero tenía delante la prueba de que ella pensaba llegar hasta el final.

A Gavin le había llegado la noticia hacía unos días. Dillon

había anunciado la boda, entusiasmado, y sus palabras habían sorbido toda la esperanza de Gavin, junto con todo el aire de sus pulmones. Durante la breve conversación que mantuvo con Dillon y teniendo en cuenta que tenía que mostrarse feliz por ellos, Gavin se había sentido como Jekyll y Hyde. Consciente de que su tono debía revelar algo parecido a la emoción, había felicitado a Dillon y le había salido incluso mejor de lo que esperaba. Al colgar, había necesitado hasta su último ápice de autocontrol para no estampar el teléfono contra la pared. Pero daba igual. El cuchillo ya se había clavado en lo más hondo de su corazón y lo había mutilado.

Gavin estaba tan concentrado en la invitación que apenas se percató de que Colton había entrado arrastrando los pies. Levantó los ojos de aquel anuncio torturador y miró a su hermano. Colton estaba enterado de lo que ocurría y tenía cara de preocupación. Gavin sabía qué le iba a decir y, joder, no quería oírlo.

—Es lo que hay, muchacho. Tienes que dejarla…

—Cállate la puta boca, Colton —siseó—. No tienes ni idea de lo que tengo en la cabeza ahora mismo.

La sorpresa de Colton se hizo evidente en su rostro al fruncir el ceño sobre sus ojos verdes.

—Entonces, ve a por ella, Gavin. Cuando uno quiere algo con tantas ganas, no se rinde sin más: lucha y lucha, hasta que no puedas luchar más. Los Blake lo llevamos en la sangre, por lo que tendría que resultarte bastante fácil. Además, no he conocido a un cabroncete más tozudo que tú en toda mi vida.

Gavin estuvo a punto de soltar una carcajada amarga, pero se detuvo un instante a considerar la sugerencia de su hermano. Sabía que podía entrometerse en la vida de Emily y desgastar sus defensas. A cada segundo que pasaba, la idea de retenerla en su piso se le hacía más atractiva, en sus brazos, en su cama, hasta que ella se quitara la coraza y jurara ser suya. Sabía que ella ocultaba sus sentimientos hacia él y comprendía el miedo que tenía a desatarlos. El riesgo era enorme para ambas partes. Si ambos confesaran su deseo de estar juntos, todos los someterían a un escrutinio muy duro para ellos, aunque podrían afrontarlo juntos.

Pero ¿qué sentido tenía ir a por ella? Le abrasaba el corazón pensar que podía dedicarle su tiempo y posiblemente —no, seguro— enamorarse de ella, y que ella acabara decidiendo que no quería estar con él. Si se lo planteara siquiera, sería imbécil de remate. El problema era que en cuanto cerraba los ojos, era en ella en quien pensaba. La sensación de impotencia lo consumía.

—¿Estás loco? ¿Luchar por ella? Se va a casar con él.

—¿Y el loco soy yo, dices? —interpeló Colton con incredulidad. Se sentó delante de Gavin y ladeó la cabeza—. Hermano, no solo has decidido asistir a la fiesta del enlace, sino que, además, has aceptado la petición de Dillon para ser su padrino de boda. A ver quién es el que está loco...

—¿Cómo narices quieres que me niegue? —gruñó Gavin—. Recuerda que tengo que actuar con normalidad ante él.

Colton se encogió de hombros.

—Diles que estás enfermo.

Gavin se rio sin ganas.

—Créeme, llegados a este punto, puede que me organice un viaje al extranjero. —Se levantó de la silla, agarró la americana y se envolvió en ella—. Necesito una maldita copa.

—En eso estoy contigo.

—¿Piensas venir o no?

—Claro, pero si me dejas escoger el sitio.

—Escoge.

Veinte minutos después, aparcaban cerca de una coctelería del East Village. Gavin estaba impresionado con el barrio y la elección de Colton. Saint Mark's Place, una verdadera meca de artistas, músicos, estudiantes y escritores, estaba realmente de bote en bote para la hora feliz. El objetivo de Gavin era simple: emborracharse lo suficiente para dejar de pensar en las imágenes acechantes de Emily. Estaba casi seguro de que una cantidad decente de *bourbon* facilitaría el exorcismo necesario para sacarla de su mente.

Insensible. Quería sentirse totalmente insensible.

Al bajar del coche de Gavin, Colton se detuvo de repente.

—Mira, aquí hay algo que puede quitarte a Emily de la

cabeza. —Se giró hacia una mujer que tenía problemas con el coche.

Gavin repasó a la mujer que sacaba la cabeza de debajo del capó de su coche. Estaba hablando por el móvil y parecía estresada; sus ojos frenéticos de color miel se clavaron en Gavin. El bonito pelo largo, del mismo color que los ojos, ondeaba al viento, igual que su falda hasta la rodilla. Tambaleándose sobre los tacones, se echó la tira del bolso al hombro y dejó caer de golpe el capó.

Colton dio a Gavin un empujoncito en el brazo.

—Ve a echarle una mano.

—Ya está llamando por teléfono. Seguro que tiene a alguien que la pueda ayudar.

Cuando aún no había terminado la frase, la mujer se les acercó; las lágrimas corrían por su rostro.

—Siento molestarles, caballeros, pero ¿alguno de ustedes podría prestarme un móvil? El mío acaba de morir.

—Claro, no hay problema —respondió Gavin, que metió la mano en el bolsillo para ofrecerle su teléfono.

—Gracias —sorbió y lo aceptó—. Marcó los números deprisa y se alejó unos pasos.

Gavin miró a su hermano.

—Ve a buscarle un pañuelo o algo. Yo me espero aquí con ella.

Colton esbozó una sonrisa de suficiencia que hizo que Gavin pusiera los ojos en blanco. Colton corrió al bar y, al abrir la puerta, el sonido de una banda de *jazz* que tocaba en directo se extendió por las ajetreadas calles de la zona.

La mujer volvió por fin hacia Gavin.

—Gracias, se lo agradezco. Mi hermano tiene una empresa de grúas y estará pronto de camino.

—No hay problema —dijo él, metiéndose el móvil en el bolsillo—. Parece que ha reventado la junta de la culata.

Ella volvió a sorber. Echó un vistazo al coche y volvió a mirarlo a él.

—¿Lo sabe sin verlo siquiera?

—Sale humo blanco por el tubo de escape. Eso suele ser bastante indicativo.

—Ah, ¿es mecánico?

Gavin sonrió.

—No, solo tengo un no sé qué con los coches. —Le sonrió, algo avergonzado—. He mandado a mi hermano a buscarte un pañuelo.

—Gracias. Me siento tan tonta por llorar así. He tenido unas semanas muy duras.

Gavin se sintió mal por ella pero, en realidad, no tenía ni idea de qué podía decirle, de modo que se sintió levemente aliviado cuando Colton reapareció.

Este le tendió el pañuelo y preguntó:

—¿Ha podido contactar con alguien? —Ella asintió y le explicó que estaba esperando que fueran a recogerla—. ¿Por qué no entra conmigo y con mi hermano pequeño mientras espera? —preguntó Colton con una sonrisa de suficiencia dirigida a Gavin—. Nosotros invitamos, por supuesto.

Gavin reprimió las repentinas ganas de dejar a Colton tendido de un puñetazo en medio de la calle.

La mujer sonrió con un punto de turbación en el rostro.

—Pues, la verdad es que suena bien. Una copa me sentará bien, seguro.

Mientras abría la puerta, Colton dedicó a Gavin otra sonrisa maliciosa.

Gavin sacudió la cabeza y entró en el bar tras ellos. Las notas melódicas de un saxofonista que tocaba a todo pulmón *La vie en rose* zumbaban en el ambiente. Gavin no soportaba el *jazz*, pero había aprendido a apreciarlo con los años. Había sido una constante durante toda su infancia, porque a su padre le gustaba mucho.

Una sonrisa franca se dibujó en sus labios al inundar su mente el recuerdo de sus padres meciéndose en el porche trasero con esa misma canción. Ya que la letra encajaba con lo que sentía por Emily, se imaginó bailando esa misma canción con ella, con ese cuerpo bien arrimado, que estrecharía firmemente entre sus brazos. La ilusión de poder estar juntos que se había creado no podía estar más lejos de la realidad aunque quisiera. El deseo por ella —y la necesidad de mucho más que unos cuantos chupitos de *bourbon*— se arremolinaba en sus pensamientos como una llama de fuego que quema lentamente.

Después de encontrar una mesa al lado de la pista de baile, la mujer, que se había presentado como Stephanie, se retiró al baño para adecentarse. Gavin se apresuró a pedir tres *bourbons* y una cerveza, y se abandonó a lo que esperaba que se convirtiera en la insensibilidad que buscaba con gran desesperación. En tan solo unos segundos, después de que el camarero le sirviera los lingotazos, Gavin apuró dos de esos chupitos y miró a su hermano.

—No se te ocurra meterte ahí esta noche.

Con una sonrisa, Colton se reclinó desenfadadamente en el respaldo.

—No he dicho ni mu.

—Perfecto, porque no hace falta —replicó Gavin, con un tinte de advertencia seria en la voz—. Además, se te ve en la cara. Ahora mismo no estoy de humor, joder.

Colton se rio entre dientes, no sin antes arquear las cejas.

—A ver, entonces, ¿eliges el camino que te va a llevar a regodearte en la autocompasión?

—En serio: no tienes ni puta idea, ¿verdad?

—No, hermano, sí la tengo. Como te he dicho antes, o luchas por ella o dejas que se vaya.

Gavin apuró el tercer chupito sin dejar de sacudir la cabeza.

—No necesito que me alecciones, Colton.

—Ya lo sé, tío. Pero puedes intentar alejar a Emily bebiendo cuanto te plazca —comentó, encogiéndose de hombros pausadamente— o puedes aprovecharte de esta bella damisela en apuros que ahora mismo se está poniendo rímel en el baño para tener los ojos bien bonitos.

—O sea, que quieres que me aproveche de las mujeres, ¿verdad? —resopló, mientras abría la cerveza—. No solo me estás dando la paliza, sino que, encima, te contradices.

Colton se rio.

—Ya sabes qué he querido decir. Da una oportunidad a algo más sólido que lo que estás persiguiendo ahora mismo.

El comentario desenfadado dio de lleno en la diana, pero

como Stephanie se acercaba a la mesa Colton se salvó de la reprimenda. La mujer se sentó delante de Gavin y sonrió.

—Perdón por tardar tanto.

—No hace falta que te disculpes —replicó Gavin—. ¿Puedo invitarla a tomar algo?

—Tomaré un Absolut con arándanos y un toque de lima.

Gavin hizo un gesto al camarero y le pidió la copa. Tras observarla mejor, descubrió que la mujer era tan bonita como decía su hermano. El pelo castaño que brillaba a pesar de estar algo alborotado y sus claros ojos almendrados ribeteados por unas espesas pestañas, en condiciones normales, no habrían escapado a algún comentario de Gavin, pero no esa noche. Impertérrito e inmune, Gavin mantuvo la conversación con ella bajo mínimos y se centró en su batalla interna por Emily. Colton se aseguró de tenerla entretenida, sin dejar de lanzar alguna pulla humorística a Gavin de vez en cuando.

A medida que avanzaba la noche, Gavin se percataba de que Stephanie lo miraba con mayor interés. Se sentía culpable por no prestarle atención, con lo que pidió otra ronda e intentó centrarse en ella. Stephanie contó que estaba estudiando periodismo y que se graduaría en mayo del año siguiente. Había crecido en Lindenhurst, un pueblo bastante grande de Long Island, junto a sus hermanos, uno mayor y otro menor. Le gustaba el arte, la música, viajar, la buena comida, la familia, los amigos y los días ociosos de verano.

A pesar de todos los buenos atributos que sin duda poseía, Gavin no podía dejar de compararla con la persona a la que más deseaba, más anhelaba y, claramente, más necesitaba.

«Emily...».

Ningún escalofrío le recorría la espalda cuando Stephanie hablaba. Nada se encendía en su interior cuando ella reía. Ni siquiera el leve toque en el brazo con el que tan a menudo acompañaba sus palabras provocaba absolutamente nada en él.

Nada.

Por eso, se sentía un capullo integral: por seguir hablando con ella, porque tenía claro que ella tenía interés en él.

Y tenía más claro aún que él no estaba interesado.

Sin embargo, fuera porque el alcohol había cumplido con su objetivo o porque se había acabado convenciendo de que tener a Emily en su vida era una mala idea, al final de la noche, Gavin intercambió números de teléfono con Stephanie.

—¿En serio tiene que venir con nosotras? —preguntó Olivia, arrugando la cara como si le tuviera asco.

—¿Te crees que yo la quiero aquí? —susurró Emily, sacando la cabeza por el probador de novias. La madre de Dillon estaba repasando un sinfín de vestidos de boda con una de las asesoras—. Quería venir y no tenía ganas de discutir con ella. Además, tiene no sé qué cena benéfica a las siete en punto, así que no se quedará mucho más.

Olivia explotó un globo de chicle y puso los ojos en blanco.

—Esa mujer es la puta peste, arrasa con todo lo que tiene delante. Nunca he podido soportarla.

Emily respiró hondo y dio la espalda a Olivia. Estudió el vestido Reem Acra que llevaba puesto, se giró a un lado y a otro y preguntó:

—¿Qué te parece este?

Olivia se enrolló un mechón de pelo rubio en el dedo.

—¿La verdad o lo que quieres oír?

—Vamos, Liv —protestó Emily, con los brazos en jarra.

—Pareces una puñetera sirena. —Emily sacudió la cabeza—. Bueno, me lo has preguntado, nena, y has elegido el camino de la verdad —trinó Olivia, y como si se le hubiera encendido una bombilla, añadió—: Ah, y tengo una idea. ¿Qué tal si, ya que es tu boda, escoges tú tu vestido de novia? Te juro que si Puta Peste vuelve con otro puñetero vestido insistiendo para que te lo pruebes, la tumbo aquí mismo, en la *boutique*, y la machaco viva.

—¿Puedes calmarte, por favor?

—No, Emily, no pienso calmarme. Ahora mismo, me tienes tan mareada con todo esto de la boda que ya no sé ni qué pensar.

Emily se apretó las sienes con los dedos y cerró los ojos.

—¿Qué quieres que te diga?

—Quiero que me vuelvas a explicar por qué te estás precipitando tanto con esto. Mi cerebro ni siquiera lo ha procesado todavía. Pero te seré sincera: tengo que felicitar a Dilipollas por empujarte a tomar una decisión cuando dijo que te iba a dar tiempo. Pero, en serio, Emily… ¿Noviembre? Joder, si ya estamos en la primera semana de septiembre.

—Ya te lo he explicado, Liv, Dillon es el último nieto que falta por casarse y no creen que la abuela vaya a durar más de seis meses. Está muy enferma ahora mismo —replicó ella, acercándose a Olivia para que la ayudara a desabrocharse—. Su familia quiere verlo casado.

Oliva se levantó y avanzó con paso firme hacia ella.

—Vale, porque tú tienes que basar tu futuro en el fósil de su anciana abuela, que tal vez la casque una hora después de la boda.

—Esa no es la única razón, y lo sabes. ¿Sabes cuánto tiempo hay que esperar para una recepción en el Waldorf Astoria? Tres años, Olivia. Los padres de Dillon tienen contactos, y había una cancelación. Era la fecha que estaba disponible, así que la cogimos.

Oliva la ayudó a quitarse el vestido.

—Te guste o no, voy a decirte dos cosas más.

—Como ya me esperaba —suspiró Emily, mientras cogía un vestido acampanado de gasa que había escogido ella misma.

—Una: no había nada de malo en esperar tres años para meterte en el Waldorf si ese es el tiempo que realmente necesitas para pensarte bien todo esto. —Emily iba a intervenir, pero Olivia la silenció pegándole el dedo a los labios. Después, le puso las manos en los hombros y fijó la mirada en sus ojos verdes que ni siquiera pestañeaban—. Y dos: no has mencionado querer a Dillon como una de tus razones, amiga.

Emily le sostuvo la mirada un momento y, luego, se giró, metió los pies en el vestido que no la iba a hacer parecer una sirena y se lo enfundó hacia arriba.

—Sabes que lo quiero.

Olivia se plantó detrás de ella y le subió la cremallera del vestido. Se cruzaron las miradas en el espejo.

—También sé lo que ocurrió entre tú y...

—No —se apresuró a cortarla Emily, sentía ya esa punzada tan familiar y profunda en el estómago.

Aún tras ella, Olivia se inclinó y le susurró al oído:

—Se siente desgraciado, Emily. Trevor me ha dicho que nunca lo había visto tan fuera de sus cabales.

A Emily le dio un vuelco el corazón al pensar en el dolor de Gavin, pero no podía caer en eso... Ahora no. No estaba bien pensar en él. Por más que lo endulzara, estaba mal.

—No quiero hablar de esto ahora, Olivia —susurró, mientras bajaba del pedestal.

—Y tú también eres desgraciada, Emily. Lo veo. Desde aquella noche, no has sido la misma.

—No soy desgraciada —dijo, suspirando y tratando de desabrocharse el vestido—. Iba borracha y fue una mala decisión. Todo fue una mala decisión.

—¿Necesitas ayuda con eso? —preguntó con suavidad Olivia.

Emily suspiró notablemente aturdida.

—Sí, por favor.

Olivia la ayudó a bajar la cremallera del vestido y susurró:

—A veces las malas decisiones nos llevan a la gente adecuada, Emily.

Mientras Emily cerraba los puños hasta clavarse las uñas en las palmas, un escalofrío le recorrió el cuerpo, desde la punta de los pies a la raíz del pelo. Gavin le provocaba una constante oleada de emociones más fuertes y mucho más peligrosas de lo que ella hubiera pensado. La confusión, el sufrimiento, el dolor y el hecho de sentir un miedo increíble por él y por sí misma eran solo el principio de la tormenta que se fraguaba en el interior de su cabeza.

Todo eso le pasó por la cabeza en cuestión de segundos pero, antes de que la tormenta la engullera allí mismo, otra la asaltó. Esta tormenta en particular llegaba envuelta en un traje chaqueta de Valentino y una bufanda de seda de Hermès que se balanceaba al ritmo de sus tacones de aguja.

—Donna —dijo Joan a la asesora nupcial—, ya me encargo yo a partir de ahora.

La mujer, de mediana edad, miró a Emily.

—Está bien, Donna. —Emily sonrió—. Gracias por tu ayuda.

—De nada, señorita Cooper. Avíseme si necesita algo —respondió ella, antes de salir de la sala.

—Emily, no te estarás planteando llevar ese con falda de campana, ¿verdad? —preguntó Joan con un suspiro—. Es tan soso... Además, tienes una cinturita de avispa mucho más adecuada para este Elie Saab. —Le enseñó un vestido que Emily pensó que le haría sacar hasta la primera papilla.

Olivia soltó una risotada melodramática.

—Será broma, ¿no? No dejaría que se metiera dentro de eso ni muerta, y menos aún que recorriera el pasillo con ello. Parecerá una puñetera cacatúa.

Joan le disparó una mirada envenenada.

—Nunca se te ha dado muy bien morderte la lengua, ¿verdad, Olivia?

Olivia sonrió, pero sin una pizca de humor en la voz, espetó:

—Acojonante.

—Joan... —Emily cogió el vestido y Joan apartó los ojos de Olivia—. Me encanta Elie Saab, solo que no este modelo en concreto. —Emily volvió a colgar la masa de plumas y cogió un vestido de Monique Lhuillier que se había probado antes—. Creo que me voy a quedar con este. Me encanta el encaje sobrepuesto y el cuello cuchara. La manga larga también es perfecta para una boda en invierno.

Joan exhaló.

—Ese es el que te hace las caderas el triple de anchas.

Con los ojos como platos, Emily abrió la boca y volvió a cerrarla de golpe.

—La leche —dijo Olivia, frunciendo el ceño—. Emily, uno, estás demasiado delgada para que tus caderas puedan parecer anchas. —Lanzó a Joan una mirada asesina y volvió a mirar a Emily—. Dos, se va a enterar de lo que es bueno. —Se desabrochó los pendientes y se arremangó.

Joan endureció la mirada.

—No —intercedió rápidamente Emily, corriendo hacia

Olivia—. Tú siéntate, Liv —añadió con ojos suplicantes ante
su amiga. Olivia cruzó los brazos y se dejó caer en una silla
mirando a Joan con el ceño fruncido—. De acuerdo, me lo pro-
baré, pero ¿no tenías que irte pronto?

Joan desvió la mirada a su reloj y respiró hondo.

—Madre mía, es verdad —dijo entrecortadamente,
mientras recogía su bolso—. De acuerdo, entonces, te pro-
barás el Elie Saab. También le he enseñado a Donna uno de
estilo sirena que te quedará fabuloso. Asegúrate de que te lo
traiga. —Emily asintió y se le plantó una sonrisa en la
cara—. Excelente. Pues luego te llamo. —Joan se marchó
deprisa después de intercambiar unas miradas envenenadas
con Olivia.

Olivia se levantó de un salto de la silla.

—No piensas…

—¿Probarme esa cosa tan horrible? —la interrumpió
Emily, entre risas. Olivia se echó a reír con ella—. Olvídate de
lo que me dijiste: «No dejaré que te metas ahí dentro ni
muerta». Yo misma no me metería ahí ni muerta.

Emily se volvió a enfundar los vaqueros, el suéter rojo de
hombro caído y las Converse negras. Agarró el bolso de la silla y se dirigió al mostrador. Le confirmó a Donna que se quedaba con el vestido de Monique Lhuillier y entregó a la cajera
la tarjeta de crédito de Dillon para que cobrara. Tras progra-
mar unas cuantas citas para los ajustes, también acordaron
que la *boutique* se encargaría del vestido de dama de honor
para la hermana de Emily, que vivía fuera del estado. Sobrepa-
sada por la enormidad de todo aquello, Emily se sintió más
que satisfecha de salir de allí.

—Estoy hambrienta —anunció Olivia, mientras salían de
la *boutique* para sumergirse en el fresco ambiente de la ciudad—. Hay un restaurante japonés de moda no muy lejos de
aquí en el que sirven rollitos bastante decentes. ¿Quieres ir a
probarlo?

—Me apunto.

Después de unas manzanas, llegaron al restaurante. Antes
de entrar, Emily se paró y empezó a rebuscar en su bolso.

—¿Qué estás haciendo? —preguntó Olivia, con la mano

en la puerta. Emily la ignoró y siguió a lo suyo—. Hola, Emily. ¿Qué haces?

—Tengo un dolor de cabeza mortal. Estoy buscando el ibuprofeno que sé que tengo por aquí —respondió, mientras sus manos removían frenéticamente el revoltijo de recibos de la tarjeta de crédito, gafas y un neceser demasiado lleno. Lo encontró, sonrió y suspiró con alivio. Cuando echó a andar hacia la entrada, vio que a Olivia le cambiaba la cara de verdadera sorpresa.

Emily ladeó la cabeza.

—¿Qué ocurre? —Puso la mano en el hombro de Olivia.

—Mmm, date la vuelta, Em.

Emily frunció el ceño, miró a Olivia con intriga y se dio la vuelta.

«Ay, Dios…».

Tras soltar todo el aire de los pulmones, su cerebro procesó el BMW de Gavin aparcado en doble fila delante del restaurante. Colton estaba sentado en el asiento del conductor, sacudiendo la cabeza, y Gavin bajaba a trompicones no demasiado elegantes del lado del pasajero.

—Voy a buscar mesa —dijo Olivia.

—No, espera —susurró Emily, con gotitas de sudor sobre la frente a pesar del aire frío—. No te atrevas a dejarme aquí.

Olivia entrecerró los ojos marrones, pero mantuvo el tono monótono.

—Tienes que hablar con él. —Y, sin mirar atrás, abrió la puerta y desapareció en el interior del restaurante.

Con el corazón desbocado, Emily intentó recomponerse mientras él se le acercaba.

—Estás borracho —murmuró ella, al ver cómo se balanceaba de lado a lado.

Gavin se pasó la mano por el pelo negro alborotado y esbozó una media sonrisa.

—Y tú estás sencillamente preciosa.

La cadencia somnolienta de su voz alcoholizada casi consiguió reducirla a cenizas en pleno centro de Manhattan. Ella lo miró, intentando aún recuperar la compostura, y se le atragantó el aire en el fondo de la garganta. A pesar del as-

pecto desaliñado de Gavin, allí plantado ante ella, sin americana, con la corbata floja y las mangas mal remangadas,
Emily no había conocido jamás a un hombre tan impresionante en todos los sentidos. No solo físicamente, porque sabía Dios que a ella le parecía el hombre más *sexy* del pla-
neta… Era más que eso. La sola presencia de Gavin hacía que
se le pusiera la piel de gallina.

Él se le acercó a pasitos lentos e inestables.

—Estás preciosa… y prometida —dijo con suavidad,
mientras le agarraba la mano izquierda. Se la levantó y observó el anillo. Ella, aunque quería, no retiró la mano. No podía moverse, se quedó de piedra por el contacto.

—Mmm, con el dinero que tengo, creo que no te habría
comprado algo tan ordinario… Para una mano como esta, no.
Se merece mucho más. Yo hubiera escogido algo más elegante.

Y allí de pie seguían, él sosteniendo la mano de ella, mientras hordas de peatones los esquivaban en la acera sin que
ellos se percataran. A su alrededor, sonaba y retumbaba una
estrepitosa mezcla de cláxones, risas y música de un club cercano, pero ninguno de los dos oía nada. Estaban totalmente
perdidos el uno en el otro en aquel momento y nada más existía. Emily le apartó la mirada y, nada más apartarla, Gavin le
agarró la barbilla y le levantó la cabeza para que lo mirara directamente a sus ojos azules. Un débil jadeo fue lo único que
logró abandonar los labios de Emily.

—Después del breve encuentro que tuvimos, jamás pensé
que Dillon fuera a ser el afortunado que deslizaría un anillo
en este precioso dedo.

Emily, que respiraba con dificultad, tragó saliva y siguió
mirándolo fijamente. La determinación franca, implacable y
sexy de Gavin la derritió.

—Estaba borracha —susurró ella, sin apartar los ojos de
Gavin—. Mira… yo solo necesitaba hacer borrón y cuenta
nueva contigo.

Sin dejar de sostenerle la barbilla, le deslizó el pulgar sobre
los labios y bajó el tono tanto como ella:

—Harás el mismo borrón y cuenta nueva conmigo que yo
contigo. Es imposible.

Sin darle tiempo a procesar las palabras, Gavin inclinó la cabeza, se aproximó a su boca, le atrapó el labio inferior entre los dientes y comenzó a succionar con suavidad. Ella lo empujó hacia atrás ligeramente; su resistencia no fue mucha, por decirlo con finura. Y mientras le deslizaba la lengua sobre el labio, le sujetó con mayor fuerza la barbilla, lo justo para que ella no pudiera moverse. Gavin soltó un largo gemido y sus dientes lanzaron una última ofensiva de infarto contra el labio de ella. Una sonrisa respetuosa, que Emily habría visto si no hubiera tenido los ojos cerrados, se dibujó en la cara de Gavin. Y entonces, se dio la vuelta con un giro grácil y se alejó; Emily se quedó allí esforzándose por recobrar el aliento. Con la mano en la puerta del restaurante, Emily, jadeante, observó cómo se sentaba en el asiento del pasajero y, para cuando quiso darse cuenta, ya había desaparecido entre el tráfico.

Cuando se le pasó el subidón de la euforia y la impresión, entró en el restaurante con paso vacilante, las braguitas mojadas, más confusión aún y una sed increíble de sake.

13

Confesiones en todos los sentidos

$\mathcal{E}$mily se convenció de que estaba mentalmente preparada, pero no podía haber estado más equivocada. Mientras ella y Dillon saludaban a sus invitados la noche de su fiesta de compromiso, el miedo empezó a provocarle vértigo. Se miró el reloj y una ristra de emociones empezó a pasar por su mente, consciente de que pronto vería a Gavin. El peso de las emociones hacía que se sintiera como si sus nervios se estuvieran deshilachando como una cuerda, fibra a fibra. El torbellino de pensamientos frenó al sentir la suave caricia de Dillon en su brazo. Tenía que centrarse en él toda la noche, y solo en él, por más difícil que resultara.

—¿Estás bien? —preguntó Dillon, arrastrándola a un abrazo. Le plantó un beso en los labios y le apartó el pelo de los hombros.

—Sí, estoy bien —respondió ella, deslizando las manos bajo las solapas del traje negro de Dillon.

—Bueno, estás preciosa esta noche —canturreó él—. Puede que seas mi postre cuando todo esto acabe.

—Te he oído, Dillon —irrumpió la voz de Lisa que cortó hasta el aire. Una ceja arqueada enmarcaba sus ojos avellana—. Por favor, evita llamar postre a mi hermanita.

Dillon sonrió entre dientes y estrechó más a Emily.

—Pero es que es tan... apetecible, Lisa. En serio, siempre quiero más.

Emily sacudió la cabeza y se rio.

—Está bien, no quiero escuchar lo apetecible que es, en serio. —Dio un empujoncito al brazo de Emily para librarla del abrazo—. Me gustaría hablar con mi hermana en privado un segundo, si te parece bien.

—Toda tuya —dijo él, tras lo cual le dio un último beso en los labios a Emily.

Lisa la cogió de la mano y la hizo cruzar entre el barullo de invitados hacia la sala de banquetes. Emily no dejó de sonreír y saludar durante todo el trayecto.

Mientras las hermanas se abrían paso a través de los invitados, Emily se dio cuenta de que los padres de Dillon no habían reparado en gastos. El restaurante estaba realmente precioso. En un rincón, al lado de una enorme ventana que daba al puerto de Nueva York, se erigía una barra de caoba. Había sofás de piel roja y sillones orejeros a juego repartidos por toda la sala. Había candelabros decorativos colgados en las paredes y una exquisita araña a media luz presidía el lugar. Junto a un piano de cola Mignon, que lanzaba las notas al aire, había una chimenea chisporroteante que confería un carácter romántico a la velada.

Doblaron una esquina, se metieron en un salón vacío y Lisa cerró la puerta. Entonces, con las manos sobre los hombros de Emily, endulzó la mirada con preocupación y dijo:

—Sé que estás hecha un manojo de nervios.

Emily hizo aspavientos con una mano y sus labios esbozaron una nimia sonrisa.

—¿Tan obvio es?

—Para los demás no, pero yo te conozco mejor que nadie —respondió suavemente, y le cogió la mano—. ¿Ha llegado ya?

—No. Créeme, cuando llegue, lo sabrás —contestó Emily, con una sonrisa nerviosa. Se mordió el labio, hizo una pausa y relajó las facciones—. Desearía que mamá estuviera aquí, Lisa.

—Ay, cariño, y yo —susurró Lisa, que se inclinó para abrazarla. Emily la estrechó entre sus brazos y esa calidez les recordó a la mujer a la que todavía lloraban. La pena se inflamó en el pecho de Emily como un morado reciente—. Pero, si estuviera aquí, te diría que hicieras lo que te pide el corazón.

PULSIÓN

No te facilitaría la decisión. Tú tienes que saber, como mamá sabría, si esto es lo que quieres.

Con un atisbo de duda, ella respondió:

—Sí, es lo que quiero.

—De acuerdo, entonces, vamos a disfrutar de la fiesta. —Lisa agarró a Emily de la mano y echó a andar para volver al comedor principal.

Había el doble de invitados, la mayoría familiares, compañeros de trabajo y amigos de Dillon. Por supuesto, Emily había conocido a algunos de ellos durante el último año, pero la mayoría conformaban un manchón distante de tías, tíos y primos de Dillon con los que había coincidido brevemente en alguna reunión familiar. En pocas palabras, la gente que Emily conocía entre los presentes cabía en una sola mesa.

En ese momento, se sintió extrañamente sola en una sala repleta de gente… Hasta que sus ojos se cruzaron con los de Gavin. El mundo se detuvo para ella. La música pasó a ser un susurro de fondo y las voces enmudecieron. De nuevo, aunque nadie más pudiera percibirla, la conexión innegable entre ellos se palpaba en el ambiente. Ahí estaba: constante e inquebrantable. Le costaba respirar con la apabullante oleada de emociones que se apoderaba de ella y la arrastraba, golpeando y rugiendo con una intensidad que superaba todas sus fuerzas.

Lo repasó con la mirada. Vestía un traje color carbón que ocultaba su maciza y, sin embargo, elegante figura. Debajo, llevaba una camisa blanca y una corbata a rayas negras y grises. Su pelo negro y lustroso parecía alborotado de un modo muy *sexy*, como si no se hubiese molestado en peinarse después de la ducha. Era la imponente presencia del poder refinado, la excelencia económica y el porte impecable. Una fuerza que, sencillamente, a ella no podía pasarle desapercibida. A pesar de estar envolviendo con el brazo a una mujer que Emily pensó que era de las más bellas que había visto nunca, los ojos de Gavin seguían clavados en los de Emily. Le lanzó una sonrisa que consiguió desarmarla y sumirla en un mar de deseo, anhelo y necesidad del que tuvo que resurgir con gran esfuerzo.

221

Lisa estrechó la mano sudorosa de su hermana y, con una mirada curiosa, le preguntó:

—¿Es él?

Emily asintió y se le hizo un nudo en la garganta al ver que Dillon se acercaba a Gavin y le hacía un gesto a ella para que se acercara. Se humedeció los labios secos, apretó la mano de Lisa y comenzó a atravesar la sala con inquietud.

«Dios, es tan bonita», pensó Gavin mientras la veía acortar la distancia entre ellos. El cuerpo de Emily se contoneaba con elegancia bajo su vestido de noche de seda esmeralda. Los ojos de Gavin le recorrieron las estupendas piernas hasta las sandalias plateadas de tacón de aguja que le adornaban los pies. Intentó evitar que sus ojos recorrieran el camino de vuelta por las sutiles curvas y los largos mechones de pelo caoba. Se esforzó por apartar ese anhelo tan familiar, pero, a medida que ella se iba acercando, el cuerpo de Gavin iba respondiendo. Notó que se le dilataban las pupilas al ver que ella se pasaba la lengua por los labios, algo que dirigió el bombeo de su sangre hacia las extremidades con una fuerza brutal.

Deseaba hasta el último centímetro de la piel de Emily: el aroma dulce de aquel aliento sobre sus labios hambrientos, el sabor de aquella lengua, el tacto suave de aquella piel y el sonido de aquella voz ronca que le susurraba al oído. Ella era un castigo para sus sentidos, una sed constante que había que calmar. Había podido catarla, pero temía que lo único que le quedara fuera el instinto de desearla cada vez más y la necesidad de volver a sentirla, una y otra vez. A pesar de todo, lo que más lo cautivaba eran sus ojos: esos profundos estanques de un verde seductor que parecían traspasarle hasta el alma misma. Tal vez estrechó la cintura de Stephanie pero, en su mente, tenía las manos sobre Emily.

Cuando Emily y Lisa llegaron, Dillon sujetó a Emily y la abrazó por detrás, pegándole el pecho a la espalda.

—Nena, esta es la acompañante de Gavin, Stephanie.

Emily sonrió y cogió aire lenta y temblorosamente.

—Encantada de conocerte, Stephanie.

—Igualmente —contestó ella al tiempo que se colocaba unos mechones de pelo color miel tras la oreja. Las facciones de su rostro de porcelana acentuaban sus enormes ojos—. Os felicito por vuestro compromiso.

—Gracias —dijo Emily.

La mirada de Gavin captó la de Emily con una sonrisa en la cara.

—Sí... Felicidades.

Ante esa voz tan apacible, fresca y serena, Emily no pudo evitar pensar si era ella la única de allí que estaba hecha un manojo de nervios. Sonrió y se limitó a dar las gracias asintiendo. Acto seguido, le dio un vuelco el estómago ante la chispa de diversión que juraría haber visto en los ojos de Gavin ante su gesto.

—Es una suposición —añadió Gavin, volviéndose hacia Lisa—, pero debe de haber alguna relación entre Emily y tú. Vuestros rasgos son sorprendentemente similares.

—Sí —aclaró ella—, soy su hermana.

—Mmm, ¿menor o mayor? —preguntó desenfadadamente con una sonrisa que le marcaba los hoyuelos.

—Qué encantador es. —Lisa rio, miró a Emily y volvió a centrarse en Gavin—. Soy diez años mayor, pero gracias por el cumplido.

—Ya te digo —sentenció Emily, que se movió, inquieta, junto a Dillon. Gavin esbozó una sonrisa, pero no dijo nada.

—Me reservaré mi opinión sobre eso —comentó Dillon con una sonrisa maliciosa. Gavin sacudió la cabeza—. Pero, por ahora, necesito otro trago. Cielo, ¿quieres otra copa de vino?

Solo existía un modo de sobrevivir al resto de la noche. Emily sonrió.

—Tomaré algo más fuerte.

Dillon asintió y se fue.

Gavin mostró a Emily otra pincelada de diversión en los ojos. Estaba segura de que él notaba que ella empezaba a desfallecer y por eso le estaba buscando las cosquillas. Antes de que Emily pudiera obcecarse demasiado en su deseo de atizarle un puñetazo en la cabeza, se acercaron Trevor y Fallon. Emily les sonrió, contenta de que la pareja funcionase. Ambos disfrutaban verdaderamente de estar juntos y parecían la combinación perfecta de fuego y hielo. Suponía que Dillon discreparía, porque se había reído del asunto del cortejo nada más enterarse. Sin embargo, Emily estaba encantada porque sabía que Dillon no tendría más remedio que aceptar a Fallon como amiga. Para sellar el trato, Emily había convertido a Fallon en una de sus damas de honor.

Se hicieron las presentaciones formales entre Stephanie y Fallon, y Trevor pidió permiso para llevarse a Emily a la pista de baile. Ella asintió, le puso la mano sobre el brazo doblado y se dejó guiar hasta la pista. Cuando empezaron a bailar, el pianista tocaba *Summer Wind*, de Frank Sinatra.

—No sabía que te gustaran los bailes lentos —dijo ella, levantando la cabeza para mirarlo.

Él rio entre dientes.

—A decir verdad, no me gustan. En realidad, los odio. —Emily lo miró con intriga—. Solo quería hablar contigo de lo que te dije la última vez que hablamos.

Emily sabía que se estaba refiriendo al lío entre ella y Gavin. La había cogido por sorpresa que Trevor la llamara para expresarle su punto de vista sobre la situación. No fue duro con el asunto, pero su enfoque no fue precisamente comprensivo, por decirlo con sencillez.

—Ah. —Emily asintió—. Bueno, me explicaste que te ponía en una situación incómoda. Y lo entiendo, pero, sinceramente, no va a pasar nada más entre nosotros.

La cara de Trevor se relajó y bajó la voz:

—Te considero mi hermana adoptiva y quiero disculparme por las cosas que te dije… Bueno, sobre todo, por cómo te las dije. Solo quería que supieras que si tú y Gavin decidís seguir con esto, no es asunto mío. Ambos sois adultos y son vuestras vidas. ¿Sería una situación extraña para mí porque soy amigo de Dillon? Por supuesto, pero tendría que aprender a gestionarlo.

Ella ladeó la cabeza y abrió los ojos como platos.

—Trevor, ahora estoy prometida y, como te he dicho, no va a pasar nada más entre nosotros. —Una mueca temeraria iluminó las facciones de Trevor, con clara mofa hacia ese comentario—. ¿Por qué pones esa cara?

—Puede que lleve gafas, Emily, pero no estoy ciego.

—¿Qué se supone que significa eso? —preguntó ella, echándose un poco hacia atrás.

Él volvió a empujarla suavemente hacia adelante.

—Uno, conozco a Gavin desde que éramos niños y la perseverancia para perseguir lo que quiere no ha sido nunca un problema para él. Y dos, aunque no te conozco desde hace tanto como a él, te lo veo en la cara cada vez que lo miras.

Ella paró de balancearse al ritmo de la música, pero Trevor siguió moviéndose.

—No quiero hablar de esto —dijo Emily con una sonrisa, tratando de parecer impertérrita en aquella sala atestada.

—Me parece bien. Solo quería dejar las cosas claras.

—Bueno, te agradezco tus bendiciones, que, en este caso, no son necesarias, *papi*. —Él se rio—. Y ahora pasemos al siguiente tema, ¿quieres?

—Claro. —Trevor sonrió—. Y, entonces, ¿qué piensas de que Dillon vaya a estar fuera unos días en octubre?

—¿Va a estar fuera? No me ha dicho nada de eso.

—Sí, los dos estaremos fuera. La empresa nos manda a Florida por viaje de negocios con el fin de hacernos con la cuenta de un magnate japonés, Takatsuki Yamamoto. —Se las vio y se las deseó para pronunciar el nombre correctamente.

Emily frunció el ceño.

—Espera, Dillon me dijo que ya había conseguido esa cuenta.

—No, aún no —negó él, sacudiendo la cabeza—. Te habrás confundido con otra. Estamos intentando captarla ahora.

Escarbando en su memoria, Emily estaba casi segura de que había sido la excusa que Dillon le había puesto para saltarse su cita en Central Park. Recordaba que le había dicho que estaba en Nueva Jersey, pero, con todo lo que había pasado desde entonces, empezaba a dudar de sí misma.

El carraspeo de Dillon la apartó de sus pensamientos.

—¿Puedo interrumpir? —preguntó y miró a Trevor.

Trevor se rio entre dientes mientras le hacía una elegante reverencia.

—Adelante. Vuelvo dentro de un rato.

Trevor volvió junto a Fallon, Stephanie y Gavin. Olivia y Tina también se habían unido al grupo.

Con una sonrisa, Dillon puso una mano en la cintura de Emily.

—¿Te lo estás pasando bien? —susurró sobre la melena de ella, mientras le acariciaba un brazo con la mano libre.

—Todo esto es un poco apabullante ahora mismo, pero sí. —La estrechó más—. ¿Puedo preguntarte algo, Dillon?

—Siempre que sea sobre en qué posiciones tengo pensado ponerte cuando te quite este vestido de encima, sin duda.

Ella suspiró.

—Hablo en serio, Dillon.

—De acuerdo, está bien. —La sinceridad brilló en su rostro—. ¿Qué pasa?

—¿Por qué me dijiste que estabas en Nueva Jersey la mañana que se suponía que habíamos quedado en Central Park?

Él ladeó la cabeza y le presionó con la mano su cintura.

—Porque estaba en Nueva Jersey. Eso fue hace semanas. ¿Por qué me lo preguntas ahora?

—¿A qué vas a Florida en octubre?

Dillon dejó de moverse y entornó los ojos.

—¿Por qué respondes a mi pregunta con otra pregunta?

—Porque tú no has contestado la mía —replicó ella, sin vacilar.

Dillon dejó caer las manos a los lados.

—Emily, ve al grano, joder.

Observó el comportamiento de Dillon, desconcertada.

—Me dijiste que estabas en Nueva Jersey aquella mañana porque un tipo de Japón había volado hasta aquí y quería reunirse contigo en persona, ¿no es así?

—Sí, Emily, quería reunirse conmigo. Quedé con él y conseguí la cuenta para mi empresa. Te lo repito: ve al puto grano ya.

Emily respiró hondo, aún desconcertada por cómo estaba reaccionando Dillon a su escrutinio.

—El grano, Dillon, es que Trevor me acaba de contar que, dentro de un par de semanas, los dos os vais de viaje a reuniros justamente con el mismo japonés, cuya cuenta has dicho que ya habías conseguido.

Emily observó cómo él paseaba los ojos por la sala como si estuviera valorando qué decir. Mientras esperaba la respuesta, ella cruzó los brazos con impaciencia.

Dillon se pellizcó el puente de la nariz y volvió a buscarle la mirada.

—De acuerdo, te mentí.

—¿Qué? —preguntó ella sin aliento. Se sintió como si le subiera la bilis por la garganta—. ¿Dónde estabas?

Ella le empujó para alejarse, pero él la rodeó con los brazos y la atrajo hacia sí.

—Fue la mañana que… —Vaciló un segundo—. Que fui a recoger el anillo de compromiso. —Ella abrió la boca para hablar, pero él continuó—. Creían que había un problema con el engarzado y tuve que esperar. Casi me da algo al pensar que tendría que ir a otro sitio a buscar otro modelo.

Antes de que ella pudiera seguir preguntando, la madre de Dillon se acercó, con su pelo rubio recogido en un moño bien tenso.

—Dillon, el tío Bruce y la tía Mary acaban de llegar. No se encuentran muy bien por el enfisema. Dichosos fumadores. Sea como sea, quieren saludaros. Hacedme el favor de acercaros y estar un rato con ellos.

Lanzando la mano al aire, Joan señaló a la pareja que estaba cómodamente sentada en una mesa de la otra punta de la sala. Cada uno tenía su propia máquina de respiración asistida al lado.

Dillon cogió a Emily de la mano.

—Claro, vamos enseguida.

—En realidad, tengo que ir al baño —replicó Emily, alejándose—. Ve tú solo y yo ahora mismo voy.

Dillon se pasó la mano por el pelo, la miró y asintió. Mientras él cruzaba la sala con su madre, Emily soltó un suspiro. No necesitaba ir al baño. Necesitaba aclararse las ideas porque la confusión le nublaba la mente. No entendía por qué le había seguido mintiendo, incluso después de descubrir que ella sabía lo de su próximo viaje. Entendía que aquella mañana en concreto no hubiera podido decirle dónde estaba, especialmente si estaba de verdad comprándole el anillo, pero aquí y ahora, ¿por qué no confesar directamente? Cuando uno de los camareros se acercó con un más que necesario champán burbujeante, se apresuró a coger dos copas de la bandeja, se tomó una de golpe y dio las gracias al camarero. Con eso, se volvió hacia la terraza y descubrió que Gavin vigilaba todos sus movimientos. Lo ignoró y salió fuera.

Gavin se movió con inquietud en la silla y trató de apartar los ojos de Emily, cuando esta salió del restaurante. Parecía una princesa… Tan bonita que la necesidad de tocarla le dolía en el pecho. A pesar de las risas y la conversación de Stephanie, Fallon y Tina a su alrededor, no podía resistirse a las ansias de encontrar un modo de seguirla. Su oportunidad llegó cuando Trevor se unió al grupo.

—¿Alguien necesita un trago? —preguntó Trevor—. Voy a la barra.

—A Tina y a mí, tráenos un Alabama Slammer para cada una —pidió Olivia, mientras se ajustaba las tiras de su vestido plateado—. No, mejor aún tráenos dos para cada una.

Trevor asintió a la petición. Gavin se levantó y sonrió.

—Yo necesito otra copa y daré el paseo contigo. —Se volvió hacia Stephanie—. ¿Quieres algo?

—No, gracias.

Gavin se sintió rastrero por dejar sola a Stephanie, pero echó un vistazo entre la gente en un intento de localizar a Dillon. Lo encontró enfrascado en una conversación con unos cuantos hombres de su quinta y se imaginó que serían sus amigos del instituto o la universidad. Mientras él y Trevor se acercaban a la barra, y a juzgar por la mirada de Trevor, a Gavin le pareció evidente que su amigo sabía que algo pasaba.

Trevor hizo el pedido al camarero y se volvió hacia Gavin.

—No quieres un trago, ¿verdad?

—No —confirmó Gavin, paseando la vista por la sala—. Quiero hablar con Emily un rato. Échale un ojo a Dillon por mí.

El camarero deslizó las copas hacia Trevor.

—¿Y qué pasa con Stephanie?

—Dile a Olivia que la mantenga ocupada; estará bien.

Trevor sacudió la cabeza, levantó su copa y dio un trago.

—Estás jugando con fuego, amigo.

—Tú haz lo que te pido.

Sin decir nada más, Gavin se adentró en la multitud y corrió como una flecha entre el laberinto de vestidos de noche y trajes a medida. Cuando salió a la terraza, se encontró con Emily, que estaba de espaldas a él, con el pelo caoba ondeando al viento fresco de finales de septiembre. Era como si el cuerpo de ella, aunque ajeno a su mirada, lo estuviera llamando. Había intentado por activa y por pasiva mantenerse alejado de ella. Las últimas semanas habían sido un infierno y había tratado de protegerla y de protegerse evitando ir al trabajo de Emily o presentarse en su casa cuando sabía que Dillon no iba a estar. Sin embargo, verla, estar ahí con ella, disfrutar de su presencia, hacía que se sintiera como si le hubiesen poseído el cerebro. De cada una de sus neuronas se desprendía tal tormenta de chispas que no podía creer que su cuerpo fuera capaz de contenerse. Lo sorprendía que no se le resquebrajara la piel en un millón de pedacitos brillantes. A pesar del contexto en el que estaban, tenía que acercarse a ella.

Dio un paso adelante y, como si lo hubiera percibido, ella se dio la vuelta y un mechón de pelo sedoso se le quedó atrapado en la boca.

—¿Qué haces aquí? —susurró ella, temblorosa.

Él siguió avanzando hacia ella hasta dejar tan solo unos centímetros de distancia entre ambos.

—Necesito hablar contigo.

—No hay nada de qué hablar —sentenció ella, volviéndole de nuevo la espalda.

—Tenemos mucho de qué hablar y vas a darte la vuelta para mirarme, Emily —susurró él con rudeza y ese clásico tono dominante masculino. Siguió acercándose.

El tono llamó la atención de Emily, cuyo corazón se detuvo de golpe antes de desbocarse de nuevo. Se giró y miró a Gavin directamente a los ojos. Él la miraba como si intentara leerle la mente y ella se sintió desnuda ante él. Era un hombre tan atractivo, peligroso y seguro de sí mismo, que Emily casi sintió náuseas. A pesar de la arrogancia de su orden, había logrado arrastrarla a un vórtice de deseo. Como si fuera una adolescente cabreada con su padre, Emily cruzó los brazos y esperó a que él hablara.

—¿Me sientes cuando no estoy contigo, Emily?

Ella se echó a reír nerviosamente con los ojos brillantes y desconcertados.

—¿Qué quieres decirme con eso?

—Lo que acabas de oír —gruñó él—, porque yo te siento aunque no estés conmigo. Y, ahora, responde a mi pregunta.

—Otra vez con eso, ¿eh?

—Sí. Y, ahora, contéstame con esos preciosos labios que tienes —ordenó, acercándose aún más.

El peso de la pasión, la lujuria y el deseo resquebrajó a la mujer de cristal que habitaba bajo la piel de Emily. Sus partículas se esparcieron y volvieron a recomponerse en el hombre que ocupaba todos y cada uno de sus pensamientos: el hombre que tenía justo delante. He ahí su talón de Aquiles. No iba a negar más lo que sentía, ni ante él ni ante sí misma. Gavin la había llevado al límite y no había vuelta atrás. Le dio un vuelco el estómago, consciente de que iba a confesar, y en especial por la magnitud de lo que iba a confesar.

—¿Quieres oírmelo decir? —siseó ella.

Gavin la sentía intensamente en ese momento. Con toda la intención del mundo, hizo algo que sabía que la sacaría de quicio: se mordió lentamente el labio inferior sin dejar de clavarle la mirada.

—Sí, quiero oírtelo decir.

—¡Está bien! Tengo tantas ganas de follar contigo tanto como tú conmigo —espetó con un susurro—. He querido follarte desde el momento en que te vi. He soñado contigo. Te siento cuando no estás conmigo. Hasta me he masturbado pensando en ti. ¿Estás contento ahora?

Joder, no podía contar las veces que él había pensado en ella, pero no era eso lo que lo impulsaba. La cara de Gavin se transformó en una mezcla de sorpresa, rabia y dolor ante la acusación implícita de ella.

—No, no estoy contento. ¿Crees que esto va de que te quiero follar?

Al escuchar eso, ella volvió a reírse.

—Venga ya. ¿De qué va a ir, si no? Sé que soy ingenua en algunas cosas, pero no soy imbécil, Gavin.

Algo en los ojos y en la postura corporal de Emily hizo subir la temperatura de Gavin. El punto de vulnerabilidad en la voz de ella se le clavó en el pecho y lo desgarró, vaya si lo desgarró. Pero esa combinación de desafío y rabia, esa voz, convirtió el deseo por ella en una enfermedad dolorosa. Dio un paso hacia ella, le rodeó la cintura, se la acercó a la pelvis y se la llevó a un rincón discreto. Hasta entonces habían tenido suerte, pero sabía que solo era cuestión de tiempo que se les acabara.

—¿Qué haces? —preguntó, enojada y resistiéndose, mientras sus tacones repiqueteaban frenéticamente contra el hormigón.

Mientras la arrinconaba contra una de las paredes laterales de la terraza, la ira crecía intensamente en el interior de Gavin. Sus ojos azules la miraban fijamente con expresión taciturna y dura como el granito en el espacio escasamente iluminado.

—Esto no tiene nada que ver con que te quiera follar.

—¿Ah, no? —jadeó ella, apartándose de la cara el pelo alborotado por el aire.

—No, porque no olvidemos que podría haberte follado. —Gavin apoyó una mano en la pared por encima de la cabeza de ella para pegarse a su cuerpo. Ella le plantó las manos contra el pecho y trató de apartarlo, pero él tenía mucha más fuerza. Le rozó la oreja con los labios y le dijo en un lento y atractivo suspiro—: Te podría haber follado una... y otra vez... y otra más todavía, y podría haberlo hecho muy bien, pero me detuve porque no es eso lo que quiero de ti.

Con el pecho hinchado, el corazón desbocado y las bragas empapadas de deseo, Emily desvió la mirada.

—Entonces, ¿qué quieres de mí, Gavin? —preguntó en un suspiro exasperado.

Él le agarró la barbilla y la obligó a mirarlo. Sus ojos, de un intenso azul cielo, ardían sobre los de ella.

—¡Joder, Emily, quiero un nosotros! Tu sitio está conmigo, no con él. —Casi rugió su declaración—. Cada centímetro de ti está hecho para mí. Tus labios para besarme, tus ojos para mirarlos al despertarme cada mañana en mi cama y tu lengua para pronunciar mi puñetero nombre. Estoy más seguro de lo nuestro que del aire que respiro.

Las palabras de Gavin la dejaron sin aliento. Parecía estar al borde de las lágrimas e hizo el ademán de hablar, pero Gavin levantó la mano de repente, le tapó la boca y sacudió la cabeza. Al principio no entendió por qué lo hacía, pero entonces oyó las voces de Dillon y Trevor. Se le aceleró el corazón y miró a Gavin con los ojos como platos.

—Bueno, ¿dónde está? —preguntó Dillon, con la voz cargada de rabia y preocupación—. Y, ¿dónde narices está Gavin?

Trevor tardó un instante en contestar y, con lo rápido que le iba el corazón a Emily, estaba segura de que Dillon acabaría por oírlo. No tenía más que girar la esquina y los encontraría, a ella y a Gavin, entre las sombras.

—Había demasiado ruido en la sala y Gavin tenía una llamada de negocios. Ha subido a buscar un sitio tranquilo. —Trevor carraspeó unas cuantas veces—. Volvamos dentro y pediré a Olivia que vaya otra vez a mirar en el cuarto de baño.

Emily oyó el fuerte suspiro de Dillon y, entonces, sus pasos se alejaron.

Mientras el oxígeno volvía a llenar los pulmones vacíos de Emily, Gavin le retiró despacio la mano de la boca. A pesar del sonido distante de risas y conversaciones, entre ellos, cayó el silencio. Se miraron. Emily se separó de la pared y echó a andar, pero nada más empezar, Gavin la llamó. Ella se detuvo de golpe, pero no se volvió para mirarlo. Él se acercó por detrás, le bajó los brazos y le habló muy cerca de su cuello, donde quedaron amortiguadas sus palabras.

—Yo nunca te haría daño, Emily. Deja de resistirte a mí. Deja de resistirte a lo que ya sabes.

Con el tacto embriagador y excitante de Gavin, el corazón le martilleaba en el pecho, pero no se giró. No podía. Volvió a entrar en la sala de fiestas con las piernas temblorosas y la repentina necesidad de adormecer los pensamientos que le rondaban por la cabeza. Echó un vistazo a la sala para asegurarse de que Dillon no estuviera a la vista. Tras cerciorarse de que la zona estaba despejada, empezó a serpentear entre los invitados sin dejar de dar mil vueltas a que Dillon los podría haber pillado. Al notar que una mano le sujetaba el codo, un subidón de adrenalina le agitó el cuerpo, pero, al ver que era Olivia, dejó caer los hombros, relajada.

—Ven conmigo —la instó Olivia, que la empujó hacia la parte delantera del restaurante. Cuando salieron, le dio una caja de aspirinas—. Dile a Dillon que tenías dolor de cabeza y que has pedido que traigan el coche porque tenías que coger esto de la guantera.

—El tique del aparcamiento lo tiene Dillon —susurró apuradamente Emily.

Olivia esbozó una sonrisa.

—No te preocupes por eso. A este me lo follaba antes —dijo, y señaló a un aparcacoches desgarbado que las miraba.

Con una media sonrisa en la boca, Emily miró al tipo y después a Olivia de nuevo.

—¿Qué? —dijo Olivia—. Fue antes de empezar a acostarme con mujeres, y me debía un favor. Ya he hablado con él y me ha dicho que corroborará la historia si es necesario.

Emily asintió.

—De acuerdo. Funcionará, ¿verdad?

—Bueno, tu prometido está muy cabreado —respondió ella, arrugando la nariz—, pero, sí, la excusa colará.

Dicho esto, ambas volvieron a la fiesta y, nada más entrar, la mirada de Emily se topó con la de Gavin. Volvía de la terraza y la miraba con el mismo interés que ella a él. Se acercó a Stephanie, le cogió la mano y habló con ella un momento. Después, él y Stephanie echaron a andar de la mano, se abrieron paso entre la multitud, directamente hacia ella.

Olivia le dio un empujoncito en el brazo.

—Bueno, busca el lado bueno de todo esto, nena.

Emily la fulminó con la mirada. No tenía nada de bueno. Era doloroso, confuso y agotador, pero no pudo decírselo a Olivia, porque Gavin y Stephanie ya estaban a su lado.

Gavin lucía una sonrisa, pero Emily apreció un dolor evidente en sus ojos.

—Se está haciendo tarde, así que nos vamos a ir —anunció

él, mirando a Emily—. Dile a Dillon que ya hablaremos durante la semana.

Emily asintió y, de algún modo, le entraron ganas de consolarlo. Después de esa noche, sabía que ambos se acostarían lamiéndose las heridas... O por lo menos, ella sí.

—Se lo diré —respondió, en un tono que apenas superaba el susurro.

—Me ha encantado conocerte. —Stephanie sonrió—. De nuevo, felicidades para ti y tu prometido.

—Gracias —contestó Emily.

Olivia se inclinó para abrazar a Gavin. Cuando lo soltó, él echó una última mirada agotada a Emily y, sin añadir nada más, salió del restaurante con Stephanie.

A pesar de que casi no tomó alcohol, Emily se sentía ebria tras la marcha de Gavin. El dolor y la confusión siguieron azuzándola toda la velada. Olivia tenía razón. Dillon se tragó la historia de la aspirina para el dolor de cabeza, pero ella no se sintió mejor por ello. Mientras hablaba con los invitados, no paraban de venirle a la cabeza las palabras de Gavin, que le perforaban el corazón a fuego y le robaban el último remanso de esperanza. No hacía más que unos meses, creía que podría romper alguna de las muchas corazas de Gavin.

Y, sin embargo, aquella noche, Gavin había roto todas las de ella.

14

Rota

Emily volvió a toser con fuerza. No dejaba de mirar a Dillon mientras este rodeaba el taxi después de cerrarle la puerta. Aparte de que Gavin iba a estar allí esta noche, se sentía como una mierda y le dolía el cuerpo de la cabeza a los pies. Ahora mismo, Gavin le haría sentir más dolor aún. Seguía sin creer que se hubiera dejado convencer por Dillon, pero esa persistencia implacable y el tono intolerante no le dieron otra opción. Ya borracho, se sentó en el asiento trasero como pudo e indicó al conductor dónde se dirigían.

Después de rebuscar la cartera en los pantalones, miró a Emily.

—Venga, cariño. Ya deberías sentirte mejor.

Entre la peste a alcohol de su aliento y las náuseas que sentía por la medicación que se había tomado, creía que iba a vomitar allí mismo.

—No, Dillon, no me encuentro mejor. —Suspiró, apoyando la cabeza contra la ventana. Un bar lleno de gente era el último lugar donde quería estar en esos momentos—. No entiendo qué pasa si no voy.

Él negó con la cabeza, se acercó más y le pasó el brazo por los hombros.

—Es el cumpleaños de Trevor; hay que ir.

—He hablado con él antes. Le he dicho que estoy enferma y que no podría ir. —Después de otro ataque de tos, añadió—: Me ha dicho que no pasaba nada.

—Bueno, no olvides que mañana por la mañana me voy a

Florida unos días. —La atrajo hacia sí y colocó sus piernas sobre el regazo—. ¿No quieres pasar un rato conmigo antes de
que me vaya?

—No tiene nada que ver con eso y lo sabes —respondió,
tosiendo—. Nos podríamos haber quedado en casa. Además,
no entiendo por qué quieres salir esta noche si tu vuelo sale
tan temprano.

Él se acercó a su oído y la acarició por debajo de la falda;
con los dedos trazaba pequeños círculos sobre el encaje de sus
braguitas.

—¿Y qué problema hay con que vuele a esa hora? Esperemos que tú puedas conmigo cuando vuelva a casa.

Intentó apartarle la mano y, de repente, cayó en la cuenta.

—No creerás en serio que vas a echar un polvo esta noche,
¿verdad? —preguntó, apartándose de él, sorprendida de que
pensara en eso. Estaba enferma y él lo sabía.

Con un movimiento ágil, la atrajo hacia él sujetándole de
un brazo. Le puso una pierna encima para que no se moviera.

—Sé que voy a echar un polvo esta noche, Em. —Le pasó
la lengua por el cuello al tiempo que volvía a meterle mano
bajo la falda—. Estaré fuera unos días. Necesito una dosis de ti
para pasar este tiempo.

—Suéltame, Dillon. ¡Vas mamado! —Se echó hacia atrás,
trataba de no pensar en el conductor que ahora los miraba por
el retrovisor. Para que Dillon no volviera a abalanzarse sobre
ella, tosió en su dirección con la esperanza de que los gérme-
nes microscópicos se le metieran por la nariz.

Por desgracia eso no lo disuadió de volver a intentarlo
aunque, afortunadamente, se libró de que siguiera manoseán-
dola en el taxi cuando empezó a sonar su teléfono. Dillon la
miró con frialdad, se lo sacó del bolsillo y respondió. Emily se
apartó y puso el abrigo y el bolso entre los dos.

Suspiró, intentando no escuchar su conversación. Sin embargo, lo que no podía acallar era la ansiedad que la invadía
por saber que estaba a punto de pasar la velada en presencia de
Gavin. Después de su último encuentro, esas semanas habían
sido bastante… difíciles. A pesar de que había estado concen-
trada en su nuevo trabajo como profesora, la búsqueda de piso

con Dillon y la planificación de la boda, Gavin seguía en sus pensamientos como una sombra que no se marchaba ni la dejaba en paz.

Estaba dolida y confundida, y encima casi todo le recordaba a él. Cuando escuchaba algunas canciones que sabía que a él le gustaban, se quedaba paralizada. Pensar en él la distraía de lo que estaba haciendo; se veía incapaz de hacer nada en cuanto se le nublaba la mente. Gavin le estimulaba las emociones, los nervios y los sentidos. Tal vez lo deseara, pero era consciente de que no debería tener estos sentimientos por él y aún menos a solo un mes de la boda. Odiaba sentirse impotente cuando lo tenía cerca, que la hiciera revivir esos sentimientos que deberían permanecer enterrados en su interior. Conseguía que quisiera arriesgarse por él... los dos juntos. Hacía que se cuestionara cosas como su matrimonio con el único amor que había conocido, el único hombre que había estado a su lado. Gavin le provocaba todo eso; ella misma se lo hacía y el destino también. No sabía quién o qué tenía la culpa, solo que esta situación la estaba matando.

Aparcaron frente a un bar deportivo en Tribeca, ella respiró hondo y salió del taxi hacia el aire fresco de octubre. Decir que no le apetecía demasiado el plan de esa noche era quedarse muy corta.

Gavin vio a Emily en cuanto entró. Era imposible no verla. Incluso entre esa multitud, brillaba como una estrella que ilumina por si sola un cielo oscuro. Su cielo oscuro.

Notó como si una soga invisible se le ajustara alrededor de su cuello y le cortara la respiración. Estaba increíble con esa falda negra, las botas altas hasta la rodilla y un jersey verde que realzaba las curvas con las que el mismísimo Dios la había agraciado. Nunca había conocido a una mujer tan hermosa. Se había concentrado en el trabajo las últimas semanas para no pensar en ella y tenía la intención de borrarla de sus pensamientos, pero cuanto más lo intentaba, más se arraigaba en su mente.

En teoría no iba a venir, por lo menos eso le dijo Trevor.

Ahora, mientras la veía abrirse paso entre el gentío del bar, sintió como si el corazón quisiera salírsele del pecho. El cuerpo le vibraba de la energía, el deseo y las ganas de ella. La conexión y la atracción que sentía por esta mujer —y ya desde la primera vez que la vio— seguían asombrándolo. Justo antes de que Dillon y ella se acercaran, la voz de la razón intervino y le dijo que se olvidara del tema, de ella. Pero por mucho que quisiera escucharla, su cabeza iba por libre. Ella era la destinataria de todas esas emociones reprimidas y solo ella avivaba su fuego interior; era increíblemente adictiva. Sus ojos se encontraron, pero ella apartó la mirada, como si quisiera ignorarlo. Después de estrechar la mano a Dillon, Gavin vio cómo ella se acercaba a Trevor.

—¡Has venido! —exclamó Trevor al tiempo que se inclinaba para abrazarla—. ¿Te encuentras algo mejor?

Ella se separó un poco esbozando una débil sonrisa y tosió.

—No, sigo igual, así que lo mejor será que no me abraces.

Trevor sonrió y la atrajo hacia sí a pesar de su advertencia. Ella levantó la vista hacia él.

—Lo digo en serio. Ahora mismo soy supercontagiosa.

Él la estrechó con más fuerza y se rio.

—Em, llevo ya tanto alcohol encima que acabará con cualquier germen.

Ella sonrió y lo abrazó también.

—Está bien, tú te lo has buscado. —Él sonrió—. Feliz cumpleaños, guapo. ¿Cuántos te caen hoy? ¿Treinta ya?

—Casi. He llegado a la tierna edad de veintinueve —respondió mientras rodeaba a Fallon por la cintura y la miraba—. Y menudo año va a ser.

Fallon se inclinó para darle un beso y luego miró a Emily.

—Soy una chica con suerte.

—Eres una chica con suerte y él es un tipo con suerte, también. No lo olvidemos. —Sonrió—. Me encanta este nuevo tinte que llevas.

Fallon se echó la melena carmesí a un lado.

—¿Sí? No me acostumbro a verme de un solo color.

—Sí, te favorece. —Miró a su alrededor—. ¿Dónde están Olivia y Tina?

—Al parecer no eres la única enferma en Manhattan esta noche —respondió Trevor—. Tina no se encontraba bien y Olivia la ha llevado a casa.

Emily asintió y se sentó en un sofá al lado de Dillon. Este estaba pidiendo ya la bebida; iba de cabeza al coma etílico.

—Si me disculpáis —siguió Trevor—, me voy a dar unos meneos con esta belleza.

Emily vio cómo su amigo y Fallon desaparecían por la pista de baile. La media hora siguiente, Gavin y ella no intercambiaron más que una nerviosa mirada ocasional. Ella se limitaba a escuchar a Dillon y a él a hablar de béisbol. Los Yankees habían llegado a los *play-offs* y el tercer partido estaba ya en la mayoría de pantallas gigantes del bar. Los rivales eran —¡qué raro!— los Orioles de Baltimore. Emily sonrió.

Como no podía tranquilizarse a golpe de alcohol por la medicación que estaba tomando, tuvo que soportar la situación lo mejor que pudo: sin hacer caso ni a uno ni a otro. Justo cuando cogía el vaso de agua helada que le traía el camarero, se le iluminó el móvil dentro del bolso.

Lo sacó y vio que era un mensaje de un número desconocido: «Tengo que reconocer que juegas muy bien…».

Con el ceño fruncido, y sin tener la menor idea de quién era, le contestó: «¿Quién eres?».

Al cabo de unos segundos llegó otro mensaje: «Sin embargo, tus amiguitos no tienen ni pajolera idea de béisbol, así que la cosa está equilibrada…».

Levantó la cabeza de repente y al mirar a Gavin le dio un vuelco el corazón. Estaba justo frente a Dillon, así que lo veía de pleno. La estaba mirando con una sonrisa descarada y de oreja a oreja. Miró a su novio; estaba claro que no le estaba prestando la más mínima atención ni a ella ni a Gavin. Estaba visiblemente más borracho que cuando llegaron y se había enfrascado en una conversación sobre el partido con otro hombre mientras reían y pedían más lingotazos.

Le llegó otro mensaje: «Échale un vistazo al marcador».

Nerviosa, miró a Gavin otra vez. Sonriendo, se apoyó la barbilla en la palma de la mano y señaló uno de los televisores con el botellín de cerveza. Miró rápidamente la pantalla y al ver que los Yankees ganaban por cinco dejó escapar el aliento que había estado conteniendo. Lo miró de nuevo: tenía una sonrisa triunfal.

Emily le envió otro mensaje: «¿De dónde has sacado mi número?».

Él respondió: «Admite que tus amigos no tienen nada que hacer contra mis Yankees y tal vez te lo diga».

Ella tosió, arqueó una ceja y lo miró. Él sonrió y se encogió de hombros como si tal cosa.

—Qué valor tiene… —murmuró entre dientes mientras le respondía: «No pienso hacerlo».

Volvió a mirarlo. Con una expresión de perplejidad en el rostro, Gavin sonrió y ella vio cómo tecleaba a toda mecha en la pantalla.

Le escribió: «Pues entonces te quedarás con esa primera hipótesis, que soy un acosador… y tú mi hermosa presa. ¡Bu!».

Sacudió la cabeza por lo listillo que era, pero la curiosidad pudo con ella: «Vale, no es su mejor noche…».

Suspiró y oyó su sonora risotada.

Él respondió: «Mira, te lo digo sin tapujos: no valen ni para estar escondidos. Y como no has reconocido que no tienen posibilidad alguna contra mis queridos Yankees, me entran ganas de hacerte… rogar. Malvado, ¿no? Espero tu respuesta…».

Ella bebió un poco de agua y se burló.

—Se ha vuelto loco.

Observó cómo sonreía con aire de superioridad. Empezó a contestarle para que supiera que no iba a rogarle, pero se le adelantó: «Va, estoy generoso esta noche, ya que mi equipo os está dando una buena paliza. No hace falta que ruegues, que sé que lo harías… Contéstame con la contraseña mágica y te revelaré la información que deseas. Pista… comienza con *Por*…».

Puso los ojos en blanco y le envió: «Por favor».

Su mensaje llegó al instante: «Ya sabía yo que conseguiría que rogaras…, Molly».

No pudo evitar reír. Su siguiente mensaje fue un poco más

exigente: «Para ti soy Emily, acosador. No te he rogado nada. Ahora dame la información».

Él la miró con una sonrisa entre lasciva y traviesa. Respondió: «Claro que me has rogado, guapita, y estoy bastante seguro... no, completamente seguro, de que podría conseguir que rogaras por un montón de cosas si me das la oportunidad. Sin embargo, para responder a tu pregunta, fue Olivia quien me dio tu número. Supongo que no te sorprenderá».

Ella suspiró: «No estoy de acuerdo con lo de rogarte, yo lo llamo ser educada. No sé cómo responder a esa proposición, salvo decir que eres un capullo arrogante. Y no, no me sorprende que Olivia sea tu compinche... Estáis chalados».

Entre lo absorta que estaba en la sesión textual con Gavin y los rugidos de los hinchas de los Yankees, no se había dado cuenta de que Dillon había desaparecido. Gavin la miraba fijamente y solo los separaba un taburete. Se le cortó la respiración al ver que redujo la distancia sentándose a su lado. Apoyó el codo en la barra y siguió sonriendo con suficiencia.

—Bueno, contéstale a este capullo arrogante —dijo inclinándose hacia ella—, ¿seguirás negando que te he hecho rogar?

La confianza con la que le hablaba de tan buen humor le hizo sentir escalofríos por la espalda. Ella sonrió y suspiró como si estuviera exasperada.

—Eres muy insistente, ¿eh?

—Siempre —respondió con suficiencia. Le dio un trago a la cerveza sin dejar de mirarla—. Pensaba que era una buena manera de acabar con la tensión.

—Pues vaya forma más rara, Gavin.

—¿Por qué?

—A ver, quieres que reconozca que te estaba rogando —contestó, cruzando las piernas. Luego se apresuró a añadir—, cosa que no es cierta.

—Claro que lo has hecho, guapita, pero lo dejaré pasar.

Riendo, negó con la cabeza.

—Me rindo. Tú ganas.

Él sonrió y por un instante se dejó llevar y se perdió en el recuerdo de sus caricias.

—En serio, he imaginado que estas chanzas por mensaje podrían ir bien —dijo con los ojos brillantes que mostraban una expresión de disculpa—. Espero que así haya sido.

Tenía razón; la tensión que llevaba acumulada en su interior parecía haberse disipado. Inspiró hondo y asintió con la cabeza.

—Sí, lo has conseguido.

Despacio, le deslizó la chapa de un botellín y sonrió.

—¿Tregua?

Bajó la vista a la barra lacada, cogió la chapa y la hizo rodar entre sus dedos con una débil sonrisa. Fuera como fuera, tenía que estar bien con él; los dos deberían estar bien. El destino no estaba jugando limpio con sus corazones; había roto todas las reglas y había creado un juego cruel que los iba royendo por dentro. Manipulaba sus pensamientos más profundos con una fuerza sin igual capaz de derribar al más fuerte de los hombres y hacía que se cuestionara sus decisiones, pero no estaba dispuesta a dejar que destrozara ninguna vida. Volvió a inspirar hondo, lo miró a los ojos y asintió.

—Sí, Gavin…, tregua.

A medida que iba invadiéndolo una gran sensación de alivio, Gavin escudriñó su rostro con la esperanza de grabárselo a fuego en la memoria. Le parecía que había pasado una eternidad desde que la viera por última vez.

—Bueno, ¿qué tal todo?

—Pues bien. ¿Y tú?

—También bien —mintió, rezando para que no se le notara. Ella esbozó una sonrisa que le hizo dudar de sus habilidades como actor—. Olivia me ha contado que como Dillon se va de viaje de negocios mañana, será tu acompañante en la fiesta benéfica de mi madre este fin de semana.

—Exacto. Tina se va a casa de sus abuelos en Texas, así que pensamos en una noche de chicas.

—Muy bien. —Sonrió y se reclinó en el taburete—. Seguro que os lo pasareis muy bien.

Emily sonrió y tosió un poco.

—Sí, tengo muchas ganas.

—No parece que estés muy fina. —Le puso la palma de la

mano en la frente. Ella se apartó un poco, pero sonrió—. Creo que tienes fiebre.

—¿Y eso lo sabes solo con tocarme la frente? —Se llevó la mano a la frente y luego hurgó en el bolso en busca de un paracetamol—. ¿Ahora en tu currículum pone que, además de magnate de los negocios y niñera, también eres médico?

Entre risas, Gavin se encogió de hombros.

—El puesto de niñera coincide con la parte médica. He cuidado de Timothy y Teresa varias veces cuando han estado enfermos. —Le dio otro trago a la cerveza—. No deberías haber salido si te encontrabas así.

Ella suspiró.

—Sí, ya lo sé. —Él la miró inquisitivamente mientras se ponía el comprimido en la boca y bebía un poco de agua—. Es una larga historia.

Aunque ya imaginaba quién la había hecho salir, no insistió en el tema.

Mirándolo, Emily se preguntaba por qué estaba allí solo y la curiosidad pudo más que ella.

—Oye, ¿qué ha pasado con esa chica que llevaste a la fiesta de compromiso?

«No eras tú…».

—Se mudó a la costa Oeste para estar más cerca de su familia —respondió. Era curioso lo fácil que le había salido la mentira.

—Vaya, me sabe mal.

—No pasa nada.

En ese momento, Trevor y Fallon se acercaron a los dos, empapados de sudor tras haber bailado.

—Country —dijo Fallon entrecortadamente mientras se secaba el sudor de la nuca—, ¿me acompañas al baño? Tengo que arreglarme el maquillaje; seguro que lo llevo todo corrido.

—Claro —contestó ella al tiempo que se levantaba del taburete. Miró a Gavin.

—¿Me vigilas el bolso?

Él asintió, pero Trevor lo cogió de la barra y se lo colgó al hombro.

—Yo te lo vigilo. Este Blake es capaz de quedarse con algo que lleves ahí dentro como recuerdo.

Todos se echaron a reír y las mujeres se fueron al servicio. Mientras Emily se abría paso entre la interminable cantidad de hinchas de los Yankees que celebraban su victoria, vio a Dillon jugando al billar. Estaba con un grupo de hombres y mujeres al otro extremo del bar. Se dio cuenta de que le estaba costando muchísimo permanecer de pie mientras se tambaleaba para extender el brazo y darle a la bola. La gente estalló a reír cuando metió la negra.

—Y eso que quería pasar un rato conmigo —murmuró.

Fallon abrió la puerta del baño y entraron.

—Mira, sé que no conozco mucho a Dillon, Country, pero imagino que te ha obligado a salir.

—Bueno, podría haberle dicho que no —respondió mientras se miraba en el espejo.

Fallon arrancó un trozo de toalla de papel del dispensador, lo mojó y empezó a limpiarse la cara y los brazos. Esbozó una sonrisa.

—Ya, pero no lo has hecho.

Emily se encogió de hombros.

—Me sentía mal por no venir. Quiero mucho a Trevor.

Fallon tiró el papel a la basura y la miró con una expresión preocupada.

—Y Trevor a ti, pero tienes que ser firme con él y ponerlo en su lugar cuando sea necesario.

Emily la miró un segundo, algo confundida.

—Creo que lo hago.

Ella ladeó la cabeza, se le acercó y le puso la mano en el hombro.

—No quiero discutir contigo, Country. Solo creo que podrías ser un poco más dura con él.

Una tímida sonrisa se asomó a los labios de Emily, pero no contestó. Fallon le cogió la mano para salir, pero había mucha gente junto a la puerta, lo que les dificultó el paso.

—Mierda —dijo Fallon—, creo que me acaba de bajar la regla. Ve tú a la barra con los chicos, ahora voy yo.

Emily asintió con la cabeza y trató de escabullirse de allí.

—Parece que estás atrapada —gritó un hombre a su lado para hacerse oír con esa música atronadora. Ella se fijó en su sonrisa y su altura intimidante mientras este se pasaba la mano por la cabeza—. Podría levantarte en volandas y llevarte a dondequiera que vayas.

—Mmm, no, gracias. Ya me las apaño. —Emily suspiró y siguió tratando de abrirse paso.

—Eric. —Le ofreció la mano mientras también intentaba esquivar a la multitud. Ella se la estrechó.

—Emily. Un placer conocerte.

—Mira, Emily, he venido con unos amigos, así que, si quieres, puedes acercarte a nuestra mesa y tomarte una copa con nosotros. Están justo allí —dijo, señalando un reservado a unos metros de distancia—. Eso si podemos llegar, claro —añadió entre risas—. No parece que estemos avanzando mucho.

—Gracias por el ofrecimiento, pero he venido con mi prometido.

—¿Te casas? Muy bien. —Sonrió—. ¿Y cuándo es el gran día? No será para Halloween, ¿no?

Ella se echó a reír.

—No, pero es muy buena idea. —Se puso de puntillas para intentar ver sobre la multitud—. Es el 24 de noviembre.

—Genial —respondió—. ¿Me enseñas el anillo?

Pensó que era una petición algo extraña, pero imaginó que podría usarla en su beneficio.

—¿Qué te parece si hacemos un trueque? —Sonrió—. Dejaré que eches un vistazo al anillo de compromiso si separas a este grupo como las aguas del mar Rojo, y así puedo volver con mis amigos.

—De acuerdo, es mejor que nada —bromeó. Emily levantó la mano y él la tomó entre las suyas. Puso los ojos como platos y se quedó boquiabierto—. ¡Menudo pedrusco! Bueno, felicidades a ti y a tu prometido. Os deseo…

—¡Emily! —los interrumpió Dillon con la voz llena de ira. La fulminó con una mirada que la hizo estremecer. Apartó la mano de Eric y ella empezó a hablar, pero Dillon miró al hombre—: ¿Por qué narices le coges la mano a mi novia?

—Dillon —balbuceó ella, nerviosa—. Iba a…

—Cállate la puta boca, Emily —gruñó—. Responde, colega. ¿Por qué narices la estabas tocando?

Eric entrecerró los ojos.

—Relájate, amigo. Le he preguntado si podía ver su anillo de compromiso.

Sin mediar palabra, Dillon le propinó semejante puñetazo en la nariz, que le echó la cabeza hacia atrás de la fuerza e hizo que la sangre le manchara hasta el jersey. Emily dio un grito ahogado y se le cortó la respiración al ver a Eric caer contra la pared. El hombre se levantó a trompicones y se frotó la nariz un momento; luego lo amenazó puños en alto.

En ese instante, Fallon salió del cuarto de baño y se le pusieron los ojos como platos.

—¡Mierda!

—¡Dillon! —gritó Emily cuando se abalanzó sobre Eric, empujándolo contra la pared con una fuerza brutal.

—¡Voy a buscar a Trevor y a Gavin! —gritó Fallon, abriéndose paso entre la multitud, que ahora formaba un círculo alrededor de los dos hombres.

Conmocionada, Emily lloraba sin dejar de repetir el nombre de Dillon mientras los dos hombres seguían arremetiendo el uno contra el otro. Los demás, sedientos de sangre, observaban la pelea y bramaban como animales enjaulados, zarandeándola y empujándola en todas direcciones. Poco después, aparecieron dos gorilas de tamaño monstruoso que se abrieron paso a empujones; parecían decididos y dispuestos a cortar por lo sano la pelea. Con poco esfuerzo, uno de los seguratas cogió a Dillon de un brazo y lo separó de Eric, y el otro hizo lo mismo con este último. Ambos gritaban a los demás que despejaran la zona o de lo contrario también los expulsarían. Tras la advertencia, la multitud se fue dispersando, aunque aún se notaba la tensión en el ambiente.

Cuando el gentío se había disipado, aparecieron Fallon, Trevor y Gavin. Los chicos parecían acalorados y Fallon estaba tan azorada como ella.

—Ay, Dillon, estás sangrando —exclamó Emily.

Gavin lo miró y le preguntó en tono áspero:

—Pero ¿qué narices ha pasado?

—¡Díselo a ella! ¡Sienta la puta cabeza, Emily!

Algo brilló en los ojos de Dillon, algo que ella no se atrevió a cuestionar entonces. Nunca había visto esa expresión tan oscura y llena de venganza. Aún temblaba cuando vio como uno de los porteros lo escoltaba hasta la puerta asiéndolo por el codo.

Seguía llorando y, de repente, se llevó una mano a la boca mientras miraba a su alrededor con desespero.

—Mi bolso. ¿Quién tiene mi bolso?

—Yo —dijo Fallon, que se lo dio rápidamente.

Cuando salieron del bar, Emily encontró a Dillon caminando de un lado a otro del aparcamiento tirándose del pelo con ambas manos.

—Dillon —gritó Gavin, acercándose a él—. ¿Qué cojones ha pasado ahí dentro?

Sin responder, Dillon caminó hacia Emily y la arrastró sujetándola por el brazo. Ella intentó zafarse, pero la asía con demasiada fuerza. Le agarró la barbilla y le levantó la cabeza:

—¡¿Dejas que un tío cualquiera te toque?! ¿Qué eres...? ¿Una puta?

Gavin montó en cólera. Se le erizó el vello de los brazos. Apretaba la mandíbula y en sus hombros se observaba la rabia contenida. El azul claro de sus ojos ardía de la ira y, al final, Gavin le dio un puñetazo a Dillon en el mentón que le echó la cabeza hacia atrás. Este cayó al suelo con un ruido sordo y se quedó inmóvil; estaba fuera de combate.

Emily se tambaleó del impacto y cayó al suelo de grava de tal modo que se le rasparon las palmas y las muñecas.

Sin prestar atención a su amigo que yacía inconsciente en el suelo, Gavin miró inmediatamente a Emily y el corazón le dio un vuelco. La ayudó a levantarse y escudriñó su rostro con preocupación.

—Joder, Emily, dime que no te he golpeado sin querer. —Le acarició las mejillas y la cabeza. La miró fijamente a los ojos, temblando, y le dijo en un susurro—: Por favor, dime que no.

Ella tragó saliva con dificultad; aún tenía el susto en el cuerpo.

—No, no me has golpeado —contestó con la voz entrecortada y el rostro empapado de lágrimas.

Por segunda vez, Gavin se sentía aliviado aquella noche.

—Te llevaré a casa —susurró mientras le acariciaba los brazos.

—No… no pu… puedo dejarlo aquí —tartamudeó secándose los ojos.

—Claro que sí —contestó en voz baja. Miró a Trevor—. Llévatelo a tu casa esta noche.

Trevor, que estaba de cuclillas junto a Dillon comprobándole el pulso, lo miró y asintió.

—De acuerdo, pero ayúdame a meterlo en el coche.

Aunque le estaba costando lo suyo no lanzarlo al maletero y hundir el coche en el Atlántico, accedió sin ganas. Después de meter a Dillon borracho e inconsciente en el coche de Trevor, Gavin llevó a Emily a su casa. Se pasó todo el trayecto con un nudo en el estómago por oírla llorar al explicarle lo que había sucedido. Parecía vulnerable en aquel momento y miraba con aire inquisitivo.

Después de entrar en el piso, Gavin la sentó en el sofá mientras iba al baño a por una toalla y unas vendas. Después fue a la cocina a llenar un recipiente con agua fría y, al salir, la encontró balanceándose atrás y adelante con la cara entre las manos. Se le cayó el alma a los pies y le entraron unas ganas enormes de abrazarla y protegerla del dolor que sentía.

Se sentó en el suelo delante de ella, mojó la toalla en el agua y le cogió una muñeca. Emily se estremeció de dolor mientras le pasaba la toalla por la piel. La rabia lo consumía al saber que Dillon lo había provocado todo. Apretó los dientes mientras escurría el exceso de agua de la toalla; el blanco se teñía de rosa por la sangre que brotaba de esta hermosa mujer por culpa de un capullo que no merecía su sonrisa, su tacto, su calor ni su amor. Nada.

Quería decirle lo bien que podía tratarla él, que satisfaría sus necesidades y cuidaría de ella de todas las formas posibles, pero tenía la voz quebrada por el deseo y no quería alterarla más.

—Me sabe mal que haya pasado esto. Lo siento —susurró ella sin dejar de llorar.

Con el ceño fruncido y la cabeza inclinada, Gavin le puso el último vendaje. Levantó la vista e intentó entender por qué le decía eso.

—¿Crees que ha sido culpa tuya?

—Sí. Dillon tenía razón. Si no hubiera dejado que ese tío me tocara, nada de esto habría pasado.

—Emily… —Hizo una pausa y le acarició la curva de la mandíbula—. No eres responsable de lo que ha pasado. ¿Entendido?

Sollozaba y negaba con la cabeza rotundamente al tiempo que lo miraba a los ojos.

—Claro que lo soy. No tenía derecho a hablar con ese hombre, para empezar. —Empezó a llorar sin control—. Dillon y tú erais amigos y ahora ya no lo seréis. No puedo creer lo que he causado.

Le notaba la mezcla de confusión y dolor en el semblante, lo que aún lo confundía más. Maldito fuera Dillon. La tenía subyugada de una forma que no hubiera imaginado nunca.

—Él te hace pensar que es tu culpa —respondió con voz baja pero firme—. Y no me preocupa su amistad ahora mismo. No creo que hayamos sido amigos. Me preocupas tú, Emily, no él.

Ella negó con la cabeza y siguió llorando; incluso le costaba respirar. Gavin se puso de pie y se sentó a su lado en el sofá. Se colocó una almohada en el regazo y con cuidado hizo que apoyara la cabeza. No le sorprendió que no se resistiera. La mujer que conocía estaba rota y hecha pedazos por un hombre que se aprovechaba de sus debilidades, unos puntos flacos que usaba en su contra a la menor oportunidad. Tal vez fueron segundos, minutos u horas, no lo sabía, pero se quedó allí con ella, acariciándole el pelo, hasta que se durmió. Con los ojos inyectados en sangre, Gavin observaba tranquilamente cómo le subía y bajaba el pecho. Y al pasar esos segundos, minutos u horas, supo —y no porque lo quisiera él, sino por el bien de Emily— que tenía que alejarla de Dillon.

15

Dejarlo todo

*E*n aquel cielo de octubre, frío e infinito, se podía ver una luna llena increíble mientras Emily y Olivia salían del bloque de apartamentos. Emily inspiró hondo y se quedó mirando las estrellas titilantes que se esparcían en aquel dosel por encima de los altísimos edificios. Ya tenía ganas de que llegara esta estación. El aire, aunque fresco, conseguía que entrara en calor y le recordaba a Colorado. A su hogar. Y en ese preciso instante sintió que necesitaba a su madre más que nunca.

—Estamos estupendas, tía —gorjeó Olivia mientras llamaba a un taxi—. Mi madre siempre dice que no hay dinero mejor invertido que el que se gasta en el pelo, el maquillaje y la manicura para una noche como esta.

Antes de que pudiera decirle que su madre tenía más razón que una santa, una elegante limusina negra se detuvo frente a ellas. El chófer salió y Emily recordó que ese mismo hombre los había llevado a casa de Gavin en los Hampton.

—Buenas noches, señorita Martin —dijo el hombre regordete y canoso a Olivia—. Disculpe la tardanza. En la ciudad hay varias calles cortadas por obras de las que no tenía constancia.

—Hola, Marcus —respondió ella con una sonrisa, acercándose a él—. ¿Te ha enviado ese astuto cabrón?

—Sí, señorita Martin. El señor Blake me ha pedido que las recogiera, a usted y a la señorita Cooper, a las seis en punto. Una vez más, les pido disculpas por llegar tarde.

—¡Anda ya! Me encantan las sorpresas. Pensaba que teníamos que llamar a un taxi para ir a la fiesta. —Se echó a reír y luego se volvió hacia Emily—. Al parecer, el señor Blake colma de atenciones a las personas que realmente le interesan... porque nunca había enviado una antes.

Emily sacudió la cabeza y entró en la limusina. Después de acomodarse, Olivia abrió una botella de champán y sirvió dos copas.

—¿Dinky Winky te ha vuelto a llamar?

—¿Dinky Winky?

—Sí, como aquel *teletubbie*. ¿Te ha llamado?

—Ese apodo es nuevo —suspiró Emily—. ¿Y tú qué crees?

—Bueno, pensaba que lo había entendido por fin porque no le has cogido el teléfono. —Se encogió de hombros—. Y hoy no han llegado flores al apartamento, así que he supuesto que ya se había rendido.

Emily sabía que Dillon no era de los que se rinden con facilidad.

—Bueno, en el apartamento no, pero sí las ha enviado a Bella Lucina hoy mientras yo estaba trabajando.

—¿No jodas? —espetó Olivia con los ojos muy abiertos—. ¿Cuántas, esta vez?

Emily se quedó pensativa con la copa en la mano.

—Digamos que las suficientes para que Antonio decorara todas las mesas y la barra y le quedaran unas cuantas para regalárselas a su novia.

Olivia apuró su bebida, se echó hacia atrás en el asiento y adoptó una expresión conciliadora.

—Bueno, estoy muy orgullosa de ti por no ceder, pero espero sinceramente que te mantengas firme cuando vuelva de Florida. He hablado con Trevor antes y me ha dicho que el imbécil solo habla de lo decidido que está por recuperarte.

Emily miró por la ventana y se quedó absorta por la belleza de las brillantes luces de la ciudad. Las veía pasar y pensaba en que se sentía como la víctima de un aparatoso accidente de tráfico, llena de golpes y magulladuras. Aunque no tenía ningún hueso roto ni la piel desollada, le sangraba el corazón por las heridas causadas por Dillon. Seguía dándole vueltas a las palabras que le había dicho, que le dolían tanto como cuando las dijo por primera vez.

No podía negar que se sentía culpable por haber provocado esa situación; aunque sabía que podría haber prevenido lo sucedido, no iba a ceder. No podía. Se aseguró de que todas las llamadas fueran a parar al contestador, pero él tuvo las agallas de llamar a la escuela de primaria donde ella trabajaba. También hizo caso omiso de esos mensajes. Sin embargo, la mayor sorpresa se la llevó cuando la madre de él se presentó en su casa sin previo aviso y bastante molesta. Emily cortó la breve visita cerrándole la puerta en los morros.

—Está claro que tengo que hablar con él cuando vuelva. —Emily suspiró—. No puedo terminar con él así.

—¿Por qué no? No se merece otro tipo de final, Em.

—No lo digo por él, Olivia. Necesito hacerlo por mí. —Bebió el resto de champán y se llenó la copa de nuevo—. Lo mires por donde lo mires, ha hecho mucho por mí y por mi familia. Sé que lo que hizo estuvo fatal, pero estaba borracho y eso debo tenerlo en cuenta también.

Olivia la fulminó con la mirada desde el otro extremo de la limusina.

—Estás cayendo de nuevo en la trampa.

—¿Cómo voy a caer en su trampa? Ni siquiera está aquí. Se dio unos toquecitos en la sien.

—Lo tienes metido en esa cabecita tuya y no se va ni con agua caliente. Cuando mi hermano se emborracha, no se le va la olla con Fallon. —Olivia se inclinó y se sirvió una segunda copa de champán—. He salido con muchos tíos que se ponían ciegos y no montaban un pollo como el que te montó Dillon a ti. Seguro que has tenido exnovios que no han hecho eso.

—Es que no he salido con otros tíos antes de Dillon. —Se encogió de hombros—. No tengo con quién compararlo.

Olivia arrugó el rostro, confundida.

—¿Y por qué necesitas con quién compararlo? Se acabó, Em. Esté borracho o sobrio, drogado o no, contento o de bajón, un hombre no debe poner la mano encima a una mujer. Nunca. —Emily dio un sorbo al champán y miró hacia otro lado—. Te lo digo muy en serio, Emily. Quizá pienses que lo que tu padre le hacía a tu madre es lo normal, pero no lo es. Al contrario. —Tragó saliva al recordarlo, Emily se esforzó por prestar atención a su amiga de nuevo—. Sugiero que lo cortes todo de raíz porque ese capullo es clavadito a tu padre. Recoge todo lo que tenga en nuestro piso y le pediré a mi hermano que vaya a recoger tus cosas de su casa. —Cruzó las piernas bajo el vestido de seda roja y añadió—: Gracias a Dios que no firmaste el contrato de alquiler de ese piso que encontrasteis.

—No quiero seguir hablando de esto hoy —dijo ella con una voz que rayaba en la frustración y la súplica—. Quiero disfrutar de una noche sin pensar en toda esta mierda con Dillon, ¿de acuerdo, Olivia?

—Está bien, pero mañana volveré a darte la tabarra.

Emily suspiró y asintió.

—De acuerdo.

A los cinco minutos, la limusina se detuvo frente al hotel Saint Regis. Marcus les abrió la puerta, las chicas salieron y le dieron las gracias por el viaje. Emily se colocó el chal sobre los hombros, se colgó del brazo de Olivia y entraron en el vestíbulo.

Después de que Olivia dejara el abrigo en el guardarropa, accedieron al gran salón de baile donde la fiesta estaba ya en pleno apogeo. Las envolvió la música de una banda que tocaba en directo; mientras, los camareros enguantados recorrían el salón con copas de champán y caviar. Ese fantástico salón tenía los techos abovedados con nubes pintadas que hacían destacar los candelabros dorados. Las luces, suaves y rosadas —en honor al color para la concienciación del cáncer de mama— hacían que los manteles de seda blanca que cubrían las mesas y llegaban hasta el suelo parecieran cascadas. A modo de centros de mesa había rosas y claveles rodeados de hortensias.

En cuanto Emily entró en el salón de baile, sus ojos se encontraron con los de Gavin. Tuvo que recordarse que debía respirar. Él sonrió mientras ella lo veía excusarse de un grupo de hombres con los que estaba hablando. Se fijó en cómo cruzaba el salón y las mujeres se iban girando para mirarlo. Fueran jóvenes, mayores, altas, bajas, negras o blancas, ninguna podía resistirse a mirarlo. Estaba impecable con ese esmoquin de Armani; le sentaba como un guante. Se pasó una mano por el pelo y cruzó el salón con paso sensual pero enérgico y decidido.

Olivia se puso de puntillas para darle un abrazo cuando llegó hasta ellas.

—Gracias por enviar la limusina a buscarnos. —Hizo una pausa con una sonrisa pícara—. Bueno, más que a buscarnos a buscarla, pero sea como sea, ha sido un gesto bonito.

Emily sacudió la cabeza y se mordió el labio para disimular la vergüenza que le hacía sentir un cosquilleo en el vientre.

—La he enviado para las dos —dijo entre risas, arqueando una ceja—, solo que no se me había ocurrido antes.

—Sí, sí, lo que tú digas, Blake —repuso Olivia con un tono algo escéptico. Gavin volvió a reír. Sabía que lo había calado—. ¿Dónde están tus padres? Quiero saludarlos.

—Allí —respondió, señalando una mesa en el centro del salón.

—Bueno, ahora vuelvo. —Y Olivia se fue abriéndose paso entre la gente para llegar a Chad y Lillian.

Gavin se volvió hacia Emily y la repasó de pies a cabeza lentamente. Estaba imponente, exquisita cual princesa entre campesinos. Iba tan guapa que le cortaba la respiración. Llevaba un vestido de terciopelo negro sin tirantes que acentuaba su escote y caía hasta el suelo, realzaba sus sutiles curvas como si fuera una segunda piel. Levantó la mirada pasando por alto la gargantilla de diamantes que llevaba; ¿para qué iba a fijarse en las piedras cuando sus carnosos labios rojo rubí brillaban mucho más? Llevaba también unos diminutos pasadores con diamantes que le sujetaban el recogido; los pocos mechones sueltos le enmarcaban el rostro con forma de corazón. Las tonalidades grisáceas de sus párpados centelleaban mientras sus hermosos ojos esmeralda se clavaban en el azul de los suyos.

Trató de calmarse y le cogió una mano para acercársela a los labios y besarla con suavidad.

—No puedo describir con palabras lo radiante que estás esta noche.

Emily sonrió con timidez.

—Gracias —dijo casi sin aliento, aferrada al bolsito—. Tú también estás muy guapo.

—Vaya, gracias. —Una sonrisa cariñosa se asomó a sus labios—. ¿Vamos?

Con cierta inquietud, ella asintió y apoyó la mano en su brazo. Él la acompañó por el salón, se detuvo para conversar brevemente con algunos de los invitados que lo paraban. Por el camino la presentó a algunas de las familias que la fundación de su madre había ayudado a lo largo de los años. Sus rostros sonrientes eran la viva imagen de la gratitud. Entre los invitados había algunos de los principales investigadores de cáncer de mama de Nueva York, así como organizaciones y algunos políticos cuyas familias se habían visto afectadas por la enfermedad. Teniendo en cuenta cómo el cáncer los había golpeado tan de cerca, Emily se quedó deslumbrada por la generosidad que Gavin y su familia demostraban hacia los más necesitados.

Llegaron a una mesa y él le retiró la silla.

—Emily, ¿te acuerdas de mi hermano, Colton, y su esposa, Melanie?

Asintió y se inclinó sobre la mesa para estrecharles la mano.

—Claro. Me alegro de veros.

—Igualmente —dijo Melanie—. De hecho, mis hijos han preguntado por ti varias veces.

—¿Ah, sí?

Colton apoyó el brazo en el respaldo de la silla de su esposa y respondió:

—Pues claro. Dicen que eres la mejor futbolista del mundo.

—Qué gracia. —Se rio—. Bueno, dadles recuerdos de mi parte, por favor. Tendré que volver a quedar con ellos para jugar al fútbol.

Gavin sonrió y se sentó junto a Emily.

—Que no os engañe. Si no recuerdo mal, soy yo quien te enseñó a jugar al fútbol. —La miró y le guiñó un ojo. Emily sonrió y negó con la cabeza.

—Vaya, ahora llévate todo el mérito, cuñado. —Melanie se rio y se apartó el pelo rubio del hombro—. Emily, te advierto que todos los hombres de la familia Blake intentan llevarse el mérito de todo lo que pueden. —Arqueó una ceja en dirección a Gavin y este se echó a reír—. Pero, ahora mismo, esta mujer Blake quiere llevarse el mérito de enseñar a su marido a bailar. —Melanie se levantó y cogió a Colton de la mano—. ¿Te parece, cariño?

Este se levantó, la abrazó por la cintura y le plantó un beso en la cabeza.

—Soy un patoso, así que sí, el mérito será todo tuyo por intentarlo.

—Cuidado no te caigas de culo, hermano —gritó Gavin mientras la pareja accedía a la pista de baile.

Colton se dio la vuelta y le hizo la peineta.

—Mmm, ¿noto rivalidad entre hermanos? —preguntó Emily.

—No lo sabes tú bien —respondió al tiempo que hacía señas a un camarero—. Me encanta tener la oportunidad de hacerlo quedar como un payaso.

—Eres la pera. —Se rio y él sonrió con malicia.

—Lo sé, pero se lo merece.

El camarero se acercó a la mesa con una botella de champán y una servilleta sobre el brazo.

—¿Qué quieres tomar? —preguntó Gavin.

Como sabía que era mejor no mezclar el binomio Gavin-Emily con el alcohol, optó por no arriesgarse.

—Creo que agua con hielo.

Él frunció el ceño.

—¿Estás segura?

Ella asintió y contestó con una sonrisa.

Después de pedir un *bourbon* con hielo, Gavin se recostó en la silla y la miró.

—Me alegro de que ya no estés enferma.

—Gracias. Han sido unos días duros.

—Ya imagino —respondió, sabiendo que lo eran de por sí aunque no estuviera enferma—. Pasé por el restaurante para ver cómo estabas y Fallon me dijo que ya te habías ido.

—Lo sé. Quise llamarte, pero luego se me fue de la cabeza. Lo siento.

—No tienes por qué disculparte. Solo quería asegurarme de que estabas bien.

—Bueno, gracias por preocuparte por mí. —Sonrió y se puso la servilleta sobre el regazo—. Lo aprecio de verdad; estoy bien.

Sonreía, pero Gavin no veía ni un atisbo de felicidad en su mirada. A lo largo de la noche, la conversación cambió a temas más amables y no se habló de nada que tuviera que ver con Dillon. Gavin se enteró de que, a pesar de que su puesto de profesora supuestamente era a tiempo completo, habían cambiado las tornas y de momento trabajaría a tiempo parcial como sustituta. Sin embargo, parecía que a ella le bastaba así. Se metió un poco con ella porque los Yankees habían llegado a la Serie Mundial y le prometió que al final la convertiría en hincha también. Ella no estaba muy conforme; a pesar de todo, la hizo reír, y eso era lo único que le importaba.

Cuando terminaron de cenar, los padres de Gavin se acercaron a la mesa. La majestuosa pareja iba del brazo y tenían los rostros encendidos por el baile y el champán.

—Olivia —dijo Chad con una sonrisa traviesa—, mi bella esposa me ha dado permiso para bailar contigo.

Incrédula, arqueó una ceja.

—¿Ah, sí?

—Pues sí —repuso mientras le cogía la mano.

—¿Estás segura, Lillian? —Olivia se levantó—. Puede que te lo robe.

—Es muy caballeroso. —Lillian sonrió; los ojos verdes le brillaban de alegría—. Puede que te enamore; yo que tú llevaría cuidado.

—Creo que estamos bastante de acuerdo en eso. —Se le acercó—. Ven, viejo, que te enseñaré cómo lo hacemos los jovencitos.

Entre risas, Chad besó en la mejilla a su esposa y llevó a Olivia a la pista de baile.

—Estás muy hermosa esta noche, Emily —dijo Lillian

sentándose a su lado—. Espero que te lo estés pasando bien.

—Gracias, señora Blake, usted también. Me lo estoy pasando de fábula. Todo esto es espectacular.

—Ah, no es nada. —Le dio unas palmaditas cariñosas en la mano—. Y recuerda, eso de «señora Blake» me hace sentir mayor. Me alegro de que te lo estés pasando bien.

Emily esbozó una sonrisa.

—Gracias, Lillian.

—Estás muy guapa, mamá. —Gavin se levantó de la silla y le puso una mano sobre el hombro—. Voy a tener que echarte un ojo para asegurarme de que ningún otro hombre te conquiste.

Ella levantó la vista y le acarició la mano.

—Siempre has sido mi mayor admirador, Gavin —dijo con voz alegre—, pero después de treinta y cinco años de matrimonio, cariño, no pienso irme a ningún lado. Creo que en ese aspecto tu padre no tiene de qué preocuparse.

—¿No tiene que preocuparse de qué? —preguntó Colton, que se acercaba a la mesa con una copa en la mano.

—Nada. Tu hermano, que está sobreprotector hoy. —Se rio mientras se levantaba—. ¿Dónde está Melanie?

Colton señaló por encima del hombro.

—Ha salido al vestíbulo a llamar a la niñera para ver cómo están los niños.

—Justo a tiempo, entonces —añadió Lillian al tiempo que se colgaba del brazo de Colton—. ¿Quieres bailar con la mujer que te trajo al mundo?

—Por supuesto. —Apuró la copa—. Haré todo lo que esté en mi mano para no pisarte.

Mientras hijo y madre se dirigían a la pista de baile, Gavin miró a Emily.

—¿Te gustaría bailar?

Ella se mordió el labio y miró alrededor.

—¿Bailar, eh?

—Sí, bailar —repitió dándoselas de inocente—. Prometo que me portaré bien.

—Eso lo dudo, pero confiaré en ti una vez más. —Gavin soltó una carcajada mientras ella se quitaba la servilleta del regazo. Se incorporó y sonrió—. Pero debo advertirte que no creo que se me dé mejor que a tu hermano.

—Eso es imposible —comentó con una gran sonrisa—. Espérame un segundo; ahora mismo vuelvo.

Ella asintió y lo vio acercarse a la banda. Le dijo algo al cantante y al poco volvió con una sonrisa traviesa en los labios.

—¿Por qué me da a mí que tramas algo? —preguntó, arqueando una ceja.

Se le marcaron los hoyuelos mientras le cogía la mano y se la apoyaba en el brazo.

—Porque tramo algo.

—¿Y qué tramas?

La llevó a la pista de baile en silencio, pero sin dejar de sonreír.

—¿Gavin? —Se rio.

—Emily.

—¿Qué tramas?

Esperó hasta que la banda comenzó a tocar los acordes de lo que pidió.

—¿Escuchas *jazz*? —preguntó mientras le ponía una mano en la parte baja de la espalda. Le cogió la otra y se la llevó al pecho para atraerla hacia sí.

Algo desconcertada por tenerlo tan cerca, tardó unos segundos en aclararse las ideas.

—Mmm, a veces. Mi abuela solía escuchar *jazz* mientras cocinaba.

—¿Y te suena esta canción?

—No sé el nombre de la canción ni del cantante —respondió ella, tratando de no pensar mucho en lo bien que olía—, pero sí recuerdo lo bonita que me pareció la primera vez que la escuché.

Gavin se dio cuenta de lo nerviosa que estaba por cómo lo cogía mientras él marcaba los pasos.

—Se llama *La vie en rose* y aunque originariamente la cantaba Edith Piaf, prefiero esta versión de Louis Armstrong.

—Es preciosa.

—Lo es. Y esto es lo que tramaba —le susurró al oído.

Tratando de recuperar el aliento, se mordió el labio.

—¿A qué te refieres?

—Bueno, nos he imaginado bailando juntos esta misma canción.

—¿En serio? —preguntó intentando ocultar la sorpresa por semejante confesión. Se rio para sus adentros al pensar en las confesiones que había hecho.

—Sí, claro —afirmó con voz dulce que derrochaba afecto—. Así que muchas gracias por este baile.

—De nada. —Se fijó en su mirada; era la misma que le cortaba la respiración cada vez que la contemplaba así. Miró a sus padres, que seguían bailando—. Es increíble que lleven juntos tanto tiempo. Es casi imposible creer que exista un amor tan fuerte.

Gavin la escudriñó mientras miraba a sus padres. Algo de su tono de voz y su mirada distante le decía que ella deseaba algo más profundo que lo que tenía con Dillon. Supo entonces que tenía que despertar cada mañana a su lado. Se moría de ganas de ver cómo de verdes eran sus ojos soñolientos. Quería verle el cabello despeinado cayendo sobre sus fuertes brazos cuando se despertara con su sonrisa. En el más frío de los inviernos, quería darle ese calor que no daban ni la manta ni el edredón. Es decir, quería que Emily se enamorara de él. Iba más allá del deseo que sentía por su cuerpo; necesitaba su corazón y su alma. Si pudiera pasar una noche con ella, seguro que podría convencerla de que estaban hechos el uno para el otro. Sus cálidos dedos le acariciaron la espalda poco a poco y descansaron en su nuca.

—Mereces que te amen así —le susurró al oído.

Cuando se echó hacia atrás, sus labios casi se rozaban. Como alguno de los dos se moviera un ápice, acabarían besándose. Con un susurro sensual, Emily respiró entrecortadamente y trató de pasar por alto el hormigueo que sentía en la piel. La combinación de su tacto y el sonido aterciopelado de su voz la consumía de deseo. Le costaba respirar, notaba cómo el pecho le subía y bajaba con dificultad, y reparó en que él le miraba el escote mientras ella apartaba la vista sin decir nada.

Gavin se quedó inmóvil y Emily se fijó en su rostro. La tocaba y era casi insoportable, sobre todo cuando susurró mirándola fijamente:

—Aún recuerdo el sabor de tus labios.

El corazón le latía desbocado y Emily perdió la capacidad de pensar; se dejó llevar por la sensación de sus manos que ahora le rozaban la cintura. Como se veía incapaz de hablar, se limitó a mirarlo a los ojos.

—Echo de menos tu cuerpo contra el mío. —Se humedeció los labios y le apretó la cintura—. Echo de menos notar cómo se te acelera el pulso cuando te toco. —Tragó saliva, cerró los ojos e inspiró hondo; le embriagaba el dulce olor a jazmín. Abrió los ojos y bajó más la voz a la vez que le acariciaba la cara—. Quiero ir despacio, tomarme mi tiempo, acariciar aquellas zonas que él ha descuidado. Nunca te ha amado de la manera que mereces —le susurró al oído mientras la atraía más hacia sí—. Deja que te ame por completo. Tu mente… —Le pasó los dedos por el cuello—. Tu cuerpo… Tu corazón… Tus cicatrices… —Deslizó las manos por su cintura—. Tus caprichos… Tus costumbres… Tus pensamientos… Amarte entera. Dámelo todo, Emily.

Ella tragó saliva y se estremeció. Se alejó de él, sin mirarlo a los ojos y le dijo en voz baja:

—No puedo hacerlo, Gavin. No… podemos. —Él se le acercó, pero ella se apartó—. Dile a Olivia que la veré en casa. Tengo que irme. —Se dio la vuelta y se fue a la mesa a coger el bolso y el chal.

Estupefacto, Gavin la vio escabullirse por el salón y abrirse paso entre la multitud, pero no estaba dispuesto a dejarla ir. No quería que se fuera de su vida. Ni ahora ni nunca.

Dio varias zancadas para alcanzarla y, ya en el vestíbulo, la asió por el codo. Gavin la miró con aire confundido; el corazón le latía con fuerza.

—¿Por qué huyes de mí, Emily?

—No huyo de ti —susurró, con los ojos al borde de las lágrimas.

Suspiró y se pasó una mano por el pelo.

—Sí, huyes de mí y quiero saber por qué.

Ella miró hacia otro lado. No quería ver el dolor que asomaba a sus ojos ni sentir el dolor en su corazón.

—No funcionará. Dillon y tú erais amigos, y no permitirá que esto suceda.

—¿Que qué? —preguntó, incrédulo—. ¿Cómo crees que podrá controlar lo que sea que pase entre tú y yo?

—Porque sí —repuso mientras las lágrimas empezaban a resbalarle por las mejillas.

—Y una mierda —dijo entre dientes, acercándose. Antes de que pudiera echarse atrás, él la cogió por la cintura con una mano mientras con la otra le secaba las lágrimas—. Tienes que estar conmigo y lo sabes. Tú misma dijiste que me sentías aun cuando no estaba cerca de ti. —Agachó la cabeza y la miró a los ojos. Con voz baja añadió—: Joder, Emily, por favor… Tienes que darnos una oportunidad. Déjame cuidar de ti. Deja que te ame.

Aguardó a encontrar las palabras, a pensar algo ocurrente, pero no. Se cubrió la boca y retrocedió; Gavin le soltó la cintura. Las lágrimas no cesaban. Se lo quedó mirando un momento mientras el corazón se le rompía en mil pedazos y, sin mediar palabra, salió del vestíbulo.

Gavin vio cómo se subía a un taxi y se quedó allí plantado con el corazón en un puño mientras intentaba asimilar lo que acababa de suceder. Sabía que Dillon seguía ejerciendo cierto control sobre ella, pero le repateaba que Emily creyera que podía interponerse entre los dos. Sin pensarlo dos veces, sacó las llaves del bolsillo y fue por el coche. Después de enviar un mensaje a su hermano para decirle que se iba de la fiesta, se dispuso a cruzar la ciudad. Una parte de él quería plantarse en el piso de Emily y seguir hablando del tema, pero la lógica le decía que ya había insistido bastante. No podía añadir mucho más, así que se fue a casa.

Al entrar en casa, Gavin se quitó la chaqueta del traje, agarró una botella de *bourbon* y se sirvió un poco. Se lo tomó de un trago, se quitó la pajarita y los zapatos y se sentó en la isla de la cocina. No pudo evitar soltar una carcajada, aunque no estaba precisamente de humor. Se estaba hundiendo, se hundía en la miseria. Dio un puñetazo en la mesa y se maldijo por no haber ido al apartamento de Emily. Recordó lo que le había dicho su hermano y en ese mismo momento supo que no había luchado lo suficiente por ella. Se incorporó y se paseó de un lado a otro de la cocina mirando el teléfono mientras decidía qué hacer. Fue a marcar el número de Emily, pero se contuvo. En esta situación, no bastaba con llamarla. Tenía que hablar con ella en persona y esta vez nada lo detendría.

—A la mierda. —Buscó las llaves en el bolsillo.

Abrió la puerta aún descalzo, pero daba lo mismo porque se topó con unos preciosos ojos verdes al otro lado. Ni siquiera se saludaron; las palabras sobraban. Ambos sabían que no hacía falta decir nada: sus cuerpos hablarían por sí solos hasta el amanecer. Se produjo una combustión espontánea en sus cuerpos; los dos se abalanzaron sobre el otro a la vez: iban a comerse con sus bocas hambrientas. Casi sin darse cuenta, cerraron la puerta y Emily le arrancó la camisa.

Gavin le puso una mano en la nuca y la besó sin tregua. La levantó del suelo y la empujó contra la pared. Ella levantó los brazos y él le sujetó las muñecas mientras Emily le rodeaba la cintura con las piernas. Cuerpo a cuerpo durante ese beso tan apasionado, él llevó la otra mano a su muslo y le subió el vestido por encima de las caderas. Solo se oyó el frufrú de las braguitas cuando se las arrancó. Mojada y embargada por el deseo, se frotó contra su ingle mientras, en un arrebato, se soltaba las muñecas y empezaba a desabrocharle el cinturón.

—No podía irme con el taxi. No podía —gimió.

No podía pasar por alto el sentimiento de deseo y necesidad, esa sensación de que debían estar juntos. No quería seguir ignorándolo. Él era lo que más anhelaba y ahora tenía miedo de no poder saciarse.

—Justo salía a buscarte —gruñó mientras recorría su mandíbula con la lengua—. Y esta vez no pensaba dejarte escapar.

Agachándose, Emily metió la mano por debajo de sus calzoncillos y le rozó el grueso y largo miembro. Comenzó a tocarlo y disfrutó al notar ese fluido perlado en el pulgar al rodear el glande. Gavin gimió mientras lo acariciaba y se sacó el pene del pantalón. Él se acercó a su oreja y a su garganta y empezó a morder y chupar, al tiempo que ella lo masturbaba.

—Tengo que sentirte dentro, Gavin, por favor.

—Voy a ir a por un condón —jadeó.

—Tomo la píldora —dijo entrecortadamente con el sudor que le perlaba el cuello.

No le hizo falta oír nada más: la levantó para luego penetrarla. Mientras accedía a su interior cálido y húmedo, Emily echó la cabeza hacia atrás y la apoyó en la pared, incapaz de creer lo bien que se sentía. Suspiró profundamente al tiempo que le rodeaba el cuello con los brazos. Arqueó la espalda y él la embistió de nuevo, hasta el fondo esta vez. Gavin seguía besándola con lengua y gimió cuando ella le apretó la cintura con las piernas y le enredó las manos en el pelo. Aunque su espalda chocaba con la pared con cada embestida, la calidez placentera de su miembro hacia olvidar toda molestia.

Gavin se apartó y se miraron a los ojos, dejándose llevar por las emociones que se palpaban en el aire. Sus pechos se movían al compás de cada respiración. Mientras las oleadas de placer sacudían a Emily, él volvió a besarla con fuerza, explorándola con la lengua mientras se la llevaba a la habitación.

A ella se le escapó un leve gemido cuando la puso de pie. Emily se quedó frente a él, le temblaba todo el cuerpo, mientras trataba de recuperar el aliento. Sin pensárselo ni un instante, Gavin se quitó los calzoncillos y los calcetines, sin dejar de mirar sus temblorosos labios cual depredador.

Emily fue bajando la vista de su hermoso rostro hasta su abdomen duro, donde se le marcaba una V que la llevaba directamente a la respuesta de aquella pregunta que se había planteado: ¿dónde terminaba su tatuaje? Era magnífico. Serpenteaba por el costado izquierdo y se contoneaba por la cadera antes de bajar aún más. Trazó el camino con la vista y admiró cómo la elaborada tinta negra le envolvía el muslo; la cola del dragón se le enroscaba en la parte superior de la pierna. Se imaginó acariciando y lamiendo ese caminito esa misma noche.

—Cualquier hombre de la faz de la tierra quisiera estar en mi situación ahora mismo —dijo mientras le cogía el rostro con ambas manos y le rozaba los labios con el pulgar. Como un animal salvaje que acecha a su presa, se le acercó despacio, le pasó los labios por el hombro y luego fue lamiéndole el cuello—. Tu mente y tu cuerpo nunca olvidarán las cosas que te haré esta noche. Me sentirás hasta en... el último... centímetro de tu cuerpo.

Aunque no la tocara, sus palabras bastaban para que se sintiera a punto de explotar.

—Oh, cielos —susurró.

—Exacto —dijo él con una sonrisa arrogante.

Despacio siguió lamiéndola y provocándola con besos suaves, para finalmente detenerse detrás de ella. Con el aliento cálido y acelerado, le besó la oreja. Ella cerró los ojos; notaba cómo el placer surcaba su cuerpo con cada roce de sus labios. Gavin fue bajando la cremallera del vestido de terciopelo hasta que terminó cayendo a sus pies.

—Da un paso al frente —le susurró al cuello mientras desprendía los pasadores que le sujetaban el recogido.

La melena cayó en cascada sobre sus hombros y pechos. Emily obedeció y dejó atrás el vestido; el deseo sexual era cada vez mayor y lo sentía incluso en la piel. Aún de pie detrás de ella, Gavin le desabrochó con una mano el sujetador sin tirantes, mientras con la otra le rozaba el vientre; ella se quedó inmóvil. Hundió el rostro en la curvatura de su cuello y, con delicadeza, le levantó la pierna y la apoyó en la cama. Emily gimió mientras él le introducía los dedos. Notó el placer hasta en la última terminación nerviosa. Ella levantó los brazos y se aferró a su pelo, agarrándose a él tan fuerte como pudo. Él le cogió la barbilla y le ladeó la cabeza lo suficiente para poder besarla. Con una mano siguió masturbándola, con la otra le acariciaba un pecho, acogiendo el pezón erecto entre los dedos. Emily notó un escalofrío en el estómago, una sensación que se le extendió por todo el cuerpo. Entre jadeos, le cogió la mano con la que la penetraba y le lamió los dedos húmedos, succionándolos poco a poco. Gavin no la dejaba ni respirar: le dio la vuelta y la besó en la boca.

—Me derrites cuando haces eso —gimió con una voz áspera y ronca por el deseo.

Con el corazón desbocado, Emily volvió a hundir los dedos en su pelo.

—Derríteme a mí ahora —repuso jadeando, notando una calidez cada vez más abrasadora en su interior.

—Eso pienso hacer. —Le recorrió la clavícula con los labios—. Tumba ese hermoso cuerpo en la cama, pero mantén los muslos en alto y no te quites los tacones —le ordenó.

Con esas palabras le entraron escalofríos por la espalda. No pudo hacer más que acatar lo que le había ordenado. Las frías sábanas de seda se deslizaban bajo su cuerpo acalorado mientras se tumbaba en aquella cama enorme. Gavin dio un par de pasos y se puso delante, estaba tan cerca que notaba el calor y el deseo que desprendía. El corazón se le aceleró al reparar en su ardiente mirada sobre su cuerpo desnudo; sus ojos devoraban cada centímetro de piel desnuda.

Con sus penetrantes ojos azules, Gavin se arrodilló y la acercó al borde de la cama. Le separó los muslos y se colocó las piernas de Emily sobre los hombros: ya no quedó nada para la imaginación. Se deleitó con su gemido justo antes de rozar su piel. Con una mano le acarició el vientre mientras con la otra le levantó un pie, aún con el zapato, y le besó el tobillo a través de la media.

—Dime que te mueres de ganas de que te saboree —susurró, lamiéndola despacio hasta la pantorrilla mientras con un dedo le acariciaba el sexo húmedo. Estaba empapada de deseo y él apenas pudo controlarse.

—Dios, Gavin, por favor —rogó, levantó las caderas y se apretó los pechos.

Él le separó las piernas un poco más y suspiró una última vez antes de empezar a lamerle el clítoris poco a poco. Le introdujo los dedos y lamió el dulce néctar de su cuerpo. Succionó más y más adentro, con avidez, como si temiera no volver a experimentarlo de nuevo. Miel… era miel pura. Daría lo que fuera por saborearla, olerla, sentirla y explorarla tan íntimamente cada día… el resto de su vida.

—Sabes tan bien —susurró mientras seguía introduciéndole los dedos.

Oyó su respiración entrecortada y observó cómo temblaba y arqueaba la espalda, y eso no hizo más que aumentar su deseo por ella. Se notaba la polla dura y caliente; se moría de ganas de penetrarla. Cada vez que gritaba su nombre y le tiraba del pelo, se estremecía con un deseo que no había conocido hasta entonces y se sentía al borde de la explosión sin estar dentro de ella siquiera. Cuando notó que Emily estaba a punto de correrse, redujo las caricias con la lengua un momento para volver a acelerarlas después, lametazo a lametazo, hasta que supo que ya no podía aguantar más. Cuando se le estremecieron las piernas por el clímax, él se aferró a sus caderas y se la acercó con más fuerza hacia la boca. Cuando volvió a gritar su nombre, él mordió, succionó y tiró de sus hinchados pliegues aterciopelados con los dientes.

Antes de que mitigara el éxtasis al que la había llevado, empezó a recorrerle el cuerpo con la lengua. Se detuvo en el vientre y la miró a los ojos: tenía el rostro enrojecido y respiraba con dificultad.

—Eres tan hermosa —masculló mientras se incorporaba para hundir el rostro entre sus pechos y lamerle un pezón. Cogió la parte posterior de su rodilla y colocó su pierna alrededor de la cintura.

A Emily se le cortó la respiración mientras él se cernía sobre ella sin dejar de tantear su pezón con la lengua: con roces pausados y pensados con cuidado para provocarle placer. Y lo sentía, desde luego. Sus gemidos reverberaron en el dormitorio, su respiración pesada le perforaba los oídos incluso. Los movimientos de su lengua alrededor de su pecho junto con los mordisquitos aquí y allá hacían que su cuerpo se lanzara hacia su traviesa boca.

Emily apenas pudo tomar aire suficiente cuando por fin la penetró. Notaba cómo las llamas del placer la consumían y se abrían paso por su cuerpo. Cada embestida, larga y profunda, era pura magia, porque ningún hombre, ni siquiera Dillon, había conseguido que su cuerpo sintiera lo que sentía con Gavin.

Durante un instante ambos se dejaron llevar, se miraban a los ojos; sentían algo que no tenía nombre. Fue entonces cuando Emily sintió que Gavin la reclamaba; era como si su cuerpo le perteneciera únicamente a él.

Gavin la embistió aún más profundamente y ella exhaló con fuerza mientras la besaba con pasión y desesperación. Enredaba las manos en su pelo al tiempo que se les aceleraba la respiración por las sensaciones que ambos desprendían.

—Te gusta tu sabor en mi lengua, ¿verdad? —preguntó con la respiración entrecortada.

Emily jadeó y le hincó las uñas en la espalda mientras lo besaba más fuerte.

—Sí.

—Tu cuerpo está hecho para el mío. —Le lamió los labios y bajó hasta la mandíbula; con las manos le sostenía la nuca—. Estamos hechos el uno para el otro.

Sin dejar de besarla, Gavin le acariciaba el pelo mientras ella hundía la cabeza en la almohada y levantaba las caderas para acoger sus embestidas. Sus cuerpos se movían juntos en sincronía como si fueran un todo: hechos el uno para el otro, contoneándose juntos, fundidos por el deseo. A pesar de que Gavin era muy musculoso, la abrazaba con delicadeza y suavidad. No hacía nada rápido ni con brusquedad. Sus movimientos comedidos y pacientes demostraban control mientras se deleitaba y adoraba hasta el último centímetro de su cuerpo. Sus respiraciones se entremezclaban y sus bocas jugaban, buscándose; sus manos se hablaban mediante el tacto. Gavin aceleró el ritmo y le acarició un pecho para encantarse con su suavidad mientras se deleitaba con cada gemido que salía de sus labios.

Bajó la boca hasta la curvatura de su cuello.

—Eres mi debilidad, Emily —gimió mientras seguía lamiéndola—. Una debilidad tan dulce…

Ella enredó los dedos en su pelo y acercó sus labios a la vez que él se hundía en su interior. Gavin notó que estaba a punto de llegar al orgasmo cuando se aferró a sus bíceps y le hincó las uñas mientras contraía el sexo alrededor de su polla.

Le pasó un brazo por la espalda y la atrajo hacia sí al tiempo que le sujetaba la nuca con la otra mano.

—Córrete para mí, Emily. —Siguió besándola con lengua.

Le temblaban los músculos por contener su propio orgasmo. Pero en cuanto sintió que ella se deshacía debajo de él, se dejó ir con ella. Sus cuerpos entrelazados se derretían de puro placer mientras se estremecían, sacudían y temblaban en los brazos del otro. Sudor contra sudor, alma contra alma, se elevaron juntos y en ese instante no sabían si alguna vez volverían a bajar.

Cuando sus respiraciones y sus cuerpos se sosegaron, Gavin la miró a los ojos. Le apartó el pelo del rostro con cuidado, todavía maravillado de tenerla allí. La besó con dedicación y pasión durante un buen rato como si quisiera dar las gracias a su boca, a su cuello y a sus hombros.

Ella levantó la vista y se lo agradeció con las manos acariciándole el pelo, las facciones cinceladas y, por fin, la boca.

Gavin nunca se había sentido tan conectado con alguien. Abrazarla lo hacía sentir completo, sentirla lo hacía sentir íntegro; ella tenía que saberlo.

—Te quiero, Emily —susurró—. Creo que te quiero desde el momento en que te vi. —Echó la cabeza ligeramente hacia atrás y Emily fue a hablar, pero él le puso un dedo en los labios—. No espero que me correspondas. Solo necesito que sepas que no ha sido solo sexo para mí. —Le besó la mandíbula con dulzura—. Lo quiero todo, Emily. Quiero pasar las noches dándote la mano. Quiero enviarte mensajes todo el día. —La besó en la sien y le acarició la mejilla—. Quiero las risas y los besos en la frente. —Le acarició la frente con los labios—. Quiero salir contigo por la noche, ver una película y prepararte el desayuno. —Le pasó las manos por el pelo y le mordisqueó suavemente el labio inferior—. Quiero paseos de noche, ver puestas de sol, discusiones, gritos y llantos. —Sin dejar de besarla, sonrió—. Y, desde luego, quiero hacer el amor para reconciliarnos después de todos esos gritos y llantos. Quiero lo bueno, lo malo y el término medio. Todo lo que hará que juntos seamos increíbles.

Aunque le costaba tragar saliva, Emily no tardó en responder porque ya no tenía dudas. Sabía perfectamente que en el fondo y hasta en lo más íntimo de su ser, también lo quería. Sus caricias, esas emociones que vertía con sus palabras y la sinceridad de su mirada disipaban cualquier atisbo de duda o temor.

Observó su bello rostro mientras lo abrazaba y empezaba a llorar.

—Yo también te quiero, Gavin. —Se incorporó un poco para besarlo en los labios y notó la impresión que acababa de provocarle. Le dio un beso más profundo para aliviar ese impacto. Funcionó porque notó que comenzaba a relajarse—. Quiero exactamente lo mismo… y va a ser contigo. Quiero hacerte feliz.

Gavin apoyó la frente contra la suya, le cogió la barbilla y le acarició los labios con la yema del pulgar.

—No hay forma humana de que no me hagas feliz. Es imposible.

Se movió hacia un lado arrastrando a Emily consigo. Y volvieron a hacer el amor, con dulzura pero sin tregua, hasta altas horas de la madrugada.

16

Se abre la caja de Pandora

*L*a brillante luz del sol que se filtraba por las cortinas de la ventana despertó a Emily de una de las mejores noches que había vivido hacía meses. Con un largo y pausado estirón y una sonrisa en el rostro, empujó las sábanas que le apretaban el pecho, se sentó y se apoyó en el cabecero. Miró alrededor del gran dormitorio en busca de Gavin y entonces reparó en el ruido de la ducha; se deleitó con lo increíblemente bien que se sentía.

En general no solía preocuparle mucho el aspecto que tenía al despertar, pero esta mañana era otro cantar. Como sabía que el pelo debía de parecer un nido de ratas y que llevaría el maquillaje corrido, salió de la cama rápidamente llevándose las sábanas consigo para mirarse al espejo. Cuando sus pies descalzos tocaron el frío suelo de mármol, también se toparon con algo más. Bajó la vista y encontró una caja grande con un lazo rojo alrededor. La cogió y volvió a sentarse en la cama. Iba dirigida a ella, bueno, mejor dicho, a Molly.

—Menudo listillo. —Se rio.

Sacudió la cabeza y al empezar a abrir la caja reparó en que algo se movía en la distancia. Se fijó y vio a Gavin salir del cuarto de baño con una toalla de algodón blanco alrededor de la cintura. Tragó saliva, se ciñó las sábanas alrededor del pecho y se apoyó en el cabecero. Gavin se pasó la mano por el pelo mojado y sonrió desde el otro extremo del dormitorio; se le marcaron los músculos del abdomen al estirarse. Ella le devolvió la sonrisa con timidez y lo observó con detenimiento: decir que estaba guapísimo era quedarse corta. No podía evitar comérselo con la mirada, era imposible. Era un adonis y no solo por su cuerpo, sino también por su rostro. Esa mandíbula angulosa que le realzaba los pómulos y la barba de dos días contribuían más a su masculinidad… y a acelerarle la respiración a ella. Y, ay, ese tatuaje, por Dios.

—Ah, has encontrado el regalo —dijo y sonrió.

Emily arqueó una ceja.

—Bueno, he encontrado un regalo para Molly, pero sí.

Él se acercó a la cama riéndose y se sentó a su lado.

—Si no me equivoco, fuiste tú quien dijo que te lo recordaría el resto de la vida; solo cumplo mi parte del trato. —Emily negó con la cabeza y le dio un golpecito en el brazo. Él se rio y le puso un mechón de pelo detrás de la oreja—. Mmm, sabía que estarías preciosa recién levantada.

Ella se mordió el labio, visiblemente avergonzada, y apartó la vista.

Gavin estaba hipnotizado por sus ojos y alucinaba porque ella no era consciente de lo hermosa que era. Sus labios color vino, esos hermosos ojos verdes y las sutiles curvas de su cuerpo eran un auténtico regalo para sus sentidos. Cuando la contemplaba, el corazón le latía desbocado y sus ojos trazaban hasta el último centímetro de su rostro. Y no solo era por su belleza física; le gustaba de pies a cabeza, hasta cómo olía su piel. Ay, lo que haría por conseguir siquiera ese aroma… Le había proporcionado un agradable calor toda la noche, como el de una chimenea en invierno, y estaba dispuesto a sacrificar lo que fuera por tenerla. Ella volvió a mirarlo y se le pasaron por la cabeza los incontables pensamientos y ensoñaciones que había tenido sobre este mismo momento: compartir con ella sus deseos y que ella hiciera lo mismo, confiando el uno en el otro como solo lo hacen dos personas que se aman.

Gavin estaba eufórico. Ni todo el dinero del mundo podría comprar un sentimiento así. Le puso la mano bajo la barbilla y la miró a los ojos.

—Estás preciosa —susurró mientras le volvía la cabeza con cuidado. Lentamente, le rozó los labios en un beso apasionado pero gentil. Emily le tocó el pelo, del que tiró ligeramente pero con la fuerza suficiente para que gimiera en la boca de ella. Se quedaron allí sentados besándose como dos adolescentes, felices con eso... no hacía falta más: solo besarse.

Después de unos minutos deleitándose con el sabor mentolado de sus labios, Emily se apartó. Gavin la miró embelesado, como si le hiciera el amor con la mirada.

—¿Qué pasa? —preguntó, con una sonrisa infantil en los labios.

—Esto... Me gustaría cepillarme los dientes —dijo ella al tiempo que se pegaba las sábanas al pecho.

Él se rio, cogió el regalo sin abrir y se lo tendió. Le dio otro beso suculento.

—Para mí sabes muy bien, pero toma. Ábrelo.

Ella esbozó una sonrisa irónica.

—Es una caja bastante grande para un cepillo de dientes.

Gavin volvió a reír y le acarició la mandíbula con los nudillos.

—¿Verdad?

Con el ceño fruncido pero con una gran sonrisa, lo miró con recelo.

—¿Qué pasa?

—¿Cuándo has tenido tiempo de salir a comprarme algo?

—Bueno, es que no es tan temprano, marmotilla. —Le señaló el reloj: eran casi las once de la mañana—. Pero para responder a tu pregunta, te diré que mandé a mi asistente a por cosas de una lista que le di.

—Ah, tu asistente.

—Sí, mi asistente. —Se rio—. Pero estaría dispuesto a sustituirlo por esta impresionante morena que tengo sentada en mi cama ahora mismo.

—Ah, ¿así que me contratarías como asistente?

—Sin dudarlo —le susurró en el cuello mientras le rozaba el hombro con los dientes. Emily se deshacía con esas atenciones—, aunque creo que no trabajaríamos mucho. —Se retiró y sonrió—. Va, abre el regalo.

Emily, que con una mano se sujetaba las sábanas contra

el pecho, intentó abrir la caja con la otra. Gavin se rio; se había dado cuenta de que quería taparse. Le pareció un gesto muy inocente y sensual a la vez. Sin mediar palabra, él sonrió y la ayudó.

Al abrirla, vio dos cajas de tamaño medio y una caja pequeña. Con una enorme sonrisa, él abrió una de las medianas y sacó una sudadera de los New York Yankees con capucha y unos pantalones de chándal a juego.

—Se te ha ido la cabeza del todo. —Rio y se los quitó de las manos. Negó con la cabeza y trató de mirarlo con desaprobación, pero en el fondo le encantaba que intentara convertirla en seguidora de ese equipo—. Si crees que voy a salir en público con esto, estás muy equivocado.

Él estudió su rostro muy de cerca; sus labios casi se rozaban.

—¿Quién ha dicho que saldremos de casa hoy?

—Mmm. ¿Ah, no?

—No, no saldremos. Serás mi rehén —repuso en voz baja mientras se inclinaba para besarla—. El conjunto es solo para mi deleite.

—Suena bien —respondió y le devolvió el beso—. Y ¿qué has planeado para hoy?

Él se mordió el labio inferior y sonrió.

—Pues he pensado que podríamos pedir comida.

—Ajá, la comida es una necesidad básica, sí —dijo medio gimiendo mientras seguía besándola.

—Y dormir un poco, nos quedamos despiertos hasta muy tarde.

—Sí, nos hace falta recuperar fuerzas. —Le acarició el cuello.

Todavía besándola, le levantó el otro brazo y al colocárselo alrededor del cuello, se le cayó la sábana.

—Y ponernos cómodos en el sofá y ver películas de miedo.

—Me gustan las películas de miedo —dijo ella pasándole una mano por el pelo. Empezaba a excitarse.

Gavin atrapó su labio inferior con los dientes y le acarició los senos, ahora desnudos. Sonrió al oírla gemir; le encantaba cómo respondía a su tacto.

—Y entre las comidas y la película, me gustaría volver a hacer lo de ayer. —La sentó en su regazo y la melena le cayó sobre los hombros mientras alargaba el beso con lengua—. Una… y otra… y otra vez.

Justo cuando Emily empezaba a quitarle la toalla que llevaba alrededor de la cintura, sonó el teléfono. Gavin no hizo ni ademán de cogerlo.

Con la respiración acelerada, Emily se apartó y lo miró.

—Tiene que contestar esa llamada, señor Blake.

Él le enredó los dedos en el pelo y la guio de vuelta a su boca.

—Ni de coña —masculló mientras la recostaba contra el cabecero y la besaba con más ímpetu—. Sea quien sea puede esperar.

—Oye, oye. —Se apartó otra vez con una sonrisa socarrona. Aunque le costó muchísimo hacerlo, quería jugar al juego del que él se creía el mejor—. Podría ser tu madre.

Se pasó la palma de la mano por la cara y dejó escapar otro gemido. Sonrió con aire sensual.

—Me matas, Emily. Me matas de verdad.

Ella sonrió, burlona; le encantaba desmontar a un hombre tan poderoso como él. Se echó a un lado y rio.

—Mmm. ¿Quién ruega ahora?

Gavin negó con la cabeza, puso los pies en el suelo y se echó a reír.

—Esto me lo pagarás, te lo prometo.

Lo escuchaba hablar con quienquiera que estuviera al otro lado de la línea, al tiempo que sonreía y le acariciaba la espalda. Esperaba que cumpliera su amenaza.

—¿No puede esperar? —preguntó al que llamaba.

Emily se arrodilló en la cama y lo besó a lo largo de los hombros. A Gavin le encantaba y giró la cabeza para que lo besara en la boca. Ella sonrió y lo besó unos segundos antes de volver a hablar.

—De acuerdo, espera un momento —gruñó al móvil. Lo tapó con la mano, se volvió hacia ella—. Es Colton. Tengo que repasar unos asuntillos con él, cosas del trabajo. Puede que tarde un rato.

Emily asintió. Él le acarició la mejilla con el dorso de la mano y bajó hasta la barbilla. La besó con ternura.

—Abre el resto de los regalos, date una ducha, y prepararé el desayuno cuando haya terminado de hablar con él.

Volvió a asentir y lo vio salir de la habitación. Trató de calmar sus sentidos acalorados y acelerados, respiró hondo y siguió abriendo los regalos. Además de unas zapatillas Nike Shox rosas y grises, también encontró lo necesario para ducharse. Había champú, un juego de geles de baño y hasta maquinillas de afeitar; al parecer no había dejado nada al azar. Incluso había un frasco de perfume de Jimmy Choo. Pensó que tal vez había hablado con Olivia, porque era su perfume favorito. Abrió la caja más pequeña y sonrió al descubrir un par de braguitas de encaje negro y un sujetador a juego.

Lo cogió todo y salió de la cama, directa al cuarto de baño, donde se dio una relajante ducha de agua caliente. Aunque se sentía contenta y muy bien físicamente, sus pensamientos eran harina de otro costal. Decir que estaba abrumada era quedarse muy corta. Sabía que tendría que enfrentarse a muchas cosas cuando Dillon regresara y, sinceramente, eso la aterrorizaba. Pensó en lo que le diría, pero no podía quitarse de encima la sensación de que, de alguna manera, se iba a armar la de Dios es Cristo y todo eso acabaría destrozando a Gavin, a Dillon y a ella misma. Salió de la ducha, cogió una toalla e intentó olvidar esos pensamientos negativos que le infectaban la cabeza.

Se puso ese conjunto de los Yankees de sensualidad cuestionable y entró en el salón. Recorrió con la vista el *collage* de fotos en blanco y negro de Gavin, la mayoría de gran tamaño. A diferencia de la vez anterior, en esta ocasión las miró con detenimiento. Fue entonces cuando se percató de que todas las imágenes de la pared eran de edificios o construcciones famosas. Reconoció el Panteón de Roma y una fotografía del Palacio de Versalles. Sus ojos se posaron también en el Taj Mahal, la Torre Eiffel y el Arco Gateway. Se preguntó si se trataba de lugares que ya había visitado o si estaban en su lista de lugares por ver.

Con ese pensamiento, se centró en la voz del hombre al

que quería conocer más. Lo encontró en su despacho, sentado ante un escritorio de caoba con un ventanal enorme detrás desde el que se veía toda la línea del horizonte de Manhattan. Aunque los edificios de la ciudad más poderosa del mundo se alzaban sobre él, a ella se le antojaba un rey sentado en su trono. Y ahora ese rey era suyo.

Estaba mirando algo en el portátil —seguía trabajando con el auricular con Bluetooth— y no se dio cuenta de que lo observaba apoyada en el marco de la puerta. Para su decepción, ya se había vestido, aunque llevaba un atuendo informal con pantalones negros, camiseta blanca con cuello de pico y las gafas de leer. Se sintió muy atraída por él. En silencio, cruzó la habitación para acortar la distancia que los separaba y, hasta que no estuvo muy cerca, Gavin no la vio. La saludó con una sonrisa contagiosa de oreja a oreja. Levantó un dedo para pedirle un minuto más, pero ella no quería esperar. No. En lugar de eso, empezó a bajarse los pantalones del chándal poquito a poco sin dejar de mirarlo a los ojos.

Hoy era ella la cazadora y Gavin, su presa.

Vio cómo tragaba saliva mientras se recostaba en su silla de cuero y se cruzaba de brazos. Sonrió todavía más. Mantuvo la voz fría y monótona y siguió la conversación como si no se inmutara por el *striptease*, pero la reacción física a través de los pantalones de deporte lo delataba.

Se colocó delante de él y plantó un pie en la silla, justo entre sus piernas. Una sonrisa lasciva se asomó a sus labios mientras se subía al escritorio poco a poco. Con la cabeza de él a la misma altura que su vientre, Gavin se inclinó hacia delante y la cogió por la cintura. Él se lamió el labio inferior, sonrió y sacudió la cabeza como si la advirtiera de las cosas maravillosas por venir.

—Colton, no es una buena estrategia —dijo. Se detuvo un momento y escuchó a su hermano sin apartar los ojos de ella. Emily notó una oleada de calor por todo el cuerpo mientras él la asía con más fuerza y le trazaba círculos en el vientre con las yemas de los pulgares. Ella tampoco tuvo piedad, ya que se quitó la sudadera y le acercó el pie descalzo a la entrepierna. Su insinuante mirada casi derritió a Gavin allí mismo.

Si no había oído mal, Emily acababa de captar un leve gemido; era el sonido más erótico que había escuchado nunca. Tenerlo tan cerca empezaba a ser físicamente doloroso y más con su miembro, cada vez más abultado. Echó la cabeza hacia atrás y se introdujo las manos seductoramente por el encaje negro del sostén para tocarse los pechos, con la esperanza de que terminara la conversación.

—Ya, lo entiendo, pero esa cuenta tardará meses en activarse, así que ahora mismo no me preocupa —repuso con la voz algo quebrada—. Mira, tengo que colgar. Ya hablaremos de esto en otro momento. —Se quitó el auricular y lo tiró sobre el escritorio.

«Bingo...».

Hizo el amago de quitarse las gafas, pero ella le sujetó la muñeca para detenerlo.

—No, déjatelas puestas —masculló estudiando su rostro—. Estás muy atractivo con gafas.

Con una sonrisilla infantil, inclinó la cabeza y la miró.

—¿Que estoy atractivo con gafas? —Le separó las piernas con ambas manos. Emily asintió y suspiró mientras deslizaba las manos sobre la fría superficie de la mesa—. No tenía ni idea —comentó en voz baja. Le apartó un poco las braguitas y le introdujo un dedo. Lo sacó, lamió su flujo y luego le metió dos.

—Gavin, sí... por favor, no pares —gimió ella arqueando la espalda al acoger las arremetidas de sus dedos. Y mientras la masturbaba con una mano, le rompió las braguitas con la otra.

—Joder, estás empapadísima —susurró entre dientes mientras se levantaba de la silla y se quitaba la ropa con la mano libre, sin dejar de tocarla con la otra. Le rodeaba el clítoris con el pulgar a un ritmo constante pero sin prisas. Emily se notaba el sexo impaciente con esas caricias y tenía los nudillos blancos por aferrarse al borde del escritorio—. Lo estás por mí. Yo consigo que tu cuerpo responda así.

Ella gimió y fue a por su polla, pasando la mano por toda su magnitud, desde la base hasta el prepucio. Lo ayudó a guiarlo entre sus pliegues y cuando por fin lo tuvo bien colocado, inspiró hondo cuando la penetró. Le levantó la camiseta por la cabeza y se desabrochó el sujetador, que luego tiró a un lado.

—Me vuelve loco lo prieta que estás —comentó con unos ojos resplandecientes e intensos—. Me encanta notarte así.

Con las manos en su cintura, Gavin echó la cabeza hacia atrás y emitió un profundo gemido gutural. La embestía con ritmo rápido y enérgico, y a ella le gustaba muchísimo. Tenía el rostro enrojecido y la piel empapada de sudor, y temblaba sin parar mientras él seguía penetrándola. Se aferró a su cuello y tiró de él para besarlo, pero Gavin se resistió.

—¿Qué haces? —preguntó ella, jadeando, mientras él volvía a embestir, esta vez más lento pero con más fuerza—. Quiero besarte, Gavin.

Él se retiró un poco, la miró y esbozó una sonrisa maliciosa.

—Lo sé, pero no dejaré que me beses.

Le hincó las uñas en los hombros y se inclinó de nuevo hacia delante, para cazar sus labios, pero él la estabilizó colocándole la mano en la nuca. Le rozó los labios con el pulgar mientras empujaba más adentro y ella jadeó, contoneándose. La notaba a punto de explotar.

—¿Por qué no dejas que te bese? —Le quitó las gafas y las tiró mientras empezaban a sacudirla oleadas de placer intenso.

Él sonrió y, con otra embestida lenta, masculló:

—Quiero ver esa cara tan bonita todo el rato. Ver tu expresión cuando estoy dentro de ti… y cuando te corras para mí. —Movió las caderas hacia delante, con más fuerza, más profundo, y se aferró a sus muslos. Su sexo le envolvía completamente el miembro, ella temblaba de arriba abajo y se enroscaba a él—. Quiero ver cómo te corres, Emily.

Su petición, tan exigente y tan apasionadamente carnal, la enloqueció; sentía un deseo inmenso y feroz de darle lo que quería. Empezó a estremecerse entera y, en cuestión de segundos, notó en su interior un estallido de placer increíble. El orgasmo se manifestó en su exterior y la hizo temblar de la cabeza a los pies, abrumada por el éxtasis.

En cuanto se corrió, Gavin la sujetó por la nuca y le plantó

GAIL MCHUGH

un beso de película. Masculló y gritó su nombre mientras empezaba a lamerle la mandíbula. Sin dejar de penetrarla, Emily supo que estaba a punto y, al cabo de un instante, notó su semen fluir en su interior mientras gemía, temblando, al llegar al clímax.

El olor del sexo impregnaba el aire y por sus cuerpos corría aún la mezcla de amor y feromonas; Gavin la levantó del escritorio y la llevó a la sala de estar. La sentó en el sofá a su lado. Con los espasmos del orgasmo en los músculos, Gavin cogió una manta, la echó encima de los dos y se acercó a Emily al pecho.

—Eres increíble —susurró y la besó en la frente.

Ella suspiró profundamente satisfecha y le sonrió. Se abrazaron, notaban aún las réplicas del clímax, pero empezaban a respirar con normalidad. Gavin le apartó el pelo mojado de la cara, y le acarició los labios y la curva de la mandíbula. Con brazos, piernas y cuerpos entrelazados, se quedaron dormidos en un sueño del que no querían despertar.

El sol empezaba a esconderse por el horizonte y lo único que se oía era la respiración ligera de Emily, que dormía apoyada en su pecho desnudo, mientras le acariciaba el pelo que le caía por el hombro. Era consciente de que los minutos que les quedaban juntos se esfumaban. Cerró los ojos e inspiró hondo, trató de grabarse ese momento a fuego, pero sus pensamientos iban por otros derroteros a los que no estaba acostumbrado.

Miedo. Gavin no temía nada y ahora se sentía superado por el miedo. Aunque Dillon no volvía hasta el martes, sabía que las cosas podrían cambiar para él y para Emily a su regreso. No albergaba dudas de que ella lo amaba; había pasado las últimas veinticuatro horas demostrándoselo, pero no podía descartar la posibilidad de que cambiara de parecer. Sabía que se sentía atada a él, atada a las migajas de amabilidad que le demostraba de vez en cuando. Estaba convencido de que aquel capullo le echaría en cara esos momentos. La contemplaba mientras dormía acurrucada a su lado y la besó en la frente. Rezó para que la mujer que le había entregado más de lo que imaginaba, la que había llenado su vida vacía con su sola presencia, no sucumbiera ante Dillon y sus súplicas para seguir juntos.

Con cuidado para no despertarla, se levantó del sofá sin hacer ruido y fue a la cocina a por una carta para pedir la cena. Recordó su encuentro frente al restaurante japonés y pensó que era una apuesta segura. Después de hacer el pedido, se fue al despacho a recoger la ropa que había quedado allí desperdigada. Se vistió y cuando regresó al salón, se la encontró despierta. Le sonrió y estiró los largos brazos para desperezarse antes de levantarse del sofá, arrastrando la manta consigo. Gavin vio cómo se le acercaba la mujer que ahora era dueña de su corazón y se le aceleró la respiración. Con la manta bien envuelta alrededor, Emily se puso de puntillas, se le abrazó al cuello y empezó a comérselo a besos. Él sonrió y la abrazó por la cintura para atraerla hacia sí y besarla también, empapándose de la dulzura de su boca, de su olor y de su piel.

Ella se apartó un poco con la mirada aún soñolienta.

—Es casi de noche. No puedo creer que haya dormido tanto tiempo.

Gavin esbozó esa sonrisa de listillo que lo caracterizaba.

—Bueno, me has tenido muy activo… desde anoche.

—Oye, que lo has hecho porque has querido —repuso ella—. Y, que yo sepa, has disfrutado hasta el último segundo.

—Ahí me has pillado. He disfrutado hasta el último milisegundo, en realidad. —Emily se echó a reír y él le acarició la mejilla con el pulgar—. Yo me acabo de despertar, no te creas. —Sonrió y se le marcaron los hoyuelos—. Tienes hambre, ¿verdad? Teniendo en cuenta que nos hemos pasado durmiendo el desayuno y el almuerzo…

—Me muero de hambre.

—He pedido *sushi*. ¿Te parece bien?

—Perfecto —respondió y le dio un beso en la mejilla—. Ahora vuelvo. Voy a asearme y ponerme el maravilloso conjunto de los Yankees que me has obligado a llevar hoy.

Apoyado en la encimera, se rio entre dientes y la observó mientras entraba en el cuarto de baño.

—Listillo, que eres un listillo —dijo en voz alta antes de cerrar la puerta.

Emily se rio para sus adentros cuando oyó sus carcajadas, pero se le borró la sonrisa al verse en el espejo. Físicamente se sentía como una diosa tras haber probado las mieles del éxtasis sexual de las últimas horas, pero su aspecto desaliñado decía lo contrario. Tenía el pelo enmarañado, los labios hinchados por el frenesí de sus besos y bolsas en los párpados que delataban la falta de sueño de la noche anterior, con lo que decidió darse una ducha.

Al terminar se dio cuenta de que había olvidado llevarse el conjunto de los Yankees al baño. Se envolvió con una toalla, abrió la puerta y se lo encontró allí de pie con la ropa en las manos. Gavin asomó la cabeza y le puso el conjunto delante. Cada vez que intentaba agarrarlo, echaba el brazo atrás para que no lo cogiera.

—¿Puedes parar ya? —preguntó, tratando de arrebatárselo una vez más.

—¿Sabes lo mucho que me está costando controlarme ahora mismo? —Ella inclinó la cabeza y sonrió—. Pero estás de suerte. La comida acaba de llegar y no quiero que te mueras más de hambre. —Le tendió la ropa—. Ahora bien, no prometo nada después de cenar.

—¡Suena bien!

Se inclinó para darle un beso y se marchó, pero se detuvo en el pasillo y se dio la vuelta.

—Emily.

—Gavin.

—No olvides que mis manos impacientes te han arrancado las braguitas antes: te toca ir sin ropa interior —dijo, sonriendo con picardía.

—¿Gavin? —lo llamó con una sonrisa seductora.

—¿Sí?

—He disfrutado como una enana cuando me las has arrancado.

Cuando Gavin trató de entrar en el cuarto de baño, Emily le cerró la puerta en las narices y echó el pestillo.

—La comida se enfría —gritó, intentando contener la risa.

—Es *sushi*; tiene que estar frío. Y te voy a dar cinco minutos para que salgas y te lo comas —masculló—. Si no, echaré la puerta abajo y te comeré a ti, señorita Cooper.

Se rio y oyó cómo se alejaba, pero tuvo que reprimirse para no ofrecérsele como primer plato. Aunque su amenaza era ciertamente apetecible, se vistió, se secó el pelo y salió al salón. Para su sorpresa —y mayor agrado—, había apagado las luces de todo el piso, había encendido la chimenea y montado un *picnic* improvisado sobre una manta frente a las llamas crepitantes. Una vez más, lo contemplaba sin que él lo supiera. Desconcertada por este hombre, vio cómo les servía a ambos una copa de vino tinto, relajado y sentado a lo indio sobre la manta. Apoyada contra la pared, se cruzó de brazos y se preguntó cómo habría sido el último año de su vida si hubiera sido él, y no Dillon, quien hubiera ido con Trevor a visitar a Olivia. Sin embargo, en ese momento reparó en una paradoja exasperante: por muy mal que hubiera terminado lo suyo con Dillon, no podría olvidar nunca las cosas con las que la había ayudado y una pequeña parte de ella seguiría queriéndolo por eso. Pero ahora su corazón estaba en manos de Gavin. Él era su nuevo amor, su nueva vida y el camino nuevo que quería seguir.

Suspiró, se acercó a Gavin y se sentó sobre él a horcajadas. Él sonrió mientras la abrazaba por la cintura. Se inclinó y lo besó con dulzura en los labios; al hacerlo la infundió de calor, pero al mismo tiempo la embargó de un gran sentimiento de culpa. En parte era por Dillon, pero sobre todo porque iba a causar problemas a Gavin. Acababan de abrir la caja de Pandora y podía ser muy doloroso para ambos. Rezaba por que fuera lo bastante fuerte para soportar las turbulencias a las que se enfrentarían cuando regresara Dillon.

—Te quiero, Gavin —susurró.

Él se retiró un poco para mirarla a los ojos.

—Yo también te quiero, Emily —dijo mientras le acariciaba el pelo—. Mucho.

Ella esbozó una débil sonrisa y se sentó sobre la manta, con cuidado para no tirar nada. Empezó a abrir algunos envases y se puso unos *makis* en el plato.

Gavin le dio unos palillos y se la quedó mirando un momento; reparó enseguida en su cambio de actitud. Se le cayó el alma a los pies.

—¿Estás bien?

Emily le dio un sorbo al vino y asintió.

—Sí, estoy bien.

—¿Seguro?

—Sí. —Se inclinó y le acarició la mejilla—. Gracias por todo esto. Es perfecto.

Su tacto alentador logró tranquilizarlo. Suspiró y sonrió.

—Soy yo quien debe darte las gracias.

—No seas tonto. —Se rio—. ¿Qué tienes que agradecerme?

—Pues todo —contestó con voz suave y ojos amables. Ella levantó la vista, pero se quedó inmóvil por su tono—. Gracias por enamorarte de mí. Gracias por ser tú misma conmigo. Gracias por no matarme todas las veces que te he perseguido. Sé que te he puesto en una situación delicada, pero no podía… —Hizo una pausa, inspiró hondo y miró el plato. Cuando volvió a levantar la vista, vio que estaba al borde de las lágrimas—. No podía estar lejos de ti —susurró—. Sentí tu presencia en cuanto pusiste un pie en mi edificio. Joder, creo que hasta te sentí antes de entrar. Nunca había sentido algo así. De repente lo vi todo claro: matrimonio, hijos, envejecer juntos. Me cautivaste y supe… supe en ese mismo instante que debíamos estar juntos.

Emily se le acercó sin importarle que pudiera tirar algo. Gateó por la manta y se acurrucó en su regazo. Se abrazó a su cuello y lo atrajo hacia su boca. Todas las dudas que había tenido sobre si sería capaz de soportar todo aquello a lo que estaban a punto de enfrentarse, desaparecieron sin más. ¡Puf! Se evaporaron.

—Estás llorando —susurró él mientras le secaba una lágrima. Ella sonrió y él rio con dulzura—. No sé cómo me las apaño para hacerte llorar.

—Son lágrimas de las buenas —dijo, sollozó y se rio al tiempo.

—Y no serán de otra manera. —Se acercó para besarla—. Te juro que si has de llorar, solo será de felicidad, Emily.

Ella, aún sentada en su regazo, cogió con los palillos una pieza de *sushi* de una de las bandejas.

—Abre la boquita —le pidió—. Quiero darte de comer.

Y él obedeció: sonreía y masticaba a la vez.

—Podría acostumbrarme a esto.

—Estoy segura. —Se echó a reír.

—Pues claro. —Se llevó la copa de vino a los labios y dio un sorbo—. Y quiero más —añadió, abriendo la boca.

Ella le introdujo otro rollito en la boca.

—¿Puedo preguntarte algo?

—Claro, dime.

—¿Has estado en todos esos sitios? —Señaló con la mano algunas de las fotografías que adornaban las paredes.

Él tragó y las observó un momento, luego asintió.

—Pues sí. Fui a estudiarlos.

—¿Para la universidad? Pensaba que habías estudiado Administración de Empresas.

—Y eso estudié —dijo, sonriendo—, pero quería ser arquitecto. Me fascina cómo se hacen las cosas, ya sea la historia de una novela o un edificio. —Le acarició desde la mandíbula a la clavícula, y luego por el hombro. Notó cómo se estremecía ella—. Me parece increíble que alguien piense algo que se convierta en una cosa tan hermosa que pueda hasta cambiar vidas, y eso a partir de una simple visión o idea.

—¿Y por qué no hiciste esa carrera, entonces?

Volvió a echarle un vistazo a las fotos.

—Cuando falleció mi abuela, Colton y yo nos quedamos con una herencia considerable. Él quería fundar Industrias Blake. —Cogió otro rollito, se lo metió en la boca y se encogió de hombros—. Necesitaba mi mitad de la herencia para ponerla en marcha. En lugar de ser socio sin voz ni voto, como habíamos hablado en un principio, entré como copropietario. El sector de la publicidad crea cosas, así que me dije ¿por qué no? Además, él lo deseaba y no quise defraudarlo.

Emily lo miró y le acarició la mejilla.

—Lo hiciste por él.

—Un poco. —Se encogió de hombros—. Pero no quiero que ese capullo lo sepa.

—Pero ¿te gusta? Quiero decir, ¿te hace feliz?

—Estoy contento por los éxitos que hemos cosechado. —Arqueó una ceja y sonrió—. Además, no suelo ir a trabajar hasta las diez de la mañana la mayoría de los días, lo que es una ventaja.

—Qué suerte. Ya me gustaría a mí entrar tan tarde. —Suspiró—. Pero no has contestado a mi pregunta. —Él sonrió y ella se acomodó en su regazo—: ¿Te hace feliz de verdad?

—¿Quieres que te sea sincero?

—Pues sí, lo preferiría.

—Lo odio. Me muero de aburrimiento.

—Deberías ser feliz con tu trabajo. —Se inclinó para besarlo—. ¿Alguna vez has pensado en vender tu parte?

Él le apartó el pelo de la cara y la besó en la frente.

—Sí, y acabaré haciéndolo, pero teniendo en cuenta que acabamos de reactivarla tras la mala racha, quiero asegurarme de que esté bien encauzado todo antes de vender.

—Eres un buen hermano, ¿lo sabías?

—Sí, soy la leche. —Los dos se rieron y Gavin la atrajo hacia sí—. Basta de hablar de mí. ¿Y por qué te decantaste tú por la enseñanza?

—Pues, verás, soy disléxica. De niña iba a una escuela que, o bien no supo ver que lo era, o no tenía personal que me pudiera ayudar de verdad. —Cogió la copa de vino y bebió un poco—. Los demás niños se burlaban de mí porque me impedía avanzar como ellos. Al llegar al instituto decidí que quería ser maestra porque los disléxicos sabemos de inmediato cuándo un niño lo es. Pensé que con ayudar a diagnosticar a un solo niño a tiempo, ya valdría la pena.

Él la miró fijamente durante unos segundos y esbozó una sonrisa.

—Eres increíble.

—¿Tú crees? —preguntó, radiante—. Nunca me lo habían dicho antes. Nunca.

Gavin la incorporó un poco y le colocó las piernas alrededor de su cintura. Le pasó las manos por el pelo y la besó.

—Sí. Eres, sin duda alguna, la mujer más increíble que conozco —dijo, mientras le succionaba el labio inferior. Ella sonrió—. Y prometo que siempre me referiré a ti como «increíble».

—Vaya, pues muchas gracias. —Ella rio—. Y yo prometo seguir llamándote listillo.

—Mmm, tienes mi permiso para llamarme como quieras.

—Ella sonrió y se dejó llevar por su boca experta. Al cabo de unos minutos, Gavin se retiró un poco; se sentía abrumado por el tema tabú—. ¿Puedo preguntarte algo?

—Por supuesto —respondió ella, dándole un beso en la mandíbula.

—¿Cómo se lo diremos a Dillon? —Él notó cómo ella se tensaba mientras se mordía el labio. Le acarició la nuca y le acercó la cabeza con cuidado. La miró con ternura—. Emily —susurró—. Los dos. He dicho «diremos». No pienso dejar que se lo digas tú sola, ¿me entiendes?

Ella tragó saliva y asintió.

—Sí, pero ¿podemos hablar de él en otro momento?

Gavin la miró a los ojos y se dio cuenta de que estaba nerviosa. El riesgo que ella estaba corriendo era mucho mayor que el suyo, pero él también estaba confundido.

—Tenemos que hablar de él, Emily.

—Ya lo sé —respondió al tiempo que llevaba las manos a sus mejillas—, pero no vuelve hasta el martes. Es domingo por la noche y solo quiero que el aquí y ahora sea sobre tú y yo. No sobre él… solo nosotros, Gavin. —Ella le buscó la boca y lo besó apasionadamente para quitarse de la cabeza a Dillon. Él le apretó la cintura y gimió. Ella se echó atrás poco a poco y lo miró—. Mañana por la noche, ¿de acuerdo? Mañana por la noche lo hablamos todo.

—Está bien, pero prométeme que no le dirás nada antes. —Le pasó las manos por el pelo—. Quiero estar allí cuando sea el momento: es cosa de los dos.

—Lo sé, gracias —susurró y apoyó la frente contra la suya—, pero, sinceramente, ni siquiera le he cogido el teléfono.

—Está bien, solo quiero asegurarme de que…

Emily le puso un dedo en los labios para que callara y él sonrió.

—Calla —le dijo al tiempo que apartaba el dedo y lo reemplazaba con sus labios. Mientras él la besaba con lengua, Emily trató de relajarse… y no necesitó mucho tiempo.

—Te quedas a dormir esta noche otra vez, ¿verdad? —susurró él acariciándole la mandíbula con la boca.

Ella inclinó la cabeza mientras le besaba el cuello.

—No puedo. He estado sustituyendo a un profesor y tengo exámenes que corregir al llegar a casa. Además, mañana entro a trabajar a las siete de la mañana.

—Estás en primero, ¿no? —preguntó mientras le levantaba los brazos y le sacaba la camiseta.

—Sí. —Ella se desabrochó el sujetador y lo tiró a un lado—. ¿Por qué lo preguntas?

Él le miró los pechos descaradamente y se le dibujó una sonrisa en el rostro. Se relamió, pero no dijo nada.

Emily le puso un dedo bajo la barbilla e hizo que la mirara a los ojos.

—¿Por qué?

Él se la acercó a la boca y comenzó a besarla.

—¿Por qué, qué? —preguntó, mordiéndole el labio.

—Gavin. —Se rio—. Me has preguntado si doy clases en primero.

—Ah, es verdad. —Se rio entre dientes y se apresuró a quitarse la camiseta—. Has dicho que no puedes quedarte porque tienes que corregir exámenes, ¿no?

—Sí.

—Pero ¿a esa edad no aprueban todos automáticamente? —preguntó, pasándole la mano por debajo de las rodillas al tiempo que se incorporaba y la llevaba al dormitorio—. A ver, solo dibujan y colorean, ¿no?

—No, no aprueban de forma automática —repuso ella acariciándole la mejilla con la nariz— y tampoco se pasan el día pintando.

La dejó en la cama y vio cómo, desnuda, se tumbaba y apoyaba la cabeza en la almohada.

Él se desnudó deprisa y se metió bajo las sábanas a su lado.

—¿Qué puedo decirte para convencerte? No, olvida eso.

¿Qué puedo hacer para que cambies de opinión y te quedes a dormir?

Ella sonrió y le acarició los hombros.

—No puedo, de verdad, pero dejaré que intentes convencerme.

—Mmm, eres dura de pelar —susurró mientras le acariciaba el cuello con los labios—, pero acepto el trato, señorita Cooper.

Las horas que siguieron, Gavin y Emily disfrutaron muchísimo... del postre varias veces. Aunque él le insistió para que se quedara a pasar la noche, no lo consiguió. Cuando la llevó a su casa, a pesar de darlo todo con sus besos tiernos y apasionados, y hasta ofreciéndose a pagarle el sueldo de un año para pasar esa noche con él, no hubo suerte y ella cerró la puerta. Se lamentó de que el día siguiente fuera lunes y ella tuviera que trabajar.

Con el organismo acelerado de la emoción y el corazón henchido de amor, de un amor desconocido para él hasta entonces, tuvo que andarse con mucho ojo para no tener un accidente de vuelta a casa. Seguía recordando las últimas veinticuatro horas como si de una película se tratase, una auténtica historia de amor. *Casablanca* no era nada en comparación; estaba enamorado y se sentía como un dios. Ahora lo tenía todo.

Sabía que parecía idiota por lo enamorado que estaba: ¡hasta entró silbando en el edificio! El portero lo saludó inclinando la punta del sombrero y con una expresión curiosa en el rostro. Hasta él sabía que algo había cambiado en su interior. Gavin sonrió y le dio una palmadita en el hombro, le estrechó la mano y se fue derecho al ascensor.

Optó por no ducharse porque quería conservar el olor de Emily y eran las once pasadas cuando se sentó frente al ordenador a trabajar un rato. También eran las once pasadas cuando llamaron al timbre. Levantó la cabeza como un resorte y no pudo evitar la sonrisa que se le dibujaba en el rostro a lo largo del pasillo. Emily había prometido que volvería si hubiera cambios. Abrió la puerta y se topó con unos ojos verdes que le resultaban muy familiares.

Desafortunadamente, no eran los ojos que esperaba ver.

Notó que se ponía blanco como el papel y que la confusión empezaba a nublarle el juicio.

—¿Qué narices haces aquí?

—Menuda forma de saludar a alguien con quien pasaste media década —respondió Gina, secándose las lágrimas. El olor a alcohol que desprendía impregnaba el aire a su alrededor. Gavin se asomó al recibidor y miró de un lado a otro—. ¿Qué haces? —le preguntó, tambaleándose.

—Busco la puta cámara oculta, eso hago —espetó. Tenía las cejas fruncidas y una mirada oscura—. ¿Esto es una broma?

—No, no es una broma —respondió arrastrando las palabras—. Sé que soy la última persona que quieres ver, pero la única razón por la que he venido es porque acaba de morir mi padre.

Gavin se pellizcó el puente de la nariz, bajó la vista y sacudió la cabeza.

—Gina, ¿qué quieres de mí? —preguntó con la voz más tranquila.

—Joder, te acabo de decir que mi padre ha muerto —sollozó al tiempo que se le acercaba—. Mi hermano está en Grecia ahora. Sabes que no tengo a nadie más. —Se echó a llorar y escondió el rostro entre las manos. Luego lo miró con los ojos enrojecidos e hinchados; le temblaban los labios—. ¿Me dejas pasar un rato, al menos?

Él tragó saliva y la miró fijamente un momento mientras rumiaba formas de poder salir del entuerto. Al ver a la mujer con la que había pasado tantos años temblando ante él como una niña perdida y abatida, no pudo dejar de pensar en Emily. Se preguntó qué pensaría la mujer de quien ahora estaba enamorado, si dejaba entrar a su exnovia.

—Por favor, Gavin. Solo necesito hablar con alguien —susurró, mirando al suelo mientras se balanceaba ligeramente.

—Pero quiero que entiendas que solo vamos a hablar, ¿de acuerdo? —Ella se secó las lágrimas y asintió—. Quiero que te quede muy claro. Te doy quince minutos y luego tienes que irte.

—Está bien —respondió, llorosa, mirándolo a los ojos—. Gracias.

Él no dijo nada más. Se pasó una mano por el pelo, nervioso, y de mala gana se apartó para que entrara. Seguía dándole vueltas a la decisión que acababa de tomar cuando cerró la puerta. Gina entró en el salón tambaleándose, se quitó la chaqueta y la tiró en el suelo como si fuera un pañuelo de papel usado.

—¿Tienes alcohol? —preguntó mientras se dejaba caer en el sofá.

—Creo que ya has bebido bastante —respondió y se sentó en una butaca frente a ella—. ¿Qué ha pasado exactamente?

—Se ha ahorcado —dijo entre sollozos y se puso las manos sobre el estómago como si sintiera un dolor físico—. Estaba hasta el cuello de deudas y lo había perdido todo. Esta vez me ha arrastrado con él.

Gavin supo de inmediato de lo que hablaba. Se había pasado los cinco años de la relación sacando al padre de ella de apuros económicos por su afición al juego: desde apuestas hípicas hasta viajes de fin de semana en Las Vegas. Las deudas alcanzarían ya los trescientos mil dólares o incluso más.

Suspiró, entrelazó las manos y se inclinó hacia delante.

—¿Necesitas ayuda con los gastos del funeral o pagar el alquiler? ¿Cuál de las dos?

Gina se pasó la mano por el pelo rubio y contuvo la respiración, indignada.

—¿Cómo puedes decirme algo así en este momento? ¿Crees que he venido a por dinero?

—Si te digo la verdad, estoy convencido de que es por eso, sí.

Con el dorso de la mano se limpió la nariz y se lo quedó mirando boquiabierta.

—No puedo creer lo que estás diciéndome, teniendo en cuenta…

—¿Teniendo en cuenta qué? —la interrumpió con sequedad—. Te largaste y ahora te presentas de repente y me dices esto. Si buscas un hombro sobre el que llorar, no soy yo. —Se levantó y entró en la cocina, donde abrió uno de los armarios de golpe. Cogió una botella de whisky de la repisa, se sirvió una copa y se la bebió de un trago—. Siento mucho lo de tu padre, de verdad, pero no sé qué quieres de mí.

—He acudido a ti porque eres la única persona en el mundo que me conoce y entiende de verdad —exclamó, con los ojos llenos de lágrimas y la mirada herida—. Sabes que mi madre nos dejó tirados y no tengo a nadie. ¿Cómo puedes ser tan cruel?

—¿Ahora soy yo el cruel? Será porque he aprendido de la mejor, no lo olvides. Si necesitas el dinero, dilo de una puta vez. —Dejó el vaso en la encimera con tanta fuerza que Gina se sobresaltó, asustada por el arrebato.

A pesar de la adrenalina que le corría por las venas y los sollozos de Gina, oyó que sonaba el móvil que tenía en el despacho. Por un instante se notó las piernas atornilladas al suelo. No podía creer que la mujer que le había hecho tanto daño y se lo había hecho pasar tan mal estuviera sentada en su sofá pidiéndole que aliviara su dolor. Gavin negó con la cabeza, se apartó de ella sin mediar palabra y salió a responder la llamada.

En cuanto entró en el despacho, el teléfono había dejado de sonar. Se le encogió el corazón cuando vio que lo había llamado Emily. Se reclinó en la butaca de cuero, tecleó el código con ímpetu y oyó el mensaje que le había dejado:

Hola, listillo. Sé que es muy tarde y yo también me iba a acostar ya, pero me apetecía llamarte y darte las gracias por una de las mejores noches y días de mi vida. Sé que aún nos queda un viaje duro por delante... —Hizo una pausa y bajó la voz—. Pero esto ya no me da miedo como antes, Gavin, ya no estoy asustada. Has conseguido disipar las dudas que tenía sobre nosotros. No sé... Estoy divagando ahora, pero quería que supieras que te quiero y que estoy contentísima de haber comprobado lo increíble que seremos juntos. Nos vemos mañana por la noche. Dulces sueños.

Gavin perdió la cuenta de la cantidad de veces que escuchó el mensaje de Emily, su voz era como la de un ángel en medio de la pesadilla que se había instalado en su sala de estar. Suspiró y se frotó la cara con las manos mientras pensaba si debía enviarle un mensaje de texto. Al final optó por no hacerlo porque le había dicho que iba a acostarse. Se levantó de la butaca y entró en el salón, donde encontró a su ex tumbada en el sofá. Se había quedado frita vestida tan solo con el jersey y las braguitas. En el suelo, junto a sus vaqueros, estaba la botella de *bourbon*, ahora casi vacía.

—¿Cómo puede acabar tan mal un día tan bueno? —murmuró para sí mientras se acercaba al sofá—. Gina —la llamó, se inclinó sobre ella y le tocó el hombro—. Tienes que irte.

Ella quiso darle un manotazo, pero falló.

—Estoy demasiado borracha para irme, Gav —farfulló—. No te preocupes, no te robaré los millones mientras duermes.

—No, Gina, no te quedarás aquí —replicó con insistencia—. Levántate.

—Levántame tú si quieres que me vaya —le dijo, riéndose, mientras cogía la manta.

Gavin hizo una mueca porque la manta con la que se estaba tapando era la misma bajo la cual habían pasado el día Emily y él. Decidió que la quemaría después de esto.

—No voy a levantarte. Ni siquiera estás vestida —añadió con un tono que delataba que se le estaba acabando la paciencia. Volvió a darle un toque en el hombro—. Levántate, Gina. No estoy para hostias.

Ella no respondió con palabras: sus ronquidos evidenciaron que no se iría en breve.

Gavin cogió la botella del suelo, entró en la cocina y vació el resto en el fregadero. Inspiró hondo, la tiró a la basura, se apoyó en la encimera y miró a Gina de mala gana. Como no podía echarla, tuvo que resignase a que pasara allí la noche. Apagó las luces y se fue al dormitorio; a cada paso que daba se notaba tenso por la rabia. Pasada la medianoche se metió en la cama. Decidió que la conversación que mantendría con Emily al día siguiente por la noche iría sobre algo más que Dillon. También le contaría lo de su invitada sorpresa. Solo rezaba para que Emily lo entendiera.

17

As del engaño

Gavin notó cómo sus manos se deslizaban por su cuello e iban recorriendo sus pectorales hasta llegar al abdomen. No pudo evitar sonreír; era absolutamente imposible no hacerlo. Mientras le metía la mano por debajo de los pantalones, que ahora empezaba a arrancarle, notó la caricia de su melena sedosa sobre las caderas desnudas. Gavin inspiró hondo cuando le lamió el sexo, trazando círculos en el glande. Con los ojos todavía cerrados, él le sujetó el pelo mientras ella subía y bajaba la cabeza, acogiendo con la boca hasta el último centímetro de su miembro y una lengua ávida de sus fluidos. Oía el ruido que hacían sus mejillas al hacerle la mamada y se volvía loco de placer. Quería ver bien a la mujer que hacía que lo olvidara todo con su boca y se inclinó apoyándose en los codos: encontró a su peor pesadilla mirándolo con esos ojos malvados mientras seguía comiéndosela.

«Gina».

Gavin se golpeó en el cabecero y entonces se dio cuenta de que no era más que una pesadilla. Se pasó las manos por el pelo empapado y suspiró aliviado; sintió un sudor frío al echarle un vistazo al dormitorio: no había nadie. Con el corazón en un puño, se sentó en el borde de la cama y luego salió al salón.

—Gina, tienes que levantarte —gritó al entrar en la cocina, donde empezó a prepararse un café que necesitaba como agua de mayo.

Tanteó la idea de echarse alcohol en la taza, teniendo en

cuenta la pájara que estaba tumbada en su sofá, pero al final se echó atrás. Antes de quedarse dormido la noche anterior, decidió llamar al hermano de Gina y se enteró de que toda su historia era mentira, seguramente un burdo ardid para recuperarlo o bien sacarle dinero. Su hermano le confirmó que su padre estaba metido en otro lío, pero estaba vivito y coleando, escondido en México.

Ella murmuró algo que no alcanzó a entender y tiró de la manta dándole la espalda al tiempo que le hacía un ademán como si fuera una molestia en esta plácida mañana de lunes.

—Lo digo en serio. Tienes que levantarte. No olvides que tienes un funeral que organizar. Y ahora mismo puede que no sea el de tu padre porque estoy que trino. —Cogió una taza del armario y se miró el reloj, que marcaba las siete y cuarto. Como Gina ni se movió, pensó que tendría que usar algo más drástico—: Nunca le he puesto la mano encima a una mujer, pero ahora mismo haces que me lo plantee. Levántate ya.

Eso sí la hizo reaccionar. Se incorporó un poco y se frotó los ojos.

—¿Por qué tienes tantas ganas de que me largue?

—No dejas de sorprenderme —resopló, sacudiendo la cabeza. Le dio un sorbo al café—. Eres una caja de sorpresas.

Ella se levantó del sofá y se fue a la cocina sin ponerse los vaqueros.

—Anda, Gavin. —Le acarició la mandíbula. Él se apartó con brusquedad y dio un paso atrás—. ¿Qué te pasa? —preguntó con los ojos muy abiertos—. Antes te encantaba que te tocara. Haces como si tuviera la lepra.

Él dejó la taza en la encimera y la miró con el ceño fruncido.

—Es que infectas todo lo que tocas —susurró con los dientes apretados—. Voy a ducharme. Como aún estés aquí cuando termine, te sacaré yo mismo.

Se dio la vuelta para irse, pero ella lo cogió del brazo.

—Todavía te quiero —exclamó. Gavin se zafó de ella—. Dejarte fue el mayor error de mi vida. Podemos solucionarlo.

—Como te acabo de decir, si salgo de la ducha y sigues aquí, te sacaré aunque sea a rastras. —Su tono no dejaba lugar a réplica. Se fue al dormitorio, pero justo antes de entrar, se volvió para mirarla con una sonrisa en los labios—. Y, por cierto, estoy enamorado hasta las trancas de otra persona. Ella es todo lo que tú no eres ni podrás ser en la vida. Supongo que debo agradecértelo. Gracias, Gina, de verdad. Gracias por irte y dejarme jodido una temporada. Ha sido lo mejor que has hecho por mí.

Sin perder esa sonrisa irónica, Gavin hizo una reverencia, se rio y se fue a su habitación.

—Vete a la mierda, Gavin —le espetó con los ojos como platos por ese rechazo tan contundente.

Y dicho eso, él soltó una última risa gutural y cerró la puerta.

El olor celestial de los típicos *bagels* neoyorquinos recién hechos flotaba en el taxi que compartían Olivia y Emily. Mientras el granizo seguía cayendo sobre el coche, retumbando como si tiraran monedas desde el cielo, Emily luchaba contra las ganas de meter la mano en la bolsa y zamparse uno.

—Oigo como te gruñe el estómago a pesar del ruido del granizo —dijo Olivia—. Toma, anda. —Le dio una manzana—. Por lo menos cómetela antes de llegar a su casa.

—Pero quiero desayunar con él —respondió ella aunque se la cogió—. Por eso quería comprar unos *bagels*. Son sus favoritos.

Emily miró por la ventana y reparó en el barullo que había en las calles y lo que había cambiado la ciudad de la noche a la mañana. Las quitanieves trabajaban sin descanso para despejar las calles. Estaban a finales de octubre y le extrañaba mucho ese cambio de tiempo tan repentino, aunque estaba contenta. Al despertar tenía un mensaje que decía que la escuela no abriría, con lo que al final no le tocaba ir a trabajar. Quería dar una sorpresa a Gavin. Sabía que no entraba a trabajar hasta más tarde y se moría de ganas de pasar unas horas con él.

Olivia inclinó la cabeza y se echó a reír.

—Sí, sí, como si fuerais a comer. Cómete la manzana, anda.

Emily sacudió la cabeza y le dio un mordisco.

—Claro que comeremos... —Hizo una pausa y arqueó una ceja con expresión traviesa—. Y se irá a trabajar la mar de contento... después de dejarle comer otros manjares deliciosos —susurró.

Las dos se echaron a reír como niñas. Sin ser plenamente consciente del hambre que tenía, Emily acabó comiéndose la manzana entera.

—Me muero de envidia; tienes el día libre —masculló mientras estiraba los brazos—. A lo mejor me hago maestra para poder escaquearme cuando haga mal tiempo.

—Serías muy infeliz. Te encanta trabajar en la galería de arte.

—Bueno, podría ser profesora de plástica o dibujo en una escuela. —Se encogió de hombros y metió la mano en la bolsa de los *bagels*. Cogió uno y le dio un mordisco—. Pero sí, pensándolo bien, tienes razón. No sería feliz y, además, no se me dan muy bien los niños. Emily se rio—. Oye, amigo —dijo al conductor—. Me bajo en la próxima esquina. ¿Podría pisar un poquito el freno? Las calles están resbaladizas y es peligroso.

El taxista, de aspecto rudo y desaliñado, puso los ojos en blanco.

—Ha llegado a su destino a tiempo —le espetó mientras se detenía frente a la galería—. Y aún está viva, así que no se preocupe. Serán veintidós con cincuenta, sin contar la propina, claro.

Olivia lo fulminó con la mirada y empezó a rebuscar en el bolso.

—Sí, sí, ya sé cómo funciona. Quédese con el cambio. —Le dio treinta dólares y el hombre sonrió. Se colgó el bolso del hombro, se volvió hacia Emily y le dio un beso en la mejilla—. Bueno, y aparte de desayunar y echarle un buen polvo a tu novio millonario, ¿qué planes tienes hoy?

Eso despertó el interés del conductor, que ahora les sonreía a través del retrovisor.

Emily se quedó boquiabierta y puso unos ojos como platos.

—Joder, Olivia.

—Es la verdad. Además, pasarás mucho rato con él, ya que está a la vuelta de la esquina. Aprovecha para follar.

—Bueno, esta conversación ha terminado. —Emily se echó a reír. Se inclinó sobre Olivia para abrirle la puerta—. Anda, sal, psicópata.

Su amiga saltó del taxi y casi tropezó en la acera por lo mucho que resbalaba.

—Al menos haz la compra.

—No te preocupes, yo me encargo. Aunque no te veré hasta más tarde. Tengo que hacer unos recados y a las cinco he quedado con Gavin en su oficina. Salimos luego a cenar para ver qué hacemos con este lío de Dillon.

Olivia volvió a meter la cabeza por la puerta del taxi y le acarició la barbilla, mirándola con ternura.

—Y me parece fantástico que lo hagas. No lo olvides. —Le plantó un beso en la frente y cerró la puerta.

Emily suspiró y vio cómo su amiga entraba en la galería. Unos minutos más tarde, fue ella quien buscó en el bolso y le pagó al taxista el breve trayecto. Salió del taxi con cuidado y le dio las gracias. El portero se apresuró a tenderle una mano para ayudarla a caminar por la acera, llena de aguanieve. Fue a darle propina, pero él no la quiso: le explicó que le bastaba con saber que la había ayudado. Después de darle las gracias, cruzó el vestíbulo y se fue a los ascensores. Por el camino no pudo evitar reírse para sus adentros al recordar lo que había sentido las dos últimas veces en ese mismo ascensor. Esta vez, a pesar del incesante revoloteo de mariposas que tenía en la barriga, estaba relajada.

Cuando se plantó frente a la puerta del ático de Gavin, tocó el timbre. Esa relajación que había sentido hasta entonces, se convirtió de repente en una mezcla de sorpresa y confusión cuando se abrió la puerta. Con el corazón en un puño, que martilleaba a la velocidad del rayo, examinó con avidez a la mujer que acababa de abrir la puerta: llevaba tan solo un jersey y las braguitas.

Con la respiración acelerada y el cuerpo empapado de sudor, consiguió decir:

—¿Quién eres tú?

Gina inclinó la cabeza y la miró de arriba abajo.

—Gina. ¿Y quién eres tú?

En aquel instante recordó la conversación que habían mantenido Gavin y ella en el partido de béisbol: «Además, se llama Gina, y mi nombre, como ya sabes, es Gavin: dos G. Creo que era un presagio de que lo nuestro no iba a funcionar».

Se notó un nudo en el estómago al caer en la cuenta de quién era. Gavin le hizo sentir que tenía una oportunidad con él, pero al parecer no era así. No podía competir con el amor más importante de su vida, la mujer a la que había amado lo suficiente como para querer casarse con ella.

Sin mediar palabra, se volvió y se dirigió hacia los ascensores rápidamente. No quería hablar con él; no podía. El orgullo la ayudó a seguir andando, a no detenerse.

—Oye —gritó Gina—. Pero ¿me vas a responder o no? ¿Quién eres?

—Al parecer, no soy nadie. Tenía mal la dirección —repuso con unas ganas de llorar tremendas.

Quería saber que no estaba muerta, que todavía podía sentir algo. Evidentemente no tenía de qué preocuparse por perder la capacidad de sentir, ya que tenía el corazón aplastado como una flor prensada dentro de un libro hecho trizas. Se esforzaba por no vomitar lo poco que tenía en el estómago. Su espíritu y su alma estaban derrotados, rotos, desgarrados tras ese varapalo de un hombre en quien había sido tan ingenua de confiar. Peor aún, había sido tan cándida que se había creído que la quería.

Cuando el ascensor llegó a la planta principal, y a pesar de lo mucho que había intentado no vomitar, su estómago decidió contraatacar y echó la poca cantidad de comida que contenía. Allí mismo, en el centro del vestíbulo abarrotado, tiró la bolsa con los *bagels* mientras seguía convulsionando por las arcadas. Se sentía avergonzadísima por lo que acababa de pasar y justo entonces le pareció oír como una mujer daba un grito ahogado por la sorpresa. Se cubrió la boca y huyó del edificio. El aire gélido que la recibió al salir no fue ningún alivio para su piel sudorosa.

Mientras el mundo seguía en pie alrededor y los peatones caminaban por las atestadas calles de la ciudad, trató de recomponerse y tragarse el dolor. Sin embargo, las heridas estaban abiertas y escocían demasiado, como si le hubieran echado la misma sal que esparcían por el suelo para derretir la nieve y el hielo. Se apretó el bolso contra el pecho y siguió caminando a pesar de no saber por dónde iban sus pensamientos. Se dirigió a un restaurante en la esquina y se sentó a una mesa; le temblaban las manos y no se debía a las gélidas temperaturas del exterior.

Se quitó el abrigo empapado, se pasó los dedos por el pelo mojado y fue entonces cuando se derrumbó. Las lágrimas empezaron a resbalarle por las mejillas: intentaba encontrar sentido a lo que acaba de suceder. Trató de esclarecer esa percepción tóxica y confusa que tenía de Gavin cuando estaban juntos. Para ella, él era un as del engaño que no hacía más que escupir palabras tiznadas de mentira y traición. El largo camino que debían recorrer juntos estaba empedrado con los restos de su corazón, fragmentos que él había colocado de forma estratégica allí para que tropezara y cayera. Él tenía todo lo que ella deseaba, pero al parecer ella no era lo que necesitaba él. Nada. Acababa de demostrarle lo que era para él: solo alguien con quien llenar su vacío.

No sabía cuánto tiempo llevaba en ese restaurante, llorando y ajena a los clientes que la miraban y susurraban. Cuando llamó a un taxi para volver a casa, estaba hecha polvo; era como si le hubieran triturado el corazón con una batidora. Con la vista nublada por las lágrimas, entró en su cuarto, se quitó toda la ropa mojada y se puso una camiseta y unos pantalones.

Después de cepillarse los dientes, se fue a la sala de estar y se dejó caer en el sofá, aún temblaba. Gavin le había asestado una puñalada en el corazón, luego se lo había arrancado con cuidado y había dejado las vísceras expuestas con sus mentiras: ninguna sutura podría cerrar esta herida. Había renunciado a quién era por soñar en lo que serían los dos juntos, pero nada era real; no fue más que un espejismo. Había confiado en él, pensó que lo conocía, pero ahora la verdad estaba clara como el agua. Había sido el títere de Gavin una noche y ella había bailado al son de las hermosas melodías que él había tocado. Sin embargo, no permitiría que volviera a hacerle daño. Jamás.

A lo largo del día, hizo caso omiso de sus numerosos mensajes, con los que proclamaba lo emocionado que estaba por poder verla esa noche. Incluso la llamó, pero no le cogió el teléfono y dejó que saltara el buzón de voz. Borró el mensaje directamente sin oírlo antes. Era evidente que no sabía que lo había descubierto y eso la enfadó aún más.

Seguía tratando de asimilarlo todo cuando un golpecito en la puerta la sacó un instante de esa red de mentiras que Gavin había tejido. Con los reflejos adormecidos, se levantó del sofá y al abrirla y le dio otro vuelco el corazón al ver a Dillon. En teoría no regresaba hasta el día siguiente. Quería preguntarle qué estaba haciendo allí, pero las palabras se le quedaron atascadas y el silencio empezó a pesar.

Al final él rompió el hielo y le dijo con un tono suave mientras la miraba a los ojos, llenos de lágrimas:

—Por favor… dime algo.

Ella se lo quedó mirando, incapaz de moverse; no lograba pensar de forma coherente. Con indecisión, Dillon levantó un brazo y le secó las lágrimas con una mano temblorosa. Ella seguía allí plantada, pero le entró un ataque de ansiedad y se vino abajo física y mentalmente por la presión de dos hombres. Él se le acercó más para que no cayera y la asió con firmeza por los brazos, mientras apoyaba la frente en la suya. Ella se tambaleó y el ruido que hizo la puerta al cerrarse resonó en todo el piso.

—Em, lo siento mucho, nena. —Dillon se arrodilló y la abrazó por la cintura, hundiendo la cara en su estómago; también se echó a llorar. Emily se estremeció. El dolor en su voz y su llanto casi la mataba—. Cielo, te lo juro, buscaré ayuda. Dejaré de beber. Por favor, no puedo perderte, cariño. No puedo.

Emily sabía, sin lugar a dudas, que estaba perdiendo la cabeza. Antes, Dillon era la única razón por la que quería seguir viviendo, pero ahora mismo él era uno de los dos motivos por los que se quería morir. No quería darle poder con las lágrimas; lo peor era saber que el hombre que estaba arrodillado frente a ella la amaba. Gavin, por el contrario, tanteó, probó y la torturó con su lengua cruel y mentirosa, pero el corazón de Emily aún lo deseaba. Su mente le lanzaba pensamientos contradictorios desde todas las direcciones. Hubo un momento en que Dillon era la perfección en persona, pero esa imagen se había roto, y ahora solo quedaban los añicos, meros fragmentos de lo que él solía representar en el mundo de Emily. Luchaba por mantenerse a flote en esas aguas envenenadas en las que el día la había hundido, pero sabía que no podría lidiar con eso.

Retrocedió con cierta cautela y lo miró.

—No puedo… Ahora no puedo hablar de esto —susurró ella, temblando—. Tienes que marcharte, Dillon. Vete, por favor.

Aún de rodillas, hundió el rostro entre sus manos. Sus sollozos le perforaban los oídos y le hicieron sentir un escalofrío por la espalda.

—Emily, por favor. No puedo vivir sin ti. Como me dejes, me mato. —Se puso de pie; le temblaba todo el cuerpo cuando se acercó a ella. Levantó lentamente las manos para acariciarle las mejillas—. Cariño, por favor, dame otra oportunidad. Mírate. Estás igual de jodida por esto que yo. Nos necesitamos el uno al otro.

Ella le cogió las muñecas, él apoyó su frente contra la suya y la miró con intensidad.

—Quiero arreglarlo. Déjame que mejore esto. Estaba borracho, Emily. Sabes que no te hubiera tocado si no lo hubiese estado. No lo haría en la vida, nena.

—Por… Por favor, Dillon —tartamudeó ella, sacudiendo la cabeza—. Tienes que irte. No puedo…

—No, cariño, por favor, escúchame —le pidió con la frente todavía contra la suya—. No dejaba de pensar en la primera vez que te besé y en la primera vez que hicimos el amor. ¿Te acuerdas de eso? No voy a desatenderte nunca más, no voy a subestimarte otra vez. Por favor. —Ella fue a hablar, pero él no

GAIL MCHUGH

se lo permitió y la besó. Emily intentó retroceder, pero él la agarró por la nuca; las lágrimas seguían desbordándose mientras continuaba con las súplicas—. ¿Recuerdas lo que tu madre nos dijo antes de morir, Emily?

Ella se apartó al instante. Entrecerró los ojos al tiempo que sollozaba e intentó recobrar el aliento.

—No te atrevas a meterla en esto, Dillon. Ni se te ocurra.

Dio un paso adelante y le acarició las mejillas con manos temblorosas.

—Nos dijo que nos cuidáramos el uno al otro, que permaneciéramos unidos a pesar de las batallas que la vida nos hiciera librar y que nunca nos diéramos por vencidos con nuestra relación. Esta es mi batalla, ¿y me dejarás así como así, Emily? Déjame que lo arregle —susurró entre sollozos—. Puedo solucionarlo y hacer que estemos bien otra vez. Puedo llevarnos de vuelta a donde solíamos estar.

Ella lo miró fijamente un buen rato. Las lágrimas que le resbalaban por el rostro eran como ácido que le quemaba la piel. Antes de que pudiera responder, el ruido de unas llaves que tintineaban en la puerta les hizo dejar de mirarse.

Olivia entró en el apartamento y se quedó pasmada.

—¿Qué narices estás haciendo aquí? —preguntó fulminando a Dillon con la mirada.

Este se pasó las manos por el pelo, se apartó de Emily y respondió con un tono encendido:

—No me jodas ahora, Olivia.

—Mira, deja que te diga algo —respondió ella, que se le acercaba con el empuje y el tono que no dejaban ninguna duda: no le intimidaba nada—. Como no te largues de mi casa ahora mismo, llamo a la policía. Y solo para joderte —añadió entre dientes hincándole un dedo en el pecho—, le daré tu nombre al padre de mi mejor amigo, que es fiscal.

Emily estaba mentalmente agotada y con el estómago hecho polvo, corrió al cuarto de baño y se arrodilló frente al retrete. Vomitó bilis al tiempo que las lágrimas caían sin control y le nublaban la vista.

—¡Eres un cabronazo! —gritó Olivia a Dillon de camino al baño; él la seguía de cerca. Su amiga se inclinó sobre ella y le apartó el pelo de la cara—. ¡Mira lo que le estás haciendo! ¡Lárgate de aquí!

—Dillon, por favor —logró decir mientras su cuerpo seguía convulsionando y le asqueaba el sabor agrio del vómito—. Te llamaré más tarde. Vete.

Él entró en el cuarto de baño y alargó el brazo para ayudar a Emily a apartarse el pelo de la cara, pero Olivia le dio un manotazo.

—Joder, ¿no la has oído? ¡Que te largues!

Dillon se frotó la cara, miró a Olivia un segundo, con los hombros caídos, bajó la mirada y salió del apartamento.

El portazo que dio al salir la hizo estremecer. Se incorporó, se apoyó en la pared y trató de recuperar el aliento. Olivia la tomó con suavidad del brazo y la ayudó a moverse hacia el lavabo. Abrió el grifo, empapó una toalla con agua fría y se la pasó por el rostro, Emily sollozaba sin parar. Después de volverse a cepillar los dientes, Emily abrió de nuevo el armario de las medicinas con manos temblorosas y repasó varios medicamentos. Buscaba uno en particular: un frasco de Valium que su médico de Colorado le había recetado al morir su madre. Llenó un vaso de plástico con agua y se metió una pastilla en la boca; esperaba que la alejara un rato de aquella pesadilla. Luego salió al salón.

Se echó en el sofá, se tapó los ojos con el brazo e intentó tranquilizarse. Solo recordaba haber pasado así tres días: el día en que su madre falleció, el de su velatorio y el del entierro. Emily estaba nerviosa y lo único que quería era desaparecer.

Olivia se sentó a su lado, le levantó las piernas, que apoyó en su regazo, y le dijo con voz preocupada:

—Joder, Em, no puedo creer que haya venido aquí. ¿Estás bien?

Sin descubrirse la cara, Emily asintió; Olivia suspiró y frotó la pierna a su amiga.

—Pues espera a que Gavin se entere de esto. Se va a poner como una moto —dijo y miró el reloj—. Ya son las cinco. ¿No habías quedado con él en su despacho?

—No. No pienso ir —repuso y comenzó a llorar de nuevo.

Olivia frunció el ceño.

—Em, ¿qué pasa?

—Cuando llegué a su casa esta mañana, Gina abrió la puerta —sollozó y se levantó del sofá. Entró en la cocina sacudiendo la cabeza, todavía incapaz de procesarlo todo—. Iba medio desnuda. Y el muy capullo ha tenido el descaro de llamarme y mandarme mensajitos todo el día.

Olivia se levantó del sofá de un brinco, con los ojos como platos.

—¡Joder! ¿Qué dices?

—No lo entiendo —dijo sorbiéndose la nariz al tiempo que iba a por una servilleta para sonarse—. Me siento estúpida... tonta. Me ha usado. —Tiró la servilleta a la basura, se sentó a la mesa de la cocina y se tapó la cara con las manos. Olivia acercó una silla y le apartó el pelo del hombro—. Pero creo que ya sé qué ha pasado. No podía tenerme desde el principio, así que no he sido más que un objetivo, una presa a la que conquistar.

—¿Has hablado con él?

—Claro que no, no he hablado con él y no pienso hacerlo.

—Pues ya llamo yo al capullo este. No me lo puedo creer —resopló y se incorporó. Con paso ligero fue a coger el bolso del sofá y maldijo en voz baja.

—No, Liv. No quiero que lo llames porque se plantará aquí y ahora no puedo lidiar con nada más.

Sacó el teléfono sin hacerle ni el más mínimo caso y lo miró.

—Parece que no hace falta que lo llame.

—¿Qué quieres decir? —preguntó ella, secándose la nariz con el dorso de la mano.

—Tengo cuatro llamadas perdidas y dos mensajes suyos. —Los leyó con los ojos muy abiertos—. Viene hacia aquí.

—¿Qué? —Emily dio un brinco y se acercó a Olivia. Le cogió el teléfono y leyó los mensajes:

He llamado a Emily y le he mandado varios mensajes. ¿Has hablado con ella? No he sabido nada de ella en todo el día y debería estar aquí ya. El siempre impaciente y un poco intranquilo GB.

Olvídalo. Acabo de hablar con tu hermano y me ha dicho que Dillon ha vuelto antes de lo previsto. Voy a vuestro piso. Salgo del despacho ahora mismo GB.

—Supongo que te tocará hablar con él esta noche, Emily.

—No. No puedo con él ahora mismo. —Empezó a pasearse por el salón. Incluso con la ayuda del Valium, no estaba más tranquila que antes—. Entre que se ha presentado Dillon y todo lo que ha pasado hoy, no puedo, Olivia.

—Entonces, ¿qué vas a hacer? —preguntó con voz suave. Se acercó a ella y le puso con cariño una mano sobre el hombro—. El último mensaje es de hace veinte minutos. Teniendo en cuenta el tráfico, debe de estar a punto de llegar.

—Dile que estoy enferma en la cama o lo que sea.

—Como hable con él, le voy a montar un pollo. Lo quiero a rabiar, pero estoy muy cabreada y no me podré contener. Y entonces lo sabrá todo y entrará a hablar contigo.

Sin dudarlo, Emily cruzó la habitación, cogió el móvil y le envió un mensaje:

Estoy bien, Gavin. Estoy en casa. Me he acostado porque no me encuentro bien.

Su respuesta llegó relativamente rápido:

Podrías habérmelo dicho, amor. Podría haber cuidado de ti todo el día. Estoy allí dentro de cinco minutos. Estoy a la vuelta de la esquina. ¿Necesitas que te lleve algo? Te quiero.

Sacudió la cabeza, asqueada, y trató de ahogar un sollozo, pero no sirvió de nada. A pesar de lo mucho que le temblaban las manos, logró enviarle otro mensaje:

No vengas. Ya hablaremos en otro momento.

Su siguiente mensaje no llegó tan deprisa y empezó a ponerse nerviosa, pero sin embargo, él acabó respondiendo:

¿Qué está pasando, Emily? ¿Está Dillon contigo? Sé que ha vuelto.

—Joder, cree que Dillon está aquí —dijo secándose las lágrimas—. ¿Y ahora qué le digo?

Olivia suspiró.

—Em, tienes que hablar con él.

—Liv, no pienso hablar con él ahora mismo. ¿Qué le contesto?

Pero no esperó a que le respondiera. Le entró el pánico y le envió un mensaje que creyó que podría funcionar:

Ahora no estoy en casa.

—¿Y? ¿Qué le has dicho?

—Que no estaba en casa. —Tiró el teléfono sobre la mesa; cada vez tenía más ganas de estamparlo—. Ya no va a venir.

—Ay, Emily. Ahora seguro que viene.

—¿Por qué iba a venir si sabe que ni siquiera estoy en casa? —preguntó a la defensiva.

—Porque Gavin no es tonto —repuso mientras entraba en la cocina para coger una botella de agua—. Lo que has conseguido es meterle en la cabeza que Dillon está aquí contigo.

—No va a venir —insistió ella y se hundió en el sofá.

—Ya te digo yo que sí, ese se planta aquí ahora mismo.

Y en cuanto terminó la frase, alguien llamó a la puerta con fuerza. A Emily se le aceleró el corazón, saltó del sofá y se dirigió hacia la puerta. Entrecerró los ojos y miró por la mirilla: Gavin estaba en el descansillo.

—Joder —susurró.

Olivia se le acercó.

—Te lo he dicho. ¿Qué narices vas a hacer ahora? —preguntó con una voz tan baja como la de Emily.

—Dile que le he mentido, que me he acostado porque estoy enferma y… —Hizo una pausa y se secó las lágrimas; trataba de ordenar sus pensamientos—. Que no quería que me viera porque estoy horrible o algo así.

—¿Y cómo evito que entre? —susurró con urgencia.

Gavin llamó otra vez; Emily sentía como si alguien le apuntara con una pistola en la sien.

—No tengo ni idea, pero no le digas que lo sé. Hablaré con él pronto. Ahora mismo no puedo… —Se le fue apagando la voz. Se tapó la boca con la mano y volvió a echarse a llorar.

—Lo entiendo. —Emily asintió—. No le diré nada. Vete a tu habitación, apaga las luces y métete en la cama. Intentaré que no pase del salón.

Con el corazón en un puño, Emily hizo lo que su amiga acababa de decirle y se fue rápidamente a su cuarto. Olivia abrió la puerta, salió al pasillo y cerró la puerta detrás de ella. Se cruzó de brazos y lo fulminó con la mirada.

Este la observó un rato; la incertidumbre lo carcomía.

—¿Qué narices está pasando? ¿Está ahí con ella?

—No. No está con ella, Gavin. Está en la cama enferma y sola. Se acaba de quedar frita por la medicina que le he dado.

—Primero, me ha enviado un mensaje hace menos de cinco minutos. Segundo, ¿por qué ha cambiado la historia tan de repente?

—Bueno, los medicamentos suelen hacerle efecto muy rápido. Y, como te acabo de decir, se lo he dado media hora antes de que te enviara el mensaje. —Respiró profundamente—. Para explicarte el cambio de la historia, digamos que ha tenido un día muy duro y piensa que está horrible. No quiere que la veas así.

Él esbozó una sonrisa burlona.

—¿Crees que soy imbécil, Olivia? —le espetó; ella lo miró, sorprendida—. Porque si es así, estás muy equivocada. Mira, si está allí dentro tratando de resolver las cosas con él, lo menos que podría hacer es decírmelo en lugar de mentir.

—Te acabo de decir que él no está aquí. Me conoces lo suficiente como para saber que no soy una astuta y conspiradora mentirosa, Gavin. —Ella dejó escapar un suspiro melodramático y miró con indiferencia sus uñas—. Es una pena que no pueda decir lo mismo de ciertas personas que conozco.

Aunque estaba algo confundido, Gavin se dio cuenta de que había algo más detrás de todo eso, pero no iba a liársela, no en ese momento. Sin embargo, ya se aseguraría de que nadie se burlara de él. Pasó por su lado, llegó a la puerta y entró. Con el corazón latiendo a mil por hora y un nudo en el estómago, repasó el salón por si Emily estuviera allí.

—Ya te he dicho que está en la cama durmiendo —insistió Olivia.

La palabra «cama» resonó en su cabeza con un redoble de tambores mientras empezaba a sentir náuseas. Sin pensar y sintiéndose el psicópata paranoico en el que empezaba a convertirse, Gavin recorrió el pasillo hacia la habitación de Emily.

—¡Mierda! ¿Qué narices haces, Blake? —preguntó Olivia, siguiéndolo—. Está durmiendo.

Con la esperanza de que no le estuviera mintiendo, abrió la puerta poco a poco. Con la poca luz que se filtraba en la habitación, vio que, en efecto, Emily dormía sola en su cama. Con el suspiro de alivio que no pudo reprimir pensó que la había despertado. Inspiró hondo, se apoyó en la puerta y se pasó las manos por el pelo.

—¿Ves? Está durmiendo, Gavin —susurró ella—. Ahora vámonos. No se encuentra bien.

Gavin se sentía gilipollas por no creer a la mujer en la que supuestamente debía confiar. No podía irse. Se sentía clavado en el suelo mientras oía la leve respiración de la mujer que le había dicho que lo amaba varias veces en las últimas veinticuatro horas. Por Dios, la adoraba y la quería, pero por un instante había dudado de sus palabras. No tenía intención de despertarla, pero necesitaba tocarla. Necesitaba sentir alguna parte del cuerpo de su ángel. Gavin desoyó las advertencias de Olivia, entró en el cuarto en silencio y se acercó a la cama donde Emily dormía de espaldas a él. Esbozó una sonrisa agridulce cuando le rozó el pelo con los dedos. Se inclinó sobre ella, midiendo los movimientos para no despertarla y le acarició la mandíbula con los nudillos.

—Te quiero, Emily —susurró antes de besar suavemente la parte posterior de su cabeza—. Me gustaría haber estado aquí hoy para cuidarte, amor. —Eso era lo único que necesitaba, tan solo eso, para poder dormir toda la noche.

Con la respiración agitada por esas caricias que quería y a la vez detestaba, Emily le gritaba con la mente: «Me indignas, me das asco, me has destrozado». El corazón le gritaba: «Por favor, quédate, te necesito en mi vida, se suponía que íbamos a ser invencibles juntos». Le cayó una lágrima ardiente por la mejilla mientras se clavaba las uñas en los puños. Pero no se movió. Permaneció inmóvil al oírlo salir de la habitación. Olivia lo acompañó a la puerta para que saliera del apartamento... y de su vida. Emily soltó la respiración que había estado conteniendo desde que él entró en el apartamento, y se tumbó sobre la espalda. A pesar de las lágrimas que le nublaban la vista, reparó en la silueta de Olivia junto a la puerta.

Iba a entrar, pero ella habló primero:

—Necesito estar sola —dijo entre sollozos—. ¿De acuerdo? Lo... lo siento. Lamento que hayas tenido que pasar por esto, Olivia. Lo sie... siento —tartamudeó por el llanto—. Muchas gracias, pero no pue... No puedo hablar de esto.

—¿Estás segura de que vas a estar bien, Em? —susurró ella con voz preocupada—. He quedado con Tina dentro de un rato, pero si me necesitas me quedo en casa.

Entre sollozos, Emily negó con la cabeza.

—No, vete. Ve y pásatelo bien. No pasa nada.

Olivia se quedó allí un momento, suspiró profundamente, y luego, poco a poco, cerró la puerta.

En la oscuridad de la habitación y sin dejar de temblar, Emily se acurrucó bajo las mantas, trataba de asimilar lo que había pasado aquel día tan espantoso.

Dormir. Necesitaba dormir igual que necesitaba el oxígeno, el agua y el alimento, sin embargo, estaba segura de que no podría pegar ojo. No, no podría conciliar el sueño esa noche.

En su lugar habría soledad, dolor, confusión y pesar.

18

El golpe de gracia

La llamó y le dejó varios mensajes en el buzón de voz: nada. Le mandó unos cuantos mensajes de texto: no obtuvo respuesta.

Sentado ante el escritorio de su despacho en Industrias Blake, Gavin descolgó el teléfono y le pareció que ya era la enésima vez. Volvió a colgar, se reclinó contra el respaldo de la silla y juntó los dedos formando un triángulo bajo la barbilla, al tiempo que evaluaba a conciencia los pensamientos perturbadores que tenía en la cabeza. Algo iba mal. Aunque Emily siguiera indispuesta, sabía que a esas alturas tendría que haber tenido noticias de ella. Sin embargo, la parte sosegada de su mente le decía que se relajara. Había varias razones por las que ella no le había devuelto la llamada todavía. Teniendo en cuenta que no había ido a trabajar un día, casi seguro que estaría ocupada poniéndose al día con sus obligaciones.

Sí. De momento, se decantaría por eso.

Aun así, cuando la mañana terminó y dio paso a la tarde noche, Gavin comprendió que solo intentaba convencerse de que no pasaba nada. Aunque físicamente su cuerpo se vio obligado a asistir a varias reuniones, su mente no estuvo ni mucho menos presente en ninguna de ellas. Sus pensamientos se volvieron escenas angustiosas y nauseabundas que le oprimían el corazón cada minuto que pasaba sin saber de ella.

Después de terminar una conferencia telefónica con un

cliente potencial, se levantó de la silla y se puso a dar vueltas por el despacho, preguntándose qué narices era lo que estaba pasando. Desde arriba, contemplaba las calles caóticas ya por ser hora punta, y decidió volver a llamar a Emily.

Antes de que pudiera hacerlo, la voz de su secretaria sonó a través del intercomunicador e interrumpió sus pensamientos turbulentos.

—Señor Blake, Dillon Parker ha venido a verle.

Gavin se dio la vuelta y miró fijamente la puerta del despacho. Aunque un subidón de adrenalina le recorrió el cuerpo, sus facciones no mostraban más que calma. Antes de responder a su secretaria, volvió despacio a su escritorio, se quitó la americana y la dejó sobre la silla. Al mismo tiempo, se aflojó la corbata y se remangó la camisa como quien no quiere la cosa. El instinto le decía —le gritaba, mejor dicho— que su amigo sabía que Emily y él estaban juntos y le daba la impresión de que aquella visita inesperada iba a volverse muy… interesante. Tenía claro que podría terminar la noche durmiendo en comisaría perfectamente. Soltó un suspiro pausado, estiró el cuello, echó los hombros hacia atrás y presionó el botón del intercomunicador.

—Adelante, que pase, Natalie. Gracias.

Con la mandíbula apretada, Gavin observó cómo Dillon entraba en el despacho y los ojos de ambos se encontraron nada más cerrarse la puerta.

Tras un momento de gran tensión, Dillon rompió el silencio con la voz suave pero el gesto duro.

—Lo que has hecho es jodido.

Gavin cruzó los brazos y se apoyó contra la mesa, sin dejar de mirar a Dillon.

—Tal vez, si hubieras tratado a Emily como se supone que debías tratarla, no lo habría hecho. ¿Lo habías pensado? —Hablaba con voz comedida, pero sus pensamientos iban por otros derroteros. Entre pensar en Dillon agarrando a Emily y que ella pudiera haber contado algo a Dillon sin estar él delante, a Gavin se le removían las entrañas.

Dillon estaba tieso como una piedra.

—Yo no tenía que pensar nada, hermano. No tenías ningún derecho a hacer lo que hiciste, hostia.

—Puede que no, pero lo hecho hecho está —afirmó con seguridad, mientras reducía la distancia entre ambos a la mitad—. Tal vez debería repetírtelo. Si la hubieras tratado como un hombre de verdad trata a su mujer, puede que las cosas fueran distintas ahora mismo.

—Estaba borracho. Jamás la habría tocado de haber sido así —replicó, con los ojos aún clavados en Gavin—. Me pegaste un puñetazo, cabrón de mierda. No me hizo ni puta gracia, tío.

Gavin se frotó la barbilla con aire ausente. Por lo visto, Emily no le había dicho nada.

—Vaya, qué original. «Estaba borracho». ¿Y te quedas tan ancho? —No dejó que Dillon le respondiera—. A ver, que yo me aclare... —Se rio entre dientes y sacudió la cabeza—. ¿Has venido a echar pestes porque te pegué por maltratar a Emily?

—Sí. ¿Por qué narices iba a venir, si no?

Gavin decidió dar carpetazo a esa pregunta con otra pregunta.

—¿Para qué narices has venido en realidad? Porque déjame ser muy claro sobre cómo veo las cosas, Dillon. Si te hubiera visto hacer eso a un perro, y ya ni te cuento a Emily, habría hecho exactamente lo mismo. ¿Cuándo has visto que me quede sentado viendo como un hombre hace daño a una mujer? Dime, porque ahora, francamente, tengo curiosidad por todo esto y hasta me hace cierta gracia.

La cara imperturbable de Dillon se relajó un poco.

—Mira, no quiero discutir contigo. Yo...

—¿Ah, no? —interrumpió Gavin—. Joder, pues tienes toda la pinta de que sí. Si no eres capaz de entender por qué hice lo que hice, entonces, será mejor que no sigamos hablando. Si piensas usar esa excusa cobarde de que estabas bebido para justificar lo que le hiciste, ya te digo que no hay motivo para seguir con esto, en serio. —Gavin señaló al otro lado de la sala—. Si vas a jugar esa carta conmigo, ahí tienes la puerta.

Dillon le aguantó la mirada un momento y achinó los ojos.

—Como acabo de decir, no quiero discutir contigo, Gavin. Admitiré que la cagué y ya le he dicho a Emily que haré las cosas mejor. —Gavin ladeó la cabeza, preguntándose cuándo habían hablado exactamente, porque Emily le había comentado que no había respondido a sus llamadas. Guardó silencio y dejó que Dillon continuara—. La cosa está en que pareces tener más problema con lo sucedido que mi propia prometida.

—¿Prometida? —preguntó Gavin, mientras intentaba ignorar el chasquido de su voz y el repentino aumento de su temperatura corporal—. Rompió contigo.

—Sí, pero hablé con ella y la boda vuelve a estar en pie.

Dillon continuó hablando y, a pesar de que Gavin le sostenía la mirada, no oyó ni una palabra más. No pudo. Tragó con dificultad: el anuncio de Dillon le ardía en las orejas y el susurro insidioso se expandía como ácido en sus pulmones. Un dolor agudo, profundo y brutal, se le extendió por las venas como si fuera una infección.

Gavin levantó el brazo y se pasó la mano por el pelo con inquietud.

—¿La boda sigue adelante? —preguntó en voz baja, torturado por la confusión.

—Sí, tío. Te lo acabo de contar todo. Sigue en pie —respondió Dillon, con un tinte también confuso en la voz. Soltó un suspiro y sacudió la cabeza—. Mira, ya lo pillo, ¿vale? Tienes razón. No debí usar la bebida como excusa. Y aunque sigo pensando firmemente que no debiste pegarme, estoy dispuesto a perdonarte.

—¡Al final parece que crees que necesito que me perdones! —espetó Gavin, que intentaba recuperarse del dolor que arraigaba en su pecho—. Hay que echarle cojones para venir a mi despacho a decirme que estás dispuesto a perdonarme. Tienes suerte de que no te arranque la cabeza de un puñetazo aquí mismo.

—¿Ves? Esto es justo lo que te estoy diciendo. Estoy intentando suavizar las cosas contigo y tú te comportas como un lunático, tío. ¿Qué narices te pasa?

Gavin lo miró un buen rato al tiempo que muchísimas imágenes de Emily le inundaban la cabeza. Cruzó los brazos y se acercó a la ventana. Hacía rato que el sol se había escondido tras los edificios y la luna llena había ocupado su lugar. Gavin respiró hondo y asintió. No pensaba pasar aquello por alto y, sin duda, no estaba perdonando a Dillon. Su único objetivo era terminar con aquella conversación y contactar con Emily como fuera. Así pues, le siguió el juego.

Recordaba vagamente que ella le había dicho que iba a cubrir el turno de cenas en la Bella Lucina aquella noche. Tal como había hecho muchos meses antes, la visitaría por sorpresa. Sin embargo, esta vez, acudiría a ella un hombre muy dolido y confuso en busca de respuestas. Solo esperaba encontrarlas.

—Tienes razón, Dillon —dijo Gavin, con una voz tan carente de emoción que hasta él mismo se sorprendió—. Estoy actuando como un descerebrado. —Se giró hacia él y relajó las facciones en un gesto ilegible e impasible—. Si tú eres capaz de perdonarme por lo que hice, seguro que yo puedo pasar por alto lo que tú le hiciste a Emily.

Gavin observó con atención la alerta que pareció evaporarse de los ojos de Dillon.

—De acuerdo, entonces, ¿estamos en paz? —preguntó Dillon. Gavin cruzó los brazos y, sin mediar palabra, se limitó a asentir—. Vale, perfecto —dijo y miró el reloj—. Voy a tomar un par de copas con unos colegas del trabajo. Me parece que ambos nos merecemos unas cuantas después de esto. ¿Por qué no te vienes?

—Tengo que atender unos asuntos —respondió Gavin, con monotonía—. Unos asuntos muy importantes.

—Bueno, si acabas pronto, estaré en el Ainsworth Prime de Penn Plaza.

Gavin asintió y Dillon se fue hacia la puerta.

—Una cosa más —añadió Gavin en voz baja, mientras cruzaba el despacho. Dillon se volvió hacia él. Gavin le clavó la mirada y vio que su cara lo decía todo—. Como vuelvas a ponerle las manos encima, te mataré con mis propias manos.

Dillon ladeó la cabeza, le devolvió la misma mirada e hizo ademán de hablar, pero no dijo nada. Sacudió la cabeza y salió por la puerta. Oleadas de confusión recorrían el cuerpo de

Gavin, que se tomó un momento para tranquilizarse. Intentaba respirar, pero le temblaba todo el cuerpo. Conmocionado por todo lo que estaba ocurriendo a su alrededor, cruzó el despacho y se desplomó sobre la silla. Le resonaban las palabras de Emily en la cabeza: todo era en vano. Era imposible tranquilizarse. Le palpitaba la cabeza y se le nublaba la vista. Emily le había dado un golpe de gracia, le había mentido al decirle que quería un futuro con él y le había dado la patada al volver Dillon. Gavin era incapaz de esperar un segundo más, cerró los ojos un instante, respiró hondo, se sacó las llaves del bolsillo, se levantó de la silla y salió con prisa del despacho. El sufrimiento, la rabia y el dolor le oprimían el pecho a cada paso. Sabía que faltaban unas cuantas horas para que terminara el turno de Emily; cuando acabara, él la estaría esperando.

—Caramba —dijo Antonio, que se acercó a la mesa donde estaban sentadas Emily y Fallon—. Si has terminado tu trabajo, puedes marcharte.

Emily levantó la mirada hacia él, sin dejar de enroscar el tapón de un salero, y asintió.

—Gracias, Antonio.

—¿Y yo? —preguntó Fallon, que metía unos cubiertos envueltos en una bandeja de plástico.

—Tú hoy no tienes suerte, chica —dijo y rio entre dientes—. A ti, esta noche, te toca cerrar.

Fallon hizo pucheros.

—Vamos, Antonio. Está lloviendo a mares y solo he tenido dos mesas durante las tres últimas horas. Ya son las ocho. Esto está tan muerto que tú solo podrías apañártelas.

Antonio sacudió la cabeza, murmuró algo en italiano y se fue.

Fallon esbozó media sonrisa.

—Supongo que tengo que tomarme eso como un «No».

—Creo que has dado en el clavo —bromeó Emily, levantándose de la silla. Estiró el cuello y se desabrochó el delantal—. ¿Te recoge Trevor esta noche?

—Claro. Después iremos a la bolera —respondió Fallon, con una sonrisa de oreja a oreja.

—Suena genial. Pasadlo bien.

Emily se dirigió a la barra de la cafetería a recoger el bolso. Al levantarse de detrás de la barra, se encontró con Fallon al lado, y tenía cara de estar preocupada. Emily la miró con curiosidad.

Fallon estaba jugueteando con el pelo negro entre los dedos y vaciló antes de hablar:

—Trevor me ha dicho que has vuelto con Dillon.

—Sí. Hemos arreglado las cosas —contestó, mientras descolgaba la chaqueta del perchero—. ¿Por qué sacas el tema ahora?

—Bueno, no quería disgustarte durante el turno.

—¿Por qué ibas a disgustarme?

Fallon levantó la ceja con incredulidad.

—Vamos, Em. Sé lo que pasó entre tú y Gavin.

Emily intentó ignorar la punzada de dolor que sintió en el pecho al oír su nombre, pero no lo consiguió. Le recorrió todo el cuerpo. Se enfundó la chaqueta y miró a Fallon con perplejidad.

—¿Y cómo sabes tú lo que pasó entre nosotros?

Ella pestañeó y se encogió de hombros.

—Me lo contó Olivia.

—Ah, claro. —Emily suspiró y se volvió hacia la puerta. Se abrochó la chaqueta, se colgó el bolso al hombro y volvió a suspirar—. Bueno, pues estoy bien —añadió con suavidad, mintiendo con el mayor disimulo que pudo. No estaba bien. Estaba hecha un lío y, por la cara de Fallon, estaba segura de que la chica lo veía con claridad.

Fallon se acercó a ella y le puso una mano en el hombro.

—¿Por qué te casas con él, Emily?

Su rostro se transformó ante la sorpresa.

—Fallon —soltó, exasperada—, ¿qué quieres decir con eso de que por qué me caso con él?

—Me parece que es una pregunta muy clara. —Dejó caer la mano—. ¿Por qué te casas con él si estás enamorada de Gavin?

Emily estaba apabullada ante el giro que había dado la conversación y pensó que tendría que contestar del modo más sincero posible.

—Me parece que la respuesta es muy clara, Fallon. Me caso con el hombre que me ama. Hablamos luego —dijo y echó a andar hacia la puerta con paso ligero.

—¡Emily, espera! —gritó Fallón.

Emily levantó una mano para que se callara y siguió hacia la puerta. Al abrirla, su mirada se cruzó con los brillantes ojos azules de Gavin y se le cortó la respiración. La conmoción le sacudió el cuerpo y se le instaló en el pecho como un pesado bloque de acero. Se lo quedó mirando. Estaba apoyado contra su coche, ajeno a la lluvia fría que lo bañaba. Tenía los brazos cruzados y la recorrió de pies a cabeza con unos ojos que, si Emily no se equivocaba, irradiaban algo muy parecido a la ira. Por un instante, la confusión tiñó también las facciones de Emily, pero pronto se evaporó para dar paso a la rabia. Aunque no quería tener que lidiar con cualquier excusa de mierda que saliera de la boca de Gavin, esta vez, no iba a esconderse. Necesitaba enfrentarse al tema... y a él. Tomó aire, reunió todas sus fuerzas, se tranquilizó, salió y pisó la acera.

—Ah, ahí la tenemos. La chica que me ha hecho añicos el corazón —dijo él, con una voz fuerte y amenazadora que atravesó la lluvia—. ¿Era eso lo que te proponías? ¿Romperme el corazón? Porque si es lo que querías, sin duda, lo has conseguido.

—¿Cómo te atreves a decirme eso? —gritó ella, mientras un pozo de ira se arremolinaba en su interior.

—¿Que cómo me atrevo a decir eso? ¡No he sido más que un maldito pasatiempo mientras no lo tenías a él! —Dio un paso adelante, levantando las manos en claro signo de rendición—. ¿Esto es broma o qué? —Se rio sin rastro de humor—. Interpreté esa preciosa cara de muchas formas, pero nunca pensé que pudiera ser la de una cuentista.

Emily se quedó boquiabierta y pasmada. El frescor de la lluvia no era nada comparado con el tesón de Gavin para aparecer allí y acusarla de cuentista. Solo con eso, la incredulidad casi la dejó helada. Sin embargo, decidió guardar silencio. Si

quería jugar, que jugara, pero ella se llevaría la victoria final.
Algo en su interior le gritaba que lo dejara enterrarse solo, así
que cruzó los brazos, con ojos brillantes y desafiantes, y lo in-
vitó a presenciar su propio funeral.

Y Gavin iba a entrar al trapo, porque la mirada de Emily
casi lo hizo enloquecer. Aunque ella le había arrancado el alma
del cuerpo, era imposible no tocarla ni besarla. Tenía que besarla allí mismo, incluso con la lluvia que caía. Se acercó a ella
con la habilidad de un tigre que ataca a su presa y, sin darle
tiempo a retroceder, la capturó por la cintura y estampó bru-
talmente los labios contra los suyos, separándoselos con la
lengua, mientras ella intentaba quitárselo de encima.

Por un segundo, Emily pudo saborear la ira, la irritación y
la posesividad de Gavin y eso aún la confundió y la irritó más.
Mientras él lamía la lluvia de su labio inferior, los rayos centelleaban y se estrellaban contra el suelo en la distancia.

—¿Estás loco de remate, Gavin? —siseó ella, que echó la
cabeza atrás para escurrirse de su abrazo.

—¿Que si estoy loco? ¡Puse mi fe en ti… en nosotros,
como un idiota! —gruñó, levantando la voz casi sin control y
le apretó la cintura. La miró a los ojos y vio las gotas de lluvia
que se le colaban por las pestañas y le resbalaban por las mejillas—. ¿Cuándo has vuelto con él, Emily? ¡Contéstame la
maldita pregunta!

Se estaban formando charcos alrededor de sus pies y la lluvia empapaba a los peatones que pasaban corriendo por su
lado. Ella lo miraba fijamente, con el corazón desbocado, con
rebeldía en los ojos.

—¡Volví con él como una hora después de que te marcha-
ras de mi apartamento! —siseó ella de nuevo en tono malicioso y con toda la intención de hacerlo trizas. Intentó separarse de él, pero Gavin la mantuvo con firmeza en su sitio—.
¡Volví con él una hora después de que te abalanzaras descaradamente sobre mí y me dijeras que me querías!

Sin dejar de mirarla, Gavin la cogió por la nuca y le acercó
tanto la cara que sus narices se rozaron. Emily notó el vaivén
del pecho de Gavin y su aliento cálido acariciándole las mejillas frías.

—¿Estabas despierta cuando estuve allí?

—Oh, despierta y muy bien, a decir verdad. —Las palabras de Emily rebosaban ira y se rio como una loca.

Gavin no podía creer lo que escuchaba y veía. Sin duda, no era la misma mujer con la que había estado unas noches antes. Había oído hablar de gente que sufría enajenaciones transitorias y, en ese momento, la habría llevado al manicomio más cercano.

Sin lugar a dudas.

—¿Cuán retorcida puedes llegar a ser? —gruñó él, atronadoramente. Ella hizo ademán de responder, pero él la cortó en seco—. ¿Te lo follaste anoche, Emily? —A ella se le cortó la respiración y le ardió el cuerpo, cuando él le tiró del pelo y le echó la cabeza hacia atrás. Paseó sus labios por la comisura de la boca y los deslizó lentamente hacia la oreja. La barba incipiente le rozaba la piel y su voz se volvió un susurró cálido —: Y si te lo follaste anoche, ¿te gustó tanto sentirlo en tu precioso coño como a mí? ¿Fue capaz de hacer que le suplicaras más como a mí? —Le mordisqueó el lóbulo de la oreja con suavidad y casi consiguió derretirla allí mismo—. Y una última pregunta, cariño. ¿Te corriste tan a lo bestia con él como conmigo?

La lluvia intensa inundó la acera, Emily entrecerró los ojos y el corazón le explotó en una mezcla de dolor y rabia. Él se abalanzó sobre ella; tenían la ropa empapada y pegada al cuerpo y la respiración pesada.

—¡Me hizo correrme más a lo bestia aún! —Ante esto, Gavin pareció estupefacto, dolido, incluso, pero ella no iba a detenerse—. ¡Fue tan increíble dentro de mí como tu polla hundida dentro de Gina!

Gavin retrocedió.

—¿De qué estás hablando?

—Gina —repitió lentamente, con la voz envenenada—. Ayer por la mañana fui con el desayuno a darte una sorpresa y la sorpresa me la llevé yo. Por lo visto, tú ya habías comido. Todavía tenías las sábanas calientes de haber estado conmigo y ella me abrió la puerta casi desnuda. ¡Déjame en paz, anda! —añadió, y observó como la ansiedad transformaba la cara de Gavin.

Él sabía que los ojos de Emily eran su propio enemigo, la traicionaban en muchos sentidos, pero también sabía que lo que había provocado la batalla había sido dejar entrar a Gina. Rogó a Dios que lo ayudara si esa batalla significaba luchar para evitar perder a Emily para siempre.

Tiento. Sabía que tenía que actuar con tiento. La mujer que tenía delante estaba destrozada y dolida, pero él tenía el cerebro bloqueado. No parecía capaz de formular una frase en el momento oportuno.

No responder con bastante rapidez pareció confirmar lo que Emily creía. Era consciente de que lo había pillado a traspié y no tenía ni idea de qué decir. Sin darle tiempo siquiera a asumir lo que estaba ocurriendo, Emily levantó la mano y le arreó un bofetón en la cara, que sonó por encima del diluvio que caía. Gavin retrocedió tambaleándose ligeramente, completamente alucinado.

—¡Cabrón! —gritó Emily, sin importarle que los transeúntes los miraran. Le lanzaba puñales con la mirada y fue a pegarle de nuevo, pero Gavin se apresuró a levantar la mano y le agarró la muñeca.

—Tienes que escucharme, Emily —susurró él con firmeza. Ella intentó liberarse la muñeca, pero él tiró de ella para acercársela al pecho y, con la mano libre, le apartó el pelo mojado de la cara—. Cuando salí de la ducha, ya se había ido. No tenía ni idea de que habías venido. —Emily abrió los ojos como platos e intentó liberarse de nuevo—. ¡No, espera! ¡No es en absoluto lo que piensas!

Emily seguía forcejeando para liberarse, las lágrimas le inundaban los ojos.

—¿Es lo mejor que se te ocurre? —dijo, soltando un resoplido malicioso y teatral.

Se sintió atrapada bajo la mirada de aquellos preciosos ojos azules y no pensaba dejarse arrastrar de nuevo por su conjuro.

—¡Estás loco de remate si crees que me lo voy a tragar! No puedes mentirme para volver a ganarte mi corazón, Gavin. Odio lo que me hiciste, lo que nos hiciste y, por encima de todo, ¡te odio a ti! —Una parte de ella se heló al dejar caer esas palabras de su boca, porque no lo odiaba. No podía. Lo amaba... Lo amaba con toda su alma. Sin embargo, él mismo se había encargado de demostrar que todo lo que ella había pensado de él al segundo de conocerlo era cierto.

Gavin retrocedió como si ella le hubiera pegado de nuevo. Se le encogió el corazón al comprender que podía haberla perdido y, perderla a ella, significaba perderse él.

—Tú no me odias. Me amas —resolló él, sin tratar de disimular el dolor que amenazaba con destruirlo. Levantó los brazos, le agarró la cara con las dos manos y le acarició los labios con los pulgares. Y, te juro, Emily, que yo te quiero con todo mi ser, con todo lo que soy, con todo lo que seré. Por favor. No me dejes así, sabiendo que si no la hubiera dejado entrar, esto no estaría pasando. Se me presentó en casa y no tendría que haberla dejado entrar. Sé que no tendría que haberlo hecho, pero estaba borracha y...

—¡Basta! —espetó ella y le empujó el pecho con saña. Y funcionó, porque, al fin, se liberó. Se acercó al bordillo, las lágrimas ardientes y rabiosas le resbalaban por las mejillas, y agitó los brazos para llamar a un taxi. Con la cortina de lluvia, sus esfuerzos pasaron desapercibidos a los conductores que, al acelerar, la empaparon aún más.

Gavin se acercó a ella medio mareado, hundido y vacío. La agarró fuerte del codo y la obligó a darse la vuelta. Los ojos de ambos, sumidos en el mismo dolor, atravesaron los del otro. Gavin volvió a levantar los brazos, le acunó las mejillas con las manos y bajó la cabeza hasta tocarle la frente.

—Tienes que creerme —susurró con aspereza, con la voz llena de pesar—. Se durmió en mi sofá. Yo dormí en mi maldita habitación y no pasó nada, nada de nada. —Emily sollozaba sin control e intentó alejarse de él, pero Gavin le puso la mano en la nuca y la sujetó para que no se moviera. Sus frentes aún se tocaban—. Te dije que nunca te haría daño y lo decía de verdad. Cada maldita palabra era cierta. Por favor, no nos hagas esto... Por favor. No te estoy mintiendo. Yo no soy él. No soy Dillon.

Emily se sintió atrapada en la oscuridad de la mirada de Gavin y se le paró el corazón al observar las gotitas de agua que resbalaban por su rostro, por esos labios perfectos que habían adorado cada centímetro de su piel. Esos labios perfectos que habían adorado también el cuerpo de otra mujer después de que ella se hubiera marchado. Las lágrimas brotaron como una tormenta al pensar en la brutalidad con la que la estaba sacudiendo lo que él le había hecho.

Emily negó con la cabeza y dio unos pasos atrás con mirada de hielo. Se giró, volvió a levantar la mano para parar a un taxi y, ante su sorpresa, uno se detuvo. Echó mano a la manija de la puerta y la abrió. Gavin se apresuró a estampar la mano contra la puerta para mantenerla cerrada.

—¡Déjame entrar, Gavin!

—No. No pienso dejar que te vayas —anunció con voz potente—. ¿No me crees?

—¡No estoy para tomaduras de pelo! ¡Déjame entrar! —ordenó ella, y la malicia de su voz los sorprendió a ambos.

Gavin se pasó la mano libre por el pelo y apretó los dientes.

—Te crees las malditas mentiras que él te cuenta cada día, pero, a mí, ¿no me crees?

—Ah, ahora te estás pasando. —Le hizo una mueca e intentó apartarle la mano de la puerta—. ¡Él no es el que me ha mentido!

—¡Joder, Emily! —espetó y, de repente, la agarró por la cintura y la oprimió contra su pecho. Ella respiró hondo con indignación y lo miró directamente a los ojos—. No confundas mis súplicas con debilidad. No soy gilipollas. Joder, te digo que no te estoy mintiendo, pero si piensas por un momento que él no te ha mentido, o que no te miente, es que tienes un grave problema.

—Oiga —gritó el taxista, impaciente—, ¿va a subir o no?

—Sí.

—No.

Ambos gritaron al unísono.

Los ojos rabiosos de Gavin se clavaron en el taxista.

—No va a subir. Váyase. Ya.

El hombre sacudió la cabeza con una mirada burlona y aceleró.

—No puedo creerte —gritó Emily, con las lágrimas corriendo por su rostro. Cada lágrima de ella se clavaba en el corazón de Gavin. Emily le empujaba el pecho, pero él la sujetaba con un brazo férreo alrededor de la cintura—. ¿Por qué me haces esto, Gavin?

—Porque te quiero, joder, y no te estoy mintiendo —respondió él, de una forma irregular y estridente—. Dime ahora mismo que no me quieres, y me iré. Me iré y no volverás a verme jamás. —Con la mano libre, le echó la cabeza atrás. Bajó la cabeza y empezó a cubrirle de besos la sien, la mejilla, la curva de la mandíbula. Emily no pudo resistirse y un suave gemido abandonó sus labios—. No tendrás que sentir mi tacto, Emily. No tendrás que escuchar mi voz. No tendrás que despertarte a mi lado de nuevo. Dime ahora mismo que no me quieres, y me iré… para siempre.

Emily temblaba por dentro, pero no iba a demostrárselo. Si dejaba salir algo, se derrumbaría, y eso no podía suceder. A pesar de que hasta la última célula de su cuerpo quería creerlo, no lo creía. Era una comedia perfectamente orquestada por Gavin para tratar de manipularla. Perfeccionaba las técnicas de actuación sobre aquel escenario y Emily era su público. Ahora le tocaba a ella mandarle el corazón directo al crematorio, donde ya yacía el de ella.

—No te quiero —mintió entre dientes, y la mentira la desgarró literalmente por la mitad. Se le inundaron los ojos de lágrimas, mientras le aguantaba la mirada—. Te dije que necesitaba evadirme, y eso hice. Eso fue lo que significó esa noche para mí. —Otra mentira. Aunque sí que dijo una verdad—: Y no me creo ni una palabra de lo que me has contado.

Gavin torció el gesto y contuvo las dolorosas lágrimas. Seguía recordando las palabras de Emily, de la primera a la última, que le cortaron la respiración. Le había arrancado el corazón, lo había machacado y lo había convertido en papilla justo delante de sus ojos. Gavin, conmocionado y casi sin habla, retrocedió y la soltó.

—Gracias por esta herida permanente —susurró con la voz rota y deshecha. Y sin añadir nada más, se metió las manos en los bolsillos y se fue hacia el coche.

Emily se tapó la boca y se le escapó un llanto dolorido al observar cómo las ruedas del coche de Gavin chirriaban sobre el suelo mojado y se mezclaba con el tráfico. Con el corazón hundido en el pecho, hizo parar a otro taxi. Abrió la puerta con las manos temblorosas, se deslizó dentro y le comunicó al taxista su destino.

Esa noche, no iba a conciliar el sueño. Esa noche, tanto Emily como Gavin iban a recibir la visita de la soledad, la confusión, el dolor y el pesar.

19

El tiempo

Gavin tiró el teléfono a un lado del sofá después de que sonara por enésima vez. Dillon insistía implacablemente y a Gavin le importaba una mierda. Se estaba terminando la última cerveza de una caja de seis e iba cambiando con desidia el canal de la televisión. La cerveza fría le caía por la garganta y le corría por todo el cuerpo. No obstante, solo era capaz de saborear y sentir cómo le fluía por las venas una cosa: Emily. Por más que lo había intentado en las últimas semanas, no podía librarse de ella. Aun así, mantuvo su promesa. A pesar de haber tenido que exprimir al máximo su autocontrol, no había intentado ponerse en contacto con ella. Con todo, no podía evitar que ella se colara en cada uno de sus pensamientos conscientes o le acechara en cada pesadilla. Emily se había convertido en un dolor que no había experimentado jamás.

El tictac del reloj de la pared captó su atención. Lo miró y se imaginó a Emily saliendo de la iglesia, porque era la noche de la cena de ensayo de su boda con Dillon. No pensaba decir a Dillon que no iba a asistir. Le importaba una mierda. No sabía cuánto dolor más podía aguantar su corazón y, sin duda, aparecer en la iglesia o en la cena lo hundiría todavía más. No se presentaría ni aunque fuera el padrino. En menos de veinticuatro horas, la mujer a la que amaba, la mujer con la que había imaginado una vida en común, la mujer que había pensado que algún día sostendría en brazos a los hijos de ambos, dejaría de ser Emily Cooper. Sería la señora de Dillon Parker. Eso lo superaba.

Se levantó y se dirigió a la cocina con la intención de estrenar una segunda caja de seis cervezas. Entonces oyó que llamaban a la puerta. Tras sacar la cerveza de la nevera, se acercó despacio a abrir. Algo contrariado por la visita, volvió al salón sin mediar palabra y se acomodó en el sofá.

—Estás hecho una mierda —comentó Olivia, mientras se abría paso en el ático—. Puede que me equivoque, y dímelo si es así, pero estoy segura de que te llega el dinero para comprar una cuchilla de afeitar. ¿O está en bancarrota el hombre de los mil millones?

—Eres muy graciosa —murmuró sin mirarla, mientras seguía cambiando de canal—. ¿No tendrías que estar en la cena de ensayo?

Olivia dejó caer el bolso al suelo y se quitó el abrigo y la bufanda.

—Igual que tú, ¿no? —soltó, desplomándose sobre una butaca de piel—. No estabas en la iglesia y ni vas vestido para la fiesta. Vamos, date una ducha y espero a que estés listo. Ah, y conduzco yo, porque es obvio que has estado bebiendo.

Gavin sacudió la cabeza, sacó una botella más de la caja, la destapó y le dio un buen trago. No contestó, pero le echó una mirada más que amenazante.

—¿Cómo? —preguntó ella en uno de los tonos más inocentes que Gavin había escuchado jamás.

—Venga, déjame tranquilo, Liv. —Entornó los ojos—. Sabes que no voy a ir.

Ella ladeó la cabeza y abrió los ojos marrones como platos.

—Vaya, Gavin, pensaba que aún te quedaría un poco más de fuerza para luchar. ¿Eres poderoso en todos los aspectos de tu vida excepto en esto? Cuando se trata de Emily, te limitas a tirar la toalla, ¿eh? —Se encogió de hombros desenfadadamente y cruzó las piernas—. Mmm, supongo que no te conozco tanto como pensaba.

—¿Fuerza para luchar? —espetó él. Apagó el televisor y tiró el mando sobre la mesa de cristal. El sonido agudo sobresaltó a Olivia. Gavin se levantó—. ¿Para qué narices iba a luchar por alguien que no me quiere? Estoy jodido por todo lo que ha ocurrido. Créeme, no tienes ni idea de las cosas que me han pasado por la cabeza estas últimas semanas, y secuestrarla ha sido una de ellas. Amaré a esa chica hasta el día que me muera, pero no soy gilipollas. Tu amiga es un poco más retorcida de lo que imaginaba.

Olivia lo observó deambular por la sala un momento.

—¿Retorcida? ¿Eres consciente de quién abrió la puerta con unas bonitas bragas rojas la mañana después de dejar a Emily, no? —Gavin le lanzó una mirada gélida, pero ella siguió—: Está destrozada, Gavin. Tienes un largo historial de follador de mujeres a las que después dejas. Mi amiga está dolida porque te follabas a otras a sus espaldas. ¿Acaso esperabas otra reacción?

Gavin se pasó las manos por el pelo y cerró los ojos con fuerza.

—¡Yo no me follaba a otras a sus espaldas! —Al abrir los ojos, vio la sorpresa en el rostro de Olivia, pero le importó una mierda—. Puede que tengas razón en que no me conoces tanto como pensabas, pero no sabes lo indiferente que me he vuelto estos últimos años. ¿Por qué narices iba a ir a buscarla al trabajo para intentar recuperarla? ¿Por qué iba a abrirle el puñetero corazón a esa chica? ¿Para cagarla? —Soltó una carcajada, pero no había ni un ápice de humor en ella. Se metió la mano en el bolsillo, sacó el móvil y se lo tiró a Olivia.

—Joder, Gavin.

—Ni joder, ni nada. Mira mi agenda. No voy corto de tías deseosas de ponerse a tiro. Está lleno. Con una llamada, puedo follar varios días seguidos si quisiera. Aquella noche, Gina llegó aquí borracha y me dijo que su padre había muerto. Sí, puede que no hubiera tenido que dejarla entrar. Sí, puede que hubiera tenido que echarla a la calle como el animal en que me convirtió ella. —Soltó un suspiro derrotado, volvió a sentarse en el sofá, apoyó los codos sobre las rodillas y se agarró el pelo—. Pero no lo hice —susurró—. No lo hice, y ahora Emily ya no está. La chica a la que amo no me cree porque fui lo bastante estúpido como para dejar entrar en mi casa a la chica a la que había amado antes. Se durmió en mi sofá sin los pantalones. Ni siquiera quise tocarla para echarla de aquí esa noche porque no iba vestida. No quería que mis manos la tocaran porque acababan de tocar a Emily.

Levantó la cabeza y miró directamente a Olivia, que permanecía inmóvil en su asiento.

—Amo a Emily. Joder, la quiero tanto que volvería a pasar por todo de nuevo, dolor incluido, por volver a tenerla en mis brazos. Pero no hice nada mal, aparte de dejar entrar a Gina. Así que, no, Olivia, no tiene nada que ver con que sea poderoso o tire la toalla. Tiene que ver con que Emily no me cree y, sobre todo... con que no me ama.

Tras unos segundos en que trató de digerir todo lo que le había dicho, Olivia se levantó y se sentó junto a él. Le apoyó la mano en el hombro.

—Ella te ama, Gavin. Ella...

—Venga, Liv —la interrumpió, mientras echaba mano a la cerveza, que se bebió de un trago—. Me dijo que no me quería. ¿Quieres que te repita sus palabras? Las tengo muy frescas en la cabeza. Borracho o no, no me supondría un problema.

—Sé lo que te dijo. —Le quitó la botella vacía de la mano y la dejó en la mesa—. Pero también sé lo que me dijo después de que fueras a su encuentro aquella noche. —Gavin fue a decir algo, pero ella lo silenció con su clásico toque en los labios—. Ahora mismo no te cree, pero te ama. Te dijo todo aquello para intentar herirte como tú la habías herido a ella. Está hecha un lío, Gavin —musitó con ojos tiernos—. Está atacada de los nervios. Está deprimida, callada y tiene náuseas por toda esta situación. Aunque se cree que puede eliminarte de su mente y volver a enamorarse de Dillon, cuando él no está con ella, llora... por ti.

—Dices que me quiere, que llora por mí y, aun así, ¿se casa con él? —preguntó completamente incrédulo.

—Sé lo que piensas, pero...

—¿Ah, sí? Porque ni yo estoy seguro de lo que pienso en este momento —replicó él, poniéndose en pie. La cerveza no estaba funcionando. Algo más fuerte. Necesitaba algo más fuerte. Entró con aire ofendido en la cocina, abrió la puerta de la despensa y sacó una botella de *bourbon* y una copa.

Olivia se levantó y cruzó los brazos.

—¿Me dejas terminar de decir lo que te estaba diciendo, capullo?

—¿Ahora soy un mentiroso y un capullo? Claro, ¿por qué no? —replicó Gavin en un tono cargado de sarcasmo. Se sirvió un trago. Se lo bebió, apretó los labios y miró a Olivia—. Pero ¿qué milonga me estás contando, Olivia? Nada de esto tiene sentido. Absolutamente nada lo tiene.

Acercándose a la cocina, Olivia se apartó el pelo dorado a un lado y miró a Gavin como si fuera un monstruo de diez cabezas.

—¿Qué parte no entiendes, Blake? —Gavin la miró del mismo modo, pero ella continuó—: Dillon era una apuesta segura cuando ella se mudó aquí con él. Entonces tropezó contigo y, por más que intentó evitarlo, la chica nunca tuvo las de ganar, Gavin. Olvida cómo os conocisteis. —Hizo una pausa y se le escapó una risilla—. La tienes a tus pies desde el momento en que te vio. Créeme, tuve que escucharlo todo sobre el buenorro alto, moreno y follable. —Gavin no pudo evitar levantar una ceja con curiosidad ante tal afirmación—. Después de todo lo que pasó con Dillon, te convertiste en su apuesta segura. Pero ahora eso también se ha venido a pique. Desgraciadamente, has hecho que vuelva a pensar que Dillon es la apuesta más segura.

—Para de decir «apuesta segura» —gruñó, mientras se servía otro trago, aún intrigado por el apodo del que nunca había oído hablar. Olivia suspiró y puso los ojos en blanco—. Déjame ver si lo entiendo bien. —Se apoyó contra la barra, con media sonrisa en el rostro—. ¿Se queda con el premio de consolación, que resulta que es el capullo que la engañó de verdad? —Hizo una pausa y se rio entre dientes. Aunque el dolor no había desaparecido, el alcohol empezaba a hacer mella en él rápidamente—. Espera. Por lo visto, el capullo que la engañó soy yo.

—¿El premio de consolación? —preguntó Olivia, con el ceño fruncido—. Gavin, ¿para ti es un juego o qué? Ella está herida.

—Joder, no, no es ningún juego. Es mi puta vida y la que

tenía que haber sido nuestra vida juntos. —Se tomó otro trago, se secó la boca con el reverso de la mano y dejó el vaso en la barra con un golpe—. Yo también estoy herido, pero seguro que sigues pensando que he follado con otras a sus espaldas. Venga. Dime que tú tampoco me crees.

—A decir verdad, tío, cuando he llegado aquí, no, no te creía —respondió ella, mirándose el reloj. Volvió a dirigir la mirada a Gavin—. Pero ahora sí.

—¿Ah, sí? —Sonrió con suficiencia, casi riendo—. ¿Y por qué me crees de repente, oh, gran reina Olivia?

Ella le aguantó la mirada un buen rato y, después, cogió el bolso, el abrigo y la bufanda. Echó a andar hacia la puerta y se giró para echarle un último vistazo.

—Porque ni siquiera cuando estabas pasando por lo peor con Gina —susurró con cara de dolor— se te veía tan… jodido y atormentado como ahora. —Gavin la observaba al tiempo que se balanceaba ligeramente, y la sonrisa de suficiencia desapareció de su rostro—. Os quiero a los dos. Tú eres mi segundo hermano y ella es la hermana que nunca he tenido. —Soltó un suspiro profundo—. Y me está matando ver el daño que os estáis haciendo el uno al otro.

Gavin se pasó las manos por el pelo y se subió a un taburete de la barra.

—¿Qué hago? —preguntó, con la voz apagada y el corazón hundido—. Por primera vez en la vida… —vaciló, miró al suelo y volvió a levantar los ojos lentamente hacia Olivia—. Dios, por primera vez en la vida, Olivia, no sé qué hacer. Ella no me cree.

Aunque él no pudo distinguirlo desde la otra punta de la sala, a Olivia se le humedecieron los ojos. Volvió a mirar el reloj y una sonrisa tímida asomó en su boca.

—Pues haz que te crea, Gavin. Tienes menos de veinticuatro horas para cambiar el curso de la vida de ambos. —Se colgó el bolso al hombro y abrió la puerta—. Espero verte allí. —Salió al pasillo. Gavin la vio volver a meter la cabeza dentro—. Ah, y si decides ir a por nuestra chica, hazte un favor y aféitate. Eres muy mono pero, en serio, no me mola nada el rollito descuidado que llevas ahora mismo.

Gavin soltó un profundo suspiro.

—¿Algo más?

—Pues mira, sí —respondió ella, dándose golpecitos en la mejilla con el dedo—. Déjate también del rollito de tejanos y sudadera que llevas. Te quiero, hermano.

Gavin sacudió la cabeza y observó cómo cerraba la puerta tras ella.

El tiempo.

Esa noche, el tiempo no estaba ni de su lado ni del de Emily. Volvió a mirar el reloj fijamente y siguió sentado unos minutos. Le hervía la mente tras la conversación. Permaneció sentado unos minutos más, intentaba, sin éxito, sacar algo en claro de todo lo que le rondaba por la cabeza. Aunque la inquietud ante la perspectiva de no volver a estar nunca con Emily había vuelto a crecer y le reconcomía las entrañas, la idea de aparecer, solo para que lo rechazara, le hizo convencerse de que la decisión que estaba a punto de tomar era la correcta. Era innegable que la necesitaba. La necesitaba como sus venas necesitaban la sangre y sus pulmones el aire. Sin embargo, esta vez, Gavin prefería ahogarse que tener que mirar a Emily a los ojos y escuchar de nuevo sus palabras envenenadas. No. No pensaba ir esa noche.

Y así, Gavin supo que había cambiado el curso de su vida y de la vida de Emily para siempre.

Se tambaleaba. A pesar de que habían transcurrido varias semanas, Emily se tambaleaba sobre la delgada línea entre la cordura y la locura. Se sentía como si fuera de cristal y un martillito, a manos de los hombres, la estuviera descascarillando. Estaba convencida de que en cualquier momento estallaría en un millón de pedacitos. Los más grandes, como si fuesen Dillon, le atravesarían la carne. Las astillas más pequeñas, Gavin, se le alojarían bajo la piel. En cualquier caso, ambos le rebanaban el corazón y reducían la mujer que fue a un mero cuerpo sangrante. Se sentía como si se observara a sí misma desde la distancia, sin poder controlar sus pensamientos o el camino que transitaba. Mientras se miraba en el espejo, no pudo negar la ligera sensación de alivio que la había invadido al llegar a la iglesia y ver que Gavin no había aparecido. Sin embargo, el deseo por él persistía. Una parte de ella sabía que él estaba jugando a las evasivas. Estaba intentando recomponer lo que se había roto entre ella y Dillon a pesar de que una gran parte de su relación había quedado pulverizada. Aun así, necesitaba algo a que agarrarse, y ese algo era un minúsculo destello de esperanza de poder devolver al punto de partida sus sentimientos por Dillon. Tenía que volver a enamorarse de él.

Con todo, con su propio juego de resistencia acérrima a lo obvio, se había vuelto una embustera de primera. Se sentía una maestra del engaño porque sabía que estaba intentando convencerse de que podía olvidar a Gavin. Olvidar cada mirada robada que habían compartido, cada roce accidental de su piel y cada momento que habían pasado juntos... hasta el preciso instante en que supo que lo amaba. La fuerza de voluntad y la ristra de mentiras de las que intentaba convencerse nunca bastarían para evitar que las heridas y las cicatrices resultantes de aquel embrollo le desgarraran el corazón. Así que, esa noche, mientras miraba fijamente el cascarón hueco de la mujer en la que se había convertido, se preguntó hasta qué punto lograría el engaño mantener su matrimonio, hasta cuándo se despertaría cada mañana pensando en Gavin y hasta cuándo podría seguir engañándose. Cuando Fallon entró en el baño, Emily apartó la vista de su reflejo e intentó recuperar la compostura.

—¿Estás bien? —preguntó Fallon, acercándose a ella—. ¿O todavía sientes náuseas?

Emily sacudió la cabeza y carraspeó.

—No, ahora estoy bien. —Se metió el pintalabios en el bolso—. ¿Aún no ha llegado Olivia?

—Me acaba de mandar un mensaje diciendo que tardará dos minutos en llegar. —Le dejó el bolso a Emily y entró en uno de los servicios—. Ha tenido que parar no sé dónde después de la iglesia.

—¿Dónde ha ido Trevor? —preguntó Emily, dejando los bolsos sobre el mármol.

—Cuando llegamos aquí, se dio cuenta de que no llevaba dinero —gritó Fallon—. Ha ido corriendo a un cajero.

Emily respiró hondo, abrió el grifo y se puso a lavarse las manos. Justo entonces, se presentó Olivia en el baño.

—Eh —trinó mientras se quitaba la bufanda.

—¿Adónde has tenido que ir? —indagó Emily, antes de coger una toallita de papel.

Olivia dejó caer sus cosas sobre el mármol y se miró al espejo. Echó un vistazo a Emily.

—Pues… Mmm, he tenido que ir a por efectivo.

—¿Por qué todo el mundo cree que necesita dinero aquí? —preguntó Emily, levantando una ceja—. Esta noche está todo pagado.

—Para las propinas de los camareros. —Olivia se encogió de hombros—. Tú deberías saberlo mejor que nadie.

—Ah, sí, supongo que sí —respondió ella con aire ausente, mientras se le apagaba la voz.

—No tienes la cabeza en su sitio. Lo entiendo. —Emily miró a Olivia con curiosidad—. Sé que el Capullo no se ha dado cuenta de tu comportamiento últimamente, porque vuelve a estar enfrascado en el trabajo hasta tarde, pero yo sí. —Emily fue a hablar, pero Olivia continuó—: Tengo que admitir que me parece que lo de trabajar hasta tarde es una trola, pero, oye, tú pareces creerlo, así que supongo que eso es lo que cuenta, ¿no?

Emily soltó un suspiro exasperado.

—Madre mía, no empieces otra vez con eso, Liv. —Recogió el bolso del mármol—. Ahora no. No puedo y no quiero.

—Solo intento encontrar sentido a todo esto, Emily. —Olivia la agarró con suavidad del codo para que no se fuera. Emily la miró con lágrimas en los ojos—. Estás enamorada de otra persona, pero te casas con otro hombre. Basta ya. De veras, párate a pensar en lo que estás a punto de hacer.

Emily se quedó allí de pie en silencio y la miró fijamente.

Fallon salió del cuarto de baño mordiéndose el labio con evidente incomodidad y se lavó las manos. Se las secó y cogió su bolso.

—Os dejo solas. Os veo dentro, chicas.

—No tienes por qué hacer esto —susurró Olivia, que volvió a mirar a Emily cuando Fallon hubo salido—. Aunque no creas a Gavin, no tienes que casarte con Dillon.

—Quiero a Dillon —respondió, mirando al suelo y en voz baja.

Olivia le agarró la barbilla y le levantó la cara.

—No tengo la menor duda de que lo quieres, Emily, pero ya no estás enamorada de él y creer que puedes volver a enamorarte es una completa falacia, amiga.

Emily se secó una lágrima de la mejilla.

—Puedo volver a enamorarme de él. —Miró fijamente a Olivia un largo instante y echó a andar hacia la puerta. Entonces, se volvió, sorbió y sacudió la cabeza—. Me voy a casar con él mañana, Olivia. Puedes apoyarme o no, y por Dios, espero que puedas, pero sea como sea me voy a casar con él.

Emily abrió la puerta. Antes de que su mente pudiera empezar a procesar la conversación que acababa de mantener, los ojos se le clavaron en una mirada de hielo… Los increíbles ojos azules que le provocaban una angustia y una confusión inimaginables, y ahora también que se le acelerara la respiración. Literalmente petrificada, Emily, incapaz de moverse, fijó su atención en Gavin, al otro lado del vestíbulo del restaurante. Iba más desaliñado de lo que jamás habría imaginado, pero eso no evitó que su cuerpo reaccionara ante aquel rostro sensual y bello. Una cara increíblemente dolida que le sostenía la mirada. Casi de inmediato, Emily notó que el corazón se le desbocaba en el pecho a la vez que minúsculas gotas de sudor asomaban por cada poro de su piel y se le erizaba todo el vello del cuerpo. Sus miradas no se separaron, ajenas a los invitados de distintas fiestas que deambulaban por el vestíbulo. Gavin avanzó hacia ella con las manos metidas en los bolsillos de los vaqueros, y a ella se le entrecortó la respiración. Emily apenas registró el sonido de la puerta del lavabo por la que salió Olivia detrás de ella.

—Tienes que hablar con él —dijo Olivia, poniéndole la mano en la espalda.

Sin darle tiempo a contestar, Gavin se había plantado justo delante de ella. Con aquella colonia que acariciaba su olfato y aquellos ojos clavados en ella, Emily pensó que iba a desmayarse.

—Estás preciosa —susurró él, acercándose más aún. Y vaya si lo estaba. El pelo caoba ondulado que caía sobre una elegante blusa blanca conjuntada con una falda corta roja y unas botas de piel negras hasta la rodilla hizo que Gavin tuviera que esforzarse por no perder el control. Había sido idiota al pensar que se podría mantener alejado de ella después de lo que Olivia le había contado, así que aquel era su último intento, a la desesperada, para recuperarla.

Emily tragó con dificultad y retrocedió, pegando la espalda al pecho de Olivia.

—¿Por qué has venido? —Nerviosa, le apartó la mirada y echó un vistazo en busca de Dillon—. Tienes que irte.

Una sonrisa triste asomó en la comisura de los labios de Gavin.

—Bueno, he venido a la fiesta de la boda —dijo, con voz apagada—, pero es evidente por qué estoy aquí en realidad. —Dio un paso hacia ella. Emily olió entonces el alcohol en su aliento—. Y no, guapita, no pienso irme hasta que hablemos. ¿Me has entendido?

Estaba desconcertada y no respondió. De hecho, no sabía qué decir. Se limitó a mirarlo.

Gavin desvió la mirada hacia Olivia.

—¿Vigilas a Dillon?

Olivia asintió.

—Lo he visto de camino. Hay una sala vacía ahí. —Señaló la puerta contigua—. Pero date prisa.

Emily se separó de golpe de Olivia y entrecerró los ojos.

—¿Tú has preparado esto? —Olivia se encogió de hombros como quien no quiere la cosa. Tras matar a Olivia con la mirada, Emily se giró hacia Gavin—. No voy a hablar contigo. —Hizo una mueca y se dispuso a marcharse.

Él la agarró por el codo.

—Entonces, supongo que me obligarás a anunciar lo nuestro en medio de tu fiesta…

—No lo harías —replicó, enojada, mientras le apartaba el brazo de un tirón.

—Mmm, te equivocas —dijo y sonrió entre dientes balanceando el cuerpo. Se giró hacia un hombre mayor que pasaba junto a ellos—. Disculpe, señor —lo llamó, haciendo retumbar su voz.

El caballero de pelo cano que, afortunadamente no formaba parte del grupo de Emily, miró a Gavin.

—¿En qué puedo ayudarlo?

—Verá, señor, tengo un problema. Estoy completamente enamorado de esta preciosa mujer —dijo Gavin, y señaló a Emily, cuyos ojos se abrieron con incredulidad—. Y no quiere concederme un momento para explicarle un desafortunado malentendido. ¿Me sugiere alguna forma de abordar este asunto?

El hombre, sin mostrar el mínimo asomo de interés, sacudió la cabeza y se alejó.

—De acuerdo —susurró Emily, en tono airado—. Hablemos un momento. —Giró sobre sus talones y empujó las puertas para entrar en la sala.

Gavin miró a Olivia.

—Entretenlo el máximo tiempo posible.

Olivia asintió. Cuando Gavin entró en la sala de banquetes, se percató de que Emily lo miraba con los brazos cruzados en señal de fastidio. En la oscuridad, iluminado solo por la opulenta luna que brillaba al otro lado de la enorme cristalera, percibió el fuego que ardía tras sus ojos verdes. Al acercársele, ella retrocedió y estuvo a punto de tropezar con unas sillas apiladas.

—No te alejes de mí, Emily —le ordenó en voz baja, sin dejar de acercársele.

—No te atrevas a decirme lo que tengo que hacer —espetó ella, desafiante con la barbilla levantada. Siguió retrocediendo y el sonido de sus tacones retumbó en la sala. Quería mantenerse inmune al olor de Gavin, a su voz y a su rostro, pero sabía que si se le acercaba, bajo el frío brillo de aquellos ojos azules, le resultaría imposible.

Decidido, él continuó con su persecución carnal hasta que la tuvo acorralada contra una mesa. Emily tomó una bocanada de aire helado mientras él le recorría con la mano la curva de la mandíbula y se la pasaba por la oreja hasta llegar a la nuca. Gavin se mordió el labio, inclinó la cabeza y la miró fijamente. Ambos respiraban entrecortadamente.

—Estuve a punto de llamarte, pero no lo hice. Necesitaba verte, lo juro por Dios, ¡lo necesitaba! Me monté en el coche, pero volví a bajar —susurró y bajó la mano que tenía libre por la cintura de Emily—. Dime que me quieres, Emily.

—Que te den por culo —siseó ella. Su pecho subía y bajaba.

Gavin sonrió con malicia y le empujó la cabeza hasta tener la cara de Emily a tan solo unos centímetros de la suya.

—Esos hermosos labios esconden una mentira. —Le apretó la cintura y la empujó contra su pecho, donde ambos notaron el palpitar del otro—. ¿Crees que puedes echarme de tus pensamientos sin más? No puedes. Eres mía, Emily. Mía, joder —gruñó.

Emily no pensaba. No podía, le resultaba imposible. Sin darse cuenta, le echó los brazos alrededor del cuello y lo acercó de un tirón a sus labios. Con los nudillos blancos de tanto aferrarse al pelo de Gavin, gimió contra su boca. No era un beso apasionado. No. Ese beso no dejaba lugar a dudas y era tan iracundo como posesivo. La tensión entre ambos se podía cortar con un cuchillo, pero el amor era tangible. Con los labios aún sellados, Gavin la levantó y la sentó sobre la mesa, le separó los muslos y se metió entre sus piernas. Emily trato de recuperar el aliento mientras él la agarraba por detrás de las rodillas y le cerraba las piernas alrededor de su cintura. El sabor dulce del alcohol en la boca de él casi la embriaga. Un gemido profundo retumbó en la garganta de Gavin mientras paseaba la lengua sobre la de ella. Cuanto más se aferraba Emily al pelo de Gavin, más fuerte la besaba él. Cuanto más fuerte la besaba, más se abandonaba ella, olvidando dónde estaba y quién era, olvidando el lugar, olvidando el tiempo y olvidando hasta qué punto la había herido.

—Dime que me quieres —rugió sobre la boca de ella, mientras le colaba la mano por debajo de la falda.

Cuando Gavin le bajó las bragas de un tirón, Emily ya solo

podía concentrarse en la sensación del fuego que empezaba a abrasarle el cuerpo, una sensación que amenazaba con anular la última pizca de autocontrol que le quedaba. La mano de Gavin recorría las curvas de su piel caliente. Le deslizó dos dedos en su parte más húmeda y melosa y comenzó a trazarle círculos sobre el clítoris con el pulgar. Jadeando, Emily apartó la boca de él y se le agarró al cuello mientras el aliento que escapaba de su boca se ahogaba contra el hombro de Gavin. Con enorme rabia, amor, pasión y dolor, le mordió y le hincó los dientes en la piel. Quería sangre. Quería hacerle daño, quería que sintiera la misma agonía y el mismo pesar que ella había sentido todos los días desde aquella dolorosa mañana. Gavin gimió y, con la mano libre, la agarró del pelo y le tiró la cabeza hacia atrás hasta arquearle la espalda. Clavó los ojos en los de ella. Con respiración fatigosa y los dedos que aún se deslizaban hacia dentro y hacia afuera, la mente de Gavin se perdió en el sonido de los gemidos de ella. Y volvió a aplastarle los labios contra la boca.

—Si pudiera, me arrancaría el corazón del pecho para mostrarte cuánto te quiero. —Gavin le mordisqueó la oreja y ella estuvo a punto de correrse sobre sus dedos—. Joder, te echo de menos. Te quiero muchísimo y me estás matando, Emily.

—Cabrón, tú no me quieres. Te odio, Gavin. Te odio —gritó ella, y trató de empujarlo.

Pero él no iba a permitirlo. Le deslizó el brazo por la parte baja de la espalda y tiró de ella hasta colocarla en el borde de la mesa, sin dejar de embestir de forma exquisita su sexo con los dedos. Emily lo agarró del pelo con las dos manos y un gemido escapó de sus labios al echar la cabeza atrás y dejar expuesto el cuello en todo su esplendor. Gavin aprovechó la oportunidad y enterró la cara en su clavícula. Trazó un camino húmedo y ardiente cuello arriba, sin dejar de darle mordisquitos y chupetones hasta llegar de nuevo a su boca.

—Ojalá pudiera odiarte. Sería más fácil. Pero no tienes ni idea de cuánto te quiero —jadeó, mientras le chupaba y le mordía el labio inferior con suavidad—. Y lo que tú sientes no es odio. Me quieres, vaya si me quieres. Estás cabreada por algo que no ocurrió. Pégame otra vez. Dame una hostia si es lo que necesitas, pero deja de decir que no me quieres, porque lo único que consigues es engañarte. Estás acabando con nosotros.

Agarrada aún al pelo de Gavin, Emily apartó los labios. Ambos luchaban por recuperar el aliento mientras sus ojos se fijaban en los del otro. Con una mano enterrada en el pelo, le arreó un bofetón en la cara con la otra. El sonido reverberó en la habitación. Al mismo tiempo, gimió al notar que Gavin le retiraba los dedos. Para el cuerpo fue una tortura verse despojado de ellos.

—Te odio —gritó ella, mientras todo su cuerpo se preparaba para la batalla.

—No, no me odias. Me quieres, y yo te quiero a ti —gruñó él a través de los dientes apretados, mirándola con el ceño fruncido. Le puso las manos en las mejillas—. Vuelve a pegarme si quieres, cielo. Hazlo. Pégame y sácalo todo de una maldita vez.

Emily no lo dudó. Lo abofeteó de nuevo con toda la rabia y la confusión que le quemaba las entrañas mientras las lágrimas se le derramaban por las mejillas.

Gavin tiró de ella por la cintura para bajarla de la mesa, la dejó de pie en el suelo y volvió a estampar los labios sobre los de ella.

—Vente conmigo ahora. No lo hagas. No te cases con él —imploró, sus palabras vibraron contra los labios de Emily. Ella le agarró la sudadera con ambas manos, puso los ojos en blanco y se abandonó a la familiaridad de aquel beso, aquel olor, aquel tacto—. Se lo diremos juntos. Ya te dije que no dejaría que lo hicieras sola. Gina no significa nada para mí. No debí dejarla entrar pero, joder, no hice nada con ella.

El dolor. Ahí estaba de nuevo, propagándose como una herida abierta en el alma de Emily, sangrando sin intención de remitir. Con sus dulces palabras susurradas con seducción en un intento de enmascarar el sabor amargo de la desagradable realidad, trataba de hacerla desaparecer como si fueran minúsculas partículas de polvo. Como un látigo, la dura realidad de lo que Gavin estaba intentando hacer le azotó el pecho con tal fuerza que la abstrajo de sus pensamientos. De repente, y con una facilidad asombrosa, había cerrado la coraza de su corazón destrozado. Lo más importante ahora era proteger los pedazos que quedaban.

Emily empujó fuerte el pecho de Gavin para que se apartara. Al bajar la mirada e intentar volver a subirse las braguitas, no pudo ver la cara de sorpresa de Gavin. Sin mirar atrás, Emily echó a andar hacia la puerta. Gavin dio unos pocos pasos para plantarse a su lado. No pensaba dejarla marchar, así que la agarró del brazo y la detuvo de golpe. Con las lágrimas asomándose ya a sus ojos entornados, Emily levantó la vista para mirarlo.

El alma de Gavin, con el rostro compungido de dolor, clamaba por que ella lo creyera.

—Nunca me había sentido tan desconsolado y enamorado a la vez. Aunque el día que nos conocimos me hubieras dicho que me ibas a romper el corazón y que pasarían días, meses o incluso años y aún seguiría sintiéndome así, nada habría impedido que me enamorara de ti. —Le acercó lentamente los nudillos a la cara y secó las lágrimas de sus bellos ojos confusos—. No la habría dejado entrar —continuó con voz tierna—. Eso es lo único que habría cambiado, Emily. No la habría dejado entrar, joder.

Emily lo miró fijamente, temblando de pies a cabeza, pero antes de poder decir nada, se abrió la puerta de par en par y Olivia metió la cabeza en la sala.

—Em, Joan está poniendo el restaurante patas arriba para encontrarte —susurró en tono apremiante.

Emily sorbió y apartó la mirada de Gavin; el corazón se le hacía añicos. No se sentía menos confundida que en el momento de entrar con él allí dentro. Respiró hondo para intentar calmarse, se pasó las manos por el pelo y salió de la sala. Gavin la siguió con las ideas no mucho más claras. Emily lo miró y Olivia le tendió deprisa un pañuelo de papel.

—Tienes que irte, Gavin.

Sorprendido por sus palabras, la confusión y la rabia nublaron los ojos de Gavin.

—No voy a ir a ninguna parte. —Sacudió la cabeza—. Estoy en la fiesta de la boda y aquí me voy a quedar.

Emily le dedicó una mirada gélida.

—Ahora solo intentas hacerme daño.

—¿Sabes qué? —replicó él, tragando con dificultad—. Puede que sí. Puede que intente hacerte el mismo daño que me haces a mí. Lo más triste de todo es que mientras yo estaba ahí suplicándote que te quedaras, no me he dado cuenta de que ya te habías ido. Así que, sí, me quedo, y espero que te duela cada maldito segundo como me va a doler a mí. Apáñatelas.

Después de cerrar la boca que había abierto de puro pasmo, Emily salió disparada hacia el baño.

Olivia la agarró del brazo.

—¡No! No tienes tiempo. Tienes que entrar ahí ahora, Em.

Olivia le arrebató el pañuelo de papel de la mano, lo lamió y empezó a limpiarle los chorretones de rímel que le enturbiaban las mejillas.

Gavin la observó con atención y sonrió con suficiencia.

—No te olvides del pintalabios que tiene esparcido por todas partes. —Emily lo mató con la mirada—. Yo estoy bien, ¿verdad? No me han quedado restos de pintalabios, ¿no? —La mueca de suficiencia se convirtió en una amplia sonrisa—. Me encanta que me besen mujeres que aseguran que no me quieren, me la pone dura de cojones.

Olivia soltó un suspiro y le dio a Emily su pintalabios.

—Por Dios, Gavin, ahora te estás comportando como un gilipollas —espetó Emily, mientras cogía el pintalabios, que se apresuró a deslizarse por los labios.

—Mmm, aún no has visto nada —dijo, riendo entre dientes, y se pasó la mano por el alborotado pelo negro—. Me da la sensación de que hoy voy a batir mi propio récord. —Empezó a alejarse, pero se giró de nuevo—. Y, si no recuerdo mal, creo que ya te dije una vez que no atrajeras la atención a esos bonitos labios. Aparta el pintalabios o te vuelvo a arrastrar ahí dentro y te hago cambiar de idea de una maldita vez. —Y, con un brillo de deseo insaciable en los ojos, se pasó la lengua despacio por los labios.

Olivia levantó una ceja con sorpresa y, a Emily, se le abrió la boca.

Con el corazón hecho trizas, Gavin se dio la vuelta sin prisa, se metió la mano en el bolsillo de los vaqueros y se sumergió en la sala de la fiesta. Echó un vistazo al espacio modesto donde se reunían una treintena de personas y no tardó en cruzarse la mirada con Dillon. Gavin gruñó mientras se acercaba a la barra para pedir un chupito de tequila, más que necesario, y una botella de cerveza. Tiró una propina de cien dólares al camarero y, al darse la vuelta, se encontró con Dillon.

No pudo más que reírse y tragarse las ganas de escupirle toda la mierda.

—Ah, aquí está… El puñetero novio afortunado. —Hizo bajar el chupito por su garganta y, por el rabillo del ojo, vio que Emily entraba en la sala—. Y ahí está tu preciosa novia. —La señaló con un gesto de cabeza.

Dillon lo miró un momento con desconfianza y, después, se giró y le hizo un gesto a Emily para que se acercara. Si Dillon no había percibido la inquietud con la que ella los miraba, él si lo había hecho. Cuando se acercó, Gavin le quitó la chapa a la cerveza, arqueó una ceja perfecta y se mordió el labio, asegurándose de que ella oyera el ruidito seductor de sus dientes al pellizcarlo. Emily lo miró.

—¿Estás bien? —preguntó Dillon—. Pareces triste.

—Estoy bien —respondió Emily con monotonía y sin apartar los ojos de Gavin.

—¿Seguro? Pareces… cansada.

Emily inspiró débilmente y, por fin, miró a Dillon.

—Sí.

Dillon le dio un beso en la comisura de la boca, le rodeó la cintura con las manos y centró su atención en Gavin.

—¿De qué va esto, tío? —preguntó, mientras le echaba un vistazo—. No has aparecido en la iglesia y ¿ahora vienes a mi cena de ensayo con estas pintas?

Gavin vio cómo Dillon trazaba círculos con el pulgar en la cintura de Emily y una furia airada, penetrante como la hoja de una cuchilla, le hizo jirones el estómago. Desvió la mirada hacia ella.

—Tengo problemas con una mujer ahora mismo —respondió Gavin en tono neutro.

—¿Y? Eso no es excusa para presentarte aquí con esta pinta —recriminó Dillon.

Emily vio el fuego que se desataba tras la mirada de Gavin y se le aceleró el pulso.

—Dillon —se apresuró a interrumpirlos—, ¿en serio importa cómo vaya vestido? Vamos a sentarnos, ¿vale?

—Sí, importa. Él…

—Dillon —volvió a interrumpir ella, ahora en tono más insistente—. Hablo en serio. Vamos a sentarnos. —Dillon entornó los ojos y, al verlo, Emily decidió suavizar el tono un grado—. No me encuentro muy bien. Vamos. —Y le agarró la mano.

—Yo que tú le haría caso. —Gavin sonrió con suficiencia y extendió el brazo sobre la barra. Le dio un buen tiento a la cerveza y casi se la terminó de un trago—. Es solo intuición, claro, pero parece de las que son capaces de abofetear a un hombre cuando las saca de quicio. —Emily abrió los ojos como platos al ver que se pasaba la mano por el lugar donde ella le había pegado—. Y también me apuesto algo a que es capaz de hacer un daño tremendo —añadió, antes de darles la espalda. Su atención se había centrado en pedir otra cerveza que le ayudara a atravesar el infierno en el que se había metido.

—¿Se puede saber de qué vas, hermano? —preguntó Dillon, dándole un golpecito en el hombro.

Gavin no se giró.

—Primero, no soy tu hermano y, dos, ya te he dicho que tengo problemas con una mujer.

—Creo que está borracho —susurró Emily al oído de Dillon, mientras el corazón se le salía del pecho—. Vamos a hablar con mi hermana y Michael.

Tras observar durante un largo instante la nuca de Gavin, Dillon miró a Emily y asintió con tensión. Con el alivio, a Emily le flojearon las piernas y fue sigilosa para expulsar el aire que había estado conteniendo. Mientras atravesaban la fiesta, cruzó la mirada con Olivia, que estaba hablando con Fallon al otro lado de la sala. Olivia sacudió la cabeza, miró al suelo y volvió a mirar a Emily. En ese momento, Emily comprendió que su situación con Gavin había puesto a todos sus amigos en un buen aprieto, lo que le encogió más aún el estómago. En un intento de apartar el sentimiento de culpa, se colocó una sonrisa en la cara y siguió caminando de la mano con Dillon por la sala y saludando a los invitados.

Después de soportar unos minutos de conversación vacía con gente a la que apenas conocía, los ojos de Emily se posaron en su hermana y su marido. Teniendo en cuenta la tortura que le estaba suponiendo la noche hasta entonces, sintió cierto alivio cuando la pareja se les acercó.

Su cuñado esbozó una enorme y agradable sonrisa al estrecharla en un abrazo.

—¿Dónde te habías metido antes, futura señora Parker?

Cuando Michael la soltó, Dillon cruzó los brazos y ladeó la cabeza.

—Sí, es cierto. ¿Dónde estabas? Mi madre me ha dicho que te ha buscado por todas partes y no te encontraba.

Emily abrió la boca para hablar. Tenía el corazón desbocado.

—Michael —trinó Lisa, mirando a Emily. Sus ojos avellana mostraban una comprensión absoluta—. Ya te he dicho que ha salido a respirar aire fresco.

Emily le devolvió una débil sonrisa y le agradeció mentalmente que la hubiera salvado.

Michael se pasó la mano por el pelo castaño alborotado con aparente confusión.

—Mmm, puede que sí —dijo, riendo y levantando el Martini que llevaba en la mano—. Me da que he tomado demasiado de esto.

—¿Por qué has salido? —insistió Dillon, apoyándole la mano en la parte baja de la espalda—. Antes te he preguntado si estabas bien y me has dicho que sí.

Lisa sonrió y cogió a Emily de la mano.

—Es que las chicas nos ponemos un poco… sensibles antes del gran día. —Con cierta sensación de mareo, Emily se aferró bien fuerte a la mano de su hermana—. Michael, ¿por qué no le cuentas a Dillon lo que pensamos hacer con nuestro plan de pensiones? Me gustaría hablar con mi hermana de la maravillosa fase de la luna de miel.

—Ah, sí —dijo Michael, y se giró hacia Dillon, que miró a Emily un segundo y se ajustó la corbata—. Si no juntamos nuestras miserias, está claro que Lisa y yo no nos vamos a retirar a ninguna isla perdida.

Con reticencia, Dillon apartó la vista de Emily y se concentró en Michael.

Sin soltarle la mano, Lisa arrastró a Emily a través de la fiesta, evitando a cualquier invitado que intentara pararla para hablar con ella. Se sentaron en una mesita de cóctel de un rincón y miró a Emily con aire comprensivo.

—¿Qué te ha dicho? —susurró Lisa con una curiosidad tremenda que le ardía tras la mirada.

Emily se frotó las sienes.

—Sigue diciendo que no hizo nada con ella —respondió Emily, que intentaba retener las lágrimas punzantes que amenazaban con derramarse—. Está… No lo sé.

Lisa apretó los labios y la observó con preocupación.

—Emily, ¿puede ser que te esté diciendo la verdad?

Emily giró lentamente la cabeza y su mirada se cruzó al instante con la de Gavin. Como cada vez que lo miraba, se le aceleró el corazón y su respiración se volvió irregular. Aunque estaba hablando con Trevor, de pie y apoyado con ambos codos sobre la barra, no le quitaba la vista de encima. El halo de tristeza que lo envolvía la ponía enferma y la arrastraba con él. Perdió la cuenta del tiempo que estuvieron mirándose, pero le pareció una eternidad. Se pasó una mano por el pelo, mientras la necesidad de creerlo iba creciendo hasta niveles insospechados en su pecho. A regañadientes, desvió la atención de nuevo hacia su hermana.

—Estoy tan confundida, Lisa —susurró—. Sigo viéndola abrir la puerta de su casa. Estaba desnuda… Era tan… bonita.

Antes de que Lisa pudiera profundizar más en la cuestión, Joan llamó a Emily, que estaba cerca. La muchacha levantó la cabeza de golpe, temblando.

—Ahí estás —refunfuñó Joan, con un gesto enojado e inquisidor—. Te he buscado...

—Sí, Joan —la interrumpió Lisa, poniéndose en pie. Acto seguido, tendió la mano a su hermana y ella también se levantó—. Ya lo sabemos. Has removido cielo y tierra en busca de mi hermana. Necesitaba un respiro. Estoy segura de que entenderás lo nerviosa que puede llegar a estar una novia el día antes de su boda —añadió, y la obsequió con una sonrisa que Emily supo falsa.

Joan levantó lentamente una ceja.

—Por supuesto —admitió y cambió de tema. Y, tras un sorbo de vino blanco, apuntó con la mano a la mesa en forma de U del centro de la sala—. Todo el mundo debe tomar asiento ya. El *maître* me acaba de anunciar que los camareros saldrán pronto a tomar nota.

Sin esperar respuesta, Joan se giró y se oyó el eco de su voz repitiendo el anuncio al resto de invitados por toda la sala. Lisa puso los ojos en blanco.

—Te juro que si esa mujer se tiñe un poco más rubia de lo que ya va, es capaz de tapar el sol con los reflejos. —Emily respiró hondo y sacudió la cabeza. Lisa le puso las manos en las mejillas y se acercó para hablarle al oído—: Te quiero, hermanita. Ojalá pudiera ayudarte con esto. El único consejo que puedo ofrecerte es que hagas lo que te dicta el corazón. —Emily la miró a los ojos y los recuerdos de su madre se arremolinaron en su cabeza—. No importa que mañana sea el gran día. Podrías posponerlo hasta que te aclares con lo de Gavin. Lo importante es que el acto de mañana representa el resto de tu vida. Tienes que estar segura de que vas a pasarlo con el hombre correcto. No te sientas atrapada. Sabes que Michael y yo te ayudaremos en lo que necesites, ¿verdad?

Emily agarró la mano de su hermana, asintió y empezó a abrirse paso entre la multitud. A cada paso que daba, el bamboleo de un reloj de péndulo reverberaba en su cabeza, lo que la ensordecía.

Se acababa el tiempo.

Tic...

Las palabras de Dillon pocas horas antes de que volviera

con él: «¿Recuerdas lo que tu madre nos dijo antes de morir, Emily? Nos dijo que nos cuidáramos el uno al otro, que permaneciéramos unidos a pesar de las batallas que la vida nos hiciera librar y que nunca nos diéramos por vencidos con nuestra relación».

Tac...

Las ardientes súplicas de Gavin bajo la lluvia: «Tú no me odias. Y, te juro, Emily, que yo te quiero con todo mi ser, con todo lo que soy, con todo lo que seré».

Emily avanzó unos cuantos pasos más con las palmas sudorosas y temblor en el cuerpo.

Tictac...

Mientras trataba de retener las lágrimas, la voz de Dillon seguía retronando en sus pensamientos: «Déjame que lo arregle. Puedo solucionarlo y hacer que estemos bien otra vez. Puedo llevarnos de vuelta a donde solíamos estar».

Tictac... Tictac...

«Vente conmigo ahora. No lo hagas. No te cases con él. Se lo diremos juntos. Ya te dije que no dejaría que lo hicieras sola. Gina no significa nada para mí. No debí dejarla entrar pero, joder, no hice nada con ella».

Tictac... Tictac... Tictac...

Se sentía totalmente dividida y era lo único en lo que podía pensar mientras intentaba llegar a su silla sin desmayarse. Soltó la mano de Lisa y se dejó caer en su asiento en la presidencia de la mesa, sin dejar de seguir con la mirada los movimientos de Gavin por la sala. Se sentó en diagonal a ella, y la visión entre ellos estaba tan despejada como la luna llena en una noche clara. Gavin extendió el brazo sobre la silla de Trevor, sentado junto a él, e inclinó la botella de cerveza en dirección a Emily con una perezosa sonrisa en los labios.

Emily se removió en la silla con incomodidad y apartó la mirada de Gavin cuando Dillon se sentó junto a ella. Al inclinarse hacia ella para besarla, los ojos de Emily volvieron a buscar a Gavin y le pareció ver que torcía el gesto. Emily tragó con dificultad y se apresuró a desviar la mirada.

—¿Qué narices te pasa hoy? —preguntó Dillon en tono aparentemente irritado.

Ella carraspeó.

—Nada. Ya te he dicho que no me encuentro bien. Eso es todo.

—Espero que mañana te hayas deshecho de lo que sea que te pasa —añadió y acercó la silla a la mesa—. Y algo me dice que me engañas con ese cuento chino de que no te encuentras bien.

El cuerpo de Emily se agitó con un estremecimiento involuntario ante la idea de resultarle transparente. Sin decir ni una palabra, alargó el brazo para coger un vaso de agua de la mesa. Le dio unos sorbos nerviosos e intentó calmar sus pensamientos atropellados. Uno de los camareros que daba vueltas por la sala se les acercó a tomarles nota, lo que le concedió un aplazamiento de la conversación. Estaba desesperada por una bebida fuerte pero, teniendo en cuenta que Dillon le había dicho que no había tomado ni una gota de alcohol desde que había vuelto de Florida, decidió olvidarlo. Para intentar controlar que se le fueran los ojos hacia Gavin, bajó la cabeza y mantuvo la mirada fija en sus manos sobre el regazo.

—Vaya —gritó Peter, un primo de Dillon, desde el otro lado de la mesa—, parece que tú y la señora os vais a poner a hacer bebés mañana por la noche, después de la boda.

Emily levantó la cabeza de golpe y sus ojos se clavaron en Gavin. Él la miró y esbozó una tensa sonrisa de suficiencia.

—Tendrán un buen montón de bebés... y un monovolumen verde también.

Boquiabierta, Emily lo vio reclinarse desenfadadamente en la silla. Él se acabó la cerveza de un trago, se encogió de hombros y soltó una risilla que no llegó a alegrarle la mirada. Excepto los que sabían qué había entre ellos, la sala estalló en risotadas histéricas.

—Esperemos que así sea, Gavin —dijo Henry, riendo entre dientes—. Joan y yo queremos nietos lo antes posible. Si nos llenaran un monovolumen verde de pequeñines, nos harían muy, pero que muy felices.

—Bueno, no sé si vamos a tener bebés ya mismo, pero lo que sí sé es que lo pasaremos bien practicando —respondió

Dillon, rodeando a Emily con el brazo. Ella sonrió con timidez y se pasó la mano por la nuca. El sudor le cubría el cuerpo por momentos—. Y lo del monovolumen verde… ni de coña

—Muy bien, basta de monovolúmenes verdes. —Joan se rio—. Peter, como eres el padrino, supongo que habrás preparado un discurso para esta noche.

—En realidad, no, tía Joan —replicó él, mientras hacía señas a un camarero para que se acercara—. Solo tengo el que he dejado preparado a conciencia en las fichas para mañana.

—Oh, vamos, Peter. —Joan hincó los codos en la mesa y juntó las manos para apoyar la barbilla sobre ellas—. No necesitas fichas. Levántate y di algo a la novia y al novio.

—Yo daré encantado un discurso para nuestra preciosa pareja de novios —metió baza Gavin, desviando sus gélidos ojos azules hacia Emily. Ella lo miró con el corazón a punto de pararse.

—No, tú no quieres dar ningún discurso, Gavin —interrumpió Trevor, cuya inquietud en la voz revelaba que estaba tratando de salvar la situación—. Nunca se te han dado bien.

Gavin se levantó de la silla y se tambaleó ligeramente. Miró a Joan.

—En la universidad di clases de oratoria, o sea, que Trevor no tiene ni idea de lo que está diciendo. Soy muy bueno con esta mierda.

—Sálvame, Blake —bromeó Peter, riendo—. Yo soy un desastre, con fichas o sin ellas.

—De acuerdo, Gavin. Obra tu magia —trinó Joan, con una amplia sonrisa en los labios.

Olivia, que estaba sentada al lado de Emily, le tomó la mano y le susurró:

—Joder… menuda… mierda.

Emily miró deprisa a Trevor con ojos implorantes, pero él sacudió la cabeza y se encogió de hombros.

Gavin se giró hacia Emily y Dillon, y sus ojos se clavaron de inmediato en los de ella. Emily, al borde de las lágrimas mientras él levantaba su cerveza, intentaba controlar el tembleque de su cuerpo.

—Mmm, qué decir, qué decir —susurró Gavin, mirando a Emily fijamente. Apalancó los pies y se apoyó contra la pared, la cabeza le colgaba un poco—. Bueno, empecemos con la verdad. Es buena idea, ¿no? —preguntó en voz más alta. Miró un segundo las caras sonrientes que lo observaban a su alrededor. Entonces, se separó de la pared y volvió a mirar a Emily—. Me enseñaron que decir la verdad siempre es bueno… y mi verdad es que si digo que os deseo a ti y a Dillon la mejor de las suertes… estaría mintiendo… porque no os deseo una mierda.

La profusión de caras sonrientes desapareció. Justo después del gritito ahogado que soltó Joan, se hizo en la sala un silencio sobrecogedor. Emily, con el corazón desbocado y la respiración entrecortada, miraba fijamente a Gavin y el dolor de aquellos ojos le abrasó hasta el último centímetro del cuerpo. Notó la mano de Dillon, que le apretaba el hombro levemente y se volvió hacia él. Dillon miraba a Gavin con los ojos entornados como una serpiente.

Trevor carraspeó y se levantó de la silla.

—Mirad, por lo visto, es el alcohol el que habla por Gavin ahora mismo. —Rio con nerviosismo—. Ya os he dicho que nunca se le dieron bien estas cosas.

—Siéntate, Trevor —murmuró Gavin, sin dejar de mirar a Emily.

—En serio, tío —empezó a decir Trevor—. Creo que…

—Sién… ta… te…, Trevor —repitió Gavin despacio.

Trevor se colocó las gafas hacia arriba y se sentó a regañadientes.

Tras mirar fijamente a Emily un buen rato, Gavin paseó la mirada por la sala.

—En serio, gente, era broma… Solo una puñetera broma. Claro que les deseo suerte. Cómo no iba a deseársela, ¿verdad? Una pareja tan maravillosa que tendrá un buen montón de hijos. —Se rio entre dientes y cruzó los brazos—. Puede que hagan a los críos en la parte trasera del monovolumen verde.

—Gavin —intervino Henry con educación—. Hijo, tal vez quieras cortar ya con esto. La cena llegará pronto.

—Sí, corta el puto rollo —añadió Dillon, cuya voz fría y firme retronó en la sala. Apretó el hombro de Emily con más fuerza y frunció el ceño—. Ya, Blake.

A Emily, le temblaban los labios. De repente, la sala encogió, como si las paredes se cerraran a su alrededor. Miró a Gavin con el corazón en vilo y apreció en sus labios una de las sonrisas más tristes que había visto jamás.

Gavin levantó la cerveza y se frotó vehementemente la cara con la palma de la mano.

—Está bien, está bien, ya lo dejo. Vale —dijo, mirando alrededor de la sala—. Que todo el mundo levante la copa por los encantadores novios.

A pesar de la tensión incómoda que se agitaba en el ambiente, los amigos y familiares procedieron a coger sus copas con parsimonia.

Gavin respiró hondo con los ojos clavados en Emily.

—Por las chapas de los botellines, los Yankees y los «pájaros», y, sobre todo… —Hizo una pausa y redujo la voz a un susurro—: Y sobre todo, por una chica preciosa llamada Molly que se niega a creer al hombre que la ama… Al hombre que la ama más de lo que ella pueda imaginar. —Soltó una risilla condescendiente—. Ah, sí… y por Emily y Dillon.

La duda. Ahí estaba. Aunque apenas aflorara a la superficie, ahí estaba, haciéndose notar, agitando hasta el último nervio. Desde alguna parte en lo más profundo de su ser, su mente le gritaba que tal vez aquel hombre no mintiera. Cerró los ojos y reprimió un sollozo que trepaba amenazadoramente por su garganta. Cuando volvió a abrirlos, notó que se quedaba pálida al ver que Dillon se volvía despacio, muy despacio, hacia ella y le echaba una mirada cargada de algo que jamás había visto antes en ella. Con el ceño fruncido, se giró rápidamente y disparó a Gavin una mirada gélida.

Trevor se levantó de la silla y cogió a Gavin del brazo.

—Vamos, hermano, me parece que has bebido demasiado esta noche. Te llevaré a casa.

Gavin se liberó el brazo sin dejar de mirar a Emily.

—Mola. —Sorbió con aire altivo—. De todos modos, esta fiesta es una puta mierda.

Emily reparó en el sonido lejano de un nuevo gritito ahogado de Joan. Dillon cogió a Emily de la mano y se levantó.

—Creo que Emily y yo vamos a acompañarte fuera, Gavin —dijo en un tono muy bajo, y con la ira ardiendo en los ojos.

Gavin le aguantó la mirada un instante y, después, dio media vuelta para salir de la sala con Trevor. Emily, tratando de respirar aunque le faltaba el aire, se levantó de la silla con incesantes oleadas de temblores que le recorrían el cuerpo.

Olivia se levantó y le susurró:

—Salgo con vosotros, chicos.

—Ahora volvemos —anunció Dillon, quien apretó la mano de Emily con más fuerza.

—¿Va todo bien? —preguntó Henry, levantándose también de la silla.

—Todo bien, papá —respondió Dillon, dejándolo atrás.

Lisa miró a su hermana con preocupación. Hizo ademán de levantarse, pero Emily dio dos golpes secos de cabeza para que no lo hiciera. A regañadientes, Lisa volvió a sentarse y murmuró algo al oído de Michael.

Mientras Dillon la arrastraba a través del vestíbulo, Emily trataba de seguirle el ritmo, con la mano sudada sobre su palma. Cuando salieron del restaurante y los envolvió el aire frío, los ojos de Emily buscaron los de Gavin, pero él no la miraba. Estaba concentrado en Dillon.

Dillon sacudió la cabeza, señalando a Gavin y a Emily.

—¿Vosotros dos me estáis poniendo los cuernos? —espetó con los dientes apretados.

—No, Dillon —respondió Emily, sin aliento y con el estómago encogido por el miedo y las náuseas—. No pasa nada. Gavin está borracho.

Los ojos azules de Gavin adquirieron el brillo de una piedra preciosa y la sed de sangre se intensificó en sus venas.

—No la mereces —gruñó, y se acercó a Dillon hasta que casi se tocaron las caras—. Ni… un… puto… centímetro… de… ella.

Antes de que el corazón de Emily pudiera latir de nuevo, Dillon echó el brazo hacia atrás y propinó un fuerte puñetazo en la boca de Gavin. Emily soltó un grito ahogado y agarró a

Dillon por el bíceps, mientras Gavin se balanceaba levemente hacia atrás. Cuando recobró el equilibrio, una sonrisa arrogante apareció en su rostro. Dio un paso adelante y se secó la sangre de la boca con la mano, sin borrar la sonrisa de suficiencia ni apartar de Dillon los ojos cargados de odio. Dillon volvió a lanzarse contra Gavin, pero Trevor lo agarró y lo retuvo. Como si la cosa no fuera con él, Gavin siguió allí plantado, impertérrito, sin dejar de mirar a Dillon. Resopló y le escupió. La saliva teñida de sangre aterrizó en la mejilla de Dillon y comenzó a caer por ella. Henry salió corriendo del restaurante, sin dar crédito a la escena.

—¡Hijo de puta! —gritó Dillon, al tiempo que se revolvía para zafarse de Trevor y Henry—. ¡Te voy a matar, gilipollas!

—¡Gavin! —gritó Olivia—. ¡Vamos, te llevo a casa!

Olivia le tiró del brazo y Gavin echó a andar hacia atrás, con los ojos clavados en Emily, que notó cómo su mirada fría y dolida se cernía sobre ella. Gavin se metió la mano en el bolsillo, sacó una chapa de botella y jugueteó con ella antes de lanzársela. El corazón se le encogió al notar cómo le rebotaba en el pecho. Bajó la vista como a cámara lenta, y la vio llegar al suelo y empezar a girar. Era la viva imagen de todas sus emociones. Aunque Dillon seguía gritando y otros clientes se habían reunido ante la puerta del restaurante, a oídos de Emily, el repiqueteo del tapón era lo único que chirriaba con fuerza, como un montón de clavos arrastrados sobre una pizarra. Le resonaba en el alma, y una solitaria lágrima abandonó sus ojos para correr mejilla abajo. Levantó la cabeza lentamente y se encontró con la mirada de Gavin. Su precioso rostro tenía un aspecto agotado, roto y hundido. Él se dio la vuelta y, como un fantasma que se esfuma en el aire, desapareció en el coche de Olivia. En ese preciso instante, Emily supo, con el corazón en un puño, que aquella imagen se le quedaría grabada en el cerebro y la acecharía el resto de su vida.

Mientras observaba cómo las luces traseras se difuminaban a lo lejos entre el tráfico caótico de Manhattan, notó que la mano de Dillon se cerraba sobre su brazo y su férreo puño le quemaba la piel. Antes de que reaccionara, él la estaba arrastrando rápidamente al interior del restaurante; el padre de Dillon y Trevor entraban tras ellos. Emily tragó con dificultad y se secó las lágrimas, sin dejar de temblar de pies a cabeza.

Cuando llegaron a la sala de la fiesta, Dillon la soltó y se acercó airadamente a la mesa. Con la cara encendida de ira, arrancó el bolso de Emily del respaldo de la silla y rebuscó las llaves en su bolsillo.

—Mi prometida y yo nos vamos —ladró y se volvió hacia Emily.

—No puedes irte, Dillon —insistió Joan, mientras miraba a su alrededor. Se levantó de la silla y agitó la mano señalando la sala—. Tienes invitados. Es evidente que pasa algo entre tú y Emily, pero tendrás que ocuparte de ello luego.

Dillon lanzó una mirada fría a su madre.

—Como acabo de decir, nos vamos y punto.

A Joan, se le salieron los ojos de las órbitas e hizo ademán de volver a hablar, pero Henry le apoyó la mano en el hombro y la hizo callar.

—Yo sé qué pienso hacer mañana —escupió Dillon, señalándose. Cogió a Emily de la mano y se dirigió a los invitados de la novia—: ¿Sabéis vosotros lo que haréis mañana?

Los allegados los miraban en silencio, se removían inquietamente en sus asientos. La hermana de Emily se levantó. De nuevo, Emily negó con la cabeza, suplicándole que no interviniera. Lisa arrugó los labios con preocupación, cruzó los brazos y miró a Dillon achinando los ojos, pero guardó silencio.

—Eso imaginaba. —Tiró de Emily hacia la puerta—. Nos vemos mañana a las once.

Después de recoger la chaqueta de Emily del guardarropa, Dillon la hizo atravesar el vestíbulo sorteando a los demás invitados a los que casi atropellan. Al llegar al coche de Dillon, Emily respiró hondo para intentar controlar los nervios. Se deslizó sobre el asiento, nerviosa, se mordió el labio y observó cómo Dillon rodeaba el coche con esa mirada encendida en los ojos que le dio un miedo que le recorrió el cuerpo. Cuando subió al coche, cerró de un portazo y arrancó sin mirarla siquiera. Asfixiante.

Mientras él maniobraba para salir del aparcamiento con las manos aferradas al volante y apretando la mandíbula, a Emily le parecía que se asfixiaba. Los recuerdos de Gavin le bombardeaban la cabeza cuando se percató de que iban en dirección contraria.

—Tengo que volver a mi apartamento —susurró ella, con la sangre zumbando por sus venas. Galopaba al ritmo del dolor punzante que le oprimía el pecho.

—Estás mal de la puta cabeza si crees que te voy a dejar volver a tu casa —espetó Dillon, sin apartar la mirada de la carretera. A Emily le dio un vuelco el corazón, que después empezó a latirle como si estuviera a punto de explotarle en el pecho—. Esta noche, te quedas conmigo —añadió, endureciendo el tono—. Te llevaré a casa por la mañana para que recojas tus bártulos antes de la ceremonia.

Ella lo miró, balbuceando en busca de algo que decir, pero se acobardó cuando él giró la cabeza con esa rabia en los ojos que amenazaba con quemarla viva. Emily permaneció en silencio el resto del viaje y, para cuando él aparcó en su casa, ya se sentía como si hubiera descendido a las profundidades del infierno. Bajaron del coche y Dillon se mantuvo callado mientras subían las escaleras hasta la puerta principal.

Con los nervios de punta y el vello erizado, Emily dio un respingo con el portazo que dio Dillon. Tras quitarse la chaqueta, Dillon se aflojó la corbata, se metió en la cocina y sacó una botella de Jack Daniel's del armario. Plantó un vaso en la barra, lo llenó hasta los topes y se tragó la mitad de golpe. Con el ceño totalmente fruncido y una mirada hostil, le hizo una señal con el dedo para que se acercara. Emily se quitó el abrigo despacio y dejó caer el bolso sobre el mueble modular. Le faltaba el aire. Lo miró desde la otra punta de la habitación con el miedo recorriéndole la columna.

—Ven aquí, Emily —ordenó, con la voz tan tranquila que le ponía los pelos de punta.

Ella tragó saliva y le sostuvo la mirada. Tomó aire y comenzó a avanzar con cautela hacia la cocina. Sus tacones resonaban en el suelo de mármol y la ansiedad crecía en su interior. Se acercó a él y se le hizo un nudo en la garganta al ver que él alargaba la mano para estrellarla contra su pecho de un tirón en el brazo. Notó el latido de Dillon contra el suyo, pero no levantó los ojos para mirarlo. No podía. Algo más oscuro que el miedo se había apoderado de ella. Mientras intentaba recuperar el aliento, le miró la boca, que se había curvado en una sonrisa maliciosa.

Dillon cerró el puño, le apoyó los nudillos bajo la barbilla para levantarle la cara y, mirándola a los ojos, dijo en voz baja:

—Te lo has follado, ¿verdad?

—No —susurró ella, con la voz débil y los músculos más flojos cada segundo que pasaba.

Dillon le echó el aliento caliente sobre la cara y mantuvo el mismo tono, pero endureció la mirada:

—Y me lo tengo que creer, ¿no?

—Sí —respondió ella, intentando no temblar.

Emily notó que el estómago le daba un vuelco cuando él le rodeó la cintura con el otro brazo y le masajeó la parte baja de la espalda con los dedos, antes de agachar la cabeza y pasarle la nariz por el entrecejo. Ella respiró hondo y él usó el peso de su cuerpo para empujarla y empotrarle la espalda contra la fría barra de granito. A ella, se le inundaron los ojos de lágrimas y el corazón le latió mucho más deprisa al tiempo que él la observaba.

El oscuro pelo rubio de Dillon, habitualmente bien repeinado, le caía sobre la frente.

—Si te lo follaste, sabes que no has significado nada para él —susurró, rozándole la oreja con los labios—. Se folla cualquier cosa que se le abra de piernas.

A pesar de que la invadió el temor de que lo que acababa de decir fuera cierto y su corazón quedó expuesto a las heridas recientes aún abiertas, no respondió y trató de apartar aquellas palabras de su mente.

Dillon le enterró la cara en el pelo y la estrechó aún más contra su pecho.

—¿Te lo has follado?

—No, no me lo he follado. —Las palabras abandonaron su boca en un susurro y, todavía temblando, su voz adquirió un tono de inocencia fingida.

Él le arrastró los dedos lentamente por la mejilla y le deslizó el pulgar por los labios temblorosos.

—¿Me quieres, Emily?

Ella lo miró, estaba descolocada por la pregunta y no sabía muy bien cómo responder. Agachó instintivamente la mirada al suelo, mientras su mente se apresuraba a buscar una respuesta.

—Hemos tenido unos meses duros como pareja, Dillon —susurró, volviendo a buscar su mirada.

Él ladeó la cabeza.

—No me has respondido. —Se inclinó más sobre ella y le soltó el aliento sobre la mejilla. Con una mano aferrada a su cintura y la otra tras la nuca, repitió—: ¿Me quieres, Emily?

Ella trago saliva, lo miró fijamente y un gemido escapó de entre sus labios.

—Te quiero, pero creo…

Él la cortó, llevándole los dedos a los labios para silenciarla, y dejó caer las manos, que apoyó contra la barra de granito, arrinconándola. Al verse enjaulada como un animal, le faltó el aire y le tembló todo el cuerpo.

—Entonces, demuéstramelo —susurró a pocos centímetros de la cara, con la boca rezumando olor a alcohol—. Si no te lo has follado, y me quieres, Emily, demuéstramelo.

Ella lo miró fijamente. Le temblaba el cuerpo, la cabeza y el alma; él empezó a deslizarle despacio los dedos por el brazo. Le cogió la mano y la llevó apresuradamente al dormitorio. Cerró la puerta de golpe y comenzó a desnudarse. No dejó de mirarla a los ojos en todo momento: su mirada dejaba claro que quería poseerla.

—Quítate la ropa —ordenó, bajando el tono, a medida que se le acercaba.

Estaba completamente desnudo ante ella, respiraba con dificultad y el sonido llenaba la habitación. Emily parecía anclada al suelo, inmóvil, moría por dentro lentamente.

—Me lo demostrarás. —Enmarcó su cara entre las manos. Ella apartó la mirada, pero él le agarró la barbilla con la palma y la obligó a mirarlo de nuevo—. Porque si no lo haces —le susurró al oído—, entonces, sabré que te lo has follado. Y

¿quieres saber lo que pasaría entonces? —Con el corazón rebotándole en el pecho, Emily tragó nerviosamente como si en la garganta tuviera papel de lija. Negó con la cabeza—. Me obligarás a hacer algo que nos dolerá a ambos —siseó, mientras le manoseaba los botones de la blusa para desabrocharlos.

Allí quieta y en silencio, todos sus instintos le advertían que huyera, pero no podía. En la oscuridad del dormitorio, las lágrimas que trataba de ocultar le resbalaron por las mejillas. Pero cayeron en silencio, mientras Dillon la desnudaba... física, mental y emotivamente.

La empujó sobre la cama y se tendió sobre su cuerpo desnudo. Dillon tenía el rostro teñido de rabia, deseo y posesión. Le abrió las piernas y se hundió en ella. Fue entonces cuando la envolvió como una fría sombra aquello tan oscuro en lo que se había convertido Dillon. En ese mismo momento, supo que se estaba aferrando a algo que no volvería jamás. Jamás podría amarlo como lo había amado y jamás podría amarlo como amaba ahora a Gavin. Cuando su cuerpo no pudo dar más, sucumbió a la insensibilidad que se instaló en ella. Cerró los ojos e intentó encerrarse en sí misma mientras él la embestía cada vez más fuerte. Un inmenso dolor le palpitaba en la mente. Imaginó los ojos azules de Gavin sobre ella en lugar de los oscuros y vengativos ojos que la miraban en ese momento. Inspiró hondo y pensó en las manos de Gavin acariciándole los pechos, el sudor de él cayendo sobre su cuerpo y sus labios besándole la boca.

«Gavin...».

Dillon gruñó y dejó caer todo su peso sobre ella al acabar. En cuestión de minutos, se quedó dormido.

Horas. Emily siguió allí tumbada durante horas, reproduciendo mentalmente las palabras de Gavin una y otra vez. Se sentía como si hubiera engañado a su corazón... Al corazón que estaba en manos de Gavin. Con la respiración entrecortada, salió de la cama y sus pies tocaron el suelo frío.

Al día siguiente no habría velos de encaje ni votos que pronunciar. No. No habría promesas ni mentiras que verbalizar. Gavin tenía razón. Sus labios habían mentido y tal vez esas falsas afirmaciones hubieran arruinado su futuro con él.

Lo amaba y volvería a él. Solo le quedaba la esperanza de que Gavin le perdonara que hubiera dudado de él y del amor que le profesaba. Con la mayor parsimonia del mundo, Emily recogió su ropa y se vistió. Se armó del valor que tanto necesitaba para dejar a Dillon de una vez por todas. Se plantó en el umbral del dormitorio y observó su cuerpo dormido. Le brotaron las lágrimas de los ojos y sintió cómo, de una sola vez, se le rompía el corazón y le sanaba de nuevo.

—Adiós, Dillon —susurró.

Sobre sus pies descalzos, ligeros como el aire, Emily corrió al salón para recoger los zapatos, la chaqueta y el bolso. Intentó no hacer ruido, se enfundó el abrigo y avanzó de puntillas hasta la puerta de la calle con los zapatos en la mano. Agarró el pomo, respiró hondo y abrió despacio. Aunque la puerta crujió y el sonido rebotó por toda la casa, el miedo a que Dillon se despertara empequeñeció frente al temor paralizante de perder a Gavin para siempre.

Y este último temor fue el que la empujó a sumergirse en el frío aire invernal.

Tictac…

Gail McHugh

Esposa y madre de tres niños, es autora *best seller* del *New York Times* y del *USA Today*. Con esta serie de dos novelas (*Pulsión* y *Tensión*) se ha convertido en una de las autoras revelación de mayor venta en EE.UU. de los últimos años.